2012·50

(3月–4月)

合订本

STORIES

上海故事会文化传媒有限公司　出品

图书在版编目(CIP)数据

2012《故事会》合订本.50/《故事会》编辑部编.
上海：上海锦绣文章出版社，2012.7
ISBN 978-7-5452-1102-3

Ⅰ.①2… Ⅱ.①故… Ⅲ.①故事－作品集－中国－当代 Ⅳ.Ⅰ①1247.8

中国版本图书馆 CIP 数据核字（2012）第092597号

责任编辑：顾　诗
封面设计：李宝强
责任督印：张　凯

2012 故事会合订本 50
(3月 -4月)
《故事会》编辑部　编
上海锦绣文章出版社 · 上海故事会文化传媒有限公司出版
地址：上海绍兴路74号
电子信箱：gushihui@263.net
网址：www.slcm.com
中国图书进出口上海公司发行
地址：上海市广中路88号
电话:36357888
ISBN 978-7-5452-1102-3/I · 380

506
2012
SEMIMONTHLY
上半月刊
3月

欢迎登录本刊主办的"故事中国网"（www.storychina.cn）

笑话13则 …………………… 王　伟等 4

阿P系列幽默故事

有人比我还精明 …………………… 金　波 8

漫画故事 …………………………… 11

新传说

多出来的鸡屁股 …………………… 韦凤新 12

谁更懂感情 …………………… 方冠晴 20

捆绑信任 …………………… 杨还珠 25

都来斗地主 …………………… 刘明晔 30

理直气壮 …………………… 向曙红 34

我的故事

这事儿挺简单 …………………… 采　薇 17

职场故事

时尚卖菜郎 …………………… 刘祖光 39

民间故事金库

十斤钱塘 …………………… 俞泉江 44

外国文学故事鉴赏

座位号 …………………………… 48

法律知识故事

这套房子该归谁 …………………… 刘　明 53

传闻逸事

平阳断指案 …………………… 吴宏庆 56

情节聚焦

真假运气 …………………… 张维超 60

快乐辞典 …………………………… 64

中篇故事

打赌的后果 …………………… 杨　格 66

微博故事 …………………………… 80

故事中国网文精粹

交换游戏 …………………………… 83

手机版故事 …………………………… 85

幽默世界

《跟家里都一样》等4则 ……… 顾嫣然等 87

本刊信息传真

…………………………… 29、79

故事会

—STORIES—

2012年3月

上半月刊·红版

何承伟：社　长、主　编

夏一鸣：副社长

吴　伦：常务副主编（兼绿版负责人）

姚自豪：副主编（兼红版负责人）

本期责任编辑：叶小萌

电子邮箱：xiaomeng.ye@gmail.com

红版发稿编辑：

姚自豪　吕　佳　石莎莎（见习）丁娴瑶（见习）

美术编辑：李宝强

电脑制作：郭瑾玮

本社办公室电话：021-64375030

上半月刊编辑部电话：021-64332325

下半月刊编辑部电话：021-64336469

（上海市绍兴路74号　邮编：200020）

主管、主办：上海文艺出版（集团）有限公司

出版单位：《故事会》编辑部

发行范围：公开

出版、发行总监：张　凯

电话：021-64313938

广告业务：上海故事会文化传媒有限公司

广告总监：张　淮

广告业务：021-34010383

广告投诉：021-64333738

广告经营许可证

沪工商广字3100320080016号

发行：中国图书进出口上海公司

·笑话·

安全隐患

保安接到小区里一个朋友的电话，说他家里有安全隐患，拜托保安快去切断家里的总电源。保安听后，立刻照做了。

下班时，保安问那个朋友："你家的安全隐患怎么样了？需不需要让物业来检查一下？"

朋友笑着说："不用了，不用了。"

保安说："那怎么能行？安全用电是大事，马虎不得。"

朋友被逼急了，涨红着脸说"其实，我早上上班时，忘关电脑了，QQ也没有退。我老婆今天下午出差回来，我怕她看见我的聊天记录。"

（王　伟）

（本栏插图：包丰一）

雪亮的眼睛

新年里，商场里的化妆品专柜在搞促销，妻子看了很心动，对丈夫说："亲爱的，我想买眼霜、眼线笔、睫毛膏，全套美目的化妆品。"

老公看了她一眼，说"我觉得没必要。"

妻子板起脸说："你心疼钱了？"

老公反驳道"我只是觉得，我发了多少年终奖，从来没有对你隐瞒过，所以你没必要把眼睛弄得那么雪亮。"

（梁　斌）

生意

有一家新开的饭店，门口有个屏风，写了四个大字：客如云来。

晚上，饭店打烊，老板问服务员："今天的生意怎么样？"

服务员指了指屏风，回答道："万里无云。"

（张　涛）

不愿出狱

约翰犯了法，在本地一所监狱服刑。由于他表现不错，服刑一年被提前释放。

释放前，约翰很不高兴，他主动找狱警队长，要求继续呆在这里。

狱警队长疑惑地问："你为什么要呆在这儿？"

约翰红着脸，说"我暗恋上了这里的一位女狱警。"

（百合花）

说明情况

儿子放学回家，对妈妈说："明天我要交30块钱，老师让每个学生买一册世界地图集。"

妈妈问："买这个干吗？跟老师说说，我们不买。"

儿子挠了挠脑袋，问道"怎么跟老师说呀？"

妈妈想了想，说"你就说我们家生活困难，目前还没考虑出国旅游的事。" （张国英）

遗　书

一位员工在公司里拾到一本书，于是在大门口张贴纸条，写道"失物招领，遗书一本。"

第二天，这位员工发现，纸条下方多出一行字，写着："书我已领走，谢谢你的遗言。" （陈福国）

职业简称

有一位厨师，托一个文人朋友给他写征婚启事，朋友在征婚启事上，故意把厨师的职业写成了老师。

厨师不解，问为什么。朋友说："光写厨师怕没人理你。其实，这个老师是简称，全称是老到的厨师。"

一周后，厨师在婚介所交到了女友，对方是个公务员。不久，厨师告诉朋友他要和女友结婚了。

朋友问："你女友知道你是厨师吗？"

厨师笑道："早就知道了，其实，她的征婚启事也是找文化人写的，她那公务员的职业用的也是简称，全称是公家宾馆的服务员。"

（小　丁）

生日礼物

有个男人要给妻子过生日，却不知送什么礼物好，于是向男同事讨教。

男同事说：“我妻子生日的时候，我用百元大钞折成了一束花送给她。”

那男人佩服地说：“你真舍得在妻子身上花钱，我还是送一束鲜花吧！”

男同事听了，摇摇头说：“送花还要花钱买，这钞票编成花，以后偷偷拆开，还能当钱花。”

（张　涛）

儿子数数

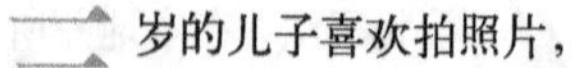

三岁的儿子喜欢拍照片，那天拍完照片，爸爸叫他数数。爸爸问儿子：“儿子，一后面是几呀？”

儿子答道：“二。”

爸爸夸奖道：“儿子真聪明。一、二，那二后面是几呢？”

儿子又答道：“三。”

爸爸很高兴，接着问道：“一、二、三，那三后面呢？”

儿子忽然向后退了几步，摆了个造型，冲着爸爸说道：“茄——子。”

（余长生）

送杯水

两个男人在路上口渴难耐，一时找不到买水的地方，男人甲看到前面有一家售楼处，说：“我们去售楼处，只要我们进去，人家自然以为我们是看房的，立马就会送水过来。”于是，两人进了售楼处，却发现没有一个人理他们。

男人甲有些生气，对售楼小姐说：“我们来看房，怎么水也不倒一杯？”

售楼小姐一笑道：“大爷，我知道你们不是来看房的。”

男人乙问：“你怎么知道？”

售楼小姐说：“买房这样的大事，夫人没来，你们哪做得了主？”

（王　伟）

堵 车

的哥和乘客在聊天。乘客问:“这个方向的道路畅通吗?会不会堵车?”

的哥说:“今天应该不会堵车。如果遇上堵车,我会给你听交通台的广播,有一档节目叫‘一路畅通’,可以打发时间。”

过了一会儿,他们遇到了大堵车。的哥说:“我看今天这状况,要堵上一段时间了,我给你听‘一路畅通’吧。”

乘客叹气道:“今天怕是听不到了。”

的哥问:“为什么?”

乘客回答:“我就是这个节目的主持人。” (陈福国)

猜谜

有一位富家小姐嫁给了一个前卫画家。一段时间后,朋友问她“你觉得婚姻生活怎么样?”

富家小姐说:“非常棒。每天早上起来,我丈夫去画室作画,我去厨房做早饭。然后我们边吃早饭,边看他的画,同时还玩猜谜游戏。”

朋友好奇地问:“都猜什么谜?”

富家小姐回答:“我猜他画的是什么,他猜我煮的是什么。”

(小 丁)

不识数

数学课上,由于学生的考试成绩都不理想,老师很生气,她高高举起2个手指,对学生们说:“同学们,学好数学并不难,关键就是3个字。”

有个学生听了很纳闷,心想:老师明明说是3个字,为什么举2个指头?

就在这时,只听老师说道:“这3个字就是——多做练习!”

(从 渊)

本栏欢迎来稿,读者、作者可将有新鲜感、有精彩细节的笑话佳作投寄给我们。来稿一经采用,最高稿费为一则100元。本期责任编辑电子信箱:xiaomeng.ye@gmail.com。

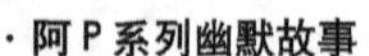

·阿P系列幽默故事·

有人比我还精明

□金 波

小兰有一个表姐，以倒卖小商品为生。最近，她在一个朋友的鼓动下，进城卖起了盗版光盘。卖盗版光盘是有风险的——动不动就被城管捉住，没收光盘不说、还要罚款，损失惨重。

一天，表姐来看望阿P和小兰，向他们诉说了自己心中的苦恼。阿P很同情，问道："有什么办法能让城管不罚款吗？"

表姐说："我那个朋友刚好有一个两岁的孙子，天天抱在怀里。城管抓住了她，她就哭，孙子也哭。看着她生活挺不容易的，城管批评教育了几句，就把她给放了。"

阿P说："可你儿子都那么大了，又还没有孙子，这可怎么办好呢？"

"是啊，我也没办法。"说着，两人陷入沉思中。

正在这时，小兰抱着一岁多的儿子进来了。

阿P看了一眼儿子，心头一亮，很仗义地说："那把我的儿子借给你？我儿子快断奶了，不过他还很小，你可要好好照顾他啊！"

表姐听了，喜出望外："妹夫，你要是把小表侄子借给我，我保证把他看好，管吃管带管看病，决不让孩子受一点委屈；赚钱了还给你分成，怎么样？"

阿P听了点点头，让小兰把儿子交给了表姐。

儿子借出去之后，阿P还是不放心。一个星期后，阿P悄悄进了城，想

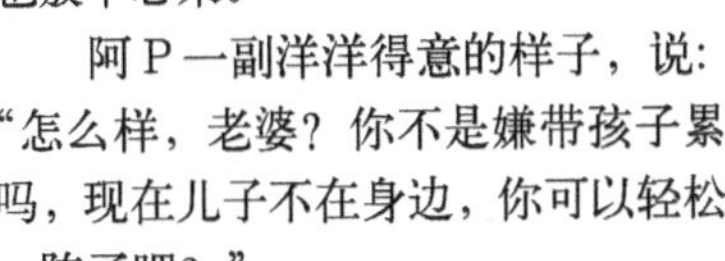

看看儿子在表姐那里到底过得怎么样。他在城里找了个遍，终于在一个天桥下边，看到了表姐的影子。表姐一手伸出一张光盘，一手抱着阿P的儿子，正起劲儿地向行人兜售："行行好吧，我儿子有病，没钱住院，我是没有法儿，才出来做点小买卖，各位行行好吧。"面对表姐的"哭诉"，一些行人停了下来，一手接过表姐的光盘，一手递过钱去；有的干脆直接把钱扔给表姐，光盘也不要了。

阿P嘻嘻一笑，心里就冒出一个坏主意。他捏着嗓子喊："城管来了，快跑！"

表姐并没有跑，却听见儿子"哇"的一声哭起来，表姐也闭着眼睛，跟着哭："城管同志，我再也不敢了。我是为了孩子才卖光盘的，你放过我们吧。"

看到表姐吓成这样，阿P哈哈大笑道："表姐，是我呀！"

表姐睁开眼睛，这才松了口气，埋怨阿P说："我还真以为是城管来了呢。你真是的，看把你儿子都吓哭了。"

阿P连忙把儿子抱过来，左看右看，好端端的，几天不见，儿子长胖了，小脸粉嘟嘟的，还咧着小嘴笑，比在家里养得还要好。

阿P放心地说："表姐，我是路过这儿，顺便来看看。那你忙，我先走了啊！"

阿P回到家里，把他见到的情景给小兰说了，小兰也放下心来。

阿P一副洋洋得意的样子，说："怎么样，老婆？你不是嫌带孩子累吗，现在儿子不在身边，你可以轻松一阵了吧？"

小兰却唉声叹气地说："带孩子是辛苦，但没有孩子带了，我成天又没有事做，感到闲得慌。老公，我想出去工作。"

阿P一听，转着眼珠想：对呀，儿子不在家里，小兰还待在家里干吗？资源浪费！是应该给她找个工作！阿P打开电脑，试着在网上寻找了一番，保姆、钟点工、护理……都不合适。正

失望时，一个字眼跃入他的眼帘：奶妈！对呀，孩子已经交给了表姐，小兰的奶水又用不上，不是白白浪费了吗？为什么不把小兰租出去做奶妈呢？

主意已定，阿P跟小兰说了很多做奶妈的好处，小兰也愿意干。于是，阿P继续在网上寻找，很快发现了一个招收奶妈的中介公司，阿P马上和对方谈好了价钱，并在网上达成了合作协议。

第二天，小兰便收拾行李，出去当奶妈了。

望着小兰离去的身影，阿P越发美滋滋的。他想：既不用亲自带孩子，又不用自己伺候老婆，不仅省去了许多精力，还能想点主意赚点小钱！这叫什么？这叫一本万利啊！这样的好事，除了我阿P，还有谁能想到？

阿P越想越高兴，天天守在家里喝小酒、唱小曲。到了周末，就把小兰挣的收入取回来，又到表姐那里拿分成，顺便再看看白白胖胖的儿子。日子过得特别悠闲。

这天，阿P正待在家里看电视，表姐急匆匆赶来了，怀里还抱着自己的儿子。

阿P看见了，高兴地说："表姐，这么早就给我送分成来了？还主动上门呢。"

表姐气喘吁吁地说："不到时候呢，送什么分成？你快来看看，你儿子生病了。"

阿P一听，立马收起笑容，把儿子抱过来一看，大吃了一惊。只见儿子两眼无神，小嗓子也哭哑了，身上还发着烧呢。

阿P着急，问道："我儿子怎么啦？"

表姐说："今天早上，我起床时发现你儿子突然发了高烧，立即把他送到医院去，打了一针。这不，高烧已经退了，但他不想喝我喂的牛奶了。我寻思，把孩子送回来，让小兰喂喂奶吧。"

阿P又看了一眼病恹恹的儿子，立即给小兰的雇佣公司打了电话，想让小兰请假回来。谁知，对方冷冰冰地说："不行！合同期还早呢。而且，你的老婆在给别的孩子当奶妈，根本

非诚勿扰（崔东豪　编绘）　　（《故事会》漫画版精品选登）

走不掉。”

万般无奈，阿P打开电脑，网上搜索“奶妈”，还真找到了出租奶妈的信息。

阿P立即去电联系。虽然比出租自己的老婆要价还高，但看在孩子的面上，他也只好认了。

阿P抱着儿子，心急如焚地等着奶妈的到来。这期间，他还打了好几次电话催促，然而，奶妈迟迟不来，小兰却回来了。阿P又惊又喜，连忙问：“小兰，你怎么回来了？不是说，你不能回来吗？”

小兰说“我也奇怪呢，听说是你把我租回来的？”

阿P疑惑地说：“我哪里是租你呢，我是想让你请假回来呀！”

小兰哭笑不得地说：“你哪里知道，我的老板低价租了许多人去他那里做奶妈，然后又高价转租出去，所以，我又被你转租回来了。”

“转租？”阿P眼前一亮，然后狠狠地捶了一下自己的脑袋，“好主意！没想到，这世上咋还有比我阿P还精明的人呢？”

（**题图、插图**：顾子易）

·新传说·

多出来的鸡屁股

□韦风新

人生充满误会，不断地误会别人，又被别人误会，谁都不愿意发生误会，因此，人们渴望理解，可真正的理解太可贵了……

再过不久就是“3·15消费者权益日”了，这几天关于“打假”和“维权”的问题成了热点话题。张宝东是城里有名的打假英雄，眼看权益日要到了，他想到这么一件事，要拿出来“曝曝光”。

这天中午，张宝东和妻子阿红到街上吃饭，进了“老海餐馆”，服务员安排好座位，就拿出菜单来。他也没看菜单就直接点了酸菜鸡。要知道酸菜鸡可是“老海餐馆”的招牌菜。

服务员笑道：“我们的鸡都是现杀的，请到后面去挑！”

张宝东跟着服务员来到隔壁房间，挑了一只母鸡，服务员捉住过秤，拿进了厨房。不一会，一锅酸菜鸡就端了上来，服务员点上炉子打了火。

张宝东看着桌上的炉子，似乎想起什么，就对妻子说“这鸡肉也要待一会儿才熟，好久没跟你弟弟吃饭了，如果他还没吃，叫过来一起吃吧。”

于是阿红拿起手机，觉得餐馆里太吵，就站起来到门外去打，张宝东也跟着出去。正好阿红的弟弟阿超和同事在不远处拍摄新闻，刚忙完还没来得及吃饭，答应一会儿就过来，于是两口子又回到座位点了几个小菜。

没多久，阿超就和一个同事到了，四个人立即开始动筷。

吃了一阵，喝了两杯酒，这时阿红从锅里挟起一块鸡屁股，笑道："这块肉也没别人喜欢，还是放你碗里吧！"说着就放到了张宝东的面前。

又吃了一会，阿超也挟到了一块鸡屁股，笑道："姐夫，这肉也只有你喜欢，还是——"话还没说完，他就怔住了，看着张宝东面前那块鸡屁股，问："杀了几只鸡？"

张宝东也有些奇怪，说"就要了一只，怎么会有两块完整的鸡屁股？"

几个人面面相觑，阿红一看不对，拿起漏勺在锅里捞了一下，竟然挑出两块鸡屁股来。张宝东接过漏勺又继续捞，又挑出了一块。好嘛，一只鸡竟然吃出了五块鸡屁股。

阿超反应快，立即从包里拿出摄像机，将桌上的情形拍了下来，还特别拍了这五块鸡屁股的特写。他是市电视台的记者，摄影器材都带在身上，现在正好派上了用场。

服务员一看他们架起了摄像机，急忙过来看，张宝东指着碗里的五块鸡屁股，让她喊老板出来解释，服务员吓得一溜烟跑上楼去。

餐馆的老板叫老海，看到碗里出现的五块鸡屁股，惊得说不出话来，直接跑到厨房将厨师叫了出来，质问到底是怎么一回事。

厨师是一个年约四十岁的中年人，他一看这阵势也颇为吃惊，想了想才说，刚才有几桌的顾客在杀鸡时专门交待，他们没人吃这玩意儿，在下锅时不要放进去，于是他就割下来放在一旁，怀疑小张刚才砍鸡肉时，不小心弄进这锅里去了。

老海急忙叫小张出来，可小张刚刚接了个电话，就出去了，不在店里。

听着老海和厨师这一问一答，张宝东笑了，说："我说你们就别再装了，就算不小心，有一下子弄五个进去的吗？难怪很多人都说，有些餐馆

吃鸡，往往下到锅里的肉最多只有七成，好的肉都被店里砍下收起来了。这次叫我遇上，决不会轻易放过这种没良心的店。”

厨师不由瞪大了眼睛，叫道：“你可别血口喷人，我们什么时候将肉收起来了，你说话可得讲证据。”

阿超已经拿出了证件，表明自己记者的身份，说：“这事既然让我们遇上了，我们也希望知道是怎么一回事，要不然对你们餐馆的生意肯定会有影响。”

张宝东“哼”了一声说：“事实明摆在这里，餐馆砍鸡时，将好的肉切下收起来，留着另卖给别人，可又觉得收太多怕别人发现，就将这些别人不要的鸡屁股放进来充斤两了。我说的对不对，老板？”

老海黑着脸怒道：“我这店里绝对没有短斤少两，不信将鸡肉捞出来，看看少了多少？”不过，此时这话只能是着急了口不择言，大部分鸡肉都被吃掉了，又如何看得出？

阿红见两边争个不休，也插上话来，说：“既然老板否认换了肉，那就给个说法吧。反正电视台记者也在这里，实在说不清就让他们播出去，让城里的观众来评评这件事吧。”

大家都知道，只要播了出来，老海这餐馆的生意就算是完了。

老海顿时泄了气，赔着笑脸说：“对不起，出了这样的事情，是店里对不起你们。这样吧，你也不用播出来了，我店里另杀一只鸡给你们，当是赔罪。”说罢叫厨师去重新杀一只鸡，并交待尽量要一只大些的。

他们这一争，其他桌的客人都围过来看热闹，有人也认出张宝东来，说：“原来是打假英雄啊，幸好你心细，要不咱们都不知道这些店家的鬼心眼，白白吃亏，这次一定不要放过他。”

老海一听面前的人就是人们所说的打假英雄，更是急得直挠头，说：“我们真的不是有意的，绝对没有短斤少两的做法，你相信我们吧！”

张宝东冷笑一声，说：“每次我遇到短斤少两卖假货的人，都说自己是不小心，这样的人我见多了。”

顾客们都齐声叫道：“对，做出这样的事，就应该曝光！”

老海见众人群情激愤，也自知理亏，只得不断道歉，这时一名服务员走过来，将他拉出了门，但众人仍不依不饶，非要店里给个说法不可。大家都非常憎恨这种缺德的店家，吃过饭的也不愿意走，都等着看店家怎么给出说法，就算老板能跑，店可跑不了。

只过了几分钟，老海就黑着脸走进店里来，对着众人说“既然大家一定要我给一个说法，不说清楚的话，你们肯定说我是个奸商，现在就请大家跟我来，希望能说清楚。”又过来拉着阿超说，“你是记者，一定要给我说说，这到底是怎么一回事？”

众人都莫名其妙，想不通老海找到了什么理由，能将这种事说得清楚，就一起走出了餐馆，却见老海站到了隔壁的旅店门前。这餐馆和旅店都是一位屋主的房子，另一面是旅店，老海租了这一面的一二楼做餐馆，三楼以上直通另一面，也属于旅店的客房。

大家都不知道来到旅店门前做什么，都静静地等待着，老海将旅店总台上摆着的电脑转了过来，说：“现在我就让大家看看刚才发生了什么。”

从视频里，可以看到餐馆里的情况，只见张宝东和阿红坐在座位上，服务员将一锅酸菜鸡端到了桌上，点上火就离开了。张宝东夫妇坐了一会儿拿出手机站了起来，走出视频外。很快视频外又伸出一只手，揭开锅盖，另一只手抓着几块鸡屁股丢进锅里，由于角度问题，只看到手，却没看到人。

因为现在开旅店的都要求安装监控录像，每一层都装有摄像头，老海这两层虽是餐馆，但都是同一家的房产，因此户主便一起安装了。刚才旅店的服务员看到这边吵了起来，就将录像调出来看，无意中发现了这动作，这才叫老海过去看。

老海“哼”了一声，说：“现在我就想知道，是谁放的这些鸡屁股，你刚站起来不到一分钟，立即就有一双手将鸡屁股放进来。我怀疑就是你自己放的！”

张宝东道：“你不承认自己错就罢了，还反咬我一口？”

老海笑了笑，说：“你再仔细看看，这双手在视频里虽然不是很清楚，可仍然可以看出，是有衣袖的。你再看我店里的人，厨师也好，服务员也好，他们都是戴着袖套的，你说说，能是他们放吗？唯一可疑的就是你。”

人们看了服务员和厨师一眼，果然他们都戴着袖套。大家顿时全往张宝东脸上盯了过来，这事说起来还真像那么一回事。

阿红也急得叫道：“我们是一起出门口打电话的，怎么可能把鸡屁股放进去？”偏偏他们站起来就是从这方向离开视频，又是这方向来了一只手，还真的不知怎么解释。

厨师此时似乎站住了理，也跟着叫道：“假如是我放的，直接在端上来之前放就行，有必要端上来后，再跑来放吗？现在我倒是怀疑，你是有意想来敲诈我这店的，说不定平时你所谓的打假，也是自己带进去的假货，有意坑人呢。”

轮到张宝东急了，这一下子，两方都没法说清楚，真是越争越糊涂。

正闹得不可开交时，就看到一个小伙子提着两袋东西走了过来。看到众人围着张宝东，小伙子笑嘻嘻地走上前，问：“东叔，你吃完了？鸡屁股多吧？我放的！”

“什么？”张宝东一脸吃惊，“小张，这鸡屁股是你放的？”

还没等小张回答，老海就大怒道：“好啊，小张，原来是你放的！”

小张吓了一跳，忙说：“是啊，我和东叔是邻居，从小知道他最爱吃鸡屁股，反正别人也不要，我就把鸡屁股放他锅里了。刚才急着出去，没能跟他打招呼。老板，出什么事了？”

张宝东和老海你看着我我看着你，不由都是一阵苦笑，围着的众人全乐了。

（题图、插图：安玉民　梁　丽）

这事儿挺简单

□采 薇

都说“远亲不如近邻”，可是随着时代发展，高楼林立，邻居之间变成了看似近在咫尺却又相隔天涯的陌生人，谁都不愿多花一些时间，了解自己的小区，解决一些困难……

我是一个退休教师，原本生活很悠闲舒心，可是最近，我很怕睡觉，几乎每天都在睡梦中惊醒，为啥呢？还不都是我们6号楼后面那条环湖公路给“闹”的！

环湖公路本是市里修的“民心路”，如今却成了“扰民路”，夜深人静的时候，经过那里的汽车总会发出“哐哐当当”的巨大噪音，吵得我没法好好睡觉。

这天夜里，我正要进入梦乡，突然，“哐啷”一声巨响，把我惊醒了。

又来了！每天都要忍受巨响，还让不让人睡了？我忍无可忍，跳下床，拉开窗户，朝窗外大声喊道：“怎么回事啊？我们住这里，就得天天忍受这噪音？”

楼下立即有人接话了：“这些司机都是夜猫子吗？这么晚还不睡，把我们折磨成神经病了！”楼上也有人说“简直没法过了！啥破玩意儿，咱们得想个解决办法了！”

听到有人回应，我提议道：“明天大家一起开个会，商量一下解决办法吧。”楼上楼下都同意了，大家责骂一

通后，重新睡下。

第二天上午，我去楼上楼下联络开会的事，可敲了几家门，不是无人应声，就是推脱拒绝了，结果这事就搁置了下来。

几天后的一个晚上，我正躺在床上，突然听到一辆车驶过留下了“哐当”声，随后又是“砰”的一声巨响，接着是刺耳的紧急煞车声。

撞车了？我一骨碌爬起来，凑到窗前，只听楼下有人叫骂开了：“谁这么缺德！扔手榴弹啊，这也算本事？有种出来，让老子瞧瞧！今晚要是把老子的车砸坏了，老子跟你没完！再不出来，老子也往楼上扔砖头啦，打着哪家算哪家，打错了找扔啤酒瓶的龟孙子……”车主叫骂一阵后，见无人应声，悻悻地开车走了。

第二天早上，居委会找上6号楼的住户，通知大家去开会。在会议室，居委会邓主任清清嗓子说：“各位住户，我相信我们6号楼的住户是有涵养有理性的，也都是遵纪守法的。可昨天晚上，从6号楼扔下一个瓶子，将这位车主汽车尾巴的漆砸掉一块，我想，不管是有意的，还是无意的，这都是不应该发生的事，我希望，扔瓶子的这个人，要给别人赔礼道歉，并给以必要的经济赔偿。”

听邓主任一说，大家才看到邓主任身后，坐了个四十多岁的男人，抄着手，正阴沉地看着大家。大家你看看我，我看看你，都不吭声。

我看不过去，说道：“我们天天遭受精神折磨，谁来给我们赔偿？”

这句话就像火星子，点燃了一串鞭炮，大家七嘴八舌说开了：“是啊，那些汽车三更半夜在楼下跑，‘咣咣当当’的，让人觉都睡不安生，我们该找谁？”

邓主任一脸惊讶：“真有这事吗？可你们没一个人来反映呀？况且，即使这样，也不能采取过激的方式吧。”

抄着手的男人站起来，恶狠狠地说：“又不是我一辆车在楼下过，凭什么砸我的车？噪音吵了你们，去找环保局呀，凭什么和我过不去？”

我对邓主任说：“你也别怪大家怨气大，近一个月大家都没睡好觉。今天，不如你带大家去看看到底怎么回事！”大家一听，拽着邓主任往小区外走。

走到6号楼后一看，所有人才搞明白了，路上一溜儿窨井盖子，都松松垮垮的，别说车子从上面碾过，就是人踩一踩，也会发出“哐哐当当”的声响。

抄着手的男人也跟大伙儿去了现场，他似乎忘了自己的“不幸”，说：“这是什么事儿，怎么就没人管呢？”

不知是他明白众怒难犯，还是替我们鸣起了不平，总之，他最后骂骂咧咧地开车走了。

邓主任收集了我们的意见，自信地说要找市政公司解决问题，大家听了十分高兴，各自散开回家了。

可一晃几天过去了，楼下的“哐哐”声依然如故，我实在忍不住了，于是邀上6号楼的住户，又去找了邓主任。

这回邓主任脸上没有了自信，他无可奈何地给我们通报了事情进展：“我先打电话去市政公司，市政公司问窨井盖子是否坏了，如果坏了或被盗了，他们可以换可以安，如果不是这情形，就不关他们的事了，然后我去找了公路局，因为他们没有维护好路面，造成了窨井盖子松动。找到公路局，公路局说得找交通局或出租车公司。找到交通局和出租车公司，却又将这个皮球踢到了环保局。环保局最后还是推给市政公司。”

邓主任双手一摊，无奈地说“我实在无能为力了，要不，你们找找电视台，曝曝光，或许能引起有关部门重视。”

对啊，怎么没想到找新闻媒体呢，我有一个学生就在电视台工作啊！我马上打电话给那个学生，学生说，小问题，明天就派人过来了解情况。第二天，果然来了两个记者，给楼后那几个黑不溜秋的窨井盖子录了像，又找到我和其他6号楼的住户采访。

当天晚上，电视里播出了“窨井盖事件”。神奇的是，就在第二天晚上，“哐哐当当”的声音真的没有了。看来，媒体的能量确实大啊！就一天工夫，把难事给解决了。早知这样，真该早一点找他们，其实这事儿挺简单。

后来，我无意中遇见3号楼的老李，才知道了事情的真相——

那天晚上，老李看到小区的新闻，不由鄙视起来：这算什么鸟事！也值得拿到电视上去说？不过，自己有失眠的症状，也知道睡不着的滋味不好受。同情6号楼居民的同时，老李又嘀咕起来：怎么没人把那窨井盖子弄好啊？明天去看看。

第二天一早，老李找到那些窨井盖，仔细观察，发现盖子的边缘松了。

老李转身回家，找出一个被雨水浸得发黄变褐的纸箱，从里面拽出一圈废旧的轮胎。他扛着轮胎，拿上剪刀扳手，重新来到围墙外。老李忙碌了大半天，热得浑身冒汗，终于将几个窨井盖子全部用轮胎皮子镶实垫好了。老李跳上盖子，又跺又跳，见全没有声响，这才满意地露出微笑。

之后，隔上一段时间，老李就去看看，发现哪里松动了，便又拿来轮胎皮子镶实。

老李对我说，也许是白天出汗的原因，自从他做了这件事后，晚上睡得着了。其实，这事儿挺简单。

（**题图**：谢　颖）

·新传说·

有一句古话："感人心者，莫先乎情。"因此，只有真情付出，才会有真心回报……

谁更懂感情

□方冠晴

办个厂子不容易

俗话说得好，是金子总会发光。秃龙山本来是一座贫瘠得连草都不长的荒山，两年前，有一个老板来到这儿，发现这一整座山，竟全是优质大理石，于是，大家像扎堆儿似的在这里开办起石材厂。

李基是个外地人，他也看中了秃龙山，成了秃龙山第六家石材厂的老板。可是建厂没多久，烦心事就跟着来了：他的厂里采石工、搬运工有了，但独独缺了一名切割石材的裁石工。

裁石工算是整个石材厂的技术工种，大块的石料运到厂里，就靠裁石工切割，制成板材，切割的石板要规则、平整、光滑，没有一定的技术和经验干不来。没有裁石工，石材厂就制不出石材，开不了工。李基急得团团转，怎么办？

就在李基着急时，居然有个人主动找上门来。这人叫袁建设，四十来岁，以前在秃龙山的另一家石材厂当裁石工，最近不知为着什么事，被那家石材厂给辞退了。袁建设说，他当裁石工已有两年多的历史，算是秃龙山所有石材厂的裁石工中资历最老的，如果李基需要裁石工，他可以来这里干。

这真是瞌睡了有人给递枕头，李基大喜过望，赶紧与他签了用工合同。

令李基意外的是，这个袁建设的裁石技术一流，整个秃龙山都难遇到这么好的裁石工。

像搞收藏的人捡了个漏似的，李基招到这样的工人，心里又是欢喜又有些不踏实，这么好的人怎么就被自己捡了漏呢？一次，李基遇到了袁建设以前那个厂的老板，他忍不住问了对方，当初为什么要辞退了袁建设。

对方老板愣了一愣，接着便打哈哈：“他人嘛挺好，但不适合在我们厂干。辞退个工人，哪有那么多讲究？你真要人说出个辞退的理由出来，你就去问鸿运石材厂的老板吧，他是被鸿运的老板开除了才到我的厂里来的。”

李基心里咯噔一下，如果一个人被一家工厂给开除了，还有偶然性，连续被两家工厂开除，那就有问题，而且问题大了。李基要查出问题所在，及早防范，所以，他去了鸿运石材厂，找到了老板。

鸿运石材厂的老板还是没告诉李基辞退的原因，不过他说了一件事：“其实，袁建设到我的工厂来上班以前，就已经被两家工厂辞退过，他在每家工厂都只干了半年。”

李基的心一沉，这么说，袁建设已经被四家工厂开除过？一个连续被开除四次的人，会是什么好货？这个人肯定是个大麻烦了。

之后李基就暗地里观察袁建设，但没有发现什么问题。就这样，半年过去了，到了县里规定的给员工做体检的日子。

体检后的一天，李基去医院拿体检结果，看到袁建设的体检表时，心里咯噔一下，只见袁建设的体检表上填着：“双肺均见不规则阴影，建议复查。”

当个老板要讲良心

李基拿着体检报告去找医生，医生说：“拍片显示，这个人双肺都有阴影，结合他的职业，我们怀疑，他很有可能患上了硅肺病，但要确诊，需要做进一步的检查。”

李基脑子里“嗡”地一下，他明白，医生的话意味着什么。

硅肺病是一种职业病，是人吸入了大量岩石的粉尘，在肺内淤积致病，严重的病人，那些吸入肺里的粉尘会在肺里结成石头。国家有规定，员工因工作患上了硅肺病，所在单位要负责为患病员工治疗，还需进行赔偿。而病人医药费和赔偿费的支出，是一笔庞大的开支。

李基愁眉苦脸，医生却指着体检报告上袁建设的名字问他：“这个袁建设是你们厂里的？”

李基点了点头。

医生说：“这个名字我有些印象，

半年前我为一个石材厂做员工体检时，好像也有一个叫袁建设的，肺里有阴影，我们要求他来复查一下，他一直没来……”

听到这里，李基的心突地一跳，他醒过神来，赶紧问：“你说袁建设半年前就查出肺有问题？那时的体检报告呢？你给我瞧瞧。”

医生说：“体检报告我们都是交给厂里的老板的，他们带走了。”

“你们做体检总该有存底吧，求求你，你帮我查查。”李基心里清楚，要是有证据证明，袁建设半年前就患上了硅肺病，他就不需要付赔偿费。他对医生又是递烟又是说好话，终于，医生架不住他百般恳求，同意去查查过去的记录了。

这一查，却查出了四张有关袁建设的体检记录，名字是一个人的，但所属的厂家却不一样。体检的时间不一，最早的，是两年前，最迟的，是半年前的。四份记录都显示，袁建设两个肺都有阴影。

四份不同厂家的体检记录，正好与袁建设频繁换厂的经历吻合。这些过去的记录，可以证明袁建设的肺早就有问题，要赔偿，也不该由自己来承担。

医生却兜头给他泼了一瓢冷水：“这只是拍片记录，哪一次他都没来复查，我们从来没有确诊他患有硅肺病。如果现在确诊他在你的厂里患有硅肺病，当然就得由你这个当老板的负责了。”

医生的话让李基的心情灰暗了下来，李基思考着，总算明白了，为什么袁建设在每个石材厂都只能干上半年就被人开除，而且自己去那些厂子询问时，那些老板都对辞退袁建设的原因讳莫如深。其实，那些老板就是看了袁建设的体检报告，担心他患的是硅肺病，自己要负责任，所以，他们将体检报告瞒下了，找个理由将袁建设给开了。开了袁建设，大不了按照合约规定，多付袁建设三个月工资作为失业补偿，这与巨额的治疗费和赔偿费相比，不过九牛一毛啊！

前面四位石材厂老板已经为李基做出了榜样，那么，自己能不能学习他们的做法，也随便找个理由将袁建设给辞退呢？

民工的肺有感情

李基思索了一夜，第二天早晨，他将袁建设请进了办公室，将那张体检报告单掏出来，递了过去。

袁建设接过报告单看了看，似乎还有些没看明白，问：“你给我这个，是什么意思？”

李基说“这是你的体检报告，你的肺上有阴影，医生怀疑，你可能患上了硅肺病。”

李基字斟句酌，将这个不幸的消息告诉他，但袁建设没露出丝毫紧张，倒是镇定自若："我知道。我是想问你，你将这个报告给我，是想……"

"我想让你去复查。有了病，咱好抓紧时间治。"

袁建设惊讶了："你是说，让我治病？你没打算开除我？"

这一下轮到李基惊讶了："我凭什么开除你？你是我们厂最好的员工，我凭啥开除你？"接着他低下头，叹了一口气，"老实说，我不是一点都没这么想过。如果你确诊患了硅肺病，恐怕我这办厂半年赚的钱，不够赔偿你的。但人总要讲良心，你这病是因为切割石头这份工作造成的，我能昧着良心不顾你的死活？我做不出那样的事情。"

袁建设听着眼眶红了，他低下头深深吸了一口气，然后抓起那份体检报告，三把两把撕了个粉碎"复查个鸟！李老板，我死不了，放心吧，我这就去帮你裁石头去。"

山里人就什么都不懂吗？李基赶紧伸手拦住了他，向他解释，什么是硅肺病，掉以轻心不得。

袁建设却说："李老板，我一个当裁石工的，哪能不懂硅肺病呢？身体是我自己的，我当然比谁都当心。实话实说吧，在你带我们去体检的前一天，我不是请了一天假吗？其实是去邻县的医院拍片去了。"

袁建设说着话，打开工作包，从里面抽出一张片子和一份报告单，交给李基，李基看时，片子上的肺清清爽爽啥阴影也没有，报告单上写着"正常"两个字。

这就怪了，相隔一天，两个医院作出的体检报告，怎么截然不同呢？见李基满脸疑惑，袁建设这才难为情地开了口："李老板，我骗了你。你带我去体检时，拍出的片子是假的。不瞒你说，不仅这一次，前面我已经拍了几次假片子了。"他重新坐下来，缓缓讲了起来。

两年前，袁建设在第一家石材厂打工，参加了第一次体检。体检的第二天，老板就通知他，他被辞退了。袁建设是个聪明人，想到这或许和体检有关。于是他偷偷拿到体检表，发现自己的肺果然有问题。

袁建设顿时明白了，老板为了逃避昂贵的医药费和赔偿费，情愿开除他，多付他三个月的工资。袁建设咽不下这口气，他要维护自己的合法权益。于是，他去更权威的医院拍片、检查，确诊病情。结果在省城医院检查之后，他的肺什么毛病也没有。他愣住了，把检查的体检表给医生看，医生看了半天，问："你在县医院拍片时，身上有什么东西没除下吗？"

医生这一问，袁建设恍然大悟。体检那天，他戴着一块玉佩，那块玉佩是朋友在他生日时送的，玉佩的造型独特，左右两边各有一块圆形的石头吊坠。原来是这样，袁建设舒了一口气。之后，他动起了这方面的心思，做了两个圆形铁片，每次体检都用上，由此他连续在几个石材厂多拿了三个月的工资。

说到这里，袁建设长长地叹了一口气"要不是老板心黑，我也骗不了那些钱。像你这样，我就骗不了。起先，我每骗一次还有点成就感，但越往后，我的心越冷，我们打工的，实心实意地为老板卖命，老板怎么都这么个德性？好在我总算碰到你了。李老板，你是唯一一个没将我一脚蹬了的老板，说愿意为我的病负责。就冲你今天这个做法，就是暖了我的心的好老板，今后我就死心塌地跟你干了，上刀山下火海，我保证不眨一下眼睛。而且，我保证，还能帮你招一大批愿意死心塌地为你卖命的本地民工，你信不信？"

"你能帮我招一大批本地民工？怎么招？"

袁建设俏皮地眨了眨眼睛："实话跟你说，我这骗黑心老板钱的高招已经传给好些乡亲了，昨天不是每个厂的工人都体检了吗？不用说，今天好些乡亲都会被他们的老板以各种各样的理由开除。做人不就讲个心换心吗？我们当民工的是看重钱，但更看重那份人情，有你这么好的老板，我们不跟你跟谁？"

袁建设说得没错，当天就有好些本地民工到他的厂里来报到了。一年之后，李基的石材厂，成了秃龙山人气最旺效益最好的工厂。那五家工厂的老板都弄不明白一件事，大家都是本地人，怎么斗不过一个外地人呢？而且那些肺上有问题、被他们开除出来的民工，怎么到了李基的工厂就不犯病，还那么有力气干活呢？也许他们至死也不明白，民工的肺是善变的，懂感情。

（题图、插图：张思卫）

红版编辑部各编辑邮箱：

姚自豪：yaobianji@126.com；
吕　佳：lujia411@yahoo.com.cn；
叶小萌：xiaomeng.ye@gmail.com；
石莎莎：ssasha@163.com；
丁娴瑶：dingxianyao@126.com。

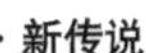

捆绑信任

□ 杨还珠

转嫁风险

都说打工不如当老板，可当老板也不是一件容易的事，就拿老史来说吧，他是个小老板，可一直不是个成功的小老板。去年，他在二中的大门外租了个小门面，取名“学子餐厅”，做学生的生意。本想现在的家长愿意为子女花钱，自己的手艺又不错，只要货真价实，生意没理由不好，可事实出乎他的意料，半年来，他的生意清淡到无利可图。

勉强撑了一年，老史撑不下去了，可当初租铺面的合同签的是三年时间，还有两年的合同期。开学前，老史只好赔本将铺面转租出去。

接手铺面的是一对中年夫妇，男人叫老戴。移交了店面后，老史漫无目的地过了个把月。一天，他忽然想到老戴夫妻俩，决定去看看他们。

老史来到二中大门外，看见当初“学子餐厅”的招牌都没有换，心中不禁犯起嘀咕：老戴啊，你可真是够马虎的，这样能做好生意吗？

老史走进餐厅时，老戴夫妻俩正在厨房里忙活。老史仔细地打量了一会儿，惊讶得张着大嘴——外面的招牌没改，里面的装修也一成不变！老戴啊老戴，你死也怪不得别人了，谁叫你懒得连个心思都不动呢！

思忖间，到了中午放学的时候。让老史惊讶的是，不一会儿，餐厅里拥进来一拨学生，大约有三四十号人，清一色是穿校服的学生。这些学生进来后，都有秩序地坐在座位上，等待上饭菜，完全是老主顾的样子。其中有个女孩好像是班干部，她认真地维持着秩序。

不一会儿，几十份套餐呼啦啦上到各自的座位上，大家吃了起来，那班干部也吃了起来。大约二十分钟后，这拨人用完餐后走了。紧接着，又一拨学生走了进来，他们像前一拨人一样，老熟客般地用餐，同样的，有一个班干部模样的男生在维持着秩序，并和大家一起用餐。

老史匡算了一下，不到一个小时，“学子餐厅”就卖出大约八十份套餐，毛利润将近四百块钱。加上晚餐和早餐，老戴夫妻俩每天的毛收入就有七八百块钱！依此类推，那一个月的收入……

老史不敢算了。

为什么呢

本以为老戴会赔个底朝天，没想到却赚得盆满钵满，到底是为什么呢？老史要找到答案。

老史不动声色地点了一份套餐，细细品尝起来，怎么细嚼慢咽，也品不出眼前的这盘饭菜有什么好味道来，老戴的手艺还不如自己呢。再研究饭菜的用料，也是普通到不能再普通的食料。

老史彻底懵了，他找不出生意红火的理由。

餐厅的人散去之后，老戴出来了，看到老史，他热情地招呼着。两人面对面坐下，老史敬了一根烟给老戴，说：“戴老板，这生意不错啊！”

老戴嘿嘿笑着说：“还行还行！”

老史试探着问：“戴老板，我实话实说，贵餐厅和我以前经营相比，没有发生什么变化，您的手艺是不错，但我的手艺不比你差，为什么我做不好，到了你的手里生意就兴隆起来了呢？”

老戴还是笑呵呵的样子，打着马虎眼说：“嘿嘿，谁知道呢！”

找不到答案，老史只好告辞了。

回家的路上，老史后悔得肠子都青了。自己为什么不再坚持，放着好好挣大钱的生意不做。好在和老戴签订的合约只有一年，合约到期后，自己再把店面收回来，借着老戴的人气，一鼓作气把生意做好。

转眼一年的合约期到了，新学期开始前几天，老史收回了店铺，他信心满满地等待好生意的到来。终于开学了，可老史的生意没有好起来，还比以前更差了。

老史急了，绝望之下，他辗转找到老戴，向他讨教。

老戴夫妻俩又在另外一个学校大门外租了个小铺面，还是做学生就餐的生意，而且生意红火。老史要崩溃了，老戴的餐馆位置不好，装修不好，他怎么就一做一个好呢？

老史拿着三千多块钱的大礼，见到老戴，把大礼送上去，可老戴仿佛是知道了老史的心思，说什么也不愿收。礼没送出去，门道当然没问出来。

老史下了狠心，你不说，我自个儿来琢磨。

内有玄机

老史发现，每当学生在老戴的餐厅就餐时，总有一男一女两个干部模样的学生在餐厅里跑来跑去，好像东道主似的。回想到之前在“学子餐厅”的情景，老史隐约觉得，这两个学生不寻常。

老史走出餐厅，看见一个刚吃完饭的学生，便凑上去问道：“同学，我可以问你一个问题吗？”

这学生也是个热心肠，笑嘻嘻地说：“可以啊！叔叔有什么要问我这个当学生的？”

老史说“你们为什么喜欢到这家餐厅吃饭呢？是因为物美价廉，还是口味好？”

学生说：“不是！因为这家餐厅的饭菜让我们放心。至少它不会用地沟油，不会用过期变质的食品。你是知道的，家长们大都不会在乎我们吃饭花了多少钱，就怕我们吃了不卫生的饭菜，我爸妈知道这家餐厅卫生有保证，就逼着我来吃。其实，这家餐厅的饭菜味道一般，还不如其他餐厅的，但是比学校的饭菜好吃些。”

老史听了，连珠炮般地发问起来：“你们怎么知道这家餐厅不会用地沟油，不会用劣质食料？就因为餐厅承诺过？现在哪个饭店说自己用地沟油呢？”

学生说：“现在谁还相信老板们怎么说啊！我们相信这家餐厅，是因为我们相信他不会害他们家孩子。”

老史问：“此话怎讲？”

学生说：“很简单！因为他们家两个孩子就在学校上高中，他们每天和我们吃一样的饭菜。老板心再黑，也不会害自己孩子吧？”

老史明白了，那两个干部模样的学生，一定就是老戴的儿子女儿了。老史对学生说“同学，我觉得你们太单纯了，他们家孩子在餐馆里吃饭就表明他们和你们吃的东西是一样的？老板给他们孩子单独做一份就是了。”

学生笑了起来：“哈哈！叔叔你

和我爸爸妈妈想的一样，也和所有的学生家长想的一样，所以，我们来这里吃饭还有一个要求，就是让老板的儿子和第一批就餐的学生一起吃，女儿和第二批就餐的学生一起吃。叔叔你要注意哦，他们家孩子每次吃饭，都是和其他学生从一大堆盒饭里任意抽一个吃的。这就是说，如果老板给他们家孩子开小灶，并不能保证小灶能进他们家孩子的肚子里。明白不？”学生说完，一蹦一跳地走了。

老史彻底明白了，学生和家长们用老戴的儿子女儿做“绑架”，以此保证餐厅的饭菜卫生。

这时，又一个画面出现在老史的脑海里，那就是在“学子餐厅”的那两个干部模样的学生。他们和眼前的这两个孩子不是一对人。按照现在的情况判断，如果那两个孩子是老戴家的儿子和女儿，那么眼前这两个孩子又是谁的呢？如此说来，所谓的孩子都是假的？

假的，一定是假的!

一声叹息

老史再次找到老戴，直奔主题，逼视着老戴问：“戴老板，我发现你们家至少有四个孩子啊！”

老戴一愣，颇为紧张地看着老史。

老史乘胜追击，嘲讽道：“戴老板，你们计划生育搞得不好啊！就不怕有人找麻烦？”老史忽然变了脸色，逼问道，“只怕是那四个孩子都不是你们家的吧？”

老戴慌了，连忙把老史拉到一个僻静处，小声地说：“史老板，咱还不是为了一口饭？没错没错，那四个孩子都是我雇的。”

“呵呵，果不出我所料。”老史虚张声势地说，“戴老板你继续说，看看我所料是不是完全正确。”

老戴叹了一口气说：“史老板，不瞒你说，我前几年也是在学校门口做餐饮的，可生意就是好不了。原因就是学生家长担心孩子吃了不能吃的东西，可学校食堂的大锅饭，又不可口。家长们宁愿辞掉工作送饭给孩子，也不敢让孩子到外面的餐馆吃。后来我家闺女考到了餐馆附近的学校，闺女顿顿在餐馆里吃饭。有一天，我闺女的几个同学家长找到我说，要他们的孩子在餐馆里搭伙，价格好商量，唯一的条件就是，要和我们家闺女吃同一锅饭，同一锅菜。为了防止我作弊，他们还要求，吃饭时，几盒饭菜放在一起，先让他们的孩子挑，剩下的给我闺女。我想都没想就答应了。就这样，越来越多的家长来我的小餐厅给孩子搭伙。”

老史问：“你闺女也该毕业了吧？”

老戴点点头说：“我闺女去年毕业的，离开了那所学校，我租的店面合同也到期了。正好看见你转租门面，起初我还犹豫着要不要接手，最后还是两个孩子给我解了难题。这两个孩子和我闺女是很好的同学，三年里一直在我那小餐馆搭伙，他们的弟弟妹妹刚上二中。为了让我租下店面，中午好让弟弟妹妹来搭伙，那两个学生就出了主意，让弟弟妹妹过来给我当儿子女儿，以此取得学生家长的信任，让同学们都来餐厅搭伙。”

顿了顿，老戴又说：“其实，我开餐厅一直是老老实实的，从来没有用过地沟油，也不会用不合格的食料，可有些人就是不相信啊！我要是不按孩子们的主意做，生意就做不起来啊！我不得不把人们对我的信任绑架到子虚乌有的儿子女儿身上。史老板，你一定要为我保密啊！咱们都是做小生意的，能吃上饭不容易，你一定要答应我啊！”

老史不住地点着头，叹了一口气，心里是无比的苍凉……

（**题图、插图**：张恩卫）

·**本刊信息传真**·

2011年“岳阳杯”幽默故事创作大赛征文评选揭晓

2011年“岳阳杯”幽默故事创作大赛征文，经读者投票，评审委员会评定，各奖项已产生，现公布如下：

一等奖（空缺）：评审委员会意见：候选作品中尚缺少集思想性与艺术性为一体的代表作。

二等奖 （5名,奖金各2000元）：保镖（秦晋之）；打包专家（老婆田）；高手（张以进）；绝妙概括（江永年）；死不瞑目（沈玉亮）。

三等奖（10名，奖金各1000元）：要命的故障（张淑霞）；就理三块钱（邓祖薪）；救援专家（陈琪）；红娘再世（石高杰）；实名时代（侯智勇）；签合同（李大勇）；宝葫芦（郭振宇）；找厕所（袁永民）；天生胆小（杨信社）；我也是受过教育的人（辛春华）。

创作奖(10名，名单详见故事中国网 www.storychina.cn)。

·新传说·

都来斗地主

□ 刘明晔

在寒冷的冬季，最惬意的事，就是邀几个朋友，围坐在一桌，吃火锅。大学生小蒋就和室友吃过一顿火锅，不过这顿火锅他吃得并不惬意，但很特别。

这天傍晚，602宿舍的石头拿着一张传单，冲进宿舍，对其他五个人说："学校对面新开了一家火锅店，消费一百送四十块的券，好划算！"

大伙一听，忙放下手头的事。小蒋关掉了网游，说："我今天通关了，刚想着怎么犒劳自己呢。"强子挂了电话，叫道："我费了半天口水，也没约出小艾，精神生活看来是丰富不了，还是来点儿实在的，满足口腹之欲吧。"其他几位也纷纷响应。

吃火锅的事定下了，下面就是钱的问题了。大家都是穷学生，小蒋整天打游戏，把钱都花在买装备上了；强子追女孩，把钱都花在请客吃饭上了……总之，六个人，经济条件不同，再加上胃口不一，如果都出一样的钱，不公平，也没什么趣味性。

于是强子出了个主意"要不，我们来玩斗地主游戏吧。"

众人不解地问："什么是斗地主？怎么玩？"

强子解释道"很简单，就是地主多出钱，贫农少出钱多干活。"强子转转眼珠，拿出来几张纸，大小一样，上面写了——“地主：50元”、“中农：20元”、“贫农：5元”。强子说：“这里有六张纸，一个地主，四个中农，一个贫农，共135元，只要大家省着点吃，这钱够用。大家抓阄定成分，谁抓住‘地主’谁倒霉，抓住‘贫农’也别得意，拿到钱后，要到市场上采购蔬菜，偷偷带进火锅店，不能让人发现，吃饭过程中，贫农负责加汤倒水等事情。地主虽然出了血，可一切事情都不用管，烫肥牛和羊肉等荤菜时，地主享有优先权……”

这个办法清晰明了，强子将纸一搓，便成了六个一模一样的纸团，让大家随便抓了一个。这时，只听石头一声哀嚎：“哎呀，我咋这么倒霉呢，抓了个地主，我这个月的钱告急哦。”石头虽然嘴上哀嚎，却兴致勃勃地到对面宿舍借钱，当地主当得不亦乐乎。

小蒋抓了个“贫农”，笑得合不拢嘴：“老天爷可怜我啊，就知道咱宿舍属我最穷，所以给了我花五块钱吃大餐的机会。”说罢，他乐呵呵地迎着寒风，朝菜市场奔去。

其余的人来到了火锅店，选了个包厢。石头作为地主，坐在主位上，看着别人忙活。等到火锅里红油翻滚，石头先烫吃了两块肥牛。这时，贫农小蒋冒着一头寒气过来了。他关上门，忙不迭地从塑料袋里掏出蔬菜。强子查看了一下，对小蒋说：“这些东西得洗洗。”小蒋愣住了，自己都快冻死了，可他们几个却舒舒服服地呆在屋里，现在又让去洗菜……可是，谁让自己只出了五块钱呢？贫农的滋味可真不好过。他看了看翻滚的红锅，咽了一口口水，快快地出去了。

一会儿，小蒋拎着洗净的菜进屋，他扬着手往锅里下豆腐，众人的目光盯在他的手上，小蒋的手已经冻得跟红萝卜似的，忽然石头长叹一声：“哎呀，小蒋贫农，你忘了买红萝卜了。红萝卜下火锅，又好吃又营养。”强子也补充道：“你赶快去，现在菜场还没收摊呢。”小蒋一屁股坐下来，抱怨道：“什么红萝卜！我不去！我快冻死了！”

此话一出，众人齐刷刷看向了石头。显然，在这张桌子上，“地主”才有发言权。石头瞪着小蒋，刚要说话，小蒋就可怜巴巴地说：“石头，你别忘了，是我陪你去网吧包夜的！”石头一听，发了善心：“好吧，你也累坏了，赶紧吃点东西，垫垫肚子，过会儿再去买，菜场收摊后，超市还有，超市一般九点才打烊……”

超市比菜场还远！小蒋彻底没了脾气，抓紧时间吃东西。他想吃羊肉，但烫好的羊肉得地主先动，石头那筷子如有神助，随便在锅里一划拉，大块的羊肉就被夹了出来，地主后是中农，最后才是贫农，小蒋用漏勺在汤

里划拉几圈，才找到根肉丝，无奈之下，他只好盛了一些蔬菜，胡乱吃了一番，在“地主”念叨着的“红萝卜”声中不情愿地起身……

吃完火锅，大家回到宿舍，除了小蒋之外，大家个个吃得肚皮溜圆，石头拿着40元的消费券，倡议下周再去吃火锅，还玩“斗地主”的游戏。

小蒋最欢实，第一个站出来拥护：“下次我要当‘地主’，今天晚上太郁闷了，贫农才比中农少花15块钱，可受的罪却比中农多得多。”

强子乐呵呵地说：“地主不是想当就能当的，全凭运气。”

小蒋嚷着说：“我偏不信运气！”

话被小蒋说中了，第二次，小蒋果真抓到了“地主”。可他并不高兴，反而耷拉着脑袋。强子打趣道：“你上次不是要做地主吗？现在轮到你了，咋愁眉苦脸的呢？”小蒋摸摸干瘪的口袋，说：“虽然做地主舒服，可也得有钱才行！我爸上星期刚给我汇了400块钱，现在只剩100了……”说着，他很不情愿地交出了50元钱。

贫农被强子抓到了，他还蛮高兴的：“只花五块钱就能吃顿火锅。我说小蒋，你上次也太娇气了，跑个腿有啥呢？我就愿意跑腿。”

和上次一样，大家在火锅店里落座，石头急吼吼地让小蒋下肥牛。小蒋做过贫农，知道贫农的滋味，这次做地主了，良心发现，觉得应该等一等强子，但架不住大家馋涎欲滴的心情，只好将一盘肥牛全下了锅。按规矩，他第一个捞，但他的技术显然没有石头好，每次只捞一两片肉，其他中农们可不客气，三下五除二，各人面前的碗里就堆起了一摞牛肉。

强子吸取了小蒋的教训，买了菜后顺便洗干净，火急火燎地带来，刚好赶上开局。

吃完饭，大家舒服地盘算着下次去哪儿吃，小蒋开玩笑地问强子：“怎样，贫农的滋味不好受吧？”

强子发着牢骚说：“跑腿没什么，但是你们坐着我站着，你们吃着我看着，这滋味可不好受。”小蒋也发牢骚：“我这地主当得也够冤，钱出得最多，可吃得却不多。像肥牛肉，石头一筷子顶我三筷子……”

大家嘿嘿笑着，小蒋突然总结道：“地主和贫农我都当了，滋味都不好受。上次我回去后，就将最爱玩的游戏给删了。今天回去，我要把其余两个也删了。以后，我再也不玩游戏了，请大家监督我。”

大家一脸吃惊，系里最有名的“红灯男”不玩游戏了，这听起来就跟2012真的到来一样。这时，强子忽然叹了口气，说：“我决定，不追小艾了。”

大家伙儿又一脸惊讶。小艾是强子梦中的公主，他掏心掏肺追了近一年了，眼看就快成功了，怎么半途而废了？

强子苦笑着解释：“通过玩这个游戏，我发现自己没有底气追小艾了。我曾对小艾承诺过要给她幸福，可是，我拿什么给她幸福？我现在好好学习，将来也许会找到一份普通的工作，充其量也就是‘中农’。要想做地主，就得有真本事。我现在身无所长，在小艾面前信誓旦旦等于是欺骗。”

石头劝道：“强子，你想多了，咱就是用新的方式聚餐而已。”

强子的感触，小蒋感同身受：“其实，我比强子感受更强烈。因为我做过贫农，贫农的滋味太难受了，没有话语权，干最多的活儿，吃最少的饭。其实咱这个‘斗地主’游戏，就是这个社会的游戏规则。我如果一直打游戏，只能在游戏里做王做将军，在现实生活中，却被人呼来唤去，很不好受。”

一顿饭让他们两个都有别样的感受，其他人想必也有感受。

听了这些话，石头提议说：“要不，咱这游戏不玩了，还是改成AA制……”

“不要！”大家异口同声地说，“我们就爱玩‘斗地主’，做‘地主’，享受一下成功者的愉悦；做‘贫农’，激励自己更努力地前行。”

之后，小蒋不再逃课了，认认真真地上课，笔记记得很清楚，按他的话说，高中时代还是佼佼者，到了大学成绩挂红灯，这是对他个人的侮辱。

三年后，这个宿舍中，两个考上了研究生，剩余的四个人都找到了相当不错的工作，校报的记者先后去采访他们，六个人几乎都说了同样的话：“小师弟，告诉你一个新游戏的玩法，以后再和宿舍的姐妹们聚餐，就玩‘斗地主’，具体规则是这样的……”

（**题图、插图**：谭海彦）

·新传说·

理直气壮

□ 向曙红

在毕业生的眼中，律师这个职业前途光明，是一份理想的职业。小赵是一名法律专业的毕业生，在顺利取得律师资格后，他开始从事法律业务，可是在头三个月的工作里，他没接到一个案子。没办法，这年头人们重名气，谁叫他是刚出道的小角色呢？

小赵的舅舅见他工作不顺，就帮他介绍了一桩生意，是本市一个“富二代”被人打了，人家需要律师打官司。

舅舅介绍了基本情况：被打的“富二代”叫张峰，昨天下午开着辆宝马载着女朋友去郊外玩，过一个弯道时车速快了些，结果掉进一个菜地里，将人家菜农的大棚给撞塌了。那个菜农向张峰索要赔偿，张峰倒不是不愿意赔钱，只是刚刚出了车祸，车子撞坏了，女朋友还受了点伤，正窝心上火呢，看到菜农要求索赔，不仅开口大骂，还操起身旁一根木棍动起手来。菜农气得脸都歪了，随即将手中的菜铲一挡，把张峰脸上割出一个不小的口子，到医院缝了五针，现在还躺在医院里，所以张峰要打官司索赔。

小赵二话没说就赶往医院，见他的委托人。刚来到张峰的病房门口，就听到里面传来摔东西的声音，一个乡下人模样的老汉狼狈地从病房里退了出来。小赵走进去，看到地上躺着个保温饭盒，鱼肉鱼汤洒了一地。张峰坐在病床上，左半边脸上贴着老大一块纱布，一只手按在纱布上，又是生气又是疼痛的表情。

小赵说明来意，张峰激动起来，说："你给我好好打这场官司，能让那家伙坐牢是最好，不能坐牢，也要让他赔个倾家荡产！不赔个十万别想过门！我告诉你，他赔多少钱，我一分都不要，全给你作律师费。"

"你不要钱，那你还打什么官司？"小赵有点弄不懂。

张峰叫起来："我要的是面子！我当着女朋友的面被人伤成这样，脸往哪儿搁？我一定要出了这口气！"

小赵也激动起来，三个月没开张，一开张就碰到这样的好事。这场官司得好好打，人家赔多少，都是自己受益，那当然是让对方赔得越多越好。

为了能把握胜诉概率，小赵不急于办理委托手续，他先要了解事发经过，特别要了解双方是怎么打起来的，再找几个证人，所以，他当即去了出事的地点——柳塘村。

张峰的宝马车还趴在菜地里，蔬菜大棚已经塌下去半边。旁边的蔬菜大棚里有两个菜农在干活，小赵便走进去，向他俩了解情况。两个菜农说，昨天他们在场，目睹了事发全过程。

这两个菜农说："要说动手，还是那个开车的先动的手。那个菜农叫吴维华，是个老实人，哪会率先打人呢？他是上去要人家赔他的大棚，人家就开骂了，还操家伙动起手来。他手里刚好拿了个菜铲，被人家揍急了就反手往后挡了挡，结果就划伤人家的脸了。"

小赵相信，这两个菜农说的是实情。纵然实际情况是这样，你弄伤人家了还是应该赔钱的呀，毕竟张峰现在还躺在医院里。他问两个菜农，吴维华的家在哪里，他还想找吴维华核实一下情况。

菜农说"吴维华见伤了人，当时就吓得扔下菜铲跑了，一直没敢回家，那个受伤的人报了警，警察来找吴维华，也没找到人。"

"他家里还有什么人吗？"

"只有一个老爹，正在鱼塘里捞鱼呢。"菜农指给他看。

小赵来到村前的一口鱼塘边，果然看到一个老汉在塘里捞鱼，他认了出来，正是自己去看张峰时，出门的那个老汉。

大冬天的，老汉穿着皮裤，站在水里，不断地拖动鱼网，冻得瑟瑟发抖。奇怪的是，他将网提上来时，网里明明有好几条大鱼在蹦跶，他却并不抓起来，而是又将这些鱼放回到水里去了，重新拖起网来。

小赵实在忍不住心中的好奇，问了一句："老人家，你干吗将捞上来的鱼又放掉了？"

“这些不是我要捞的鱼。”老汉抬起头来，也认出小赵来，“我刚才在张老板病房门口见过你，你是代表张老板来的吧？”老汉慌忙往岸上爬。

“我是张峰的律师。我只是想找你核实一些情况。”

一听“律师”两个字，老汉慌了神，忙不迭地从口袋里掏烟，递上，结结巴巴地问：“律师？张老板请了律师？他是要跟我那不争气的儿子打官司？天啊，这怎么办？律师同志，官司就别打了，行不？我们赔钱。我儿子伤了他，我们出钱给他治。”

小赵没料到人家慌成这样，而且主动提出赔偿，这么看来，这案子处理起来会更简单。他想探探老汉的口风，便问：“你们打算赔钱，那打算赔多少？”

“三、三万，够吗？”老汉结结巴巴地问。

小赵摇了摇头。

“那……三万五，行吗？”

小赵还是摇头。

老汉直叹气：“同志，我家没多少钱，就拿得出这点，真的。我家要是有钱，人家将我家的大棚撞塌了，我儿子也不会急着去找人家赔偿，惹出这样的事来啊！”他抖抖索索地掏出烟来，点上，吸了一口，这才鼓起勇气问：“要我们赔多少钱，你们才答应不和我们打官司？”

小赵伸出一根指头：“十万。”

老汉瘫坐在地上，埋着头，一口接一口地吸着烟，吸到烟火快烫着指头了，才将烟头扔了，站起来，像下了很大决心似的，说：“十万就十万吧。将心比心，将人家脸上拉出那么长一道口子，人家是有钱的体面人，日后脸上留道疤也难见人，要十万也应该。只要你们不打官司，我一定凑齐十万给你们。”

小赵真没料到，这么容易就将事情解决了。他应该高兴才是，但看着一脸苦相的吴老汉，他高兴不起来，总感觉是自己欺负了人家似的。他忍不住问了一个问题：“老人家，你为什么这么怕打官司？”

“打官司，谁不怕？被人告了，这是丢人的事啊！我们村祖祖辈辈就一户人家打过官司，他伤了人，打官司后坐了三年牢，到现在他家里人还抬不起头来做人呢。我儿子也伤了人，要打官司，不也落个那样的下场？”老汉叹了一口气，接着说，“咱穷老百姓，跟有钱人打什么官司，有钱人请得起律师，律师是什么人，红的能说成白的，白的能说成黑的，咱平民百姓，跟律师斗，不是找不自在？”

老汉意识到自己说漏了嘴，打了一下自己的嘴巴：“对不起，同志，我不是说你，我只是说律师厉害。”

小赵要走，老汉又留住了他：

“你能不能等一会儿，等我打上一条乌鱼来。”

小赵疑惑地问：“为什么？”

“我们乡下有个偏方，受了外伤的人，要经常喝乌鱼汤，这样伤口才会好得快，不会留疤。我昨天捞了一条乌鱼，熬了汤给张老板送去，结果被他扔了。今天又送了一趟过去，还是给他扔了。估计他见了我会生气，你能不能等我捞到一条乌鱼，熬好汤，帮我带过去。”老汉说完，又下到塘里去，抖抖索索地拖起网来。

小赵怔在那里，这个老汉太老实了！管人家脸上留不留疤干什么，留疤也是赔十万，不留疤也是赔十万！

过了好久，老汉终于捞出一条黑乎乎的乌鱼来。他赶紧领着小赵回家，炖起鱼来，一会儿工夫，满屋子都是鱼的香味。在炖鱼的工夫，小赵与老汉聊了起来，他问老汉一个问题：“老人家，张峰要你赔多少钱，你就赔？”

老汉长叹一口气：“人心都是肉长的，咱害人家破相了，总得讲点良心；再说，理在人家那一方啊！”

“可是，你儿子也占着一定的理呀，人家的确毁了你家的大棚，他要赔偿也不过分呀，人家干吗打他？”

吴老汉愣住了，尔后一把握住了小赵的手：“你是好人啊，说了一句公道话。”但他接着又直叹气，“事是这样的事，理却不是这样的理。人家几十万的车子撞坏了，女朋友还伤着，心里多难过呀，这时候人家比咱难过，咱就不该去给人家添堵。我儿子不懂事，这时候去要人家赔钱，人家哪能不急眼？不管怎么说，我儿子不该用菜铲将人家伤成那样。人总要讲良心是不是？”

听着老汉如此憨厚质朴的话，小赵心里很不是滋味。

鱼汤熬好后，老汉将鱼汤盛在一只保温瓶里，千叮咛万嘱咐，要小赵劝张峰一定将鱼汤喝下去。

小赵提着满满一瓶鱼汤回到城里，心里很不是滋味，他甚至都有些犹豫，自己是不是该接这个案子。

来到医院，他将乌鱼汤倒在碗里，请张峰喝，张峰一见，翻了脸："这是不是那个糟老头让你带来的？"

小赵只迟疑了一下，张峰就一把打翻了碗，叫起来："他套什么近乎？以为给我送点吃的喝的，老子就饶了他？没门！"

小赵有些来气，说"你别以小人之心度君子之腹好不好？人家不是跟你套什么近乎，人家是在利用传统偏方，想让你的伤口好得快些，不留下疤痕。"

"那老子更不能喝了，老子就是要让脸上留下个大大的疤，然后要他赔多多的整容费。"

小赵瞠目结舌，心里却翻江倒海起来，他努力想克制，却怎么也克制不住，他终于叫了起来："你觉得你的诉讼会没问题？那你就去让他赔多多的整容费吧，这个案子我不想接了，你另请高明好了。"

张峰瞪着他，怪笑起来："你不接？有的是律师接，都是大牌律师。告诉你，不是你的舅舅求情，老子要请律师也轮不上你这样的小角色。"

"那你去请大牌律师好了。我打算做吴维华的代理律师，与你的律师对簿公堂。"小赵气冲冲地回到办公室，舅舅的电话就来了，将他一顿臭骂，问他哪根筋不对，临阵反水。小赵只说了一句话："因为一瓶乌鱼汤。舅舅，我是当律师的，我是要靠律师费生活，但人活着，总得先有道义有良知对不对。"

"可你想过没有，你代表菜农那方与张峰对阵，你的结局能保证赢？那可是你的第一件案子啊！"

"我不一定败诉！原因有两个，第一，张峰的伤势并不严重，而且伤在耳朵下方，像这种没有影响容貌的情况，只要承担相应的医疗费，根本不需要十万的整容费；第二，张峰撞坏了菜棚后，是最先操家伙动手的，从某种程度来说，吴维华是正当防卫，不需要承担责任，就算最后被认定为防卫过当，也只是适当赔偿，根本不需要出十万元，而且，比起张峰所承担的菜农全部经济损失，那真是小巫见大巫。"小赵胸有成竹地放下电话，直奔柳塘村，虽说官司有希望打赢，但他的心里还没底，他该如何说动菜农，接受他这个免费律师呢？

（题图、插图：谭海彦）

这个时代是智慧博弈的时代。找工作需要靠智慧，创业更需要靠智慧……

□ 刘祖光

时尚卖菜郎

大学生卖菜

这年头找工作实在不容易，于是有些大学毕业生就想到了卖菜、卖奶茶、卖臭豆腐。这放在以前，那可是让人跌破眼镜的事情。可现在，有这种想法的年轻人越来越多了，赵波就是其中一个。

赵波上班的第一天，新明菜场好像炸开了锅，沸沸扬扬的。菜贩们乐了："新来的菜贩，是个大学生呢！"

"菜头"王大力见了赵波，有些不悦，因为赵波的母亲王婶以前是骑三轮车卖菜的，菜价便宜，抢去了王大力不少生意，现在，她和儿子一起来菜场卖，不是明摆着跟他抢生意吗？于是王大力联合其他菜贩，暗地里把菜价调低一毛钱，他宁可少赚点，也要把那对母子挤走。

不知这个消息怎么让赵波知道了，他气呼呼地来找王大力。

王大力有些得意，说："天无绝人之路，这里的租金贵，你们可以继续骑着三轮车，做'游击队'嘛！到白领门口去卖，生意肯定好！"

赵波红着眼睛瞪着王大力，一字一顿地说："我知道你挤兑我们娘俩，

你听好了，我不仅不会走，而且，我要用生意来打败你。”

“哈！”王大力乐了，“就凭你？那我等着。如果我败了，没说的，我走。如果你败了，赶紧滚蛋！”

赵波回去后静下心来想：王大力卖菜的位置好，就在大门口，地方大，要打败他困难重重。

这时，菜贩老郑瞅了个空，走过来跟赵波说：“大家伙商量过了，大忙我们帮不上你，但小忙能帮上。从此以后，我们不再跟着王大力降价了，菜价跟你们的一样。”赵波感激地看着老郑，老郑叹口气说：“其实，你们走了，我们没沾多少光，但王大力走了，大家伙儿也能轻松。这家伙卖菜手段不地道，给菜叶上喷的新鲜剂，都是害人的东西！”

赵波听了豁然开朗，一下子跑出了菜场，不一会，他屁股后面跟来了两个装修师傅，开始装修菜摊。

菜摊装修？这不是乱花钱嘛！王大力乐得眼睛都成一条缝了。

两个小时后，活儿干完了。只见赵波的菜摊被塑料墙纸独立隔开，墙纸外印着“赵家鲜菜”的字样，还有一个由红白萝卜构成的图标，赵波解释说：“这是我们家菜摊的‘标志’。”

第二天，赵波和王婶穿起了统一的工作服，开始摆摊了。“赵家鲜菜”的生意非常好，很多人来到菜场后，一眼就看见了赵家菜摊，直奔这里。

王大力终于明白了：赵波这招厉害啊！这一装修，赵家菜摊醒目了，而且装修的店面让人觉得正规，自然里面卖的菜也让人放心。

王大力当然不甘示弱，降低了菜价，可是几天过去，他的生意不见好转，这天，他拉住一个老客户推销。

对方很干脆地说：“那家的菜干净，你的菜添加了福尔马林。你去看看人家的宣传，卖的就是放心菜！”

王大力被说懵了，派儿子偷偷到赵家鲜菜那里侦察，一看，原来赵波做了个电子屏，上面滚动播放着“科普小知识”，比如：怎样挑选鲜菜，过于鲜艳的菜一般添加什么东西……

王大力无奈地收起新鲜剂，老实卖菜。不过，很快他就想到了新的办法：山寨。

增加客流

王大力也将菜摊装修了一遍。谁知没多久，菜贩们都“山寨”起来，每家菜摊都装修了，都有醒目的标志。可是，先行动者得先机，赵波的生意依旧红火。

王大力又出招了。他针对小白领们做饭不多的特点，推出小包装蔬菜。每小包菜价格都在一元到三元之间，不贵，拎着又方便，小包装蔬菜得到了白领们的欢迎。

王大力的生意好了，赵波还在原地踏步，却遥遥领先于其他菜贩，那些原本支持赵波的人，现在又犹豫不定了。他们觉得，再这样下去，赵波会取代王大力。也就是说，王大力走了，来了个比王大力更有主意的赵波，大家日子照样不好过。

赵波也在思考这个问题。其实，所有问题归结起来，还是来光顾菜场的顾客太少了。

赵波消失了两天。两天后，他西装笔挺地出现在菜场，还请来了几位爱摄影的同学，他们拿着相机，在赵波的菜摊上“噼里啪啦”一阵拍，赵波拿着新引进的刷卡机摆起了姿势。大家都不知道赵波出的哪招，王大力也揪心得很。

几天后，大家发现，到菜市场里买菜的年轻人多了起来。这些年轻人，来到菜场后，就直奔赵家摊位，指指点点说笑了一通，然后拎着菜走了。

王大力咋也想不通，倒是儿子嚷道：“爸爸，你不知道，波哥现在是网上红人哩，他绰号叫‘时尚卖菜哥’，跟‘犀利哥’、‘烧饼哥’一样有名。”王大力的儿子学习不好，在赶潮流方面绝对可以拿个优等。他说着，就拿起手机，给王大力看：“爸爸，你看，这是他的微博，名字叫‘时尚卖菜哥’，粉丝有一万多呢。”

王大力不由得一拍大腿：“这小子，精明得很哟，标新立异搏出位啊！”

儿子摇摇头说“不只是搏出位，他的目标是变成最时尚的卖菜郎，他在微博上提供食谱，还把银联刷卡机引进菜摊，更绝的是，他还开通了‘网上订菜’业务，比如网上想吃豆芽，通过微博告诉他，他就准备好菜。很多上班族经常一下子订购几天的菜，下班后不用花时间挑，直接刷卡带走。”

这个新招儿，让王大力佩服得很。

此后，赵波还帮其他菜贩申请了刷卡机。大家跟着赵波，更换了设备，新明菜场一下子成了全市的明星菜场，不少人慕名而来，菜场的生意如火如荼。

到了月底结算的时间，赵波的菜摊收益颇增，生意虽好，但王大力的摊位大，菜的品种多，营业额还是小胜“赵家鲜菜”。

摊贩们都劝王大力，以前的赌算了，毕竟赵波为大家引来了顾客。

王大力却不认账：“凭啥说那些人是赵波吸引来的？到现在，他的营业额也没超过我，他应该滚蛋！”

赵波也不示弱：“你等着，我的营业额一定会超过你。超过你一点不算赢，我要超过你一倍才算赢。”

两人就此又下了“战书”。

给对手留口饭

赵波下了“战书”后，又消失了，大家都说他赢不了王大力，另谋出路去了。

王大力听了大喜，老郑来找王大力求情，说：“老王，您别跟孩子一般见识。他卖菜就是糊口，用不着争个你死我活的，大家都有口饭吃，多好。”

王大力眼睛一瞪：“不好！喝稀饭也是吃饭，吃鲍鱼也是吃饭，老子不愿意喝稀饭。不管他小子出不出现，我可要出招了。”

第二天，“粤华酒店”的车来到王大力的菜摊。

原来，王大力把目光盯在了大酒店，他主动出去联系附近的大酒店，给他们供菜。一般来说，大酒店都有专门的采购人员，根本轮不着小菜摊。因此，菜贩们根本不敢打大酒店的主意。王大力交友广泛，他跟一个在酒店做采购的朋友喝酒时，偶然得知了一些“行业潜规则”。一些大酒店为了减少人工成本，采购人员很少，或者干脆不设采购员，由老板亲戚担任，这些亲戚同时还干着酒店的其他职务，导致采购人员非常忙碌。他又探听得知，大酒店需要的新鲜时蔬这一块，很多是大批量采购，然后放冷库里。这样的菜一是口感不好，二是损失多。因此，他主动上门，跟几家大酒店谈好了业务：每天供应所需的新鲜时蔬，酒店用不完的，可以退货。

这样减轻了采购员的工作强度，还保证了蔬菜的新鲜度。王大力的鲜菜又是正规的商家，大酒店也乐意做这种生意……

大家听了，直咋舌：一家酒店的量，顶得上一二百个普通顾客。按营业额来说，批发总比零售强吧。王大力的营业额跟赵家的一比，赵家马上给比下去了。

王大力得意洋洋，带领一帮兄弟，装腔作势地要让赵家菜摊滚蛋。

就在这时，赵波回来了，随他回来的，还有一部新型货车，上面写着“有机蔬菜”的字样。

赵波笑嘻嘻地指着车说：“叔叔们，我现在卖‘有机蔬菜’了，这种菜不打农药不洒化肥，而且价格较高，比如这白菜，在咱这里一斤七毛，我那里就四块钱一斤……”

大家瞠目结舌，王大力不屑地说：“这么贵，有人要吗？”赵波笑着说：“你等会儿看吧。”

到了下班时间，一大群人来到赵家菜摊，人人手里拿了一箱有机蔬菜，既不刷卡又不付钱，拎着菜就走了。

老郑见了丈二和尚摸不着头脑，悄悄地问赵波：“你这菜是送他们的？他们可都没有付钱呢。”

赵波摆摆手说：“他们已经付过钱了，网上支付宝付款！付完钱后，我这里的电脑就出单了。”

“大学生就是厉害啊！”

赵波笑笑说：“其实我消失的这几天，都在联系农户做‘有机蔬菜’，现在过年公司流行送有机蔬菜，而且，我的价格比一般的批发价更便宜，我和一家团购网合作，定期做一些优惠活动。那些要买有机蔬菜的顾客，看到我的团购价那么优惠，自然就都往我这里来了。”

一个月后，结算出来：赵波的“有机蔬菜”卖的量虽然没有王大力多，可是利润却非常高，几乎是王大力的三倍……面对这个结果，王大力目瞪口呆。他这时才发现，做人不能太嚣张，说出去的大话跟泼出去的水一样覆水难收。为了脸面，他只好滚蛋。

在他收拾东西走的时候，赵波在一旁看着，心里不是滋味。王大力虽然嚣张跋扈，可也都是为了生活。他孩子正是花钱的时候，他如果离开了菜场，到哪里去卖菜呢？

老郑推了推赵波，说“如果没有王大力，你会不会有今天？”

赵波顿时醒悟了。是啊，王大力在这里，能激发起他的斗志。如果没有王大力，他怎么能做到现在的成绩呢？给对手一口饭吃，自己的饭才会更香，更有滋味啊！

想到这里，赵波连忙向王大力跑去……

后来，王大力回到了新明菜场，可儿子没考上大学，王大力担心他在街上瞎混，就想让他跟着赵波干。赵波奇怪地问：“力叔，咱俩都是卖菜的，跟着你更好啊！”

王大力笑笑说：“这孩子，起初看不起卖菜的。后来，你卖菜卖出了成绩，他对你服气得很，他愿意跟着你。要知道知识就是金钱，十个我，也不是你赵波的对手哦！”

（**题图、插图**：谢　颖）

·民间故事金库·

十斤钱塘

□俞泉江

清朝年间，一天，一行官船旌旗招展，一路南下，傍晚时分来到嘉兴府境内的江南古镇石门镇。这是乾隆皇帝第五次下江南。此次下江南的目的有二：一是近年来钱塘江两岸多处塌方，造成水灾，淹没良田，涂炭生灵。乾隆早有心将其修复，却一直苦于没有合适人选；二是顺道再去盐官陈阁老府第看看陈老夫人，以慰思念之苦。

龙船停稳后，乾隆走出船舱，见天色已晚，下旨在石门过夜。

得知乾隆在石门过夜的消息，附近的达官贵人备足了金银珠宝，前来进献给皇上。然而，就近的大小官员都来了，唯独不见石门县令冯应柳。

乾隆不免有些生气，心想：朕路过石门地界，照理说，当地的父母官该第一个前来觐见才是，可这个冯应柳连脸都没露一下，是不是藐视朕哪？

冯应柳是石门县小小的知县，他哪敢藐视皇上！其实，他是手头拮据，拿不出像样的东西作见面礼，才迟迟没有动身的。

乾隆看过官员们送的厚礼之后，准备用膳，这时，只听得随从太监高声叫道："石门县令冯应柳前来觐见皇上，礼'十斤钱塘'。"

乾隆在后舱，听了一愣：什么不好送，却送来"十斤甜糖"！这个冯知县，看来是有点不把朕放在眼里了。

冯应柳来到后舱，见到乾隆，便“扑通”一声跪下，大声道：“石门县令冯应柳迎驾来迟，请皇上恕罪！”

乾隆朝底下一看，只见面前跪着的那个人，官服旧且不说，还打了几个补丁。

乾隆咳嗽了一声，问道：“冯知县，你送朕的‘十斤甜糖’是何希罕之物？味道如何，朕倒要亲口尝尝。”

冯应柳“咚”地朝船板上磕了一个响头，回答道：“回皇上，方才太监说的是‘十斤钱塘’，而不是‘十斤甜糖’。”

乾隆听了有些不悦：“‘十斤钱塘’？钱塘江自古气势恢宏，潮水奔腾，一泻千里，岂能说成是‘十斤钱塘’？真是荒唐！”

冯应柳吓得脸色发白，语无伦次。

这时，太监已将那个“十斤钱塘”放在乾隆面前。“十斤钱塘”约有三尺长，二尺高，用一块红绸盖着。乾隆伸手掀起红绸，一座用木料做成的钱塘江模型，正栩栩如生地展现在他的面前。这模型中间是奔腾的潮水，两边是错落有致的石岸，固若金汤。

乾隆观后，高兴得连胡子也翘了起来，大声笑道：“冯知县，你这个模型太好了！你给朕解决了一个大难题——修复海塘，解决水患，为民造福！”

冯应柳谢恩之后，乾隆让众官员退下，只留下纪晓岚一人。乾隆围着模型转了好几圈，才问纪晓岚：“纪爱卿，你说这冯知县为何将模型当作礼品送来？”

纪晓岚回答道：“想来这冯知县是个清官，因手头拮据，没有钱财送皇上，才将模型当作礼物送来了吧！”

乾隆点头说道：“言之有理。那么为何要将模型做成十斤重？”

“这个……这个……臣一时也说不上来。”缄默片刻，乾隆若有所思道：“看来，这十斤的模型，如果是黄金所铸，大概也够修复钱塘江堤岸的经费了！”

经乾隆这么一点，纪晓岚佩服地点点头，道：“皇上圣明，冯知县将模型做成十斤重量，借机献给皇上，大概正是这个意思！看来，这个冯知县不简单呀！”

乾隆接口道：“朕正在物色一个能担当修复钱塘江堤岸重任的钦差，如若冯知县真是那么一个清官的话，他倒是合适人选，不过，朕还是不放心。”

纪晓岚回话道：“有适当时机，皇上可以试试他的才智。”

“朕也有此意。”

纪晓岚又说道：“皇上，明天是八月十八，八月十八是观赏天下奇观海宁潮的最佳日子，皇上何不趁此机会去观赏一番，顺道也好去看看陈老夫人！”

乾隆说道：“好，明日让冯知县作陪，一同前往观潮。”

第二天一早，乾隆坐上八抬大轿，赴盐官看潮。

盐官在钱塘江的出口处，江边建有一座占鳌塔，历来是观潮圣地。走了两个多时辰，一行人才到达江边。这时观潮人已是人山人海。盐官县令张大人率手下数十人，在占鳌塔下恭迎圣驾。

离潮水来还有半个时辰，张大人跪地奏道：“请皇上留下墨宝，日后刻碑建亭，以求永久纪念。”

乾隆皇帝对杭嘉湖平原一向关心，他数次南巡，其目的之一就是为了检验杭嘉平原河道开挖情况。这次南下，一路上看到江南水乡河道纵横，如棋盘密布，甚是高兴。所以，当听到张大人的奏请，心下已是答应，只是没有开口说出，而是用手一捋短髭，颔首一笑。

随从太监察颜观色，已知皇上应允，高声喊道：“徽砚徽墨徽纸侍候！”

乾隆抬眼远眺，见钱塘江水滔滔东去，与大海连接处，天水相连，景色尤为壮观。一下触景生情，挥毫写下“江天一”三个大字，嘴里一个劲地念着“江天一览、江天一览”，可迟迟没有落笔。

身边围着的大人们知道，皇上字卡喉咙了。

这可怎么办？江边成千上万的村民眼睁睁瞅着呢，如果皇上写不出这个“览”字，这脸怎么丢得起啊！可又不能当着这么多人的面，告诉他“览”字怎么写，那样做不就等于说，皇上无能写不出这个字吗？

乾隆额头上渗出了豆大的汗珠，然而，越是心急，这个字越是想不起来。就在这为难时刻，近旁忽地走出一个人来，这个人不是别人，正是冯应柳。只见他一撩官服下摆，跪下磕头奏道：“臣——今——四——见——驾。”

乾隆一愣，心说好端端的见什么驾？随后才恍然大悟：“臣、今、四、见”四个字的组合，可不与繁体的“**览**”字相似吗？乾隆又念了一遍“江天一览”，不露声色地写下了那个“**览**”字，随后扶起了冯知县。

通过这件事，乾隆心下拿定主意，修复海塘的重任就交给冯知县了。

回到石门镇上，乾隆进了龙船，其他官员一律被挡在岸上，只宣冯应柳一人上船。

冯应柳来到后舱，行过大礼，见过乾隆。乾隆劈头就问：“冯知县，朕知道你字应四，号有实，几时将字改成‘今四’了？”

冯应柳眼珠一转，道：“‘今四’即‘应四’，是下官的小名。”

“好一个小名，你是怕朕写不出那个‘**览**’字，故意这样说的吧？”说着，乾隆皇帝哈哈大笑起来，道：“冯爱卿，朕回赠你一件礼物。”随着乾隆手指的方向，冯应柳看见前面桌子上一尊用红绸盖着的物件。乾隆道：“冯爱卿，打开看看吧！”

冯应柳打开一看，惊得目瞪口呆。这是一座用黄金浇涛而成的模型，其状与冯应柳送给乾隆的模型一模一样，只是体积小了不少而已！

黄金铸成的模型金光闪闪，耀人眼睛。

冯应柳傻了一般，不知所措。

这时，听见乾隆轻声说道：“冯大人可知朕送你这件礼物的用意？”

冯应柳估摸着说道：“十斤黄金，是否就是‘十斤钱塘’的意思？下官愚蠢，请皇上明示。”

乾隆开心地笑道：“好一个聪明绝顶的冯知县，朕就将修复钱塘江堤岸的重任，交于你了。这‘十斤钱塘’，就作为经费，由你掌管吧！”

冯应柳激动不已，马上跪下谢恩：“请皇上放心，下官一定竭尽全力，修复江堤，以不辜负皇上对下官的器重，如若皇上下次再来江南，定会看到固若金汤的钱塘江堤——”

“朕等着那一天。”说完，乾隆就让冯应柳下船上岸，一会儿，龙船离岸开走了。

（**题图、插图**：黄全昌）

·外国文学故事鉴赏·

山村美纱，日本著名女推理小说作家。本篇作品根据《精心策划的座位号》改编。

座位号

购买车票

黑木是东京一所大学的学生，他有个喜欢的女孩叫知纱子，两人都是京都人。开学前夕，黑木来到知纱子租的公寓，得知知纱子要和另一个男人结婚了，黑木很生气，一时冲动，把知纱子掐死了。

杀死知纱子后，黑木很害怕，他慌忙将指纹擦干净，便逃回了家。

回到家后，母亲喊住了他："黑木，你不在家时，名古屋的早濑打电话来了，他乘明天下午两点名古屋发出的新干线回东京。我告诉他，你现在也去买火车票了。他的座位在九号车厢。你买到票了吗？是明天几点的车？跟他一班吗？"

经母亲这么一说，黑木才想起来，上午跟早濑约好一起回东京，所以出门的时候就跟母亲说，去买火车票了。为了不让母亲起疑，黑木连忙回答道："买到了，可能和早濑是同一趟车，在京都站是一点多发车的。"说完，他进了自己房间，急忙给京都站的售票处打了电话："请问，明天一点多发车到东京的预售票还有吗？"

对方回答："您要预购的对号票在中午已经售完，我们这里只有无号票了，如果您想购买的话，请尽快来售票处，由于近日大风雪天气，明天如果列车晚点两小时，我们将会退还给您部分赔偿费，而明天所售的无号票，将会盖上'已知晚点'的图章，这是乘客在知道列车将要晚点的情况下购买的，我们将不做赔偿。"

黑木心想：现在只能买今天的无号票了，如果警察来询问的话，可以出示今天买的票，证明自己上午去了京都车站。想到这儿，黑木的精神头又来了。他直接去车站买了一张无号票。

拿到票后，黑木终于松了一口气：如果到明天上车之前警察还不来找他的话，他就可以和早濑乘同一趟车回东京。如果下车时火车误点超过两小时，那么他们可以一起要求赔偿。只要他和早濑一起行动，早濑就会以为黑木拿的也是一张对号车票，那么早濑就会给他作证的。

傍晚，黑木回到家后发现，电视里正在报道知纱子遇害的新闻，她的尸体是未婚夫发现的，黑木慌慌张张地回到了自己的房间，看了看那张无号票，顿时脸色苍白。因为在那张票上还印着一大串序列号。如果警察看了这串序列号，定会发现这张票不是上午预售的，而是下午售出的。一想到这儿，黑木又有些坐立不安了。

晚点列车

就在黑木胡思乱想的时候，电话铃响了，来电话的是他的朋友大石，大石说道："黑木，你上午特地来找我的吧？我没在家，真对不起，其实我在理发店，看到你正朝我家方向走去。我想赶快喊住你，可当我冲出去时，你已经没了踪影。"

听了大石的话，黑木脸色苍白，他想起来，大石的家就在知纱子住处附近。大石不停地解释着："我本想马上给你打电话的，可你知道吗？我家附近出了一件杀人案，死者叫知纱子，是个美人呢！警察来搜集情况，也到我家来了，所以才给你打晚了……"

黑木尽量让自己冷静下来，盘算着：大石到底向警察说了些什么？幸好他不知道自己和知纱子的关系，但只要警察来找自己，他就会知道了呀！

黑木狠了狠心说："大石，我们见个面吧，明天我想再来找你一趟……"

大石高兴地答应了。

黑木决定明天杀掉大石，他开始计划起来：自己坐的是"135号"新干线，由于暴风雪天气，一般新干线都会晚到一个小时，所以，在这一个小时里，他有足够的时间杀死大石，并且可以制造"不在现场证明"。

第二天，黑木按照乘车的原定时间出发，他把大石约到了一个建筑工地，然后用一根领带把大石勒死了。作案后，黑木仔细地检查了指纹及遗留物品之后，直奔车站。

来到车站时，135号列车还没有进站，站台里停着的是前一班列车。过了一会儿，车站广播里说："发往东京的135号列车将晚点。"

黑木松了一口气，他来到站台的

小卖部前，买了一个盒饭。

在将要离开小卖部的时候，黑木还特意把提包“忘”在了柜台上。

不一会儿，小卖部的服务员拎着旅行包追到黑木身边，说：“对不起，您是不是把提包忘了？”

黑木连忙道谢，当他接过提包时，周围的人都在看他。黑木不觉地笑起来：行了，证人有了，下面要做的是在车上找到一个合适的座位。

对号入座

135号列车晚了一个小时，才徐徐驶入车站。黑木上了列车之后，来到早濑乘坐的九号车厢，环视起来，可能是全线误点的原因，今天车厢里有三分之一的座位空着，一些买了对号票的乘客等不及误点的这班车，而乘了前一班列车。

黑木决定让乘务员帮自己找个座位。一般来说，找乘务员帮助，可以坐到指定的位子，这样就不会和名古屋上车的、有对号票的乘客坐同一个位子，而且，乘务员帮自己改签座位票时，会提供一张收据，在退赔时也能顺利过关。因为拿着无号票去要求退赔时，常常会受到盘问，比如：在哪儿上的车，几点发车等等。让乘务员在收据上写清是几车厢几号座就不会受到盘问。黑木想：只要让早濑看到自己坐在九号车厢里，他就会坚信，自己也和他一样买到的是对号席车票。

黑木走到车厢出入口时，听到了乘务员和乘客的争吵声。黑木心中大喜：这是个绝好的机会！现在乘务员一定光注意和那个乘客争吵，而记不住我的。想到这儿，黑木走了过去说“对不起，我打扰一下……”

乘务员又认为是来提意见的，拉着脸看着他。黑木接着问道“请问有没有空位子，我的一位朋友从名古屋上车，在九号车厢。我想求您在九号车厢给我找一个空座位。”说完，他便把100元钱和一张无号票递了过去。

乘务员像是松了一口气似的，取出收据本，想了一下，就开了一张标有座位的收据，写完后，说：“你坐这个座位。这个座位是空的，名古屋上车的人是不会坐的。”

黑木接过收据，仔细看了看，收据上面写有“一月八日”和“135号列车九车厢四A座”的字样。

“太棒了！”黑木进了车厢，他故意大声嘟哝着：“九车厢四A……啊，在这呢！”他心安理得地坐在座位上，迫不及待地给早濑打电话，对方说：“我在等车呢，新干线又晚点了，你是哪班车？”

黑木说：“我现在坐的是135号列车，和你同一班吧？我的座位号是九车厢四A……”

“太好了，我的座位是七B！待会儿见！”

放下电话，黑木开始眺望窗外。他忽然又想起什么似的：对了，为了证明我乘坐了这班车，我应该再拍几张雪景的照片！于是他马上取出照相机，开始拍起窗外的雪景来。

一会儿，列车到了名古屋站，早濑进了车厢，随后和黑木一起去车厢餐厅用餐。黑木说道："这趟车还不知要晚多长时间到东京呢！"

"据说大约要晚点两小时，看样子票款要退给咱们了。"早濑把黑木想说的话抢先说了出来，之后早濑又谈起了最近才交上的女朋友。

一个多小时后，列车到了东京站。黑木和早濑一起去退赔处，两人都排在了对号票一队，不一会儿，早濑情不自禁地"啊"了一声。黑木抬头一看，早濑的女友在检票处正朝这边招手，早濑在黑木之前先办了退款手续。他一接过钱便飞也似的朝检票处冲去，所以，根本就没有看到黑木的票。

不在场证明

回到东京之后，警察来找黑木。警察问他："大石君死了，你知道了吗？听说你们是朋友。"

黑木做出了适当的惊讶表情："什么，大石死了？是事故吗？"

警察说："不，是被人杀死的。你能说说他死的时候，你在哪儿吗？"

黑木想了想，说："那天是我回东京的日子，中午我去火车站等车了。"

听到这儿，警察不知为什么忽然意味深长地笑了起来："那天因为下雪列车晚点了吧？"

黑木有些紧张地说："是啊，晚点了两个小时呢！我在东京站还要求退赔了！"

警察开门见山地说："在大石死的前一天，还发生了一起命案，一个叫知纱子的姑娘被害。据说她和你在高中就是朋友，而且关系还不错？"

"是的，我们是同学！"

警察继续问："那么，在知纱子被

杀的那天上午，你在什么地方？”

黑木做出了稍稍考虑一下的样子，答道：“我上午去了京都车站，买好了第二天的对号票，中午回的家。”

“你的座位是几车厢几座？”

黑木说“九号车厢四A座，这你可以去问一下从名古屋上车的早濑，他的座位号是同一车厢的七B座。”

警察听到这里稍稍沉默了一会儿，又接着问道：“你去买票时有没有碰到什么熟人？要知道，新干线的对号票可是从好多天前就开始预售的。”

“我和早濑约好一块儿回东京，那天早上才定下来的。之后早濑马上去名古屋站买车票了。在我去京都站买票时，他又给我家打了电话。”

“如果是在当天买的无号票，上车有空位子就可以坐，而且照样可以得到退款的。”警察一下子捅到事情的关键之处。

黑木说：“如果我拿的是无号票，随便找个位子坐下的话，那么一定会被乘务员提醒注意的；早濑上车时，名古屋的乘客也会把我的座位坐掉；退赔时，服务员也会问我上车地点和列车班次，可是我和早濑一直在一起，没有遇上这些情况啊！”说完，黑木又提出，希望警察去向车厢里的其他乘客核实。

警察走后，黑木钻进被窝，回忆着，到目前为止，幸好还没有出现漏洞。警察为了推翻黑木所说的“事实”，到处奔走，可是都没有找到可疑之处，黑木的“不在现场证明”是成立的。

半个月后，黑木已恢复了过去的状态，有一天，警察又来找黑木。黑木虽然非常紧张，但他心里却信心满满。警察问他“你说知纱子遇害那天上午，你去京都车站买对号票了？”

黑木自信地说：“是的！”

警察接着问：“票的座位是九号车厢四A，不会错吧？”

“没错儿！”黑木坚定地点点头，但不知为什么警察又意味深长地笑起来：“现在我明白了，你在知纱子死时，根本没有去买什么对号预售票！”

黑木一脸吃惊：“怎么会？我买了对号票，坐在了对号座位上，还领回了误点的退款。难道那张票是假的吗？”

警察斩钉截铁地说：“对，是假的！九号车厢四A号是新干线上不输入售票计算机的座位号。那是为了防止计算机失误、座位号重叠、或遇有特殊用票人员时，各班车上都空出的座位号。新干线上的列车一般在普通车厢备有十个，在包厢内备有八个这样不输入计算机的座位号。因此，九号车厢四A是你想提前买也买不到的座位号！”

（杨　君　改编）

（题图、插图：佐　夫）

这套房子该归谁

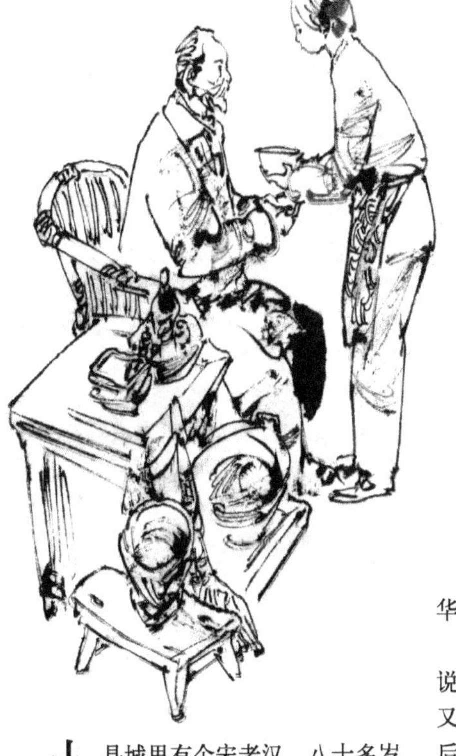

□刘　明

小县城里有个宋老汉，八十多岁了，他体格健壮，有一套七十多平米的楼房，老伴前年去世后一直单身寡居。宋老汉有四个儿女，虽然分家另过，但都很孝顺。每逢年节假日，都来老爸这里问候探望。

最近，宋老汉家起了风波。原来，儿女们为了照顾爹，找来一个四十多岁的保姆。

这位农村保姆叫葛华，刚刚离婚，她虽然大字不识几个，但手脚勤快，说话和气。时间不长，就赢得宋老汉的好感，到后来，就提出要娶葛华为妻。

儿女们心里不愿意，但老爸这么说了，也不好再说什么。后来宋老汉又提出了另一个要求，那就是在他死后，这套楼房作为遗产由葛华继承。这一要求虽然有点意外，但儿女们都孝顺，当时也答应了。后来，宋老汉和葛华到婚姻登记处进行了登记。对于答应给葛华的财产，宋老汉又立了遗嘱，到公证处也进行了公证。

老夫少妻的小日子过得很是甜蜜，可是好景不长，一年后宋老汉得了一场重病，抢救无效不幸死亡。

办完丧事，因为早有遗嘱和公证，这套楼房理所当然地归了葛华，对此儿女们毫无怨言。可是后来的事，却让宋老汉的儿女们大为不满。

宋老汉死后不到一个月，葛华回农村老家领回一个残疾男人和一个十三岁的小女孩。邻居们反映，小女孩叫残疾人爸爸，叫葛华妈妈，三个人亲亲热热的，看得出是一家人。

到这个时候，宋家儿女深觉上当了。

经过一番了解后，一纸诉状把葛华告上了法庭，告她离婚是假，目的是进城骗婚骗钱财，要求法院对葛华严惩，并退回老爸的遗产。

两个月后，法院开庭，尽管宋家自认证据确凿，但最后法院经过审理，竟判决宋家儿女们败诉。理由是原告诉被告假离婚没有证据。事实上被告的离婚证书是当地婚姻登记机关签发的，手续合法，离婚是真实的。被告继承宋老汉的遗产，有遗嘱为依据，不属诈骗，继承是合法的。

宋家儿女们不服，决定继续申诉。为了打赢官司，这次，他们首先咨询了律师，说葛华在老爸死后不到一个月就把丈夫接来，明显是假离婚。这场官司输得太窝囊，怎么地也得打下去。

可律师似乎不太有信心，说“虽然葛华把前夫接来，但离婚书是真的，是推翻不了的。葛华把她前夫接来同住，也是符合人道主义的。离婚后，有生活能力的一方，照顾没有生活能力的一方，国家也是提倡的。”

宋家儿女们听了有些泄气：“那就看她抢了我们家财？”

律师想了想，提醒道“要想打赢这场官司，必须有他们假离婚的证据。”

听了律师的话，宋家儿女们便悄悄地四处收集证据。

功夫不负有心人，不久有了重大

突破。有一天，葛华的丈夫林山与人喝酒，醉酒后吐了真言，说他残疾后，家庭生活极其困难，有个进城打工的人回来说，城里的退休老头有的是钱，没老伴的都想找个老伴，眼下农村的半大女人最吃香了。听后，他们受了启发，最终林山就和老婆办了离婚手续，接着就有了进城当保姆的事实。

林山的话慢慢就传到了宋家儿女们的耳中。这下，他们抓到了证据，再次走上法庭，要求葛华返还宋老汉的遗产。

接到传票，得知宋家又把自己告上法庭，为了维护切身利益，葛华也聘请了律师。葛华的律师听了葛华对案情的介绍，告诉她，没事，法律不存在假离婚。只要你和原配丈夫有离婚手续，再婚时又有结婚手续，官司就能赢。

不久，法院开庭重新审理了此案，又经过多个回合的较量，法院最终驳回宋家儿女们提出的申诉。理由是：1.夫妻关系是以婚姻登记机关签发的证件为准。当事人的口供不能作为婚姻关系的依据，法律上不存在假离婚。2.葛华丈夫在喝酒时，与酒友说的话，无论真假，都不能作为本案的有效证据。再审法院维持原判。

律师点评：

《这套房子该归谁》主要阐述了这样一个法律问题：即举证责任承担的分配原则。根据法律规定：当事人对自己提出的主张，有责任提供证据，如果没有足够证据证明当事人的事实主张的，由负有举证责任当事人承担不利后果。

故事中宋老汉与葛华结婚是在葛华与前夫离婚之后，故宋老汉和葛华的婚姻是有效的。之后，葛华前夫的酒话不能作为证据，即便是真的，依旧不能明确证明葛华有“骗婚”的主观恶意。因为没有过硬的证据，宋家儿女们只能眼睁睁地看着老父的房子归了他人。

（**题图、插图**：刘斌昆）

平阳断指案

□吴宏庆

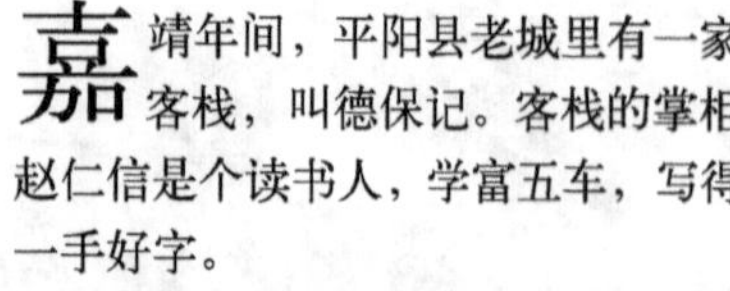

嘉靖年间，平阳县老城里有一家客栈，叫德保记。客栈的掌柜赵仁信是个读书人，学富五车，写得一手好字。

德保记的生意一向兴隆，可是最近，平阳县里发生了多起怪案，作案者不取人钱财，不要人性命，而专要人的大拇指，人们都怕这个“剁指客”，所以来平阳县游玩的人少了，客栈里冷清了许多。

这天一早，德保记迎来一个客人。这人看上去四十岁左右，穿了一身陈旧却很是干净的长衫，看起来像是个落魄的书生。客人名叫孙方，他要了一间房，赵仁信登记在册后，孙方走近赵仁信，沉吟道：“掌柜，我有包物件需要存放在你这里。”

赵仁信答道：“可以可以，保您安全稳妥。”

孙方从怀里掏出一个用绢裹着的小包，赵仁信见像是包了什么贵重物品，说：“客官，为免日后纠纷，您还是打开让我瞧上一眼。”

孙方慢慢地将包裹打开一条缝，赵仁信顺着缝往里一看，顿时倒吸一口冷气，包裹里竟是十几根指骨，个个短小粗壮，无疑是人的大拇指。孙方笑问道：“掌柜，东西你看过了，给个言语吧？”赵仁信回过神来，慌乱地点点头，忙叫来伙计王二，将孙方带回房去。孙方一走，赵仁信将那包裹带回房里，藏了起来。

天黑时，孙方从房间里出来，他没吃东西，起脚就出了客栈。到了第二天早上，孙方回到客栈。赵仁信见他神情疲倦，两眼布满血丝，像是一宿没睡的样子，便问道：“客官，您这一夜去哪儿了？叫我好生担心！”

孙方点头谢道：“多谢掌柜的关心，不过这平阳城向来太平，不用为我担心。”

赵仁信摇头说道：“客官，这您有所不知。平阳城早些年确实民风淳朴，可这几年，上任知县在南城建了赌场、妓院。很多人倾家荡产、妻离子散，相应的，偷盗、抢劫等事也就见多不怪了。”

孙方眉头一紧，问：“官府怎能容这些场所存在呢？”赵仁回答：“凡事皆离不开权钱二字。”

孙方听了，叹了口气，不再说话，随后回到房里。到了傍晚时分，他又精神抖擞地出了门。赵仁信跟在他后面，也出了客栈。

赵仁信一路跟着孙方来到南城。此时虽然已是天黑，但南城里却十分热闹，到处都是高高悬挂着的灯笼，街上随处可见有财有势的人。赵仁信走到一个巷角时，却发现孙方已不见踪影，无奈之下，只能四处寻找。

转了两圈后，赵仁信忽然听到身后传来一阵嬉闹声，他回头一看，见县太爷正陪着三四个人走来。赵仁信退到边上，等他们上前后，正要跟上去，突然看到他们身后还有一个人。那人竟是孙方！

孙方也看到了他，愣了愣，但没有停下，而是继续跟了上去。赵仁信见状，也跟了上去。只见县太爷等人进了一间叫“苑花楼”的妓院，而孙方在外面等了片刻后，也进了妓院，但很快，他就被人赶了出来。之后，孙方并没有走开，也没过来跟赵仁信打招呼，而是与他一左一右地守在苑花楼前的暗处。

没多久，有一顶八抬大轿进了苑花楼。赵仁信心生疑惑：这些官员聚在一起，会有什么事呢？正想着，抬头一看，发现不知何时，孙方又不见了。

第二天早上，赵仁信一醒来，就听到南城出事了。昨天晚上，县太爷在苑花楼喝花酒时，被人砍下了大拇指。赵仁信神色一紧，立马在房中找起那包指骨。这一找，却惊出一身冷汗，那包指骨竟然不在了。他想到兴许是孙方拿走的，刚想出门找他，就听到外面一阵吵闹声。

赵仁信出来后，大惊失色，只见捕快已把孙方抓起来，准备带回府去。他赶紧上前问道：“捕头，这是为何？”捕头说“赵老板，你可知他是什么人？告诉你，他正是那个剁指客。”

赵仁信不由一惊：“什么？他就是剁指客？你会不会弄错了？”

“错不了，你们的伙计王二把物证给我了。”捕头随即命王二拿出孙

方的那包指骨，说道，“铁证如山，这包指骨是他的！”

捕头带孙方走后，王二嬉皮笑脸地迎上来，对赵仁信说：“我可没有对捕头说，这包指骨是从你房间里搜出来的，否则你岂能留在这儿？你明知道他是剁指客，却不仅收留了他，还把罪证藏起来，这是不是该叫知情不报？”

赵仁信似乎明白他要做什么，但还是问道：“你想如何？”

王二得意地说：“我要这家客栈。”

赵仁信眉头直跳，半晌才呼出一口粗气，点头答应把客栈给王二。他写好契书后，立即去了衙门，花钱疏通了捕头，见到孙方。

牢房里，孙方已是遍体鳞伤。赵仁信偷偷问孙方：“你到底是何人？”

孙方说：“我是你希望来的人。”

赵仁信浑身一震，当场拜倒在地。

那天晚上，王二因得到德保记，兴奋难耐，夜里拿着银子去了南城的赌场赌钱，可没到半夜他就输光了。他骂骂咧咧地走在回客栈的路上，突然一阵冷风从身后袭来，他还没反应过来，眼前一黑，便什么也不知道了。

不知过了多久，王二被一阵剧痛疼醒，抬手一看，发现自己右手的大拇指不见了……

王二被剁掉了大拇指，那么，孙方显然就不是剁指客。听说，朝廷为此事大为震怒，派人将孙方从县衙押回知府衙门，并命知府亲自审案。

不几天，知府亲临平阳城，坐镇县衙，并命县太爷与城中各官员一齐到堂听令。待那知府升堂之时，官员们吓得一哆嗦坐在了地上，知府竟然

就是孙方！而更令他们吃惊的是，孙知府竟又请出了彻查平阳城官商勾结一案的皇上密旨。

随后，孙方拿出了大量证据，令各官员无可辩驳。此案如镰过草，上至朝廷数位大官，下至辖内三县知县，尽皆落网。令人称奇的是，其中十多位官员的大拇指都是没的。

案情了结后，孙方来找赵仁信喝酒，赵仁信忍不住问道："孙大人，你是何时知道我是剁指客的？"

孙方一笑，说："我刚上任时，有人曾夜闯知府衙门，留刀寄书，告之我南城情况。信虽是匿名，但字迹是笔走龙蛇，功力非凡。我想如此熟悉南城之事的，必是平阳城人，于是我暗中打探平阳城书法写得好的人，得到你的笔墨，两下一对比，便一目了然。"

赵仁信恍然大悟，随后又想到一处疑惑，问道："你既然是知府，为什么要单身前来平阳县？又为何受了大难而不说出身份呢？"

孙方说"此事关系错综复杂，我收到你的信后，也只是借抱病拒客之由得以到平阳县来。就算如此，还是有风声传出，那天夜里你见到那些官员们进苑花楼，就是商量应对方法的。若此时我的身份暴露，岂有命在？倒不如干脆借了你的身份。因为我知道，你看了那些指骨肯定会对我的身份有所察觉，也一定会救我的。"

赵仁信有些诧异"你为何这么肯定我会来救你？"

"你既然敢剁贪官的手指，又岂会是贪生怕死之辈？"孙方呷了口酒，笑道，"当然，仅此不足以令我冒险，最重要的是你的信，字里行间流露出对贪官污吏的憎恨和厌恶，对国家百姓的担心和忧虑，令人动容。你是一介草民，为惩治恶官都可以只身冒险，我乃朝廷命官，又岂可贪生怕死？"

赵仁信肃然起敬道："我自幼文武双修，本是想报效国家，奈何父母被贪官所害，我发誓要让那些贪官遭到报应。他们哪只手害人，我便剁掉那只手的拇指，废掉他贪钱害人的手。同时我还记录下他们的罪证，等哪天清官出现，为平阳县的百姓讨回公道。这次总算苍天有眼，让孙大人您来了。"

"此案之所以这么快破获，全仗你记录的那些罪证，若凭我个人，只怕远没有这么简单。"孙方说着，从身上摸出那个包裹，送到赵仁信面前，正色道，"为官若想贪，即便双手皆失也可以贪。惩治贪官，还需要以律法为准。此事，就至此为止吧。"

赵仁信点点头，说："有孙大人在，也就不用剁指客了。"

夜里，赵仁信来到护城河边，把匕首和那个包裹，一起扔进了护城河中…… （**题图、插图**：黄全昌）

真假运气

□ 张维超

最近，李铁可以用四个字来形容自己的心情——喜忧参半。喜的是女友翠儿怀孕了，预产期就在下个月；忧的是几天前翠儿因为贩毒被抓，因怀有身孕，警方为她办了取保候审。出来的当天，翠儿就买了北上的火车票，决定逃走。

这天，李铁收到了一条短信，是翠儿发来的，短信上说她已经顺利到了北方，这是她的手机新号码。

李铁打通翠儿的手机，简单地问了一下情况，然后说："亲爱的，昨晚我又赢了两千多块，你放心，安排好手头的事儿，我就过去伺候你。还有，今儿上午警察来过了，说打你手机不通，我给他们说，你出去了，手机可能是没电了。"

"那我爹那边呢？"翠儿有些担心地问。

李铁赶紧嘱咐道："你千万别把新手机号告诉你爹！你也知道，他不同意你逃走，可我们也不能眼睁睁地等着坐牢不是？再说，我认识一个朋友，她和你一样，在外面躲了五六年，不也没事吗？不用担心，我最晚明天就过去陪你。"

挂了电话，李铁正准备出门，手机响了，是铁杆赌友胡三打来的。胡三虽说压低嗓门，但仍掩饰不住那股子激动，说"铁哥，我在洪天棋牌室，来吧，我找到了一个冤大头，看样子是个外地的生意人，咱哥俩好好赢他几把。"

一提麻将，李铁浑身来了劲儿，

说："你等着，我马上就到。"

李铁来到洪天棋牌室时，胡三和两位牌友都已坐好，只等他了。李铁坐下来，胡三给他使了个眼色，看来，坐在李铁对面的就是那个冤大头了。李铁打量了他一下，此人五十多岁，留着一撮小胡子，衣着考究，倒像一个生意人。

几个人挤出笑，彼此点点头，算是打了招呼，接着，开始垒长城，李铁偷偷地观察了对面小胡子的手法，僵硬呆板，很明显是个新手，这么说来，今儿送钱的真的上门了。

几圈下来，胡三赢了不少，估计有两千多块，其中，有李铁故意让他"和"的三把。

李铁和胡三一直靠这种手法赢钱，在麻将场上，他俩装作彼此不认识，其实，经过一年多的磨合，他俩一个眼神，就知道对方要吃啥牌。当然，私下里，他俩赢的钱都会二一添作五——平分的。

牌桌上输赢都挺快，小胡子的钱包很快就瘪了。此时再看小胡子，额头上渗出了汗珠，摸牌的手也开始颤抖了……李铁估摸着，再过几把，小胡子的钱包就彻底空了，到那时候借机收了，这大把的银子就进账了。

不一会儿，胡三又和了一局，另一个牌友懊恼地说："哎呀，我就差后面一张牌就自摸了。"

李铁故意搭话："人家今天旺着呢。"

这时，小胡子清空钱夹，拿着仅有的五百元钱，说："再来一把。"

这正合李铁的心意，他给胡三使了个眼色，速战速决，然后拿钱去喝酒，可事情并没有像李铁预料的那样，小胡子突然来了个自摸，这样，一大把的票子又回到了小胡子的手里。

这一局好像是翻身仗，小胡子开始时来运转，随着赌注的越来越大，很快，胡三桌上的钱输光了，紧接着，李铁的钱也见底了。

此时李铁赌红了眼，钱夹里是空的，他就在口袋里乱摸，希望能摸出

个三百五百的，也好再战，但摸索了大半天，仅仅摸出一部手机，他把手机放到桌上，说“这手机我刚买的，三千多呢，就当五百块，再来一把。”

小胡子笑着点了点头，算是同意了。

四人开始洗牌，码牌，仅仅打了没几圈，小胡子又和了，赢了李铁的手机。小胡子拿过李铁的手机，说：“我去趟洗手间。”

李铁愣了好一会儿，才缓过神来，这时，坐在李铁右手边的这个牌友说，打牌到现在，他一分钱也没亏，一分钱也没赚，而李铁和胡三的钱全输光了。也就是说，李铁和胡三的钱全被小胡子赢去了，而那牌友却一分也没少。

刹那间，李铁猛地想起了一个人：赌王何石鸿。

这些年，李铁混迹麻将场，听人说，十多年前，在这个小城上有个赌王，他神出鬼没，所向披靡，只不过十年前，赌王金盆洗手，再也没有出现在赌场——而刚才那个小胡子，莫非就是赌王何石鸿？

李铁看了看胡三，说“刚才这个人——”

胡三说“我也在想这个事儿，可我听说，当年赌王说过，永不复出；再说，人家就是复出，怎么会和我们这种小虾米玩呢？”

两人正说着，小胡子回来了，他来到桌旁，拍了拍李铁右手的那个人，说：“兄弟，今天你没输，没输就是赢。”然后转向胡三，说：“你是胡三吧，常和李铁在这里赌博，你是不是和李铁在长江大桥上合过影？”胡三听了一脸吃惊。

小胡子又走到李铁跟前，很神秘地笑了笑，说“还有你，是不是好几次把衣服都输给人家了？我就知道，你没钱后就会押上手机，现在好了，我的任务完成了，给，这是你的手机，还有你们的钱，一共一万二，全拿去吧。”

李铁愣住了，他怔怔地看着小胡子走出洪天

棋牌室，心想：任务？什么任务？这时，胡三拉了李铁一下，说：“铁哥，今天撞邪了，我们走吧。”

李铁想了想，说：“不是撞邪，那个人肯定去了翠儿老爹那里。你忘了，在他家里，有我俩的合影，就是在长江大桥上照的那张。走，我们去那儿。”

他们刚进门，翠儿的老爹就质问李铁：“你小子，说，翠儿是不是逃走了？”

李铁还想忽悠老爹，说：“不是，她手机没电了——”

“不要说了！”老爹打断李铁道，“我看了衣橱，她连过冬的衣服都带走了，你还说不是逃走？”

就在这时，李铁的手机响了，是翠儿打来的，一接通，翠儿就说：“刚才你是不是把手机输给一个人了？”

李铁说：“是啊，不过，他又还给我了。哎，你怎么知道的？”

翠儿说：“这就对了。刚才一个警察给我打了电话，说让我赶快回来，明天是礼拜一，他们局里传我有事儿。李铁，我这就去买票，到时候，你别忘了去火车站接我，知道吗？”

“你疯了！”说完这句话，李铁突然想到，那个小胡子赢过去手机后，查看了短信，然后找到了翠儿刚换的手机号码，但是这么想着，李铁又说“你千万不能回来，你刚逃出去，怎么就——”

“你不要说了！”翠儿打断李铁的话，说“今天我必须回去。你知道那个警察怎么跟我说的吗？取保候审，是要保证随传随到的，如果这事儿发生在明天，我的犯罪性质就变了，就会受到更严厉的处罚。那个警察怕我逃走，就趁礼拜六休班时间私下联系了我，没想到我的手机真换号了。照道理说，他应该把这事上报的，可是想到我是个孕妇，就想给我一次改过的机会，于是他托了朋友帮忙，赢了你的手机，要到了我的手机号，叫我在明天局里联系我之前回来。对了，你肯定知道逃走会受到严厉的处罚，为啥还让我逃走？”

李铁委屈地说：“我这不是不想让你坐牢吗？”

翠儿叹了口气，说：“你有所不知，那个给我办理取保候审的警察，是个新警察，没经验，那天他忘了告诉我。事后他想起来了，就赶紧联系我，今天他有公务在身，就安排一个朋友找你，他刚才还对我说，他不想因为他的失误，而让我受到额外的处罚，那样他会良心不安的。”

李铁似乎明白了什么，说“赢我手机的那个人，是不是赌王？”

翠儿说“这个我倒没问，只听那个警察说，他那个朋友戒赌很久了，这次是为了帮他，才出山的。”

（**题图、插图**：张恩卫）

·快乐辞典·

校园爆笑段子

◇ 抓到一恐龙。医学院说解剖；文学院说放归自然；金融学院说放在动物园卖票；教育学院说让它上学；外语学院说教它说人话；设计学院说拿去穿超短裙；艺术学院说拿去当模特；中医药学院说拿去做试验；理工学院说都给老子放下，谁敢动我们校花！

◇ 美术课上，老师教学生画老鼠。一个学生双手托腮，老师知道他不会画，就过去坐下来教他。老师一边画，一边不时地看看他是否在认真学。过了一会，学生满脸委屈地说"老师，您画老鼠干吗老照着我画啊？"

◇ 一位班主任的班会通知：今晚七点开班会，我知道大家也懒得走，也为了不耽误大家上网的时间，就直接在班级群里开，各位同学要按时出勤，到时候我会视频点名。

◇ 改作业歌：我左看右看上看下看，原来每道题都答的不简单，我看了又看，想了又想，上面写的答案真奇怪，哎！真奇怪！

（**推荐者**：赵世英）

经典冷笑话

◇ 男朋友撒娇说："哎呀，别跟着我了！"我一心想贬他，不小心就说了句："自己长得像包子还怪狗跟着……"他瞬间无语了。

◇ 曾经有一个加衣的机会摆在我面前我没有去珍惜，直到感冒了才后悔莫及，如果上天再给我一个重新来过的机会，我会毫不犹豫地加上我所有的衣服。

◇ 本次起床共用了26分钟，您已击败了全国55%的学生，寝室另外两人本次起床失败，正在重起……

◇ 热烈庆祝我校食堂年末返利促销大行动!我只得了参与奖——5毛硬币，不过是在菜里找到的!

◇ 分手时，她给了我一个吻，那感觉——就好像人民币一样真实……

（**推荐者**：余　娟）

TVB经典语录网络爆笑版

有人在国内某论坛发了一个求安慰的帖子："大家好,我今年都28了,可是还没有找到男朋友,大家可不可以用TVB语气安慰我一下。"马上有回复："发生这种事,大家都不想的。感情的事呢,是不能强求的。所谓吉人自有天相,做人最要紧的就是开心。饿不饿,我给你煮碗面……"

于是,经典的TVB剧台词火速引爆了网友的创作热情,大量套用港剧台词的"TVB体"应运而生。

◇ **大四版:** 呐,上大学呢,最要紧的就是开心,能不能找到工作考上研出上国呢,是不能强求的。呐,不要说我没提醒你,大四的人了一点生活目标都没有。有没有搞错,更可怕的是男朋友都没交到一个。呐,感情的事是不能强求的嘛,这我也知道,发生这种事,大家都不想的。呐,我煮了汤,要不要一起吃?再不吃回学校就没得吃了。

◇ **结婚版:** 呐,结婚呢,最重要的就是在一起开心。每天计较房子、车子、工作这些身外之物,你有没有考虑过他的感受?这次是你家里人反对,发生这种事,大家都不想的。如果不开心就哭出来吧,大不了借你肩膀靠咯。你肚子饿不饿?我去给你盛碗甜汤,吃完了就去劝说父母。 （**推荐者**:小　丁）

浪漫啊,伤不起

◇ **女:** 平生不会相思,才会相思,便害相思。身似浮云,心如飞絮,气若游丝。

男: 病这么重?赶紧送医院。

◇ **女:** 拟把疏狂图一醉,没曾想,酒入愁肠,化作相思泪。泪作衣裳,你,却只看见我的美丽。

男: 媳妇啊,少喝点,一把年纪了,别玩幺蛾子。

◇ **女:** 你爱或不爱,我就在这里,我的爱,依然如昔,我拉不近距离,你还在远离。

男: 晕,我不就出几天差吗?

◇ **女:** 我要等着你,一直在这里,等着你,你不回来,我永远不回去。

男: 你是不是又忘记带钥匙了?

◇ **女:** 无事便睡觉,因为可做梦,只有梦中的时候,才可以紧拥你。

男: 该起床上班了,别抱这么紧。

◇ **女:** 我入红尘,只因有你,若有来生,还是不能抱着你,请让我,不要再遇见你,我再也爱不起,最好不相识,如此便可不相思,不会再迷离。

男: 弱弱地问一句:你把你妈放什么位置?

◇ **女:** 如果要不起,是否要远离?离开没有勇气,可不可以,就这样一生,偷偷地看着你?

男: 别啊,尽情欣赏我的帅吧,不收钱的。 （**推荐者**:碧江水）

（**本栏插图**:佐　夫）

·中篇故事·

打赌的后果

□杨 格

朋友间的一场赌局，赔上一条人命、揭开一场阴谋、引出一段往事……

1．生死状

龙海市有家不起眼的小五金店，老板叫刘智谋。刘智谋小日子过得不错，喜欢旅游。为了广结“驴友”，他还加入到一个旅游爱好者的QQ群里。群里有十几号人，都是本市人。谁有新发现了，在群里吆喝一声，群友们就闻声而动，吃喝玩乐旅游去。

一天早上，群主韩二平开始吆喝了：离本市200公里左右的突城有新看点，有空的伙计们，咱们结伙看热闹去！

突城是一个县级市，这两年来，一直在忙活一件大事：打造全国第一家“鬼城”。两年拼杀下来，今天是开业大典的日子。突城官方请了许多大腕明星来助兴，十分热闹。

号召一出，马上得到几个人的响应。刘智谋自然不甘落后，还开玩笑说：“去！有时间的伙计们都去！谁不去今晚我变成鬼骚扰他。”

一番调笑后，有五名驴友决定去看热闹，他们约定上午9点半在东门聚合，开车前往突城。不一会儿，四辆越野车准时停在东门。驴友高胜利没车，蹭的是韩二平的车。高胜利的老家在突城，驴友们第一次去突城，有他指点，不会走冤枉路。于是，韩二平的越野车开道，刘智谋的车紧随其后，其他两名驴友的车断后，四辆车很有派头地驶向目的地。

在高胜利的指挥下，车队一路顺风，在中午进入到突城市内。

刚进主城区，两条巨大的横幅扑面而来：鬼城人民欢迎你；走鬼路，发鬼财，鬼城和您心连心！惹得大家欢呼起来。

不一会儿，大家到了鬼城大酒店，在酒店里吃了午饭后，大家在城区各个以鬼为主题的景点玩了一下午，第二天又玩了一个上午。

第二天，吃中饭时，高胜利说："所谓的鬼城不过如此，不够鬼魅。要不下午我们去云雾山吧。云雾山在鬼城西北方，离城区不过五十多里的路，很有玩头。"大家纷纷说好。

随即，车队再次出发，还是韩二平的越野车做领头羊，高胜利任总指挥。大约半个小时后，车队行驶到炎刘村，韩二平大叫一声道："这边风景独好啊！"

高胜利问："韩哥，什么个情况？"韩二平指着窗外说："这地方风水好啊，奇怪的是，那边怎么孤零零地立着一栋小楼呢？咱们停车，看个究竟！"

高胜利没反对，韩二平停了车，走下车来，前后左右地打量着，高胜利只好跳下车来。刘智谋等人也只好把车熄了火，嚷嚷着为什么停下来。韩二平喊道："都下来，都下来，看风景！"众人停好车，下了车，顺着韩二平手指的方向放眼览胜。

这块风水宝地虽然风景优美，但也显得诡异，周遭像被凶狠的强盗打劫过一样，到处是碎砖断瓦，而在杂乱而破败的砖瓦之间，突兀地立着一栋两层小楼。

驴友们对这栋特别的孤楼来了兴趣。刘智谋率先跑进孤楼，众人随后也跟了进去。

小楼里没有人，也没有水电，但残留着人间烟火味，似乎主人刚刚离开不久。

一行人转悠了半天，没看到什么好景致，脊梁骨反倒感到有丝丝凉意。可不是，空荡荡的野外，立着一座来路不明的孤楼，能不诡异吗？

几个人扫兴地回到原地。

此时，高胜利不好意思地挠着头说："我记得这地方叫炎刘村民小组，一段时间不见，变化太大，我找不到去云雾山的路了。"

众人埋汰着高胜利，要他淡定。高胜利查看了一会儿，似乎从迷惑中醒悟过来，指引着车队左冲右突，颠来倒去，可还是找不到通往云雾山的路，大家骂骂咧咧着，眼看时间不早了，只好开车回突城。

回到鬼城大酒店，已经是晚饭时分，大伙儿进了包厢，看着鬼模鬼样打扮的服务员，几个人的情绪就被调动起来。高胜利说：“咱们每人都说个鬼故事，看谁说的故事最吓人。”

大家都说好，高胜利第一个说：“这故事是我朋友的亲身经历。有天晚上，他开摩托车接女朋友下班，忽然，女朋友用双手搂住他，摸着他脸问，你冷吗？朋友刚想说不冷，却发现女友的双手一直搂着他，从没离开……”

众人迟钝了一下，忽然都拍手叫好。接着，韩二平等人也煞有其事地说了真真假假的鬼故事，大家听得心里直发毛。

该刘智谋说了，刘智谋喝了一大口酒说：“扯淡！我才不相信什么鬼呢。这世界上本来就没有鬼，就算是有鬼，鬼也怕人。他要是不怕人，干吗不光明正大地来和我们人类较量？干吗要深更半夜偷偷摸摸出来？”

韩二平是个爱抬杠的人，他红着脸说：“刘智谋，你别吹牛，你是没碰到那些诡异的事情。要是碰到了，尿裤子都来不及呢。”

刘智谋也喜欢抬杠较真，他眼睛一瞪说：“敢不敢打赌，有本事你找个鬼来，我面对面和他较量，看谁怕谁？”

韩二平说：“你不是扯淡吗？我哪里给你找鬼啊？”

这时，高胜利说：“刘哥，你还别嘴硬。咱找不来鬼试你胆量，可有个地方比鬼还吓人，你不一定真敢去。”

刘智谋倔着脑袋说：“什么地方？你说！”

高胜利说：“刚才我们经过炎刘村民组那地方，不是看到有一座两层小楼吗？那地方不吓人吗？”

“对对对！”韩二平抢过话头说，“你要是有种，晚上在里面待一夜试试。”

“待一夜就待一夜，有什么大不了的！你说赌注吧。”刘智谋梗着脖子道。

两个人抬杠较真早激起了大家的兴趣，众人纷纷起哄，撮合这场赌局。驴友肥头说：“老刘，你真敢在那里待一夜，我们几个凑份子，给你一千块钱。”

刘智谋鄙夷地说：“切！小看哥了吧？哥的‘初夜权’就值一千块？你们要是有种，就赌大点，筹码一万。我待一夜，你们给我一万，我不敢待，我给你们一万。”

乱哄哄的几个人安静下来，一万块，这筹码可有点大了。驴友们结伴出行的次数多了，各自的脾气也了解个八九不离十。这刘智谋天不怕，地不怕，万一他真在那孤楼里待一夜，每人得放二千五百块的血，值得吗？

“我看行！”有人说话了，竟然是

高胜利，“咱们现在是四比一，四个男人不能被一个人吓唬住吧？即便输了，又怎么的，不就二千五百块钱吗，就当是给刘哥的精神损失费了。”

大伙像看天外来客似的观瞻着高胜利，这小子怎么一下子变得慷慨了？在这群驴友中，就数他经济条件最差。外出住酒店时，他总想着法子和别人共用洗漱用品、蹭别人的车，今天如此爽快大方，难道是太阳从西边出来了？

高胜利偷偷地向大家挤眉弄眼。众人想，吝啬鬼都愿意赌，咱们不赌就没面子了。再有，他挤眉弄眼的，似乎留有后手。那就赌呗！

一番起哄后，五个人还真的达成共识，赌！为了郑重其事，双方还订了合约。合约如下：今有刘智谋（甲方）和韩二平等四人（乙方）打赌。若刘智谋9月12日晚在炎刘村民组的一处孤楼独处一晚，乙方愿意奖励甲方一万元人民币；若甲方食言不敢打赌，或者打赌过程中违规，甲方需向乙方支付一万元人民币违约金。此次打赌为双方自愿，由此产生的后果与对方无关。

末了，双方还签字画押了。

2. 试试赌局

吃完晚饭，五个人开车来到孤楼前。熄了车灯，四周死寂无声，漆黑一片，黑糊糊的孤楼阴森森地插在黑幕里，时有阴风吹过，令人不寒而栗。

刘智谋胆子够大，他迈着大步要进去，韩二平拉住他，说：“慢！”

刘智谋说“韩二平，不是舍不得钱想反悔吧？”

韩二平说：“不是反悔，但是有几个问题。你知道，我们几个晚上是不可能待在这个鬼地方的，如果你中途受不了，变卦了，偷偷离开孤楼怎么办？你完全可以等天亮的时候再来嘛，这样的打赌还有意思吗？”

刘智谋愣了一下，说“那你说怎么办？”

韩二平说：“你的手脚必须锁在孤楼的某一处，等第二天我们来给你开锁。”

刘智谋想了想，下了狠心说“依你的！”

“这还不够！”韩二平又说，“假如你半夜胆战心惊了，灵魂出窍了，生不如死了，你大喊大叫求助怎么办？这地方有公路，有车过，有人走。路人听见你求救，不会见死不救的吧？如果他们把你抱出去，等天亮前再送回来，这赌还有意思吗？”

“韩二平你什么意思？还玩不玩啊？你不至于想把我的嘴巴封住吧？”刘智谋吼道。

“还真是这个意思！”韩二平说，“只有这样，才能确保打赌的公平性。毕竟是一万块钱的筹码，得物有所值啊！你要是觉得这不公平不玩也行，但你得赔我们违约金哦！”韩二平故意阴阳怪气地说，引得那几个人开怀大笑。

刘智谋低着头沉思了一会儿，又抬起头，大声说：“算你们狠，就照你们说的办！”

几个人面面相觑，好半天不答腔。

过了一会儿，韩二平试探着说：“老刘，你真愿意赌？”

刘智谋吼道：“谁不赌谁是王八孙子！走，进屋！”

刘智谋说罢，径直走进屋里。韩二平几个人只好跟进去，点了蜡烛，昏黄的烛光将众人摇曳的身影投在墙壁上。

刘智谋坐到一把椅子上，面露轻蔑的微笑，说：“动手啊！”

韩二平被推上了风口浪尖，他和大伙儿小声地商量一会儿，众人纷纷解下鞋带，交给韩二平去绑刘智谋。刘智谋问：“你不是说用锁吗？干吗用鞋带？”

高胜利尴尬地笑了笑，说：“我们本以为，提这些苛刻的条件，你不会答应的，所以，根本没买锁。”

“一群胆小鬼！简直是以小人之心度君子之腹，绑吧！”刘智谋的气焰越来越嚣张了。

韩二平把刘智谋双手反剪，再用鞋带将其固定在椅子背上，打了死结，又用鞋带把刘智谋的双脚绑在一起，固定在椅子的腿脚上。

刘智谋故意摆出一副若无其事的样子，微闭双眼，感叹道：“享受！想想我明天就能拿到一万块钱，真享受！好了，不演讲了，灭口吧！”

刘智谋说的灭口是指用东西堵住他的嘴巴，同样是事先没准备，韩二平只好找来两条干巴巴的毛巾将刘智谋的嘴巴塞得严严实实的。看着刘智谋“呜呜”地叫不出声，大家乐不可支。

“刘哥，要不算了吧？别弄出啥事来。你要是不愿意，点个头。”高胜利小心翼翼地征询着。

刘智谋怒目相对，“呜呜”叫着，

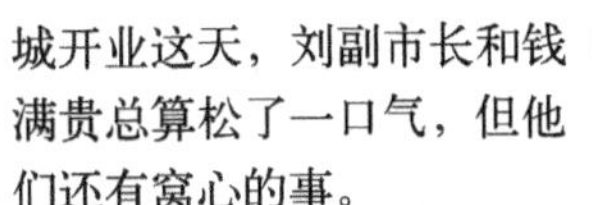

狠劲地摇着头，那意思是让高胜利别废话。

箭在弦上，不得不发，韩二平带着众人离开，赌博正式开始。

分手前，刘智谋还调皮地朝大家飞了一个媚眼，搞得大家哈哈大笑。

韩二平等四人走到屋外，肥头埋怨高胜利："高胜利，你不是保证说，如果我们提出绑刘智谋的手脚堵他的嘴，他绝对不会干吗？判断失误了吧？每人搞掉二千五百块钱，爽了吧？"

高胜利说："谁知道这猪头要钱不要命，怪我怪我，都怪我！"

韩二平打断高胜利的话，说："哈哈，这游戏也满好玩，值二千五百块钱，你高胜利都不心疼，我们更不心疼，大家说是吧？"

众人知道韩二平是在调侃高胜利抠门，会意地大笑道："对对对，我们高兴着呢！"

几个人有说有笑地上车离开，他们和刘智谋万万没有想到，要出大事了！

3. 月黑风高夜

突城这两年的经济工作中心就是打造全国第一家鬼城这项大工程。工程总指挥是刘副市长，钱满贵的"前程开发有限公司"是规模最大的投资商。

几年恶战打下来，终于熬到了鬼城开业这天，刘副市长和钱满贵总算松了一口气，但他们还有窝心的事。

几乎在鬼城开工之时，作为配套工程的"天上人间"高尔夫球场也在紧锣密鼓地进行着。建高尔夫场，就得征地，炎刘村民小组落入指挥部的"法眼"。炎刘村民小组离主城区不过半个小时的车程，有山有水，风景宜人，是建高尔夫球场的最佳地点。

按说，征地拆迁这码事，应该归政府管，但钱满贵却把这烫手的山芋揽了过来。为什么呢？因为他嫌政府的拆迁力度不够。现如今，各级政府的头上都箍着一道紧箍咒——严禁野蛮拆迁。正因为此，政府在拆迁时，前怕狼后怕虎，效率不高。而他钱满贵则不用考量政治意义，他一个做生意的就是追求利益的最大化。

钱满贵的主动请缨，正中刘副市长下怀，他果真把拆迁的权力下放给了钱满贵。

钱满贵获得授权后，立刻投入战斗，无非是软硬兼施，恩威并济。一场场血雨腥风的战斗打下来，拆迁工作基本完成。说是"基本"，是因为还有一个钉子户在死扛，指挥部暗地许诺另外多赔偿一百万也没有搞定该钉子户。

此钉子户如此牛气，因为户主的特殊身份。

户主叫姚跃进，三十多年前参加

过中越边境的自卫反击战，打过恶仗，立过战功。姚跃进早年退伍时，完全有机会进工厂到机关，可他觉得自己就是个农民，拿了退伍安置费后，就回到炎刘村民组，一直生活在这片土地上，那栋两层小楼就是他家的。

姚跃进还有一个特殊的身份，他是刘副市长的战友。这样的钉子户，不好惹。

在成为钉子户之前，姚跃进曾经和老战友刘副市长有过一次长谈。

刘副市长说："老战友，我知道征地拆迁的工作会损害到一些人的利益，但是，为了更多的突城人，我不得不这么做。我们都曾经是军人，为党和人民做出过贡献和牺牲。这次，我希望你以大局为重，再为人民立新功。"

姚跃进说："老刘，我不认为你们是在为大多数突城人做贡献。高尔夫球场是为谁建的？为有钱人建的。为了让这小部分人悠闲地玩耍，付出的代价是——炎刘村民组几百号人从此会失去赖以生存的土地，不是一辈人，是祖祖辈辈怎么活啊！"

刘副市长说："老姚，你不觉得突城人，包括炎刘村的人太穷了吗？只有把富人吸引到突城来消费投资，突城人才能有钱。说到底，我们这是筑巢引凤，最后得益的还是突城最广大的人民群众。"

姚跃进说："老刘，你以为幸福就是有钱吗？有了钱，没有了家园，没有了安宁，没有了归属感，能幸福吗？"

两个人谁也不能说服谁，不欢而散，但结局是明显的，钱满贵的拆迁强力推进。

村里其他人很快被各个击破，房子都拆了，只有姚跃进率领家人当起了钉子户，那两层小楼倔强地立在残垣断壁之上。

但是，总不能因为这一个钉子户影响了大局啊，高尔夫项目的贷款早就下拨了，迟开张一天，银行的利息都得万儿八千的。钱满贵加强了进攻力度，对姚家断电断水、放毒蛇、泼大粪。姚跃进的家人受不了这样的罪，劝姚跃进收下那多给的一百万算了。姚跃进眉毛一立说："这点小玩意儿算个啥？当年我在猫耳洞，喝过人尿，吃过老鼠肉。我就想看看，这帮人还能下什么狠手！"

姚跃进和家人都坚守在孤楼里，拆，还是不拆，这两难的选项摆在钱满贵的面前。

从来都是"山穷水尽疑无路，柳暗花明又一村"，转机是突城来了个高人后出现的。

这高人是另外一个开发商的高管，有"拆迁专家"的盛誉。高人来突城交流，得知钱满贵的难处后，指点道："这老不死的家里用水怎么解决的？”钱满贵说：“他家里备了水缸，水是从附近挑回的。”高人说“派一个人到姚家去，假装去谈事情，趁老不死的不注意，把泻药倒进水缸里，让他一家人上吐下泻，不得不去医院急救。到了晚上，再派一辆铲车过去，几小时就搞定了。万一露了破绽，叫他们找个临时工顶包。”

钱满贵大喜，握紧高人的手说：“人才啊！”

钱满贵立刻开始行动。鬼城开业那天傍晚，有工作人员顺利地将泻药投放到姚家的水缸里。一切都如高人预测的那样，姚家人上吐下泻，不得不连夜赶往医院求诊。医院也被钱满贵搞定了，以病情不明事关重大为由，强行要求姚家人全部住院。

第二天午夜，一辆铲车悄悄出动。这辆铲车和几条黑影停在孤楼面前。此时，想挣一万块钱的刘智谋正被五花大绑在椅子上，嘴巴也被封得严严实实。

屋外的轰轰隆隆声，惊动了刘智谋。起先，他还以为是韩二平这帮人在搞怪，鄙夷地笑着。可笑着笑着，他感觉到不对劲了，这动静太大了，似乎是挖掘机铲车之类的大型机械弄出来的动静。这动静他是如此熟悉，冷汗给他洗了个澡。刘智谋预感不妙，想逃出去，但手脚动不了！他大喊救命，可声音钻不出那两条干巴巴的毛巾！

刘智谋，这个天不怕地不怕的牛人开始疯狂地怕了。他挟着椅子倒下身子，妄图用这种不正常的声响来惊动提醒外面的人，但闹出来的动静和外面的巨响相比，简直就是小巫见大巫。

巨大的轰隆声越来越近，死神狞笑着，“咕咚咕咚”地迈着坚实的脚步，一步步逼近着刘智谋。

刘智谋的眼睛都瞪出了血，毛发倒竖，脸色青紫，可都没有用！铲车推倒孤楼，孤楼呻吟着，颤抖着，摇晃着，一块硕大的水泥板砸了下来……

4. 英雄也末路

刘智谋死了！

铲车司机将收尾工作进行到清理

砖块时，天已经蒙蒙亮了。他发现了一堆血肉模糊的东西，便好奇地多看了几眼，这一看，看出了不得了——这堆肉饼，是人肉!

司机大叫一声，拆迁队长等人跑过来一看，也目瞪口呆，很快，他们回过神来，匆忙逃窜。

出事的第二天早上，等待揭晓赌局的韩二平等人开车来到现场，他们集体目瞪口呆——孤楼不见了！一夜之间，孤楼变成了碎砖烂瓦。众人心惊胆战地扒拉着砖瓦石块，寻找刘智谋。忽然，韩二平“嗷”的一声惨叫着，众人围到他身边，也凄厉地惨叫着：他们都看见了一堆肉饼，这肉饼中还夹着鞋带，不是刘智谋又是谁?

几个人瘫坐在砖块碎石上，“嗷嗷”呕吐着，还是高胜利率先冷静下来，他哆哆嗦嗦地说：“报警吧。”

警察很快赶到了现场，刘副市长等人也得到了消息，赶到现场。

警察迅速将韩二平等人带到局里调查，现场又恢复了寂静，好像这里没有发生过一场命案一样。

在公安局的审讯室里，局长亲自讯问报案人。韩二平急于证明清白，向局长一五一十地说了打赌的事情，又把合约书拿出来。局长看罢，忍不住乐了，说：“你们可真会玩，都玩出命来了。”又觉得此时此刻发笑不妥当，就板起脸，说：“说句不负责任的话，我们基本上排除你们是蓄意谋杀的犯罪嫌疑人，但这并不意味着你们可以完事大吉了。你们要严格做到以下两点：一、绝对保密；二、不能擅自行动，配合警方调查。”

众人松了口气，连说“一定的”、“必须的”。

中午时分，刘智谋的家属们来到了公安局，他们看着头天还是个活蹦乱跳的大活人眨眼间变成了死无全尸的人，悲痛欲绝。得知这一惨剧是因为韩二平等人的打赌，他们追打撕扯着韩二平等人。韩二平抱着头大声地喊道：“我们只是开玩笑，你们看，这里还有我们签的合约呢。”

家属们看到了刘智谋签字画押的合约，追打撕扯的力度有所放缓，但还是歇斯底里，他们又围住局长，刘智谋的妻子抓着局长的手，喊道：“局长，拆房子的人就是凶手，是谁拆了那个房子的？你们一定要抓到凶手，为智谋报仇。”

局长说“我们正在侦查，请你不要冲动。你们先到宾馆住下，给我们时间，找到凶手。”

刘智谋的家属们住到了宾馆，冷静下来后的他们忽然意识到，偷偷拆迁的不是别人，就是前程开发有限公司干的。他们义愤填膺地和局长闹，要拘捕开发方的有关人员，但得到的回答是：暂时没有证据表明，这事就

是前程开发有限公司干的。刘智谋的家属们只能吃了个哑巴亏。是啊，他们没有任何证据证明，刘智谋的死是因为开发商的强拆。

事情的转机是在姚跃进从医院里回来之后。

当姚跃进回到被夷为平地的家后，他没有多少意外，意料之中的事情终于发生了。他明白，一家人的上吐下泻是开发商派人投毒了，自家的房屋也是那帮人拆的。

令姚跃进意外的是，死了一个打赌的人。

姚跃进压抑着满腔的怒火，找到钱满贵的办公室。钱满贵有些心虚，以为姚跃进是来兴师问罪的，他外强中干地招呼着姚跃进，等待姚跃进发作。

但姚跃进却没有说下毒和拆迁的事情，而是和钱满贵扯起了家常，他面带微笑地问："钱老板，你知不知道我当兵的时候是什么兵种？"

钱满贵放松了许多，哈哈笑着说"我真的不知道，愿听老英雄详说。"

姚跃进说："侦察兵！"姚跃进的脸色忽然严峻起来，"想当年，我和越南兵斗智斗勇，没想到的是，当年积累下来的斗争经验，现在派上了用场。"

钱满贵觉得势头不对。姚跃进拿出一个小收音机一样的东西，在钱满贵的面前晃了晃，问："钱老板，知道这是什么吗？它叫黑匣子，是我的一个战友送给我的。我给它装上电池，把它放在屋里，它就能刻录屋子里发生的一切。比如，哪个人在水缸里投了毒，哪台铲车在深夜铲了我的屋子。"

钱满贵大惊失色，连忙说"老英雄息怒！老英雄息怒！请你谅解，我们这么做也是狗急跳墙，银行每天的利息压得我们难受，不这么做我们早晚得破产！我们哪知道屋里还有个人啊！"

姚跃进问："那你们准备怎么

办？”

钱满贵说：“立刻停止高尔夫球场这个项目，无偿给老英雄在原地盖新楼，已经拆迁的农户我们也负责盖房。”

姚跃进又问：“那个死者呢？”

“虽然他死于意外，我们主观上没有责任，但客观上有责任，我们也负责赔偿安抚，让死者家属满意。”

“好吧，记住你说的话！”姚跃进冷冷地说完，走了。

姚跃进走后，钱满贵疲惫地靠在沙发上，流了几身冷汗。他知道，如果事情闹大了，就不是简单的强拆问题，搞不好会让他进局子。老天保佑，那个老不死的别把事情闹大……

5. 满腔悲愤

姚跃进拿着所谓的“黑匣子”来到刘副市长的办公室。其实，他哪有什么高科技的黑匣子，他手里拿的是一部刚刚从城里买的微型录音机。姚跃进用当年侦察兵的智慧拿到了钱满贵之流作奸犯科的证据……

刘副市长听完录音机里姚跃进和钱满贵的对话，什么都明白了，好半天，他说：“老姚，我真的不知道，他们干了这么多丑恶的事情。看来，我的脑子该冷静冷静了。你说得对，带着血腥的钱再多，也不能给老百姓带来幸福。”

在铁的事实面前，钱满贵和有关犯罪嫌疑人被抓捕，刘副市长等负有领导责任的人受到纪律处分。刘智谋的家人拿到了一笔巨额补偿，不再追究，息事宁人。韩二平等一帮哥们更希望早点走出这场阴影，从不提及此事。

就像夏日的一场来去匆匆的暴雨，这场事故来得忽然，走得迅速。现在这个年代，大家都为生计操心，没有太多的人关心高尔夫球场为什么停建了、炎刘村的村民为什么又回到家园了。

但姚跃进还是放不下这档事。侦察兵出身的他，潜意识里觉得刘智谋死得蹊跷。自己一家人离开孤楼的当晚，那几个旅游者在孤楼里开了玩笑，这似乎是一个诡异的巧合；刘智谋被绑被封口，仅仅从开玩笑打赌来解释，有些说不通。他隐隐约约觉得，有一个人在操纵着整个事件，刘智谋被绑和被封口，更像是一场精心筹划的局。

姚跃进像当年搞侦查一样，做了私家侦探……

两个月后的一天，姚跃进在龙海市的一间出租屋里找到了高胜利。

高胜利在“鬼城事件”中和姚跃进见过几面，后来，姚跃进又和他通过几次电话，聊出事那天的一些事情，再加上都是突城人，还是相距不远的老乡，所以，高胜利很热情地招呼着姚跃进。

姚跃进在高胜利面前坐下，随口问道：“小高，鬼城开业前一天你回老家了是吧？”

高胜利说：“是，那天我回家了。”

姚跃进又问：“鬼城开业那天一大早，你回龙海市的吧？”

高胜利愣了一下，没有直接回答，反问道：“你怎么知道的？你问这个干什么？”

姚跃进的目光犀利起来，他盯着高胜利说：“你反问我怎么知道的，无意中回答了我的问题，那就是你确实在那天一大早回了龙海市。回龙海市要经过我家门口的那条乡村公路，我相信，你一定会多看我家几眼。因为你知道，我们一家是炎刘村大名鼎鼎的钉子户。”

高胜利的脸色阴沉下来，看着姚跃进。

姚跃进知道再问什么，高胜利也不会回答，索性自言自语：“那天是鬼城开业的日子，出于某种目的，你想把几个驴友召集到鬼城来。回到龙海市后，你事先和群主韩二平取得联系，要他吆喝大伙去鬼城玩。让你高兴的是，韩二平吆喝了，几个驴友，包括刘智谋也答应了。其实，你要他们来鬼城不是你的目的，你是想让他们到云雾山去，准确地说，是想让刘智谋到云雾山去。同样让你高兴的是，他们都愿意去云雾山。”

姚跃进逼视着高胜利，又说：“假如你们几个人真的到了云雾山，将有一场谋杀降临到刘智谋的身上。你一定能找到机会，趁人不注意，将刘智谋推下山崖。可是，意外情况出现了。第二天下午，你们前往云雾山途中经过炎刘村时，韩二平一眼喜欢上了这个地方，非要下车看看不可。很自然的，你们进了我们家，并发现了我们家空无一人，但只有你一个人知道，一天前，我们一家人还坚守在那里当钉子户。当时，你仔细查看了我们家的状况，有了一个判断：我们一家人是在头天晚上或者当天上午‘被消失’的。而‘被消失’的实施者是开发商，他们目的是，当天晚上，对我们家秘密强拆。为什么你会这么判断？因为你们家经历过强拆，你有经验。确定这点后，你欣喜若狂，当即更改了计划，你无需亲自杀人，完全可以借刀杀人。所以，你假装迷路了，没有让大家到云雾山。当然，你也知道，自己有可能判断失误，晚上不会发生强拆，你借不了刀，杀不了人，但这也无妨，刘智谋终逃不了一死。你完全可以在第二天说自己终于记得行走的路线了，再把刘智谋骗到云雾山上，送他到不归路。让你庆幸的是，你的判断没有出错。”

“你胡扯！”高胜利喊道，脸上有了惊慌。

“小伙子，别激动！你能解释仅

仅因为一座孤楼被拆，你就不认识到云雾山的路吗？你解释不了！就因为这个细节，我把侦查重点放在你身上。经过多方询问当事人，我渐渐地看清了你的真面目。”姚跃进说，“再回到那天，你们回到鬼城，晚上吃饭的时候，你有意引导大家讲鬼故事，有意诱导出一场赌局。你深知刘智谋天不怕鬼不怕，根本不相信什么鬼神，也知道韩二平爱打赌，你对打成这场赌胸有成竹。果然，打赌开始了，而我们家成了最好的赌场。你如愿以偿了，因为你把刘智谋引到了一个即将被偷偷强拆的屋里。你知道，这场强拆，会要了刘智谋的命。”

出租屋里沉默着，此时的高胜利，脸上反倒没了恐慌之色，他面无表情，两眼冷漠地看着姚跃进。过了一会儿，他说话了：“好吧，我来替你说下面的话吧……”

两年前，龙海市一个靠近市区的村庄，发生了一场强拆。为了阻止老屋被拆，一个年轻的女子站在屋顶上，以死相逼，和拆迁队对峙。女子本以为自己玩命了，可以吓退强拆者，至少可以暂时吓走他们。没想到的是，强拆队队长对铲车司机说：“别被这小娘们吓唬住了！我就不信，这如花似玉的女子不要命！你们只管动手，不等你拆完，我保证她会老老实实地跑下来逃命。”

司机还在犹豫，队长青筋绽出地吼道：“给我拆，出了人命不要你负责，有人替你罩着！”

铲车司机开启了按钮，铲车像一个魔鬼伸出了魔掌，魔掌示威似的插进了屋子里。铲车司机本想略施手段，吓唬一下女子，令她逃命。不料，周围的房子已经拆迁，导致正在被拆迁房屋的地基难以支撑，稍稍一动手脚，房子就轰然倒塌！

女子就这样死了。

女子死后，她的家属自然会大哭大闹，可是没用啊！最后，他们只有拿一些赔偿了事。相关当事人，除了铲车司机被追究法律责任外，其他人均没受到法律制裁。直接责任人拆迁队长据称是临时工，

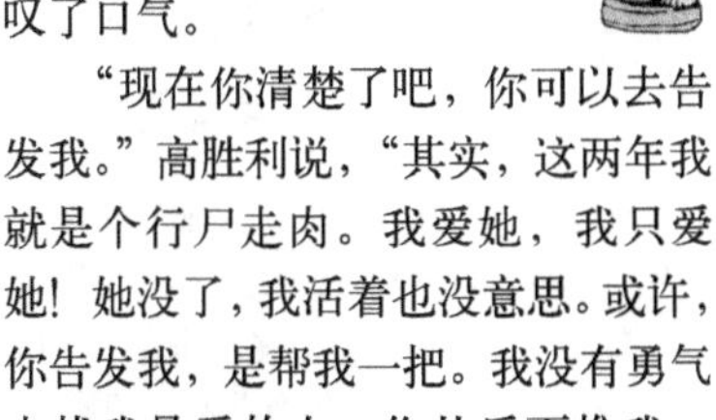

开除了事……

“这个女子是我的未婚妻，我最爱的人！那个拆迁队长，就是刘智谋！”高胜利恶狠狠地说。

高胜利接着讲述：“刘智谋被开除后，拿到一笔钱来到了龙海市，做起了生意，活得人模狗样，风生水起。他以为他全身而退了，但我从没有放过他。从我未婚妻死的那一刻起，我就谋划要除掉刘智谋！”

“不久，我来到龙海市，找到了刘智谋。我得知他喜欢旅游后，也加入到那个QQ群，还和他一起旅游过几次。每次去旅游，我都想办法除掉他，可一直没找到机会，直到鬼城开业那天，我找到了千载难逢的好机会……”

出租屋里寂静一片，姚跃进目光复杂地看着高胜利，轻轻地叹了口气。

“现在你清楚了吧，你可以去告发我。”高胜利说，“其实，这两年我就是个行尸走肉。我爱她，我只爱她！她没了，我活着也没意思。或许，你告发我，是帮我一把。我没有勇气去找我最爱的人，你从后面推我一把，我是不是要感谢你呢？”

高胜利说完，闭上眼睛，豆大的泪珠从眼角跑出来，跑出来……

姚跃进像一只被刺破的气球，无力地坐在那里，呆呆地看着高胜利。本来，他怀着一种抓到俘虏的快感来找高胜利揭破真相的，可现在，那种快感消失了，取而代之的，是满腔的悲愤……

（题图、插图：杨宏富）

· 本刊信息传真 ·

故事会■新浪 微故事大赛

3月征集主题：宠物

这也许是篇幅最短、但含“金”量最高的故事，等待你的挑战！

《故事会》杂志和新浪微博（weibo.com）联合主办微故事大赛继续进行，邀请各路故事名家、草根英雄和世外高人展开较量！

本次大赛所有作品通过新浪微博平台征集（搜索＃微故事大赛＃），每月一个主题，当月设金奖1名，奖金1字10元（字数低于120的按120字计），银奖2名，奖金1字5元。优秀作品将在《故事会》上刊登，并结集出版。1月金奖得主已公布，请登录故事中国网（www.storychina.cn）查看详情。

3月微故事主题 宠物 请您发挥奇思妙想，根据该主题构思一篇微博故事，正文字数在130以下，力求情节出人意表，立意隽永深远，文字鲜明生动，本月的微故事达人或许就是你！截稿日期：3月21日。

（本期刊物特别选登1月微故事大赛优秀作品，详见P80）

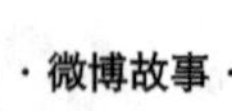

·微博故事·

故事会■新浪微故事大赛

1月优秀作品选登（主题：英雄）

@小小傲520 快过年了，几个新毕业的实习生在宿舍里说着给领导拜年的事，都发怵，不敢去。大家说谁敢去，谁是英雄！快过年了，几个共事十几年的老同事在饭店里聚会，说起给领导拜年的事，都说不知送点什么。酒酣处大家说，谁敢不去，谁是英雄！

@莱提斯 幼儿园失火，他从火场中救出9个孩子，儿子却葬身火海。他成了舍己为人的英雄。记者问如果可以重来，他会怎样选择。他沉默许久，答："我会先去救自己的儿子。"记者请他解释。他说"如果这样，其他孩子的父亲也会冲进去救人，我的儿子也许就能得救了。"说完，他泣不成声。

@小猫小狗小兔兔 他从战场归来，成了家乡人人敬仰的英雄。孩子们喜欢听他讲战争故事，姑娘们为他的眼神着迷，小伙子都把他当作偶像。不久，一名军官来带他走，并对其他人说"我们需要英雄重返战场。"上火车之后，他说："谢谢！不过，你为什么要这么说？"军官说"比起逃兵，这里更需要一位英雄。"

@傻雀CHURCH 他是一名检察官，最近负责一个大案。很快就有人找上门来了，掏出一沓精美的房产海报，满脸堆笑地凑近他 领导，选一套吧！他答 我家有房。来人又摸出一张照片，仍然笑嘻嘻 这是您一家人的合影吧？说着，眼中闪过邪恶。他眼皮没抬一下 对啊，照得很棒！下次我们还会照更棒的！

@海陵李敬白 他们叫我英雄，我很脸红，我要证明自己。这天有建筑商拿批文找我的领导，并许诺将有若干好处。领导委托我签字，我觉得这背后有张黑网，就罢了工。领导想想不顺利，也就算了。不久，建筑商因房屋倒塌入狱，领导很庆幸。现在我算是真正的英雄牌水笔，领导也是合格的城建局局长！

@杨信社 "有个小孩掉河里了！"大家喊着围到河边。他顾不得脱衣服便跳下去把人救了上来。很快他成了网络热议的英雄，但也有人说他当时没脱衣服，可能是被挤下去的。面对舆论他有口难辩。不久，他冒险爬上铁塔救下一个企图殉情的男子。记者采访他时，他淡淡一笑："这没什么，我是被挤上去的！"

@情感共想 他打开门，进屋，难闻！"不好！是煤气！"欲离开，忽一想，屋里肯定有人！果然，真有个人！他急急打开窗户，拨打110。人被送进医院，他却被警察留下来……房主脱险为安，他被警察带到房主面前："你认识这个人吗？"房主看着他，好一会，握紧他的手："侄子，多亏你来得及时啊！"

（大赛启事请见P79）

交换游戏

交换的秘密

萨尔是个无业游民，家境贫困，他一直深爱着一位叫莉亚的姑娘。那天，他向莉亚表白，却遭到对方的拒绝。回家的路上，萨尔因为心情低落，误闯了红灯，结果被一辆汽车撞断了右腿。

萨尔被送到医院救治，躺在他邻床的是个得了肺炎的老人，老人不停地呻吟和抱怨，萨尔听到老人的抱怨，安慰道："先生，你的病还不坏，休养几天就好了，你要是像我摔断了腿，一个月都很难痊愈。"

老人轻蔑地看着萨尔，说："摔断腿有什么可怕的？像我这样的年纪，肺炎可以要了我的命。如果上帝能让我们交换，我真想和你换那条瘸腿。"

萨尔咧嘴一笑："如果上帝能让我们交换，我还真想和你换。"

过了一晚上，奇迹真的发生了。第二天早上，当萨尔醒来时，发现自己呼吸困难，咳嗽不止，他看了看旁边的老人，老人的腿打上了石膏，因为伤痛而不停地抱怨着，而护士丝毫没有察觉出变化，病房里就像什么事都没有发生过一样。

萨尔惊得说不出话来，他和老人成功地做了交换。这太不可思议了！

过了十天，萨尔康复出院了。出院时，他抱着尝试的心情，和老人又做了一次交换，结果他们成功地交换了声音，由此确定，萨尔拥有了"交换"的能力。

成功的交易

有了两次交换经验后，萨尔变得信心十足，他又去找莉亚，可是莉亚不在家，是她父亲开的门。

萨尔对老人说“先生，请您转告莉亚，我现在和以前不同了，我会给她想要的一切。”老人皱起眉头，狐疑地问：“哦，是吗？”萨尔自信地说：“当然！我会有一份很好的工作，而且会很有钱。”说着，他双手插到裤子的口袋里，感觉良好地离开了。

为了实现对莉亚的承诺，晚上，萨尔来到了高档酒吧，要找一位老板。那个老板是开美容店的，萨尔曾在他的店里打过工。那个老板身材肥胖，五十多岁，是个秃顶，经常要用假发修饰自己，所以他一直羡慕别人有一头浓密的头发。

当萨尔看到那个老板时，高兴地和他搭讪：“老板，我希望能有你那么多钱。”老板虔诚地说：“你要对现状感恩才行。”

萨尔问：“怎么感恩？”老板脸上露出羡慕之情，说：“你有头发，而且还年轻，这就比我富有。如果我能拥有一头浓密的头发和一个年轻的容貌，那么我的美容店生意将会更好。”

萨尔拽了拽自己的鬈发，问：“你想要头发和年轻吗？”老板听了哈哈大笑，但萨尔一脸认真地说，“不用笑，我是当真的。你想要我的头发和年轻的外表，我都可以给你，我只想要一笔钱。”老板不屑地说：“别开玩笑了，滑稽的故事我听多了。”

萨尔很严肃地说：“如果你不信，我们可以先来试试，我把头发换给你，你给我100美元。”老板没有当真，只是觉得有趣，就答应道：“好，成交。”

第二天一早，老板驱车来找萨尔，他顶着一头浓密的头发，看到萨尔的光头，又激动又欣喜地说：“萨尔，太神奇了，我简直不敢相信。我们再做一笔买卖，如何？”萨尔已经猜到这样的结果，笑笑说“你想交换什么？”老板说“我想交换我们的年龄。”

萨尔问：“你是说用我26岁的年

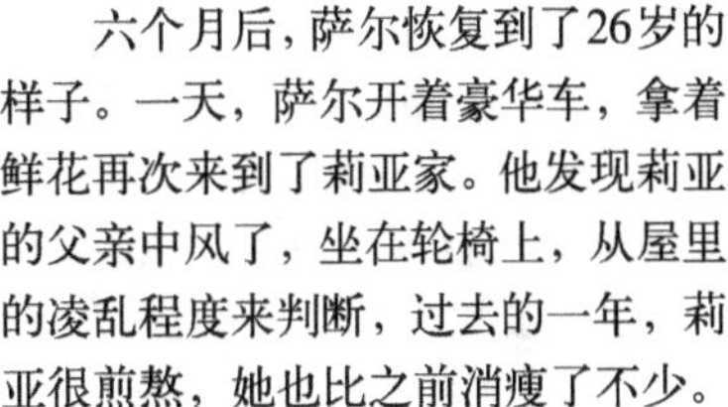

龄，换你50岁吗？”

“是的，我会给你优厚的报酬。”

萨尔故意装作思考的样子，说：“年岁不是问题，如果你有足够的钱，我就用我的26岁换你的50岁。”老板稍稍放松下来：“我想出100万现金，再送你一套豪华公寓，这足够你生活的吧？”

萨尔面露喜色，一口答应道：“好的，成交！”

自我的完善

萨尔的计划很顺利，有了金钱和房子，他开始寻觅对象，让自己恢复原貌。他先和流浪汉换了头发和声音。然后，萨尔找到一些未成年的男孩，他们都因家境贫困，急需要打工挣钱，男孩们想要年长两三岁，把自己变成一个成年人，于是和萨尔做了交换。

六个月后，萨尔恢复到了26岁的样子。一天，萨尔开着豪华车，拿着鲜花再次来到了莉亚家。他发现莉亚的父亲中风了，坐在轮椅上，从屋里的凌乱程度来判断，过去的一年，莉亚很煎熬，她也比之前消瘦了不少。

莉亚看着富公子般的萨尔，一脸惊讶。萨尔粲然一笑，问道，“你能不能和我出去共进晚餐？”莉亚微笑着答应了，随着萨尔上了车，去高档饭店用餐。在烛光下，萨尔递给莉亚一个盒子，里面是一枚钻戒。

莉亚看到戒指先是欣喜，紧接着面色凝重起来“萨尔，我很愿意跟你交往，只是我的父亲，他不怎么喜欢你。”萨尔反驳道：“我以前是个穷小子，可是现在不同了，我有足够的能力让你幸福。”莉亚为难地说：“不是因为这个，还有更重要的东西——”

萨尔疑惑地问：“是我没有的吗？那是什么？”

“同情心！”莉亚解释道，“从我记事开始，父亲就有这个品质，而且他也是这样教导我的，所以，我的伴侣一定要有同情心。”

萨尔明白了，第二天，趁莉亚上班时，他拜访了莉亚的父亲。老人见到他充满敌意地问道：“你为什么要来见我？如果与莉亚有关，我想没什么好说的。我在这个世界活不长，我不想把女儿托付给你这样的人。”

萨尔听了虽然很生气，但表面上依旧保持微笑：“你错了，先生。我过来不关莉亚的事。我知道你不喜欢我，我也不想改变你对我的印象。我来找你谈生意，我想买一件东西。”

老人皱着眉头，表示疑惑：“你说什么？买东西？”萨尔说：“是的，你手里有我想要的东西，我付钱好了，我知道你现在很需要钱，即使不是给你自己，也该为莉亚考虑。”

老人毫不犹豫地说：“我没有东西卖给你，我手里什么都没有。”

“不，你有。”萨尔迫不及待地说，“你手里的东西我急等着用，就是同情心！”

老人听了，有些愤怒：“你说的什么鬼话？你以为这是在买东西吗？像你这样的人，永远不会有同情心。”

萨尔认真地说：“我能行。你要做的就是同意，然后收下我的钱，公平交易，我会出10万美元，买你的同情心，你看如何？”老人想了想，问：“你是认真的？”萨尔立刻回答：“是的。我明天把支票送来，这些钱足够你用一辈子的。”老人咯咯笑了：“那好，我不知道你到底怎么了，但我同意。”

第二天，萨尔醒来时泪流满面，他不知道怎么了，心想也许这就是同情心。萨尔来到莉亚家，敲了老人的房门，咧嘴笑着说：“很高兴见到您，先生，您今天身体怎么样？”

老人直奔主题：“支票带来了吗？”萨尔说：“带来了。”老人问：“支票有效吗？”萨尔回答：“银行的支票，能顶现金用。”

老人轻声说：“放桌子上吧。”萨尔取出支票，小心翼翼地放在桌子上。之后，他露出灿烂的笑容，将手伸向老人。

老人表情冷漠，没有和他握手。当萨尔准备离开时，老人举起一把手枪，朝萨尔扣下扳机。此时的他没有犹豫，没有同情心，而萨尔的脸上还挂着笑容。

（草　民　改　编）

（题图、插图：安玉民　梁　丽）

电视导购

芳芳养了条狗叫爱丽丝，爱丽丝有很神奇的能力，只要看到电视导购，就能通过叫声，选择自己喜欢的物品。芳芳因此很喜欢爱丽丝，只要爱丽丝喜欢的物品，她都订购了下来。

几天后，芳芳在马路上遛狗，对面也走来一个遛狗的女士，令芳芳惊奇的是，对面那条狗身上的物品跟爱丽丝一模一样。芳芳问那位女士：“你狗狗的饰品是从电视上订购的？”

女士说：“是呀！这些都是狗狗自己选购的！”

芳芳一愣，于是去电视台说了“狗购”的事。电视台的人说“您已经是第九个来谈‘狗购’的人了。这全是商家搞的鬼！有的商家在商品广告中播放人听不到的高频声，而狗却能听到而因此狂吠。”芳芳听了，气愤地说：“这些商家真够坑人。”

电视台的人说：“其实也不能全怪商家，谁让你们心里只有狗呢？”

（作者：李宗儒）

这个“免费”

老钱喜欢贪小便宜。一天，他去一家酒厂参观，问酒厂领导：“这里的酒免费吗？”酒厂领导心领神会，马上说：“当然，供大家品尝。”老钱一听，敞开量地“品”起来，这一品就品出七八分醉意。

离开酒厂，老钱看到一家新开业的洗浴中心，于是问服务生：“这个免费吗？”服务生说：“试营业期间，免费洗浴。”老钱一听，满意地进去泡澡，泡着泡着，酒劲上来晕了过去。

一个小时后，老钱准备离开，服务生却要让他买单。老钱怒道：“不是免费吗？”服务生说：“基本洗浴费免费，但是您又点了按摩，所以消费总额为999元。”老钱一听懵了，他没带够钱，只好给老婆打电话求救。

老婆结完账，把喝醉的老钱拖回

·手机版故事·

家。在床上，老钱突然问道："小姐，这个免费吗?"老婆一听这话，狠狠地给了老钱俩嘴巴，说"这个免费！"老钱的酒劲一下子醒了。

（作者：陈立波）

长大以后

周平借给老同学李铁十万块钱，可李铁却迟迟不还。老婆提醒周平："李铁他这个人守信吗？"

老婆这一问，周平说起了一件事：初三的一天，周平和李铁约好见面，可是到了约定时间，天空下起雨来。周平年龄虽小，但知道守信，他到了约定地点，却发现李铁没来，结果淋着雨回家，夜里就发高烧了。这事周平一直没和李铁说，怕他觉得内疚。

第二天，老婆对周平说"我把钱要回来了。"周平一听不高兴了。老婆委屈地说"我没要钱。我只是给他发了条短信，说了你们初中的事，他还给我们回了条短信。"

周平看到李铁的短信，上面写着：那次我去了，等了你半个小时，你没来，我就走了，那天晚上我也发高烧了，但我也一直没告诉你。说实话，这十万块钱我早该还了，可也不知什么心理作怪，总不想还给你。你说二十年过去了，我怎么变成这样了？

（作者：张维超）

木匠于成龙

于成龙是一名木匠，年纪轻轻，却手艺精湛。一天，周府的管家请他去做几个箱子，他来到周府时，看见周家大小姐，对她一见倾心。

周小姐每天都来看于成龙做木工，于成龙也丝毫不敢马虎，认认真真把箱子做好。为了每天能看到周小姐，于成龙的活儿干得很慢很慢。

后来，于成龙想，不管自己干得再慢，总有干完的一天，所以他想了个办法：在几个箱子上做手脚，这样箱子用三个月就会裂开，到时他又可以去补箱子，看到周小姐了。

果然，箱子做好的三个月后，周府的管家又来找于成龙。于成龙如愿以偿，每天在周府补箱子，等周小姐到来，可是，周小姐一直没有出现。后来，管家告诉他：上次于成龙走后，周小姐告诉老爷，她喜欢上了于成龙，要嫁给他。周老爷想于成龙是个可靠之人，便同意了这事。就在周老爷决定提亲时，于成龙做的几个箱子全都裂了口，这下，周老爷十分生气，觉得他徒有虚名，便劝周小姐放弃了。

于成龙听了这话，瘫坐不起。

（作者：李代金）

（本栏插图：安玉民　梁　丽）

跟家里都一样

□顾嫣然

吴老汉和老伴要去加拿大看儿子了。出发前的两个月，两个老人忙活坏了。吴老汉先是花大价钱，请了外国语大学的一名老师，辅导他们简单的外语。

学外语的同时，老伴还准备了陕西辣子和酱菜，在家里买了几只羊腿，练习做羊肉泡馍。

不久，儿子打电话回来，得知父母在忙这些，儿子笑了："爸妈，你们别忙活了，这里跟家里都一样，你们养好身体就行了。"

儿子这是担心爸妈累坏了身体啊，想到这，老两口心里暖洋洋的，嘴上却甜蜜地嘀咕着："哼，加拿大能跟咱这里一样吗？那里有岐山哨子面吗？有秦镇凉皮吗？"说着，老人该准备的继续准备。

很快，老两口就到了加拿大。到了地方，老人很快适应了当地生活，因为第二天他们出门，发现了好几家中国超市，去银行，有操着一口流利汉语的职员前来接待。不想做饭了，就到中国餐馆吃饭，居然能吃到味道很不错的羊肉泡馍，老伴边吃边叹气："看来，在家里是白忙活了。"

吴老汉也跟着叹气："儿子说的是实情，这里跟家里真的都一样，咱完全不用学外语，也不用制作酱菜，这里超市光豆豉酱都好几个牌子呢。"

正说着，餐馆来了几个人，他们大声大气，毫不顾忌周围的顾客。

其中一个胖乎乎的男人对老板说："老板，给我们一间包厢，配最好的菜，再来一瓶茅台。"

说着，那个胖男人跟吴老汉对看了一眼，又迅速转过头去，吴老汉一拍桌子："真是啥都有，连家乡的领导都有。"

玩笑开大了

□ 张玉芬

阮二和麻三在一家酒馆喝酒，喝到兴头上，麻三想到自己刚换了手机号，谁还没告诉呢，就起了个歪心眼，说：“嗨，哥们儿，玩个游戏敢不？”阮二一瞪眼，说“你尽管说，我绝对奉陪。”

麻三说这个游戏很简单，就是他们两人用自己的手机，每人给老婆发条短信，短信的内容就四个字：“我也爱你。”阮二一听，心说这个游戏可够狠的，问题就在那个“也”字上。你想啊，只有对方发短信说“我爱你”时，你才能回复短信说“我也爱你”。

既然大话说了，阮二只能给老婆发了条“我也爱你”的短信。刚发完，阮二的手机就响了，是他老婆打来的。他打了没多久电话，就急着回去了。

第二天一到公司，阮二哭丧着脸说：“昨晚回到家，怎么给老婆解释她都不听。”麻三有点幸灾乐祸，这时，阮二猛地问：“你老婆可是够厉害的，你怎么一点事儿也没有？”

麻三“嘿嘿”一笑，说：“想不通吧？我告诉你，昨天，我刚换了手机号，连老婆也没说呢，我发了短信，事后把手机卡扔了，老婆当然不知道。”

阮二摇摇头，说：“我不信。”

麻三说：“你不信？我这就打那个号码。”说着，麻三拿出手机，拨通了那个扔掉的手机号，没想还真接通了，电话里，一个男人问他找谁。麻三愣了一下说：“这个号码原本是我的……”

“嗨，是哥们儿您啊！”那个男人说，“我真该谢谢你，我打了半辈子光棍，是你让我找了个女朋友，她还说立马离婚，然后和我结婚呢。”

麻三一时没听明白，问：“到底怎么回事？”那个男人说：“昨天，我捡到手机卡，刚换上，就有一个女的给我打电话，非说是我给她发了条短信，还说我爱她，然后我们就见了个面……你说还有什么？就这么简单。”

重赏之下有勇夫

□张庆萍

汤姆是个江洋大盗，几天前，他在A市博物馆偷窃一把小提琴，价值500万美元以上。警方全城围堵，在路上找到小提琴，却没有抓到汤姆。局长召开会议，警长韦德建议道："汤姆还没有离开我们这个城市，我们何不悬赏，让市民投入到抓捕行动中。"

随即警方向A城市民悬赏：直接抓住汤姆的人，悬赏50万美元。

悬赏令发出后，市民们反响强烈，可警方仍然没有接到线索。

韦德又提议："我相信，悬赏的路子是对的。虽然有部分市民投入到寻找汤姆的行列中来，但大多数市民没有参与其中。有市民说，汤姆是个亡命徒，为了50万块钱，把自己的命丢了，划不来。所以，我建议，把悬赏提高一倍！"

新悬赏令发出后，市民们反应更加强烈，可是警方还是没找到汤姆。

韦德又说话了："我们的路子没有错。我弟弟是华尔街投行职员，他看了悬赏公告后说，这样的举措已经吸引不了所有的人了。要想吸引所有的人，建议我们用实物做悬赏。谁要是抓住汤姆，就把小提琴作为奖励。"

第三轮刺激方案出台后，市民哗然，可惜，汤姆的影子都没摸到。就在警方无比沮丧时，韦德接到一个电话："喂，是韦德警长吗？"

"我是！"韦德话刚落音，心就"扑通扑通"跳了起来，这声音是如此熟悉，对！是汤姆！

"请问，你们说话算数吗？"汤姆急迫地问，"你们确定有人抓到我就把小提琴奖励给他吗？"

"是的！确定！"韦德说。

"那么，我可以抓我吗？"汤姆说，"我太爱那把小提琴了！"

特权小子

□张延艳

早上，三个高中生从网吧出来，准备去吃早饭，可大家一摸口袋，都发现没钱了。王军很洒脱地说："没事，咱去华英酒店吃早饭，免费的自助餐，花样多得很，牛奶啊豆浆啊，还有各种各样的糕点……"

一番话，说得另外两人都流口水。赵强不相信地说："王军，听说华英酒店是一家四星级的酒店，那里的自助早餐一人得八十多块钱呢，你家里什么人在那儿？别忘了，你在班里还拿着特困生补助的。"

王军"嘿嘿"一笑说："我妈在餐厅门口负责收餐票，所以……"

二人恍然大悟，赵强很高兴地说："正好，酒店不远就是体育馆，咱们去那里打网球吧，也不收费，因为我叔叔在那里工作……"

王军听了一脸高兴："这下好了，吃和玩的问题都解决了，可是，去华英酒店的路程太远了，怎么过去呢？"

刘涛一拍胸脯，说："这个好说，咱坐公交车过去。"

赵强皱着眉说："钱花光了，一毛钱都没有，连两块钱的公交车钱都掏不出，怎么乘车？"

刘涛笑着说："嘿，你们忘了，我爸是干什么的了。"

王军一拍脑袋，叫道："天啊，都忘了你爸是公交车司机了，你有公交卡吧？卡里还有多少钱，够咱三个人坐车吗？"

刘涛招呼他们两个说："你们两个尽管上车吧，卡里的钱足够用。"

正说着，一辆公交车来了，王军和赵强"噔噔"上车，刘涛在最后面刷卡，只听刷卡机上出现三个响亮的声音："老年卡！老年卡！老年卡！"全车人，包括赵强和王军，他们的眼睛都直了！

（**本栏题图、插图**：顾子易　包丰一）

507 2012 SEMIMONTHLY 下半月刊 3月

STORIES

欢迎登录本刊主办的"故事中国网"（www.storychina.cn）

笑话14则 .... 摇曳生香等 4

我的故事

没有找错门 .... 唐　门 8

传闻逸事

九死一生 .... 翟德军 12

快乐辞典 15

新传说

将军扫墓 .... 竹　韵 17

救儿子一命 .... 张晓新 22

这个黑锅背不成 .... 熊　萍 26

威客行动 .... 廖　华 28

千万别拔枪 .... 陈　铭 32

幸亏挨了一撞 .... 徐树建 37

民间故事金库

库银案 .... 王静者 40

员外打赌 .... 魏　炜 44

3分钟典藏故事 48

故事中国网文精粹

窦娥死后 .... 杨汉光 50

职场故事

还是你狠 .... 高鹏飞 54

情节聚焦

主持公正的贝 .... 李金鹏 57

东方夜谈

忠诚的狗 .... 张静娟 60

情感故事

台风来了 .... 张春风 63

法律知识故事

致命的花盆 .... 仇军伟 66

中篇故事

万金案 .... 刘克法 68

微博故事 81

阿P系列幽默故事

阿P当公务员 .... 严　彬 82

幽默世界

《听司机讲故事》等4则 .... 戚　霞等 86

漫画故事 89

"青春励志故事"征文大赛 43

本刊信息传真 31

故事会

—STORIES—

2012年3月

下半月刊·绿版

社　长、主　编：何承伟

副社长：夏一鸣

常务副主编（兼绿版负责人）：吴　伦

副主编（兼红版负责人）：姚自豪

本期责任编辑：朱　虹

电子邮箱：zhong98305@sina.com

绿版发稿编辑：

颜轶超　黄美舟　刘迎曦

美术编辑：李宝强

电脑制作：郭瑾玮

本社办公室电话：021-64375030

上半月刊编辑部电话：021-64332325

下半月刊编辑部电话：021-64336469

（上海市绍兴路74号 邮编：200020）

主管、主办：上海文艺出版（集团）有限公司

出版单位：《故事会》编辑部

发行范围：公开

出版、发行总监：张　凯

电话：021-64313938

广告业务：上海故事会文化传媒有限公司

广告总监：张　淮

广告业务：021-34010383

广告投诉：021-64333738

广告经营许可证

沪工商广字3100320080016号

发行：中国图书进出口上海公司

·笑话·

结婚证

爸爸教育儿子要独自睡觉。儿子不服气地问:“为什么你能和妈妈一起睡?”

爸爸灵机一动,翻出结婚证,指给儿子看:“因为我和你妈妈是夫妻。”儿子这才罢休。

第二天,爸爸送儿子去奶奶家。到了晚上,奶奶突然打来电话说:“快把这个小东西接走!”爸爸纳闷地问:“妈,为啥啊?”

奶奶哭笑不得地说:“这小子非要查我和你爸的结婚证,否则就不让我们睡觉!” (摇曳生香)

(本栏插图:包丰一)

装假牙

老妈要装假牙,女儿和儿子为了谁给老妈付费的问题吵了起来。最终,老妈拍板,姐弟俩一人出一半。

不料,假牙装好没几天,老妈就觉得牙有些不舒服。这时,老爸在一旁说:“当初我就让你不要花孩子们的钱,你偏不听!这闺女和儿子从小就爱闹别扭,现在你这上牙听闺女的,下牙听儿子的,协调性肯定差。”

(焦淳朴)

不同回答

某婚恋网站出了道测试题:如果一个穷小子冒充有钱人和你恋爱,被你发现后,你会如何反应?90%的人选择:坚决断绝关系,诚实是最重要的品质之一。

不久之后,该网站又出了道测试题:如果一个有钱人冒充穷人和你恋爱,被你发现后,你会如何反应?90%的人选择:继续交往,我爱的是他的人,又不是他的钱。 (从 容)

真 像

妈妈带儿子去天坛公园作画。第二天，儿子放学回来说：“妈妈，我们老师连天坛公园都没去过。”

妈妈有些奇怪：“你怎么知道的？”

儿子扭扭捏捏地说：“我把昨天画的那张天坛的画给老师看，她夸我‘生日蛋糕画得真像’！”（康　宁）

走势好

有个女孩打算减肥，她买了台电子秤，每天称体重，然后把数据填入表格，画成一张直观的走势图。

这天，女孩正在单位分析自己体重的走势，一个同事经过她的座位，看见了她的走势图，忍不住凑到她耳边悄声问：“你能不能透露一下，这是哪只股票啊？走势蛮好的嘛。”

（邵　庄）

感应门

办公室主任在单位门口新装了一道感应门。不料，刚装上的第一天，感应门就坏了。这时，一个同事从外面进来，他走到感应门前，见门没有反应，就在那里跳了起来。

办公室主任见状，好奇地问他：“这门坏了，你这是在干什么呢？”

同事嘿嘿一笑，说：“哦，原来是这样啊，我还以为我个子矮，它感应不到我呢！”（陈福国）

开心奖

有个主妇去超市购物，结账时拿到一张抽奖卡。她刮开一看，上面写着“开心奖”。她兴奋地问工作人员：“开心奖是什么奖品？”

工作人员神秘地笑了笑，说：“开心奖的奖品是一个小铁盒，打开看看，绝对包你开心。”

主妇一听，更兴奋了。她赶紧领了一个小铁盒，迫不及待地打开后，发现里面只有一张小纸条，再打开纸条一看，上面居然印着一则笑话。（余　娟）

·笑话·

服务到位

有位大叔去银行办业务，突然想上厕所，于是他问一个银行保安，卫生间在哪儿。

保安看了看他，说：“你跟我来吧。”然后，就带着大叔往大堂里面的卫生间走去。

到了卫生间门口，大叔高兴地称赞道：“我去过不少银行办业务，就数你们银行的服务最好、最到位，连上厕所都安排了专人引导。谢谢你！”

不料，保安答道：“我也正好想上厕所。”

（肃 宁）

配个翻译

妈妈带女儿进了家玩具店，女儿看上一个金发碧眼的洋娃娃。妈妈掏钱买下后，准备带女儿离开。

不料，女儿不肯走，吵着要再买一个中国娃娃。妈妈不答应，说：“你有一个娃娃就够了。”

女儿却理直气壮地说：“你总得给这洋娃娃找个翻译吧，要不然我怎么和她一起玩啊？”（李伟军）

办 卡

小宝的家里有很多VIP贵宾卡，他经常拿着各种各样的卡片玩。

这天，小宝去上幼儿园。幼儿园老师警告说：“小朋友们，听好了，我们幼儿园有规定：第一次尿床，交5元；第二次尿床，交6元；第三次尿床，交7元。以此类推。”

小宝听了，大声问道：“老师，我可不可以办一张VIP贵宾卡？”

（小透明）

伪球迷

老婆是个十足的伪球迷，看不懂球赛还喜欢发表评论。这天，她和老公一起看球赛，比赛快结束时，老婆突然兴奋地喊道：“老公快看，终于要换人了，3号上场了！”

老公定睛一看，原来是裁判举牌：补时3分钟！（少 岷）

弱 智

一个小男孩跟着妈妈去坐公交车。公交车报站时经常会说:“请给老弱病残让个座。”

小男孩听得多了,就问妈妈:“妈妈,老弱病残的弱是什么意思?”

妈妈想了想,说:“是弱智。”一个站在旁边的男人听见后,忍不住笑了起来,那笑声听上去有些奇怪。

这时,小男孩突然从座位上站了起来,对男人说:“叔叔,你坐这儿吧。”

(覃 塘)

盐 浴

傍晚,姐姐到妹妹家玩。姐姐问妹妹:“你晚饭吃了吗?”

妹妹摇摇头,说:“姐,我减肥呢,晚上一般不吃饭。”

姐姐说:“可我肚子饿了,你家有什么吃的吗?”

妹妹挠挠脑袋,不好意思地说:“姐,我为了断掉吃东西的念头,坚决不在家放任何食物。现在家里只剩盐了,要不你泡个盐浴?”

(邹丽云)

在银行看书

晚上,有个男生在一个24小时自助银行里看书。一个警察走进去,警惕地问男生:“小伙子,你在这里干吗?”

男生指了指书本,说:“我在看书复习呢。”

警察好奇地问:“看书怎么不去学校图书馆?为什么在这里看?”

男生从兜里掏出一张银行卡,不好意思地说:“我看不下去的时候,就把这张银行卡插进取款机里看看余额,这样我就有心思接着看了。”

警察更纳闷了:“为什么?”

男生尴尬地笑笑,说:“因为我爸说,只有考试通过了,我才能用这笔钱。”

(刘嘉杰)

本栏欢迎来稿,读者、作者可将有新鲜感、有精彩细节的笑话佳作投寄给我们。来稿一经采用,最高稿费为一则100元。本期责任编辑电子信箱:zhong98305@sina.com。

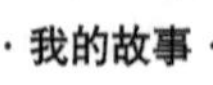

没有找错门

□唐 门

我通过考试进了县国税局，被安排在办公室，做些接收文件之类的跑腿活。

一天上午，办公室的几个人正在闲聊，忽然门口响起了脚步声，我们都以为是哪个领导来了，急忙刹住话题，坐正身子。

哪知等了一会儿，门口出现了一个老汉的身影，畏畏缩缩地往里面张望。我们立刻松了口气，同事李大姐嗓门大，笑着问:“哎，你有什么事？”

那老汉一脸傻乎乎的笑容，听李大姐问他，迟疑了一下，蹑手蹑脚地走进来，却不停地摸着腿，不说话。我客气地问:“大爷，您有什么事？”

老汉这才开口说“同志，你们领导在吗？我想找他。”

我们局长就在楼上的办公室，但我可不能随便让他上去。我问他找领导有什么事。

老汉顿了顿，絮絮叨叨地说了起来。原来这老汉姓王，是清水乡的，前几年捡了个女娃娃。今年本来可以上学了，可学校却不接收，说孩子没有户口。派出所也不给入户口，说他没有收养手续，得让民政局补个手续。而民政局那边呢，却认为他不符合收养条件。在乡里解决不了问题，他只好跑到县里来了……没等他把话说完，一屋子人全乐了。

李大姐哈哈大笑，说这档事跟咱国税局简直是风马牛不相及，老汉却糊里糊涂找上门来了。一屋子人，就我没笑，心里还有点隐隐发酸。这王老汉一看就是个老实到家的庄稼人，不会向人打听，嘴里虽然在说着困难事，可脸上始终在笑着。这让我想起了乡下憨厚老实的老父亲，怎么也笑不出来。

王老汉眼见别人在笑，有点不知所措地跟着呵呵地笑。我有些难过地对他说："大爷，您找错地方了。我们这儿是国税局，这件事您应该去找教育局、民政局或者公安局才对啊！"

"哦，找错了！"王老汉听了我的话，仿佛被点了穴似的，顿时怔在原地，脸上的笑容也慢慢地消退下去了。他喃喃自语地说着："找错了，找错了……"脸上十分失望，却没有转身走出去，而是茫然地站着，然后又用求助的眼光望着我。

我正想再向他解释一下，正好这时，局长来了。李大姐快人快语地代替王老汉说了来意。局长听罢，也不禁微微一笑，对王老汉说："大爷，我们这里是国税局，管税收的，没办法解决你的问题。"

王老汉愣愣地点点头，却还是傻乎乎地站着。局长想了想，又说："你去教育局问问吧，我派个同志带你去。"

这样的跑腿任务自然落在了我这个新人头上。教育局只隔了一条街，我带着王老汉慢慢走过去。来到教育局大门口，王老汉忽然站住了，摇摇头说："这里我来过了。"

我一愣："您来过了？人家怎么说的？"

王老汉脸上一阵迷惘，喃喃说道："他们叫我去找什么局，另一个地方也是叫我去找什么局。这个局那个局的，我也记不清了。反正都说我没找对，让我去别的地方。"

我一下怔住了。原来还以为他是头一次进城来办事，这才误进了我们国税局，照他这么说，在这之前不知跑了多少趟了，那几个相关单位肯定也都找过了。

王老汉退到大门旁边的一个角落里，蹲了下来，不知所措地望着街道。我过去在他旁边蹲下，又问了问他，这才知道，他早就跑遍了几个相关单位，都被人打发了出去。后来他听了别人的指点，跑去县政府上访，得到的答复是去找有关部门解决。这几天，他天天都在城里找有关部门，结果可想而知。

我明白了，他是一只皮球！一只不知被多少人踢了的皮球！可怜的是，他还不知道自己被人家当球踢。望着这个老实巴交的老人，我心底直泛酸。可自己一个刚入行的小小办事员，又能怎么办呢？

我陪他蹲了一会儿，说："大爷，先别想了，我带您去吃饭吧。"

王老汉受宠若惊，连说不用不用。最后，还是拗不过我的热情，跟着我走进了对面一家小饭店。我点了两个菜，然后把账结了，对他说："大爷，您慢慢吃，我还得回单位上班。"

王老汉一下站了起来，脸上既焦急又惶恐："你、你……我、我……"

我顿时一阵羞愧。我明白，他已经把我当成一个可以信赖的人了。在他找单位的这些天里，也许我是他碰见过的最好说话的人。

我红着脸说："大爷，您的事还得找教育局，您再找他们试试吧。真的，我、我帮不了您。"说罢，我一狠心，扭头走出饭店，快步往单位走去。一路上，我在心里反复地念叨着：大爷啊大爷，不是我不想帮你，我是心有余而力不足啊！我能做的就是请你吃顿饭了。

回到单位，同事们听我把情况一说，一下子沉默了。接着，办公室里一片唏嘘之声。

过了一会儿，我要到街上买点办公用品。回来时刚走到大门口，就看见王老汉蹲在一旁。见了我，他一下子站起来，急迫地冲我喊："同志！"

我愣了愣，问他："大爷，您去过教育局了吗？怎么又回来了？"

"没、没去。"王老汉摇摇头，眼

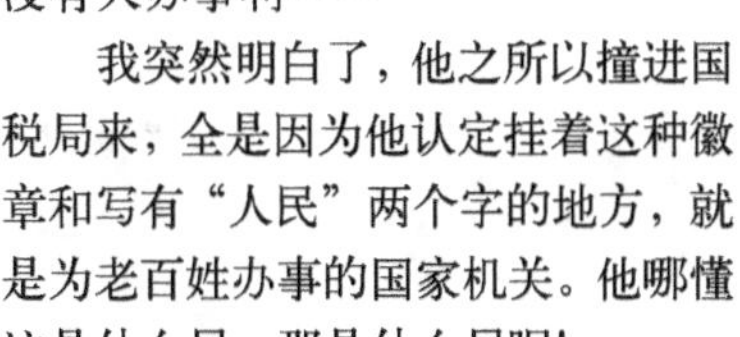

神里充满希望地望着我，“我、我想找一下你们领导。”

我心里难过极了：他实在是没有地方可找了，把我们国税局当成了最后的希望。或许他找了那么多单位，根本就没见过一位领导。而在他的意识中，见了领导，问题就能解决了。

我一时不知道说什么才好，王老汉用手抓着我的肩膀，恳求道：“同志，帮帮忙，带我找一下你们领导，行吗？”

“大爷，您找我们领导没用。”我觉得自己的眼眶都湿了，“您真的找错门了。我们虽然很同情您，可是没办法，这里是国税局，解决不了您的问题。”

王老汉慢慢地松开我的手，失魂落魄地呆了一呆，眼泪刷地流了下来，如泣如诉地说着：“我没找错门，我没找错门，为什么都说我找错门了啊？为什么都不给我办事啊……”他全身颤抖着，越说越激动，不由自主地在门口绕着圈子，仿佛疯了似的。

忽然，王老汉指着大门上方大声说道：“我眼睛没有瞎，还看得见！这是国家的东西，这里就是国家的机关……”

我抬头一看，心底猛地一颤，他指着的竟是挂在大门上的税徽。接着，他又指着上面的字说：“我认识的字虽然不多，但我认得这上面有‘人民’二字！这是给人民办事的地方，可为啥就没有人办事啊……”

我突然明白了，他之所以撞进国税局来，全是因为他认定挂着这种徽章和写有“人民”两个字的地方，就是为老百姓办事的国家机关。他哪懂这是什么局，那是什么局呢！

我再也忍不住了，走上去抱住王老汉，大声说：“大爷，您没有找错门！我这就带您去找领导！”可他似乎已经听不清我的话了，仍然不停地自言自语。

我放开王老汉，撒腿跑上了楼，敲响了局长办公室的门。局长听完我一番话，沉吟了几秒钟，轻轻一拍桌子说：“走，我去看看！”

走到大门口，一看王老汉还在对着大门指手画脚地说个不停。局长叹了口气，快步走上前去，用力握住了他的手：“大爷，你这件事就交给我吧！走，现在我就带你去找县领导！”

由于局长亲自出面，以及县里领导的批示，仅三天时间，王老汉的问题就得到了圆满的解决。让我们想不到的是，半个月后，王老汉送来了一封感谢信。读罢，却令人有些不是滋味：衷心感谢国税局帮助我解决孩子的收养手续、入户口和上学问题……

（**题图、插图**：安玉民　梁　丽）

·传闻逸事·

九死一生

□ 翟德军

东北解放前夕，中共地下党员郭汉川，化名打入了驻守在沈阳的国民党部队。不料，在一次执行任务时，他不幸被捕入狱，但敌人只是怀疑他，并没有拿到确凿的证据。在狱中，郭汉川受尽折磨，但他视死如归，敌人也无计可施。

这天，郭汉川被提到一间宽大的审讯室。审讯室里坐着十多个人，正中间坐着的是张师长，执行审讯的是旅长胡振东，其他陪审人员也都是重量级人物。今天，他们要给郭汉川上演一场生死大戏。

胡振东看了看遍体鳞伤的郭汉川，揉着下巴说："有资格让我们师座亲自督审的人，都是通过全部刑具的铁汉。现在，你有一个活着走出去的机会，不过要看你是不是有这个造化了。"郭汉川"哼"了一声，敌人的许诺他听得多了，根本不相信。

胡振东拍拍手，手下立刻抬过来一张大桌子，放到郭汉川的面前，又接二连三地端出一盘盘菜和酒，整整有十个菜。胡振东端起酒杯，递到郭汉川的面前，说："是汉子，就干了这一杯。"

郭汉川接过酒杯，一饮而尽。胡振东点点头，接着便玩起了他的拿手好戏，他指着桌上的菜说："这十个菜，是有讲究的，叫做'九死一生'。因为这十个菜里，有九个有毒，只有一个没毒。凡是挺得过所有刑罚的人，才有机会尝试这'九死一生'。对你而言，死已是必然，生只是偶然！能不能创造奇迹，就看你的运气了。"

胡振东说得掷地有声，但郭汉川还是没信，他觉得这或许又是敌人的一个花招。他仔细看了看这十个菜，都是东北的杀猪菜，有酸菜白肉、血肠、猪肝、猪心、排骨、肘花、肥肠、肉段、头肉、猪蹄等等。郭汉川挨个儿闻了闻，那味道真是好，没有异味。从头看到尾，最后，他眉头一展，把筷子放到了藕片炖排骨上，夹起一块排骨，吃了起来。他吃得很快，简直就是狼吞虎咽，他怕自己还没有吃完，命就没了。吃完了一盘菜，郭汉川用手背擦了擦嘴，打了一个饱嗝，这才意识到自己没有死。

胡振东转头看了看张师长，叹了口气，说："师座，天意如此，此人不该杀……"

张师长突然站了起来，说："慢着！你就这么把他放了？"这个张师长，是胡振东的上司，对胡振东玩的"九死一生"的游戏，原本一直是默许的。这一次，他却走到桌前，拿起筷子，夹起一块肉，作势要往自己的嘴里送，可到了嘴边，却停了下来。

胡振东见状，连忙大叫一声："师座，你不要命了！"

张师长笑了，转过头来问："振东，你真能保证剩下的这九盘菜全都有毒吗？不然有人会说你通共的。"

胡振东坚定地点了点头，张师长点点头，说："那就好，你的命就押在这九盘菜上了。"

张师长立刻安排士兵牵来九条大狼狗。接着，张师长把一盘菜倒在地上，放一条狼狗吃了，刚吃完，狼狗就中毒而死。张师长再倒一盘，又死了一条狼狗。就这样，直到九条狼狗全都死掉了，张师长这才无可奈何地说："大家都看到了，天意如此，那就由他去吧。"于是，张师长只得把郭汉川放了。

郭汉川出狱后，辗转回到西柏坡，并恢复了郭汉川的名字，继续为党工作。很快，三大战役打响，东北全境解放，郭汉川再一次回到沈阳，接收国军的俘虏。让他意外的是，他在接收的名单里，看到了"胡振东"三个字。他仔细查看胡振东的审讯记录，发现这个胡振东十分顽固，不但拒不承认杀害革命者的事实，还说曾经放

过不少犯人，但他能记住的几个名字，要么早已战死，要么查无此人。

郭汉川反复回想那次意外脱险，究竟是胡振东故意放他走，还是拿革命者的生命当儿戏，至今他都无法判定。考虑了半天，他决定也给胡振东来个“九死一生”，试探一下。但他没有亲自出面，就怕万一胡振东认出他来，颠倒是非，硬说曾经救过自己，那就不好判断了。

于是，郭汉川安排手下去做这件事，而他在屋外暗中观察。他为胡振东准备的十个菜，都是没毒的，但如果胡振东不知道其中的秘密，没有吃他做记号的那个菜，那就只能按照当时的规定下放回家了。结果，胡振东吃下的，竟是别的菜。郭汉川遗憾地摇了摇头，示意手下把胡振东带走。

此时，郭汉川的心里很失落。原来，并不是胡振东救了自己，或许只是阴差阳错罢了。

正当郭汉川左思右想时，手下突然前来报告，说是收拾完菜的桌子上，留有印迹。郭汉川急忙赶过去一看，桌子上的印迹是用手指蘸着菜汤写下的，他一眼就认出那是“无毒有藕”四个字。

顿时，郭汉川惊呆了。当年他死里逃生，就是因为听到胡振东说“生是偶然”时，才选择了藕片炖排骨这道菜。“无毒有藕”的意思是：有藕的那个菜，是没有毒的。

如今，胡振东写下这四个字，说明当年的事，是他暗中安排的。可既然他知道其中的秘密，为什么还会吃下别的菜？郭汉川仔细询问了手下，这才知道，手下在端菜时，不小心把做了记号的藕片弄到了桌子上，然后随手放进了另一盘菜里。这样，就让胡振东吃错了菜。

郭汉川顿时恍然大悟，他觉得胡振东一定用同样的方法，也救过别人。此人虽在国军供职，却并非泯灭良心，而且还是个人才，应该把他留下来……

（**题图、插图**：安玉民　梁　丽）

医院各科对联

看，医院里科室很多，才子也不少哦……

骨科

上联： 非木匠，非石匠，也曾挥锯弄锤

下联： 是医生？是强盗？经常绑手缚足

横批： 刀斧情深

麻醉科

上联： 打一针便可手足麻木

下联： 吹口气立刻人事不省

横批： 不痛就行

神经内科

上联： 疯疯癫癫痴痴傻傻脑壳有包

下联： 浑浑噩噩瘫瘫软软颅内出血

横批： 难得糊涂

肝胆科

上联： 管你英雄豪杰，来此便丧胆

下联： 劝那男女老少，莫要坏心肝

横批： 坏了没法医

胸外科

上联： 掏心挖肺，未必心狠手辣

下联： 抽气放血，还我神清气爽

横批： 胸外人管胸内事

脑外科

上联： 开头颅，抽热血，只是头痛便好治

下联： 循沟回，理神经，唯有心思最难猜

横批： 打开看看

放射科

上联： 任她胸大胸小，片上只见心肺

下联： 管你貌美貌丑，视下俱是骷髅

横批： 穿不穿衣一个样

ICU科

上联： 重症抢救，尽显英雄本色

下联： 特级护理，只是收费太贵

横批： 不贵不行

儿科

上联： 一哭二闹三发烧，小人难倒大人

下联： 七横八竖两层楼，加床超过正床

横批： 就是太忙

传染科

上联： 常恐交流惹祸

下联： 还是隔离放心

横批： 改日再聊

内分泌科

上联： 尿里含糖，不是浪费是糖尿

下联： 眼中有神，不是漂亮是甲亢

横批： 就这俩病

（**推荐者：** 月　月）

·快乐辞典·

好玩的手机昵称

自从有了手机，很多人在通讯录上编的昵称可谓精彩纷呈：

- 有一哥们儿，把媳妇的名字改为“吸血鬼”，问他何解，答：天天花钱，不是吸血鬼是什么？
- 有一网友出高招：如有异性朋友，就取名为“10086”，来电时即使老公或老婆在场，也不会出问题。
- 恋爱时，女友拿我的手机，把她的名字改成“老鼠”，然后又在她的手机上，把我的名字改为“大米”。我暗自开心，老鼠爱大米嘛。没想到，她的答案是：老鼠吃大米。
- 单位有个同事，喜欢请大家喝酒，十喝九醉，每次都得我们照顾他。最后我们都怕了他，一到下班时间，手机响，拿起来看如果是“恐怖分子”，手就抖个不停。
- 一次饭桌上，认识了一位朋友，他的手机里，有“半斤”、“八两”、“一斤半”、“海量”，一打听，原来是根据别人的酒量来命名！
- 老巷子里，开着一家臭豆腐店，味道特别正，留了外卖电话，但忘记问名字，为与其他店区分开来，只得在手机里写下“最臭的”。
- 有回喝醉了，一兄弟出损招，在我的手机里把他的名字改为我初恋女友的名字。送我回家后，他就打我手机，老婆一接，他就挂。隔半个小时，他又打，仍旧不说话。后果是：大冬天的，我在沙发上睡了一宿。
- 无数次发现一个共同的昵称：太后！这是给母亲的称呼。虽然结婚生子，但老太太仍然是绝对的权威！（**作者**：姓罗名强）

水果们的幽默车贴

- **香瓜**：小子，你是不是闻着味来的？
- **苹果**：把我撞掉个碴儿，我也成不了苹果手机。
- **西瓜**：人家挑瓜都是用手拍，你可不要拿头撞我哦。
- **杏子**：别靠本姑娘太近，没见我正杏眼圆睁地瞪你吗？
- **山楂**：别跟我玩连环相撞，我可不想成为一串糖葫芦。
- **樱桃**：虽然我的樱桃小口足够性感，但也只允许你跟我玩飞吻。
- **甘蔗**：别在我身后瞎转悠，拿出你考桩的本事从我身边绕过去。
- **木瓜**：我本来就木讷，再被撞到就成傻瓜了。
- **椰子**：我的外壳足够坚硬，跟我死磕可没你的好果子吃。
- **荔枝**：你可以像杨贵妃那样爱慕我，但不能像杨贵妃那样亲吻我。

（**作者**：詹　华；**推荐者**：小　宛）

（**本栏插图**：安玉民　梁　丽）

一个破旧的坟包，一座豪华的墓地，这两者形成了鲜明的对比和讽刺……

将军扫墓

□竹韵

紧急任务

王一民是个村长。这天一大早，他就接到乡长的电话“你们村是不是有个叫刘向党的烈士？我刚接到市里的电话，说刘烈士的一个老战友的儿子，现在已经是将军了，要来给他扫墓！我们这里从没来过这么大的领导，你赶快把烈士陵墓布置一下，将军三天后就到了！”

放下电话，王一民撒腿就往外跑。他隐约记得刘向党烈士的坟，就在山下。当年，刘向党为了掩护战友而牺牲，村里人为了怀念他，特意在他牺牲的地方为他修了一个坟。

王一民一口气跑到山下，一看，顿时傻眼了。烈士的坟只剩下一个小小的坟包，墓碑也早就破败不堪，上面的字迹模糊得根本看不清，周围只有几棵杂草在风中抖动。这，简直就是个无主坟，哪像什么烈士陵墓啊。

这时，村里放羊的倔大爷一瘸一拐地走过来，顺手拔掉了几棵草，又点了根烟放在墓碑前，然后瞪了王一民一眼，走了。

王一民赶紧赶回村部，召开紧急会议：“将军要来给烈士扫墓！大家赶紧想想办法，三天内怎么把烈士陵墓布置好？”

大伙儿面面相觑，没个主意。

忽然，秘书小刘一拍脑袋“我倒有个办法！可……可又怕不行。”王一民催促道：“快说！”

小刘悄声说“咱村的赵大刚，不是刚给他家老爷子盖了座豪华活人墓吗？我看他家老爷子身体硬朗得很，

一时半会儿用不上。不如咱先借来用用？”

王一民当即拍案叫绝。说起这村里的赵大刚，那是无人不知，无人不晓。早些年他做生意发了大财，衣锦还乡的第一件事，就是给他老父亲建了一座豪华墓地。

于是，王一民急忙赶到赵大刚家。赵大刚正要出门，他满脸喜气地拉着王一民往外走“来得正好，老爷子的墓地完工了，一起去看看！”

很快，两人来到了半山腰。抬头一看，王一民不由倒吸一口冷气：天哪，这哪是墓地，简直是个别墅啊！整个墓地依山傍水，前面的门楼就有六米高，全是花岗岩做的，旁边是精美的汉白玉浮雕。墓碑有四米来高，因为老爷子还活着，所以上面还没有刻字，只雕了一对龙头。墓壁右边雕着八仙过海，左边雕着瑶池仙女。

让王一民惊讶的还在后头。除了外面，墓室里也是别有洞天。卧室、客厅、厨房一应俱全，甚至还有个麻将室。

王一民看了，不由得啧啧赞叹：“这得花多少钱啊！”

赵大刚一笑“没多少。老爷子一辈子也没享什么福，我给他建这么个墓地，也算尽孝了。”

王一民赶紧说：“我正想和你商量呢，你这墓地，借我用两天行吗？”

赵大刚一愣：“什么？借什么不好，有借墓地的吗？”王一民忙把将军要来给刘烈士扫墓的事说了一通。

赵大刚当即摇头道：“这可不行！这墓地是给我家老爷子预备的，莫名其妙地当成烈士陵墓，多不合适啊！”

王一民赶紧做工作：“想当初人家烈士舍生忘死地打江山，现在就跟你借两天墓地，怎么就不行？”

赵大刚还是摇头：“谁让你当初不好好给烈士建个陵墓呢？”

王一民愣了愣，严肃地说：“乡长说了，这可关系到咱们村，甚至整个乡的整体建设！若是领导来了不满意，影响了咱们村的发展，你可就是咱们村的罪人！”

赵大刚犹豫了：“这么严重？”他又指了指墓碑，“就算我同意借，这上面怎么办？”

王一民抬头一看，说：“反正这上面是空的，我让石匠刻上‘刘向党烈士之墓’几个字不就行了？等领导走了，我让石匠再给你重新打磨，绝对不耽误你用！”

听王一民这么说，赵大刚只得勉强同意了，叮嘱道：“这事可千万别让我家老爷子知道！”

王一民拍着胸脯答应了。

事情谈妥了，王一民立刻行动。他找来村里的石匠，布置任务。接下来的三天，王一民忙得脚打后脑勺，事无巨细，全都布置妥当。

将军到来

三天后，乡长亲自陪着将军来了。站在村口，将军一脸凝重地仰望山上，感叹道：“这就是烈士的埋骨之处啊！山清水秀，好地方！”

王一民不失时机地说：“是啊，刘向党烈士是我们全村人的骄傲，所以这墓地位置也是我们千挑万选才选中的。”

将军眼里微微含着泪光，说：“当年刘烈士是为了掩护我父亲才牺牲的。如果没有他，哪有我的今天？这么多年，我一直在打听刘烈士的墓地，想来祭扫一下。现在，终于被我找到了。我父亲已经九十多岁了，他行动不便，所以千叮咛万嘱咐地让我替他在烈士墓前磕几个头！”

大家边说边往山上走。一路上，将军脚踩着铺路的青石，手抚着两边汉白玉的栏杆，满意地点头说：“嗯，我去过不少烈士的家乡，难得看到一个这么好的烈士陵墓。一看就知道你们村里的领导干部思想端正！”

王一民一听，心里乐开了花。

等到了山腰，看着六米高的门楼，将军不禁锁住眉头问：“这……真的是刘烈士的陵墓？看着，怎么像……”

王一民赶紧解释：“这陵墓是全村人自发建的。有钱的出钱，有力的出力。想当年烈士们抛头颅，洒热血，才有了我们今天的安定幸福。我们绝不能忘本！”这几句话，说得铿锵有力，掷地有声。但将军却没有回话，只是脸色更加凝重。

再往上走，看着两旁的八仙过海与瑶池仙女，将军终于开口了：“这些也是给烈士的？”

王一民眼珠一转，答道：“烈士们当年生活艰苦，现在我们生活得好了，也得给烈士们预备上！”将军轻轻摇了摇头，没有说话。

再往上走，高大的墓碑就出现在

眼前，上面雕刻着“刘向党烈士之墓”几个大字，在阳光下闪烁着耀眼的光芒。

就在这时，一阵苍老的歌声从山顶上传来，伴随着几声咩咩的羊叫。顿时，王一民脸色一变，这不是放羊的倔大爷吗？他可别在这个时候出来惹事啊！王一民赶紧偷偷问秘书小刘：“怎么回事？不是交代过你，别让他在这附近出现吗？”

小刘悄声说“您放心，他不会过来的。我昨天已经警告过他了！”

此时，将军静静地站在墓前，倾听那苍老的歌声，他轻声感叹：“这首歌，我记得小时候经常听父亲唱起。他说，这首歌是刘烈士当年最喜欢唱的……”

王一民赶忙劝道：“您也别太伤心了。现在能像您和您父亲这样如此记挂当年战友的人，也不多了。来，我们现在就开始好好祭奠烈士吧。”

将军点点头，说：“好！拿酒来！”随行人员递过来一个军用水壶，将军双手捧着水壶跪在墓前，说“刘叔叔！这是我父亲特意让我给您带的高粱酒！来，咱们干一杯！”说完，他缓缓地把酒洒在墓前。

王一民朝小刘使了个眼色，小刘会意地向外边挥挥手，顿时鞭炮齐鸣，唢呐齐奏。王一民双膝跪下，扯着嗓子高喊一声：“刘烈士呀！您睁开眼看看吧！将军来给您扫墓啦！”接着，便开始号啕大哭。其他人也跟着哭了起来，一时间哭声震天。

好戏上演

就在这时，大家忽然听到一阵吱呀呀的声音，抬头一看，只见陵墓的门突然打开了，一个花白的脑袋正颤巍巍地往外伸出来！

大家都吓了一大跳，将军也好奇地看着墓门。只见那墓门越开越大，一个老头正慢慢地从里面爬出来。王一民定睛一看，顿时吓出一身冷汗：这不是赵大刚的父亲吗？这老爷子什么时候跑到墓地里去了？

只见老爷子边爬边叹气：“回去得跟大

刚说一声，这门怎么没上油呢？推起来太费劲了。”忽然，他一抬头，看见墓前跪了一大片人，倒把他吓得一屁股坐在地上，“这是怎么了？”

这时，赵大刚从后面拼命地跑上前，一把扶住老爷子:“爹！您这一晚上去哪儿了？全家人都找不到您，可把我急死了！”

老爷子回头指指墓穴，说:“昨天晚上，我睡不着，就在村子里转转，正好碰上你倔大爷。他说这陵墓修好了，怎么不去试试看舒不舒服？我一想也是，干脆就来这里看看，没想到在里面睡着了。我正睡得迷糊，听见外面噼里啪啦的，就赶紧出来看看。这……是怎么回事啊？”说着，揉揉眼睛，忽然看见了墓碑，气愤地大叫道，“这是谁刻的？我怎么就成了刘向党烈士？这不是我的墓地吗？你这个不孝子！你不是说这是给我建的墓吗？”他边说边拿着拐棍使劲抽打着赵大刚。

赵大刚双手护着头，边躲边喊:“您别打我呀，您问村长！我要不同意把墓借给他，我就成了全村的罪人了！”

此时，王一民连站起来的力气都没有了，他看看将军，再看看乡长，猛地号啕大哭起来。顿时，现场乱成了一锅粥。

就在这时，只听山顶上倔大爷的歌声越发高亢嘹亮，将军又一次凝神倾听。过了一会儿，只见倔大爷深一脚浅一脚地从山顶上走下来，看到将军后，一句话也没说，只是默默地往山下走去。将军好像明白了什么，紧紧地跟在倔大爷的后面。

很快，两人来到了山脚下，真正的刘向党烈士墓就在一片荒草丛里，小小的坟头前，只有一块残破的墓碑和一支燃尽的纸烟。

倔大爷颤抖着手，点着一支烟，一边放在墓前，一边自言自语:“想当年，我刚参军，有一回碰上一场硬仗，是刘烈士把我推到一边，才躲开了一发炮弹。我虽然被炸伤了腿，却保住了性命。可等我养好伤回去，刘烈士却已经光荣牺牲了！他生前最爱唱的就是这首歌，这几十年，我每天都来唱给他听……”

将军听着听着，眼睛渐渐湿润了，他在刘烈士墓前重重地磕了三个响头。倔大爷捧起一把坟上的土，说:“这里太冷清了，刘烈士在这里太寂寞了。要不，你把坟迁走吧？”

将军摸了摸墓碑，说:“不，这里是他当年誓死保卫的地方，他应该留在这里。他不会寂寞的，以后，我每年都会来看他。再说，有大爷您看着，我还不放心吗？”

看着将军坚定的眼神，倔大爷终于笑了。

（**题图、插图**：张恩卫）

世上最深的感情，莫过于血浓于水的亲情。但当亲人犯错时，我们又该如何做出正确的抉择……

救儿子一命

□张晓新

话说白沙村有个杨老头，这天晚上都快十二点了，他还躺在床上瞪着眼睛，默默地想心事。想啥？想儿子阿龙。

阿龙很孝顺，可三年前因打架斗殴，闹出了命案，一逃了之。这三年来，杨老头日思夜想，眼泪都流干了。今天是他六十大寿，落得孤单一人，他心中不禁悲凉万分。

突然，屋外传来几声敲门声。杨老头一骨碌坐了起来，心中大喊：阿龙，难道是你回来了？他连鞋也顾不上穿，赤脚奔到门前，颤抖着声音问："谁？"门外一个声音答道："爹，是我，你儿子阿龙。"

天哪，真的是阿龙！杨老头赶忙打开门，屋外的人扑进来，扑通就朝他跪下，喊道："爹，我回来了，我给您过六十大寿！"说罢，砰砰砰连磕三个响头。

杨老头也趴在地上，搂着儿子哭道："我的儿呀……"哭了一句，猛地一个激灵，伸手一把捂住儿子张开的嘴，"别出声，别让人听见！"说着，站起身来，探出头去四下张望了一番，然后飞快地关上门，还找了一根木头顶着。

做好这一切，杨老头才有空回头细细打量儿子。只见阿龙穿着倒算齐整，就是瘦了一大圈。他手上还提着一个装着寿饼的礼盒，看来他还记得今天是老爹的六十大寿，这才冒死赶回来拜寿。

杨老头拉着儿子在桌前坐下，压

低嗓门问："有人看见你吗？你跟谁说过话没有？"阿龙摇摇头。

"祖宗保佑啊！"杨老头眼里又潮湿起来，"这么说，除了我，根本就没人知道你回来！阿龙啊，只要你留在家里，就会平安无事的。"

阿龙愣了一下，说："爹，这些等会儿再说吧。先把这顿寿酒补上吧。"

杨老头抹了一把眼角，连连点头。阿龙从礼盒里拿出一瓶白酒、一只烧鹅和两盒寿饼，摆在桌上，然后给老爹倒了满满一杯酒，双手恭恭敬敬地奉上："爹，祝您长命百岁！"

杨老头接过一口饮尽，感觉这酒既苦又甜，百般滋味啊！

父子俩久别重逢，你一杯，我一杯，不知不觉杨老头已有了七分醉意。阿龙把老爹扶到床上，哽咽道："爹，不早了，您休息吧。"

杨老头一惊，伸手一把抓住儿子："阿龙，你还要走？"

阿龙默默地低下头。杨老头急了，抱着儿子说："阿龙，你这么逃不是个办法啊。听爹的，就留在家里，只要你不出门，谁也不会知道。"

阿龙苦笑一声："爹，我这次回来，还以为你会劝我投案自首呢。"

杨老头一怔，长叹一声："爹也这么想过，可想起来容易，做起来难啊，难道我真要把亲生儿子送进监狱吗？"他告诉儿子，这三年来，派出所来过他家不下十次，每次都来做他的思想工作，让他劝阿龙回来投案自首。还叮嘱他，倘若阿龙悄悄回家，一定要报告警方。

阿龙听完，犹豫着说："爹，你知道吗？你要是把我留在家里，知情不报，这样可能也会犯罪的。"

杨老头又是一怔，痛苦地摇摇头说，他不管，只要能保住儿子，犯什么罪他也认了！

阿龙悔恨交加地坐了下来，想了想，抬起头望着老爹说："爹，我就算不走，在家也藏不了几天啊！"

听了这话，杨老头忽然跑到大门边，侧耳听了一会儿，然后快步回来，面带喜色地说："阿龙，你放心，爹早为你准备好了。"说罢，冲阿龙做了个手势，让他帮忙把床移动一下。

阿龙疑惑地帮老爹把床抬开，只见床底露出一块木板，上面放着几个罐子。杨老头把罐子挪开，掀开木板，下面是一个黑糊糊的洞口。阿龙大吃一惊，失声叫出来："地洞！"

杨老头点点头，激动地说："这是我给你挖的，我知道你总有一天会回来的，就给你准备好了，爹一定不会让你被人抓走……"

阿龙看着洞口，一屁股坐在地上。杨老头说，他挖这个地洞整整挖了两年多，晚上挖泥白天运，一直神不知鬼不觉。地洞里生活用品齐全，就算警察在他们家住上十天半月的，洞里的储备也可以维持阿龙的生活。

万一真被警察发现了，也有最后一招。

说到这儿，杨老头把嘴凑到儿子耳边，小声说："下面还有一条地道，直通到咱们家那块菜地。从菜地爬上来，往前是河，往右是山，往左是公路，你可以根据当时的情况来选择。"

阿龙完全没有料到父亲居然会为他考虑得这么周详，听得似乎傻了。杨老头拿来一支手电筒，往下照着，叫阿龙爬下去。

阿龙犹豫了一下，慢慢爬了下去。杨老头趴在洞口说："阿龙，你记住，从现在开始，没听到我叫你，千万别出声，我会按时给你送东西的。"

阿龙点点头，在洞里躺了下来。杨老头飞快地盖上木板，把罐子摆回去，然后把床移回原来的位置。接着，他把灯一关，重新回到床上躺下。

可就在这时，外面突然传来一阵敲门声。杨老头大吃一惊，他心惊胆战地听着敲门声，假装睡着了不出声。可那敲门声一阵紧过一阵，看样子，再不回应，恐怕要夺门而入了。

杨老头壮起胆大喝一声："谁？三更半夜的，想干什么？"他故意大声吆喝，也是想给儿子发个警报。

屋外的人大声回答："杨老伯，我是派出所的老郑啊，请开一下门！"

杨老头心头一颤，坏了！老郑是派出所的所长，之前他们已经打过不少交道。他拼命让自己镇定，硬着头皮下床开门。刚把门打开一条缝，外面的人就飞快地拥了进来。天哪，少说也有十几个警察。

杨老头装作刚睡醒的样子，揉着眼睛问："怎么回事？老郑啊，大半夜的你们这是干什么？"警察二话没说，把屋子搜了个遍，似乎没啥发现。

老郑淡淡地说"杨老伯，阿龙藏在哪里？你自己把他叫出来吧。"

杨老头心头一跳，跟对方装糊涂："阿龙？我儿子？他回来啦？你们从哪儿听说的？"

老郑微微一笑，正色说："从阿龙走进屋子开始，我们十几个人就把你家包围了。我们在等他出来，可他不但没出来，连人也不见了，这说明他被藏起来了。"杨老头听了，暗暗吃惊。

老郑又严厉地说："他肯定就在屋里，藏是藏不住的。杨老伯，我现在给你一个机会，亲自叫他出来。你做的可是窝藏逃犯的事，但现在还可以改变。"

此时，一屋子的警察都盯着杨老头。只见杨老头额头上冒出了大汗，脸上不停地颤抖着，最后他咬咬牙说："没有！我真的没看见阿龙。"

老郑叹了口气，说："杨老伯呀，我跟你说实话吧。"原来阿龙昨天回来就向警方投案自首了。他向警方提出一个请求，让他回去给父亲过完六十大寿，而且为了不让父亲伤心，得瞒着他父亲。警方考虑再三，同意了他的请求，并安排在半夜送他回家。阿龙原本和警方说，他一给父亲拜完寿，就连夜归案。可老郑他们在屋外等了半天，也没见阿龙出来，这才感到不妙，只好进屋找人。

老郑摇着头说"杨老伯啊，你儿子已经不想再过逃亡的日子了，他是为了不想让你伤心，才瞒着你的。你把他藏起来，这是罪上加罪，害了你，也会害了他呀！"

听完这些，杨老头愣了半天，猛地回过神来，大叫一声："阿龙，快出来吧，爹听你的！"他趴在床底下喊了几遍，可下面却没有什么回应。杨老头心里一紧，赶紧叫警察把床挪开，移开木板，往里面一瞧，哪儿还有阿龙的影子？

杨老头又惊又喜："他、他难道又逃了？"老郑急忙派人跳下洞去，发现了地道，就沿着地道追。杨老汉一屁股坐在洞口，心中说不清是喜是忧。

老郑焦急地问他，地道出口在哪儿。杨老头犹豫着，带他们来到菜地，一看原本隐蔽的洞口已经暴露出来，想必刚刚有人从里面钻出来。

过了一会儿，追踪的警察从洞里钻了出来，大家急忙分头追击。

老郑留在原地，脸色凝重，猛地一跺脚说："阿龙啊阿龙，你这么一逃，把你老爹可害惨了！"转过头又严厉地对杨老头说，"你已经构成犯罪了，先跟我们回去吧。"

杨老头不明白阿龙为什么又要逃走，心中只有一个念头：只要儿子平安无事，他犯什么罪也无怨无悔。

就在这时，老郑的手机响了。他走到一旁听了一会儿，快步回来说："阿龙现在在派出所，他自己去的。"

杨老头一惊："他、他……"

"他根本就没想过再逃。"老郑感叹道，"可他又不想让你伤心，所以才从地道里走出来，让你以为他不愿藏在地洞里，又逃跑了。杨老伯呀，你儿子这次可救了你啊！"

杨老头干涸的眼窝里再次涌出了泪水，心中想着：阿龙啊，就算再远，爹也一定给你送饭去！

（题图、插图：张恩卫）

·新传说·

这个黑锅背不成

□熊　萍

李治水在文明乡当农业员。这天下班回到家,他刚端起饭碗,妻子赵燕的手机突然响了。

赵燕接起电话，才听了几句，就着急地说:“什么？我老公在你们城西派出所？扫黄打非抓住的？怎么可能？他正在……”她正想说老公正在家吃饭呢，一旁的李治水突然想到了什么,朝她摆了摆手,让她别说下去。

挂了电话，赵燕把桌子一拍，质问道:“李治水，你给我老实交代，做了啥见不得人的事？”

李治水一脸的无辜,说:“怎么会是我呢？我不是在你眼前吗？”

赵燕想想也是，就把电话内容细说了一遍。李治水想了想，分析道:“派出所规定,碰到这种事,得由配偶亲自领回去再教育。你先别揭穿，说不定这个冒牌货是我们的熟人。”

赵燕觉得有道理，再说，丈夫向来守规矩，她的怒气也就渐渐消了。两口子一合计，会不会是骗子呢？

为了稳妥起见，李治水打了个电话给城西派出所，询问道:“请问，你们是不是抓了一个叫李治水的人？我是他朋友。”对方说是有那么一回事。

李治水又问:“会不会是同名同姓？”对方没好气地说“我们抓到的李治水是文明乡的农业员，你看是不是你朋友？叫他老婆过来领人！”

看来，真的有人在冒充李治水。于是，两口子饭也顾不上吃了，决定马上到派出所看个究竟。

到了派出所，赵燕表明身份，说要看看丈夫“李治水”。警察把拘留室的小窗子打开，两口子凑到窗前一看，心里顿时乐开了花。拘留室里那个白白胖胖的家伙，不正是农业局的王局长吗？

原来，赵燕在农业局上班，她想把老公调到局里工作，为此没少去王局长家拜访，可一直没有回音。今天，王局长显然不想让老婆和其他熟人知道这桩丑事，这才想到这个办法，让李治水两口子出来解围。估计这事要是办妥了，调动的事就成功了大半。

赵燕朝李治水使了个眼色，然后装腔作势地隔着窗子，不痛不痒地骂了王局长这个山寨“老公”几句，算是做个样子给警察看。

警察说要罚款五千，才能放人。两口子把钱包翻了个底朝天，才凑了四千。赵燕便和警察商量：“警察同志，我先交四千，你放我‘老公’回家，我马上取钱交余款，行不？”

好说歹说，警察才同意放人，但得把真正的李治水先扣下来。王局长出了拘留室，带着几分感激，朝李治水苦笑了一下。警察叮嘱道：“以后出门，记住带身份证。”王局长低着头，跟在赵燕背后，逃也似的走了。

很快，赵燕在附近的取款机上取了钱，回到派出所，交清了罚款。

办完手续，夫妻俩走出派出所大门，赵燕低声对丈夫说：“王局长刚才夸你聪明、懂事，说局里有个编制，叫你赶快写调动申请。”李治水一听，乐坏了，看来这黑锅背得值！

就在这时，一个洪亮的声音突然响了起来：“李治水，你们两口子到派出所做啥？”

两人吓了一跳，抬头一看，居然是王局长的老娘王大妈。之前，两人去王局长家拜访时，经常碰到王大妈。老人家性格开朗，是出了名的大嗓门。这会儿，王大妈出来散步，刚好溜达到派出所门口。

这句话一下子让所里的警察听到了，他赶紧走出来问王大妈：“大妈，您说他叫李治水？他们是两口子？您有没有认错人？”

赵燕怕事情露馅，赶紧走过去悄悄扯了扯王大妈的胳膊，暗示她别往下说。可王大妈大大咧咧惯了，根本没细想就说：“咋会认错呢？他们是我儿子的属下，经常到我家做客呢。”

警察走过去，把王大妈和赵燕隔开，接着问王大妈：“大妈，您儿子面相长得像您，体型偏胖，比较富态，额头上还有一颗痣，对吗？”

王大妈一听，连连点头说：“对对对，你也认识我儿子？”

听到这里，李治水两口子吓坏了，偷偷转身想走。不料，警察一把揪住李治水的肩膀，说：“你俩不能走，先把这件事交代清楚。”

李治水在心里暗暗叫苦：王局长啊王局长，要怨你就怨你的老娘吧，可千万别怨我呀！

（题图：佐　夫）

·新传说·

威客行动

□廖　华

你知道吗？近年来网上出现了一类新兴职群，名叫威客。他们只要在网上帮别人出点子、出创意、解决难题，就能收获丰厚的报酬哦。

张原是个威客，专门帮人解决电脑程序方面的问题。这天，有人在威客网上给他发了条站内消息，说是有活儿让他干，要求同他面谈。

张原有些奇怪，一般客户都是在网上公开发布问题，由多名威客竞争的，像这样直接联系他的，他还是第一次遇到。

两人约在一家咖啡厅见面，对方是位年轻姑娘。她自我介绍说叫周敏，然后盯着张原的脸看了好一会儿，才说："我一见你就有种似曾相识的感觉，你以前见过我吗？"

张原被对方看得有点莫名其妙，说："没见过，咱们还是谈正事吧。"

周敏点点头，说想请张原帮她打开一台设有密码的电脑，让张原开个价。张原心想这也不是什么难事，就说："打开后，你随便给点就行。"

周敏同意了，说电脑在另一个地方，然后带着张原来到郊区的一幢居民楼。周敏掏出钥匙，打开一间屋子的大门说："就是这里了，你进去吧。我在外面看着。打开电脑后，里面有个加密的文件夹，设法打开它。"

张原觉得有点奇怪，这项任务怎么搞得跟小偷似的，不过他也没多问。进了门，张原只觉得屋子里有一股霉味，再看家具上都落着一层灰，好像很久没人住的样子。

不过，桌子上放着的手提电脑，看上去倒干干净净的，应该不久前才用过。张原看了看四周，突然觉得心里有点不踏实，总觉得这事不太对劲。不过，既然已经接了这单生意，他只得硬着头皮做下去。

张原拿起电脑看了看，没发现什么异样。他接通电源，简单操作了几下，就打开了电脑。很快，他在电脑中找到了那个加密文件夹，没费多大力气就打开了。

让张原意外的是，文件夹里只有一张相片。他无意中瞟了那张相片一眼，这一眼，就让他的眼睛再也无法移开了。

相片是用手机拍的，画面上有一个女人趴在马路上，身旁有血迹，看样子是受了伤。一个男人蹲在她旁边，好像在查看她的伤势，男人旁边还放着一个包，后面还停着辆小车。

张原越看越觉得不对劲，那个男人，不就是他自己嘛！张原顿时觉得汗毛都竖了起来，他意识到自己已落入了一个圈套。

就在这时，只听身后传来一个阴森的声音：“怎么样？想起什么来了吗？”张原回头一看，发现周敏不知什么时候已经站在了他身后。

张原仔细回忆了一下，说：“我想起来了，是有这么回事。半年前的一天，我开车回家，看见一个姑娘倒在马路上，好像是出了车祸。我就下车看看，发现她受伤了，一条腿流血不止。我一时找不到绷带，就解下自己的领带把她的腿包扎了一下。我还打了120，看见救护车来，我才走的。不知道是谁拍下了这张相片……”

“是吗？这么说来，你是好心人了？”周敏似乎一脸的不相信，“可我了解到的却是另外一个版本，那位姑娘根本就是你撞倒的，你最后却逃走了。这张相片，是过路人在你下车查看的时候拍下的。”

“你血口喷人！”张原着急得几乎要跳起来，他看了看周敏，突然想到了什么，“对了，莫非你就是那个伤者？她当时脸朝下趴着，我没看清她的脸，但身材好像和你差不多。”

周敏冷冷地说：“我怎么会是那个伤者，她已经死了。”

张原不相信：“你胡说！我一直关注着这件事，第二天的报纸并没有说伤者死了。”

周敏冷笑着说：“她是半个月后才死的。那么长的时间，谁还会去关心？”

张原想了想，问：“既然她已经死了，那你是她的什么人？你是怎么弄到这张相片的？”

周敏冷冷地看了他一眼，没有回答，反而继续逼问道：“你说你没撞

她，那你为什么用公用电话报警？”

张原还是坚持道：“我说过，不是我撞的她，我问心无愧。我给她包扎后，为了避嫌，就把车开到附近一个公用电话亭报的警。”

周敏又盯着张原看了好一阵子，突然说道：“好吧，我还是告诉你吧。我是她的表姐，我和她的感情很深。事后，我在网上寻找目击者，这张相片是一个网友发给我的，说是他坐车经过那里时用手机拍下的。我把相片放大后，发现肇事者的包上有威客网站的网址。顺着这条线索，我就上了这个网站。嘿嘿，没想到你是网站的十大威客之一，上面有你的相片和简介，我一下子就认出了你。”

听到这里，张原更着急了，解释道：“那天我参加了这个网站举办的聚会，那个包是网站发的纪念品。那个网友刚好看到了这一幕，但他并没有看到事情的全部经过。你凭什么认定是我呢？”

周敏叹了口气，说：“我没有报警，也是想自己先确认一下。我不想冤枉好人，也不想放过坏人。这样吧，你帮我找出那个肇事者，就算你的下一个威客任务，我照样给你报酬。”

张原考虑片刻，有点内疚地说：“我答应你，努力查清这件事。那天，我应该更勇敢点，直接把她送到医院的，这样也许她就不会死了……”

就这样，两人达成了协议。张原回家后，就开始冥思苦想：这半年前发生的车祸，现在到哪儿去找目击证人？想了半天，他在一个威客论坛上发了个帖子，悬赏三万元，寻找车祸目击证人。可帖子发出后，并没有得到什么有用的线索。

张原又去事故现场看了看，那条街比较冷清，也没有监控设备，况且已经过去了半年，更是什么痕迹也没有了。眼看日子一天天过去了，张原的心情越来越沮丧。

就在张原束手无策的时候，这天，他突然收到了一个快递。打开一看，他不由得愣住了：盒子里面，竟然是一条崭新的领带!

就在这时，张原听到门铃响了。他打开门一看，站在门口的，竟然是周敏！张原疑惑地问：“你这是……”

周敏笑了笑，有点不好意思地说：“很抱歉，上次我没有对你说实话，其实我就是那个被撞倒的女孩。隐瞒自己的身份是想保护自己，也是想吓唬你一下。”

张原疑惑地问：“那这究竟是怎么一回事？”

周敏解释说：“我伤好之后，就换了住址。我一直想找到那个没有良知的肇事者。可当我通过那张相片找到你之后，却发现你可能并不是肇事者。之后看到你在论坛上发的帖子，我更自责了。我又去了医院，询问我被送到医院时的情况。有个医生告诉我，幸好有人帮我包扎止血，否则我可能还没到医院就死了。她记得我腿上绑的是一条领带！”

周敏指着新领带，继续说：“这个送给你，算是我正式向你道歉，希望你能接受。”

张原终于松了一口气，笑道：“不过肇事者还没找到，我的威客任务还没完成，咱们是不是成立个侦探二人组继续干呀？”

周敏摇了摇头，说：“这么长时间以来，我怀着仇恨，一直想找那个肇事者，其实自己也活得很累。现在我发现，我其实最应该找的是那个好心人，幸好现在已经找到了……”

（题图、插图：刘斌昆）

·本刊信息传真·

故事会·新浪微故事大赛

3月征集主题：宠物

这也许是篇幅最短、但含“金”量最高的故事，等待你的挑战！

《故事会》杂志和新浪微博（weibo.com）联合主办微故事大赛继续进行，邀请各路故事名家、草根英雄和世外高人展开较量！

本次大赛所有作品通过新浪微博平台征集（搜索#微故事大赛#），每月一个主题，当月设金奖1名，奖金1字10元（字数低于120的按120字计），银奖2名，奖金1字5元。优秀作品将在《故事会》上刊登，并结集出版。1月金奖得主：鹰翔狼啸，请登录故事中国网（www.storychina.cn）查看详情。

3月微故事主题：宠物 请您发挥奇思妙想，根据该主题构思一篇微博故事，正文字数在130字以内，力求情节出人意表，立意隽永深远，文字鲜明生动，本月的微故事达人或许就是你！截稿日期：3月21日。

（本期刊物特别选登2月微故事大赛优秀作品，详见P81）

·新传说·

千万别拔枪

□陈　铭

缺个证明

二虎是镇上派出所的民警。这天早上，他和同事在外面熬了个通宵，刚回到派出所，就听到一个五雷轰顶的消息：儿子小虎被毒蛇咬了，已经被送到了卫生院。

二虎连忙跳下车直奔卫生院。到了一看，小虎被咬的胳膊又黑又肿，他双目紧闭，已经神智不清了。院长告诉他，咬小虎的蛇是条剧毒蛇，一定得用抗蛇毒血清，但整个县里都没有，得直接去市里。

很快，小虎被送到了市第一人民医院。然而结果却给了二虎当头一棒，医院里也没有抗蛇毒血清了。再联系其他几家大医院，结果都一样。

二虎围着儿子的床头直打转，冲医生大吼："怎么办？怎么办？你们快想想办法啊！"可医生说，找不到血清，就只能看这孩子的造化了。

也是小虎命不该绝。突然旁边有个病人一把抓住二虎的手，说："别慌，市里有一家大医药公司，他们那里可能有卖！"

二虎仿佛抓到了一棵救命稻草，他记下地址，冲出医院，直奔那家医药公司。到了那里，一个胖经理听了他的话，指了指后面的柜台，点头说："有的，有的！"

真是谢天谢地啊！二虎顾不上擦汗，掏出一叠钱说："快快快，多少

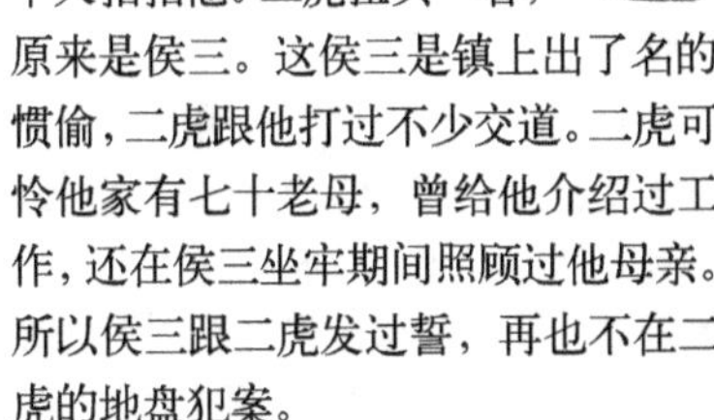

钱？给我一瓶！”胖经理把手一伸，说：“别急，你有医院的单子吗？”

二虎一愣，买个药还要开什么单子啊？再说了，这可是等着救命的药啊！胖经理摇摇头，说：“不行，别的药可以，但这种药必须要有医院开的证明，这是规定！”

二虎急得不行，恳求了几遍，胖经理仍然坚持原则，毫不动摇。没办法，儿子那边耽搁不起呀，他狠狠地朝桌子擂了一拳，掉头就往外跑。

哪知等他心急火燎地回到医院，医生却又冲他使劲摇头：“不行不行，我们医院有规定，本医院没有的药是不能开单子的。”

二虎不禁倒吸一口凉气，愣了愣，大吼起来“什么破规定！我儿子等着药救命，你就不能破个例吗？”

医生依然坚决地摇摇头：“不行，请你理解，这是我们的规定……”

二虎又急又怒，说话都哆嗦了：“你……我儿子要是有个好歹，我绝不放过你！”

医生愤愤地冲门口一指：“请你不要无理取闹，给我出去！”

二虎气急攻心，大喝道：“你……”他昨晚刚执行任务，虽然身着便装，但枪还带在身上。说着，手就往屁股上一摸，摸到了枪。忽然，他一个激灵，身为人民警察，这枪可不是随便能拔的。他强忍怒火，大口大口地喘着粗气。

正在这时，背后突然有个人拍拍他。二虎扭头一看，原来是侯三。这侯三是镇上出了名的惯偷，二虎跟他打过不少交道。二虎可怜他家有七十老母，曾给他介绍过工作，还在侯三坐牢期间照顾过他母亲。所以侯三跟二虎发过誓，再也不在二虎的地盘犯案。

当下，侯三拉着二虎，拼命把他往门外扯。到了一个僻静处，侯三压低声音说：“虎哥，你可千万别冲动啊，你是警察，把枪拿出来会是什么后果？你想过吗？”

二虎眼眶一红，哽咽着说“我知道，可我儿子……小虎要是活不成，我也不想活了！”

侯三听罢，一拍大腿说：“虎哥，他们医院有规定，那怪不得人家。咱就不能想办法变通吗？不能硬来啊！”

“咋变通？”二虎似乎又看到了一线希望，紧紧盯着侯三的脸。

侯三嘿嘿一笑“你看我的吧，不就是张证明吗？”说罢，他让二虎在这儿等着，快步折了回去。

缺个公章

过了几分钟，侯三就回来了，悄悄向二虎亮了亮手中的一张纸，得意地说：“小菜一碟。”二虎狐疑地接过纸一瞧，只见是张空白的医院证明。

二虎正想向侯三问个究竟，只见侯三掏出手机拨了个号，跟对方说了

几句，然后对二虎说了句“行了”，便拉着二虎来到医院大门口，等侯三叫来的朋友。

很快，侯三的朋友就满头大汗地赶来了，他从皮包里掏出一个小盒，打开，里面一溜儿放着十几支笔。他琢磨了一下，拿出其中一支钢笔，把纸放在包上，蹲在地上，稍一沉吟，刷刷刷一挥而就。

二虎拿过写好的证明一看，居然跟那些医生开的单子一般真假难辨。侯三告诉二虎，他这个朋友最擅长模仿别人的笔迹，而且原本就是个医生，只是后来因品行问题被医院开除了，所以让他模仿医生的笔迹开个证明，太小儿科了。

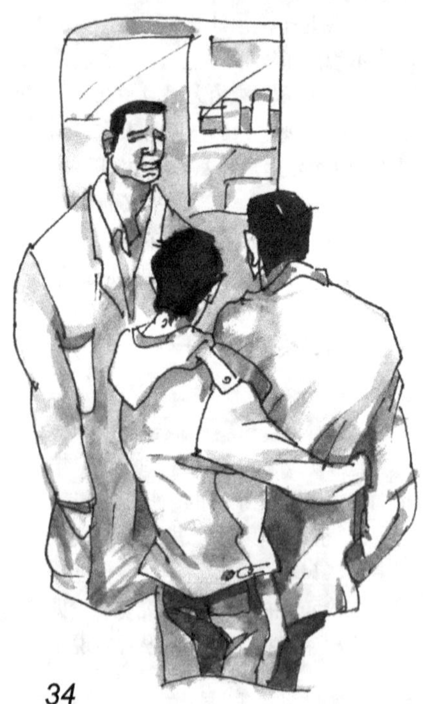

二虎心中一阵狂喜：这下小虎有救了！但转念一想，突然怒火直冲脑门，他一把揪住侯三的衣领说“你小子怎么到现在还干这偷鸡摸狗的勾当？还没劳教够吗？”

侯三苦着脸说“虎哥，我这不都是为了你，为了小虎嘛！不用歪门邪道，怎么把那张证明给弄出来？”

听到小虎的名字，二虎顿时软了下去，不由自主地松开了手，呆呆地站着。迷迷糊糊间，他被侯三拉着又来到了医药公司。侯三把证明一递，胖经理只瞧了一眼，就扔了回来“咋不盖章？回去先把章盖了！”

二虎的心顿时又凉了半截。他忍了忍火，勉强露出一点笑容说：“大哥，医生忘盖了，病人等着救命的，你看是不是通融一下，先把药给我，回头我再补？”

“没法通融！”胖经理冲他叹口气，说，“规定是铁的，我也帮不了你。你还是赶紧回去补个章吧！”

二虎立刻气血上冲，脑袋发热，指着胖经理问：“你……到底给不给？”说着，又忍不住摸了摸屁股后面的枪。胖经理吓了一跳：“你想咋的？我要报警了！”

这时，侯三又拉了拉二虎，在他耳边喝道：“虎哥，别冲动！走，咱们去盖章！”说着，把二虎死拉硬拽弄出了医药公司，然后又掏出手机拨了个号。

过了几分钟，侯三的朋友就飞一般赶来，一见面就把包刷地打开："情况紧急，别多说了，要哪个医院的？"听侯三答完，他立马在包里找出一个公章，确认无误后，哈了口气，"啪"地落在证明上。侯三告诉二虎，他这个朋友就是专门造公章的，别说医院的，什么单位的都没问题。

听到这里，二虎突然清醒过来，终于忍不住爆发了，他一拳朝侯三打了过去，边打边骂："你这混小子还是屡教不改，是吧？你现在怎么还跟这些狐朋狗友混在一起？我一个警察，怎么能用假证假章来救儿子？"

侯三捂着脸，委屈地说："虎哥，别……别打了！我也实在是没辙，才出此下策呀。那你说该怎么办？"

二虎停住了手，呼哧呼哧地喘着粗气，抱着头痛苦地蹲了下去。过了一会儿，他突然站起身，发了疯似的往医药公司跑去。

缺点人性

此时，胖经理正在接待一个客人，二虎咬了咬牙，趁其不备，突然以迅雷不及掩耳之势，跳进柜台，抢了柜台里的抗蛇毒血清，扔下钱就跑，留下胖经理在那里大呼小叫。

二虎紧紧攥着药，十万火急地往医院赶。回到小虎的病房，刚好看见有个护士在里面。二虎把药往她手里一塞："这是血清，快给我儿子打！"

护士看了看手里的药，惊讶地问："你从哪儿弄来的？"

"你别管，反正这是药！"二虎见她还磨磨蹭蹭的，恨不得一把掐住她的脖子，"你快打呀，有什么问题不用你负责，好了吧？"

可护士还是慢腾腾地说："这个不是医院的药啊，我得问过医生才能打。"

二虎往床上一瞧，小虎已经危在旦夕，半边身子都黑了，全身剧烈地抖个不停，看样子随时都有可能没命。顿时，二虎的火又冒了上来，他一把抓住护士的手，歇斯底里地吼起来："不准走，不准问，快给我打！"

护士痛得尖叫一声："来人哪！"不一会儿，一帮医生护士闻声赶来，把他们团团围在中间。一看护士手中那瓶血清，都是大吃一惊："这是从哪儿弄来的？"一片混乱中，有人尖叫道："快报警啊！"

二虎看看儿子，又看看满屋子乱飞的人影，只觉得脑袋轰的一声，他骂道："报个屁警，老子就是警察！"说着，刷的一下就把枪拔了出来。

可就在同时，侯三突然扑了上来，胸膛紧紧地顶着他的手枪："虎哥，你快醒醒！"

二虎一惊，愣愣地望着侯三："什

么？你说什么？”

“虎哥，你跟我出来。”侯三在他耳边低声说，“我有事跟你说。”

二虎恍恍惚惚地被侯三拉出了病房。侯三赶紧把他的枪按回去，责怪道：“你怎么就是不听呢？总会有变通的办法的。”

二虎看看侯三，忽然露出一脸苦笑：“都这个时候了，你还有什么招？除了用枪顶着他们的脑袋，还有什么法子能救小虎？”

侯三把嘴巴凑过来，说：“你再等等，我已经找过朋友了，他应该会有办法的。”

话刚说完，突然有个领导模样的人一边小跑着赶来，一边嚷：“病人在哪儿，病人在哪儿？”那些医生护士一看，纷纷喊着院长，七嘴八舌地抢着报告情况。

哪知院长大手一挥：“都别说话！听我的命令，快，立刻给病人注射抗蛇毒血清！”医生护士听了都是一怔，接着飞快地行动起来。终于，救命的血清流进了小虎的体内。

二虎蹲在小虎床头，看着儿子慢慢好转了，不禁喜极而泣。好半天他才出来抱住侯三，哭了：“兄弟，谢谢了！你刚才给院长打电话了？”

侯三神秘兮兮地一笑，说“我有个铁哥们，他最爱关心领导们的私生活。刚才我向他求救，也是巧了，他手头刚好有张卫生局局长和情人的艳照，他马上就给局长打去了电话，请局长给医院院长打个电话……”

二虎听罢一愣，半晌才感慨长叹：“什么破规定，在领导嘴里就是一句话而已啊！”

很快，二虎因为抢药和拔枪被带到了派出所，但考虑到他是事出有因，情有可原，所里还是给予了从轻处罚。

（**题图、插图**：谭海彦）

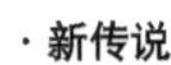

幸亏挨了一撞

□徐树建

马上要过年了，打工族刘冬一下了班，就急急忙忙上街，打算买点东西带回老家。

刘冬正走着，忽然看到迎面一辆电瓶车歪歪扭扭地冲向一个小孩，车主脸上红彤彤的，像是喝多了酒。刘冬立刻飞奔过去，一把抱起了小孩。就在那一刻，电瓶车车把正好撞上了刘冬的嘴巴。刘冬不禁疼得龇牙咧嘴。

路人见状，想拦下醉汉，刘冬却摆摆手，说算了算了。刚走了几步，刘冬发觉嘴更疼了，用手一抹嘴角，尽是血，再用舌头一舔，呀，门牙少了一颗！不用说，肯定是刚才那一撞撞掉的。刘冬摇摇头，心想幸好小孩没事，少颗牙就少颗吧。

第二天一大早，刘冬背着大包小包，来到火车站买票。此时，火车站已是人山人海。刘冬立刻加入了排队的大军，也不知过了多久，终于买到了票。

不料，当刘冬接过票子准备挤出排队的人群时，才发现更困难了，人密密麻麻的越来越多，再加之自个儿手中包多，简直是寸步难行。刘冬知道车站小偷多，专挑人多的时候下手，自己千辛万苦买到的票可别让贼偷了，于是他灵机一动，把票紧紧地咬在嘴里，然后扛着包拼命往外挤。

正挤着，旁边有个人被人流挤得差点跌倒，对方本能地一挥胳膊，竟刚巧打掉了刘冬嘴里咬着的车票。刘冬顿时惊叫起来，忙低头寻找，可人流哗的一下拥过来，哪还有票的影子？

这下刘冬可急坏了，一眨眼的工

夫不但损失几百块钱，而且还要重新排队，这一眼望不到头的队伍还不把人活活累死？

没有办法，刘冬只好沮丧地往队伍后面挤去。就在这时，他忽然听到身后有个女孩大叫道：“这是谁的票？谁的票丢了？”

刘冬简直不敢相信自个儿的耳朵，谢天谢地，碰到好心人了！于是他又开始用力往回挤，不料还没挤到女孩身边，就有人捷足先登。那是个中年男子，他一脸感动地对女孩说：“票是我丢的，谢谢你，你真是个好人……”边说边伸出手去接。

不料，女孩一脸的警觉，把票死死地攥在手心里，说：“你说是你丢的？那好，我问你，你到哪儿？”

中年男子闻言脸色立刻僵了，他尴尬地笑着说：“大妹子，票真是我丢的，这样好了，我给你五十块钱算辛苦费好不好？”

女孩眼一瞪，不依不饶地说“我不要辛苦费，我只问你，你车票到哪儿的？”

中年男子没辙了，只好低声说了个地点，女孩听了张开手看了一下，摇摇头，笑了笑说：“你想蒙我是不是？车票上根本不是这个地点。”旁边的人群哄笑起来，中年男子只好灰溜溜地挤出了人群。

就在这时，又有个小伙子叫了起来：“大妹子，票是我的。”

女孩一听，瞟了他一眼，说“行，你说说看，你到什么地方下车？”

小伙子信心十足地说了个地名，刘冬一听，这人下车地点跟自个儿的一模一样，心说糟了，女孩要上当了。

谁知女孩再次笑了起来，说“大哥，你也想耍我是不是？先前你一直在我后面排队哩，我还没买到票，你怎么一下子跑到我前面买到票了？这票上的下车地点，是你刚才在我身后偷偷瞄到的是不是？”

旁边的人群又哄笑起来，小伙子也红着脸挤出了人群。这下刘冬不禁暗暗佩服起女孩来，这女孩头脑机灵着哩。

刘冬正要上前，忽然有几个黄牛

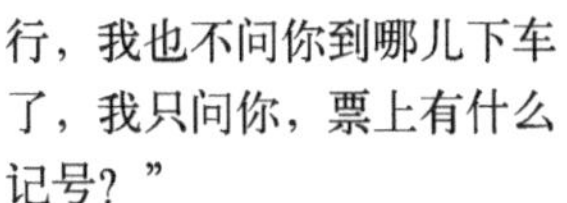

模样的人一起大叫起来："大妹子，票是我的……是我的……"

刘冬一听，心想坏了，这几个人听到了女孩和刚才那小伙子的对话，都知道票上的下车地点了，这回女孩该怎么办？

不出所料，那几个人全说对了下车地点，女孩看看这个，又看看那个，忽然又露齿一笑，说："既然你们都说票是你们的，那行，你们倒说说看这票上有什么记号？"

此话一出，那几个人一下子愣住了，显然他们万万没想到女孩还有这一招。其中一人强作笑容说："大妹子，你就不要讹我了，这才买的票哪有什么记号？"

女孩一脸认真地打断他："当然有了，如果你不信，到时候我会给你一个交代的。"

刘冬一听也傻了，票上还有记号？忽然，他灵光一闪，想到了什么，于是拼尽全力挤了过去，说："大妹子，票是我的。"才说一句，刘冬就发觉自个儿说话不利索，想了一想明白了，昨晚刚掉了一颗门牙，说话能利索吗？

女孩看了看刘冬，点点头说"那行，我也不问你到哪儿下车了，我只问你，票上有什么记号？"

刘冬笃定地说"有咬痕，因为先前我买到票时是把票咬在嘴里的。"

女孩一听，双手递过车票，痛快地说："给你，你才是真正的失主。"

刘冬大喜过望，正要接，这时那几个人叫了起来"我也咬过票，凭什么就是他的……"

这回刘冬傻眼了，这可怎么办？不料，女孩指着那几个人，说"那行，你们张开嘴！"

那几个人一听，一脸的疑惑，可还是张开了嘴。女孩一瞥之下，笑了笑说："你们的门牙都好好的。"又一指刘冬说，"再瞧这位大哥，先前这位大哥说话时我就注意到，他门牙掉了一颗。巧的是，车票上的咬痕也正好缺了一块。你们说，这车票到底是谁的？"

这下，那几个人终于无话可说了。刘冬又惊又喜地接过车票，忙不迭地感谢这个聪明的女孩。回想到昨晚的那一幕，他不禁感慨道：这一撞，挨得值！

（**题图、插图**：佐　夫）

库银案

□王静者

清苑县周县令为官清廉，刚直不阿。最近，他接到密报：近日官库银两变得很诡异，前几天少了几两，隔了一天正常了，可这两天突然又多出几两来。于是，周县令命人让负责守卫的两名库官拿着银库账本，立刻赶来。

很快，两名库官都来了。他们一个叫张升，另一个叫高飞。周县令翻着账本，问道“近来库银可有异常？”

张升朗声答道：“回大人，没有异常！不信大人可以查账。”

周县令点了点头，把账本放在书案上说：“从账面上看，的确没有问题。不过，账面同库银是否相符合，却需要盘查。今日本官想亲自去银库盘查，两位库官请带路。”

就这样，周县令跟着两名库官，来到了银库大门前，说：“两位库官，请开锁。”顿时，高飞的神情变得惊慌起来，他偷偷看了眼张升，心神不定地打开了第一把锁，然后退到一边，等张升打开第二把锁。

此时，张升的脸色也早已变了，他转了转眼珠，干笑着说：“大人，卑职的叔父刚刚升任保定知府，他曾对卑职说过，一定要来拜访大人。”

周县令瞥了眼张升，笑道：“不敢不敢，到时本县一定盛情款待。”说到这儿，他脸一沉命令道，“开锁！”

张升答应了一声，犹犹豫豫地走到银库门前，却又转过身说道：“大人，卑职敢问一声，是由您盘点，还是由卑职和高飞盘点？”

周县令说：“自然是你俩引路，本官盘点了。”

张升想了想，说："大人有所不知，为保障库银安全，卑职与高飞有条不成文的规定……"

周县令冷冷地问："什么规定？"

张升有点尴尬地说："这个……就是，不得穿着衣服进库。"说到这儿，他瞟了眼周县令接着说，"如今天气严寒，大人年事已高，卑职认为就不必脱衣了。"说完三下五除二，自己把衣服脱光了，然后转身打开第二道锁，推开库门叫道："大人，请！"

周县令看着赤条条的张升，沉吟片刻，哈哈大笑道："如此规定甚好。本官怎能不遵从呢？"说完居然也脱得赤条条的，抬腿走向库门。

"大人！"突然，高飞大叫一声，抢前几步跪在地上，"都是卑职的过失！卑职认罪，天寒风大，请大人穿上衣服。"

原来，前些日子高飞打算成婚，可钱不够，怎么办？他就向张升借钱，可张升也不富裕。这可愁坏了高飞，于是张升出了个主意：咱是守着金山去要饭。不如先拿库银去用，等有了钱再补上不就行了。你不说，我不说，谁也不知道。

高飞也是急昏了头，真开始挪用库银。这下热闹了，今天高飞拿几两，明天张升就说，有急事，也要拿几两。高飞知道坏事了，想阻止，可自己先破的规矩，怎么阻止人家？于是他就对张升说："咱俩各自记着账，各自还。三个月后，等我完婚了，必须全补回来。"

不料，三个月后，两人一点库银，都傻了眼。库银居然多出十两来！于是，两人拿出各自的账目开始核对，可直到现在还没搞清楚，这十两银子到底是谁的。

偏偏这时，周县令突然来查库，张升本想倚仗叔父权势，盼望着周县令能通融过去。眼见不成，他就胡编出一个"脱光衣服盘点"的规定，想吓唬一下周县令，把这事糊弄过去。

周县令听完，不禁哑然失笑。他穿好衣服，问张升："倘若本官穿着衣服盘点库银，查出多了十两库银之后，你又会如何？"

张升哭丧着脸说："那时卑职就说：我和高飞都是裸身进库，怎么会多出来呢？只有大人你是穿着衣服进来的，一定是大人你的，或者……倒打一耙，说大人你故意刁难我俩，反正库银是多，不是少。"

周县令听完是哭笑不得，说："如今事情已然查明，依律，你俩每人杖责三十，入狱一年。可还有话说？"

张升和高飞苦着脸，认了罪。本以为用不了两天，就该宣判后挨板子进牢房了，可眼看一年快过去了，两人该干什么还干什么，周县令好像忘了这回事，不提了。

这天，高飞对张升说："怪了，难道大人不处罚咱俩了？"

张升"嘿嘿"笑了起来，说："我那天不是告诉他了，我叔父刚刚上任保定知府，这可是他的顶头上司，而且我当晚就给叔父写了封信。估计我叔父已经摆平了。"

不料，没过几天，周县令突然升堂结案：依律将张升和高飞，杖责三十，入狱一年。张升的家人，慌忙将此事告知保定知府。

这天，保定知府来到清苑县县衙，与周县令一番寒暄后，说道："听闻周大人一年前，曾不顾天寒年迈，裸身明断库银案，大人为国之心，真是令人敬仰。本官此次前来，是想听听周大人亲口说说此案，以便奏明万岁，为大人请功！"

周县令便把案件经过详细说了一遍。保定知府听完后，干笑了两声说："好好好！只不过本官有一事不明：案件一年前就能了断，为何拖到今日才宣判，是何道理？"

周县令从容说道："大人一定知道，家和万事兴。高飞是为成婚，才犯下罪行。而下官查明此案时，高飞尚在新婚燕尔之中。一来，上天有成人之美，法不外乎人情，本官不忍棒打鸳鸯；二来，倘若那时将高飞治罪，高飞的新婚妻子定会被公婆邻居，认为其克夫而遭受刁难，万一其妻忍受不住，有个三长两短，这就等于害了一命，毁了两家。而下官一年后才宣判治罪，不但以上顾虑皆消，而且也不违背律法。"

"这个……"保定知府听完张口结舌，吭哧了半天才说，"本官早就听说，周大人爱民如子。好，此案断得好！本官定如实上奏，为大人请功。"

不料，周县令却说："不敢！大人先不必为下官请功。"说到这儿，他站起身拿出一封书信，说，"此封书信，是大人一年前写给下官的。一来由于不是公函形式，二来大人与案犯沾亲，下官为能明断库银案，所以一直未曾拆封。如今案情已了结，敢问大人，下官是该拆开还是奉还？"

保定知府翻着眼睛，瞪了周县令好久，才说："你看着办！"

周县令微微一笑，探手又拿出一封书信，说："这封书信，是下官一年前回给大人的。如今一并交给大人。"

保定知府转了转眼珠，说："这样吧，你拆看本官写给你的书信，本官拆看你的回信。"

就这样，保定知府拿过周县令的回信，打开一看，顿时愣住了。信上仅仅写了两个字：辞官！保定知府叫道："你这是何意？"

周县令哈哈大笑道："因为大人这封信上，无论写的是什么，哪怕是如何大义凛然、律法无私，其实都能用'徇私枉法'这四个字来概括其意。所以，下官只能用'辞官'这两个字来回应大人。"说完，掉头走了出去。

（题图：黄全昌）

2012年“劳动·创造·奋斗——青春励志故事”征文大赛

为贯彻落实胡锦涛总书记“七一”重要讲话和党的十七届六中全会精神，引导青少年形成健康、积极、向上的人生观和价值观，特举办2012年“劳动·创造·奋斗——青春励志故事”征文大赛。

一、举办单位

主办：共青团中央宣传部　上海市嘉定区人民政府　上海文艺出版集团

承办：《故事会》杂志社

二、征文要求

青少年根据自己成长中亲历或者所见所闻的青春励志故事，以纪实或虚构的方式创作作品。作品主题积极健康，有故事性，结构完整，语言流畅，情感真挚，篇幅3000字以内。

三、征稿时间

2012年2月22 日到 12月 31日。

四、参赛对象和方式

参赛对象为全国青少年，可个人参赛也可由单位或团组织集体组织进行参赛。网上来稿，可投以下信箱：lidan090@gmail.com；邮局投稿，可投以下地址：上海绍兴路74号《故事会》杂志社，邮编：200020。稿件后请注明作者姓名、地址、通讯联系方式等，并署名“青春励志故事”征文大赛字样（详情请见中青网、故事中国网）。

五、评比和奖励

征集结束以后由《故事会》杂志社邀请有关专家组成评审委员会对作品进行评比，结果在中青网、《故事会》杂志、故事中国网等媒体上公布。

奖励措施

1. 本次大赛，由共青团中央宣传部、上海市嘉定区人民政府、《故事会》杂志社等单位联合颁发奖状，并对优秀作品颁发奖金。奖项设置：特等奖10名，奖金各3000元（含税）；一等奖20名，奖金各1500元（含税）；二等奖40名，奖金各1000元（含税）；三等奖60名，奖金各500元。对指导未成年学生参赛成绩突出的老师，颁发优秀指导奖，共30名，奖励《话说中国》一套（特精装，1980元）。

2. 获奖作品将收入《青春读本：感动中国的100则励志故事》一书（暂名），内容经团中央宣传部审定后由上海文艺出版集团负责编辑出版。

3. 部分优秀作品在《故事会》杂志上优先刊发，并按国家有关标准支付稿酬。

4. 组织故事讲述者选取优秀作品向进城务工青年、学生等群体进行宣讲，并通过媒体对活动进行宣传。

员外打赌

□魏 炜

古时候，一个县城里有个王员外，是个远近闻名的富户。最近，县里来了个新县令，想着法儿地圈钱。他把包括王员外在内的富户全都召集到府衙，说这满县没有个文雅之所，他想募集些银两，建个吟诗作画的地方，请富户们多出一些。

王员外早就猜出了县令的真心思，他不想掏这个钱，又不敢得罪县令，可实在想不出个两全其美的主意。回到村子后，几个孩子跟在王员外后面，拍手说："员外家里真奇妙，东墙边上有地道。夜里钻出个黑汉子，真要把人吓一跳！"

王员外一听，不觉怒火中烧。这不是在诋毁他家的清誉吗？他仔细一看，其中一个孩子是他家一个短工的儿子。于是，他回到家，把那个短工叫来，让他问清他孩子是从哪儿学来的那些话。

不一会儿，那短工就回来了，说是前几天晚上，村里几个后生从王员外家的东墙边走过，其中一个说要去墙边方便，结果去了就没影子了。大家都说那里一定有个暗洞，后生进去和员外家的小姐约会了。后来，不知怎的，就传出了这么个顺口溜。

王员外听完，气得七窍生烟。他家的院墙都是用青砖砌成的，他刚刚看过，根本就没有洞。他气呼呼地对短工说："你去把那个后生找来，我要问问他！"

很快，短工领来了一个年轻后生，名叫刘黑樵，二十来岁，又黑又壮，眼神中透露出一股机灵劲儿。

王员外生气地问他："现在村里人都说你从我家墙洞爬进去了，你给我说清楚是咋回事！"

刘黑樵笑了笑说"员外呀，那天晚上我是喝多了，到你家墙外去方便，不料摔倒在地，一时爬不起来了。那几个人也喝多了，看不到我，就胡乱猜测我钻进墙洞了。他们后来还编了这个顺口溜来耍我。"

王员外听完，生气地说"这些麻烦事都是你引来的。你要想办法跟乡亲们解释清楚！"

刘黑樵摇了摇头说"员外，您这可难为我了。即便我说了，人家也未必信呀。"

王员外不耐烦地说："谅你这凡夫俗子，也想不出个好主意。要真有那本事，我就把闺女嫁给你！走吧，走吧。"

正所谓，说者无意，听者有心，刘黑樵本来正要走，一听这话，又站住了："员外，你此话可当真？我若想出了好主意，你真肯把小姐嫁给我？"

王员外说"当然不行。这事越描越黑，还是不理会为好。"他转而想起了县令筹钱那件烦心事，就问刘黑樵，"你敢不敢跟我打个赌？要是你替我想出了主意，我就真把闺女嫁给你；要是你想不出来，就来我家当三年长工！"

刘黑樵想也没想就说："我赌！"

于是，两人击掌定赌，接着王员外说出了赌的内容：刘黑樵要在三天之内，帮他出个主意，如何能暂时散尽他家钱财，一年后又能重聚回来。

刘黑樵一听，皱紧了眉头。王员外笑着说："三天后，还是这个时辰，咱们定输赢。"刘黑樵应了一声，就低着脑袋出去了。

说实话，王员外可没拿这个赌当回事儿。刘黑樵一个山野村夫，还能比他更高明？他接着想他的主意，但三天下来，仍是一筹莫展。

到了第三天，刘黑樵如约而至。王员外问他是否想到主意了。刘黑樵点点头说，他的主意是，把王员外家旁边的几百亩地一分为二，一半挖成鱼塘，另一半堆积成山，修径盖亭。

王员外不觉一愣："这是为何？"

刘黑樵笑着说，在整个县内，没有一处风景幽雅之地，那些文人墨客想要吟诗作画，还得跑到邻县去。要是在这里修个山水凉亭，秀才们都过来了，再开上个客栈饭庄，不愁没钱赚啊。池塘中所养的鱼，既可观赏，又可拿来给饭庄做菜，一举两得。

王员外听完，心中不禁暗暗叫好。只要工程动起来，县令再来催讨银子，他也有了托词，就说全投进去了，那县令也拿他没辙。鱼塘和饭庄都是厚利的买卖，赚钱不成问题。但他还是故作严肃地说："主意倒是马马虎虎，只是不知道是否可行。且等我试试再说。”

第二天，王员外就召集人手，先挖了鱼塘，挖出来的土自然堆成了土山。他又把土山改造成高高低低、错落有致的山形。山中修了凉亭小径，种了花草树木。山下就是客栈饭庄。也是天公作美，鱼塘刚挖成，就连下了几天雨，把鱼塘灌得满满的。王员外请人买回鱼苗，往塘里撒好。

说来也怪，土山刚一造好，山中就鸟语花香，说不出来的惬意。很多文人雅士没等客栈饭庄建好，就先过来凑热闹了。王员外看在眼里，喜在心头。

话说那头，县令见王员外迟迟不送钱来，便派了师爷过来催讨。师爷还没走近，就看到那里大兴土木的景象，忙叫过王员外一问。王员外连连诉苦，说他现在手头上没有银子了，这买鱼食的银子还是举债借来的。师爷只好回去跟县令交差了。

看着师爷的背影，王员外得意地笑了。这刘黑樵的主意，还真是妙啊!

半年后，工程完工，王员外的客栈饭庄开张了，很快便生意兴隆，热闹非凡，王员外赚了个盆满钵溢，乐得合不拢嘴。更主要的是，他躲过了县令的催讨，不用出那笔冤枉钱，而县令也没法怪罪他。

这天，王员外把刘黑樵叫到跟前，递给他一袋银子，说:“黑樵啊，这半年多来，你跑前跑后，也辛苦了。这百两纹银，就算我给你的酬劳吧。”他绝口不提打赌的事，要知道，他哪舍得真把闺女嫁给这么个村夫?

刘黑樵接过银子，给王员外鞠了个躬，笑着说:“谢谢王员外！咱们这个赌，就算我赢了吧？”

王员外脸一沉，冷冰冰地说“你

还想说那个赌吗？”

刘黑樵连忙摇摇头，谦卑地说：“不不不，我可不想说什么。我知道，您早想好了对策，我说什么，您都有办法回。”

王员外听了，心里暗暗高兴，看来，这小子还不傻，挺识时务。不料，刘黑樵却从那袋银子中拿出一锭，恭恭敬敬地递给王员外说：“我借花献佛，先给您道喜了。”

王员外不觉一愣：“给我道什么喜？”

刘黑樵嘿嘿笑着说：“要是我没估算错，不出两个月，县令就会托人上门说亲，您就是县令的岳父了，难道不该道喜吗？”

王员外一惊：“此话怎讲？”

刘黑樵这才不慌不忙地说，他早听说王员外的闺女貌美如花，可惜他无缘得见。他之所以想出那个修建鱼塘土山的主意，其实还有一个目的：如果把土山修在王家旁边，站在土山上正好能看到王家，他就有机会一睹小姐的芳容了。土山兴建的过程中，他就经常跑到土山上往王家张望，还真看到了小姐，一见就动了心。

后来他发现，其他人上了山，也常常往王家张望。他还听说县令是个好色的主，要是让他看到了小姐，那必定会想方设法占为己有。

听了这话，王员外顿时吓出一身冷汗。他那个宝贝闺女，脾气特别倔，要是真给县令做了姨太太，非上吊不可。他急忙拦住刘黑樵说：“你等等，我稍后就来。”

王员外来到后堂，叫过小姐，把眼下的局面说了。小姐不禁焦急起来。王员外就跟她提起了刘黑樵。刘黑樵虽然是个村夫，但勤劳肯干，脑袋好使，倒是个过日子的人。小姐也恍惚记起，这些天有个人一直站在土山上看她，她也动了几分心思，就羞红了脸，点头应了。

王员外赶紧来到堂上，跟刘黑樵商量婚事。刘黑樵倒地就拜，行了大礼。王员外扶他起来，看到刘黑樵眼里闪过一丝得意之色。王员外忽然想到，自己或许是中了对方的圈套。就算不是圈套，这个赌，自己还是输了。但不知为啥，他一点都没觉得沮丧，反倒高兴起来了。

（题图、插图：黄全昌）

母爱的亮度

有个社区举办最感人的母爱故事大赛，居民们纷纷踊跃上台讲故事。

这时，有个青年手拿一只灯泡，扶着一位戴黑色眼镜的妇女走上台，说："我是一名夜班公交车司机。每天深夜，我开的公交车都会经过我家。每一回，我总能看见我家的这只灯泡亮着。我知道，那是母亲在为我祈福，盼我安全回家。那一刻，我的心里无比温暖。我开车十年了，母亲就让这只小小的灯泡亮了十年，从未间断过……"青年说到这里，台下的群众纷纷鼓起掌来。

不料，青年突然摘下母亲的黑色眼镜，哽咽道："其实，我母亲的眼睛在我当司机之前，就已经看不见了……"顿时，台下一片哗然。

青年眼含热泪接着说："我母亲为了让这灯泡长亮不灭，每隔一段时间，她就用手去触摸一下灯泡，从而以灯泡的热度来判断灯泡是否还亮着。这么多年来，她的手已被灯泡烫了一层又厚又黑的老茧！"说着，青年举起了母亲的手。

台下顿时爆发出热烈的掌声。最后，大家一致通过，青年所讲的故事成为这次大赛最感人的母爱故事！

（作者：朱胜喜）

青草的香味

老方丈要派一个优秀的徒弟，去佛教圣地取经，他在觉醒和觉尘间来回斟酌，打算几天后确定。

觉醒和觉尘知道自己是备选人后，都更加努力地表现自己。

过了几天，方丈宣布觉尘为取经人选，觉醒又失落又委屈。他心想，肯定是昨天值班时睡觉的事影响了他。可这是有原因的，他前一天照顾生病的觉尘整整一夜，所以才会犯错。

很快，觉尘高兴地上路了。可没

过多久，觉醒就听说，那天晚上觉尘是装病，目的就是让觉醒不睡觉，第二天值班时出错，好让自己获得去取经的机会。觉醒为此懊恼到了极点，他恨自己为什么没有看穿觉尘的把戏。

这天，方丈找到觉醒，师徒二人坐在青草地上。方丈开导觉醒说："徒儿，你再懊悔，觉尘也已经走了。与其懊悔，不如宽容他吧。"

觉醒当即流下了泪，说："方丈，可我该如何宽容他呢？"

方丈笑了，说："你拿起鞋子，闻一闻鞋底是什么味儿。"

觉醒觉得有些莫名其妙，他脱下鞋，闻了闻鞋底说："有点青草的香味。"

方丈说"这就对了，你我走在草地上，践踏了青草，可青草还是把香味留在我们的鞋底，这就叫宽容。"

觉醒顿悟。

（**作者**：程 刚；**推荐者**：秦 湖）

心能看到

清朝末年，山西有个商人信佛，想在自家的堂屋里立一尊佛像，于是就请来一位老石匠为他打造。商人要求佛像高两米，后半身镶嵌在墙壁内。

老石匠先按尺寸凿出大致的轮廓，然后开始加工佛像的正面。正面加工完后，老石匠吩咐徒弟把佛像翻过来，开始加工佛像的背面。

徒弟见此情形，不解地问："师傅，东家不是说这尊佛像后半身要镶嵌在墙壁里面吗？我们把正面加工好就行了，反正背面谁也看不到。"

老石匠听后，语重心长地对徒弟说："我们做生意，讲究的是诚信二字，眼睛看不到，但心能看到啊！"

徒弟听完，满脸羞愧，暗暗发誓一定要跟师傅好好学，不但要学习师傅的技术，还要学习师傅的人品。

数日后，佛像造成了，师徒几人按要求把佛像镶嵌在了墙壁里，然后通知商人前来验收。商人看了，很是满意。

上个世纪九十年代，这位商人的老宅动迁，人们在拆除房屋的时候，隐藏在墙壁里的佛像背面露了出来。当看到那精雕细琢的背面时，人们不禁肃然起敬。

（**作者**：唐宝民；**推荐者**：刘 苏）

（**本栏插图**：安玉民 梁 丽）

众所周知，在元代杂剧作家关汉卿的笔下，有一个著名的悲剧人物——窦娥。窦娥在临刑之时，曾许下三个毒誓，后来都应了验。在这个故事中，你将看到一番颠覆传统的景象……

窦娥死后

□杨汉光

话说窦娥在临刑之时，曾指天为誓，许下了三个誓愿：血溅白练、六月飞雪、大旱三年，以明其冤。等窦娥死后，她许下的三个誓愿，竟一个接一个地变成了现实。

先是窦娥流出的血没有一滴落向地面，除了刀口上沾了一点之外，竟全部飞到高高的白旗上，顷刻间，白旗就被染成了红旗。连刽子手也啧啧称奇："真是见鬼了，我砍过这么多的人，没见过鲜血往上飞的。"

窦娥的婆婆蔡婆跌跌撞撞地跑过来，指着旗子上的鲜血，哽咽道："乡亲们看哪，我媳妇的誓愿灵验了。"围观的人摇头叹息道，窦娥肯定是被冤枉的。

窦娥的第二个誓愿是六月飞雪。她被杀的时候正是三伏天，烈日当空，可人头刚一落地，烈日就被乌云遮住了，白白的雪花满天飞舞，纷纷扬扬地飘洒下来。气温骤降几十度，酷暑一下子变成了严冬。人们都穿着单衣，纷纷惊呼着："好冷！好冷！"然后跑回家换上冬装。

蔡婆也冷得赶紧回家找衣服穿。可为了救窦娥，蔡婆不但花光了所有的钱，连棉衣和棉被都卖掉了，家里只剩几件单薄的衣服。蔡婆把所有的衣服都穿到身上，还冷得牙齿打架。

幸好大雪只下了一个时辰就停了，雪后依旧烈日当空，酷热逼人。蔡婆拿一张烂席，卷了窦娥的尸体，请人抬到山坡上，草草埋掉。

蔡婆哭得眼睛都肿了，才从山上下来。她刚走到山脚，就听到有人骂窦娥是害人精，难怪不得好死。蔡婆循声望去，只见邻居张大丰在田里，一边摘青菜，一边骂窦娥。

蔡婆恼怒地问："张大丰，我媳妇活着的时候，没少帮你家干活。如今，她尸骨未寒，你怎么就骂她？"

张大丰瞥了一眼蔡婆，指着田野，理直气壮地说："你媳妇生前是对我不错，可她那个六月飞雪的毒誓，把我们大家都害惨了。你看这边的青菜，再看那边的稻谷，全死了。"

蔡婆望一望田野，一下子惊呆了。田里的庄稼，经雪一打，再经烈日一烤，全死了。蔡婆种的庄稼自然也不能幸免，这一来注定颗粒无收，大半年的辛苦白费了。

乡亲们唉声叹气，拔掉死庄稼，重新播种。蔡婆连买种子的钱都没有，这可怎么办呢？张大丰虽然骂了窦娥，却是个善良的人，他不但送了些种子给蔡婆，还帮蔡婆耕田播种。

蔡婆感动地说："大丰，要是没有你，老身这回死定了。"

张大丰却忧心忡忡地说："别高兴得太早，你媳妇还有第三个毒誓呢，可不能再灵验了。"

窦娥的第三个誓愿是大旱三年，想想都让人头皮发麻。蔡婆天天烧香磕头，求老天快点下雨，不要让窦娥的第三个誓愿灵验。可是很不幸，日日晴空万里，连云都不见一片，更别说下雨了。

新播的种子刚发芽，土地就干得开裂了，蔡婆和乡亲们赶紧挑水抗旱。他们先到小河挑水，小河干了就到大河去挑。时间长了，蔡婆的肩膀被扁担磨破了，腿脚也走不动了。没过多久，连大河也被烈日晒干了。

乡亲们再也找不到抗旱的水，许多人站在干枯的河床上，又骂起窦娥来。还有人责问蔡婆："你媳妇又不是我们害死的，她为什么要跟我们过不去？"

蔡婆扑通一声跪在河滩上，流着眼泪说："窦娥是好人，她不是故意害大伙的，我替媳妇向乡亲们谢罪了，请你们原谅她吧。"

见大家还愤愤不平，张大丰就出来打圆场："窦娥也怪可怜的，大家少说两句，还是想办法抗旱吧。"

可没有水，哪里还能抗旱？这一年，楚州地面上几乎颗粒无收，地主和官府却依旧催收租税，不少人家被逼上绝路。蔡婆早已无米下锅，幸好她预先晒有上百斤菜干，每天煮一把，还能度日。

到了大年三十那天，蔡婆想，这大过年的，总不能光煮菜干吃吧？傍晚时分，她来到张大丰家，坐了很久，才鼓起勇气问："大丰兄弟，能不能借点米给我？我已经很久没吃过饭了。"

张大丰为难地说："我家也没有米了。"

蔡婆哀求道："不用很多，只要一小把就行。"

张大丰还是说："我家真的一粒米也没有。"

蔡婆一进门就闻到米粥的香味，所以她不相信张家没有米。她估计张大丰还在怪窦娥，就替窦娥向张大丰一再道歉。

张大丰猜透了蔡婆的心思，诚恳地说"蔡婆，你是不是闻到了米粥的香味，不相信我家没有米？其实，我家也有半个月没米吃了，今天中午才得到一斤米，全部放到锅里煮了。要不，你今晚跟我们一起吃饭吧。"

蔡婆没想到张家也到了这种地步，但她实在抵不住米香的诱惑，还是留在张家吃年夜饭。

所谓的年夜饭，其实是一大锅野菜粥，零零星星有些米粒。蔡婆也不客气，自己动手舀了一碗，趁热吃了一口。啊，真香啊！碗里虽然大部分是野菜，可毕竟吃到了米。

张家是个大家庭，三代同堂，共有十几口人。吃了两口粥后，蔡婆才注意到，张大丰的小女儿一直没有露面。蔡婆随口问道："妞妞呢？"

不料，这一问，竟惹得张大丰的老婆伏在桌上哭了起来。蔡婆关心地问："妞妞怎么了？"

张大丰抹着眼泪说："我们把妞妞卖了。锅里的米，就是用卖妞妞的钱买的。"

张家人终于忍不住了，十几个人抱在一起，放声痛哭。蔡婆也流下了眼泪，喉咙堵得紧紧的，再也吃不下一口粥。

过年后，本该是春雨绵绵的季节，老天却依旧一滴雨也不下，田里裂开大大的口子，寸草不生。乡亲们不得不离开家乡，四处逃荒。

有一天，蔡婆听到张家人又哭起来，就过去看看，原来是张大丰的小儿子饿死了。蔡婆赶紧把家里不多的菜干全部抱到张家，让张大丰煮给孩子们吃。

张大丰却摇摇头说:“谢谢了!你还是留着自己吃吧,我们马上就要走了。”埋葬了小儿子后,张大丰带着一家人,也走上了逃荒的道路。

路边,穷人们个个饿得东倒西歪,走着走着,就有人倒在地上,永远站不起来了。而富人家有余粮,再旱也不怕,只需把水井挖深一截就行了。他们守着深井,吃着陈粮,依旧天天喝酒行乐。反正窦娥的毒誓有效期不过三年,富人只要一点耐心,就能过了这关。

还没有熬过春天,蔡婆就吃光了菜干。她也想去逃荒,可年纪实在是太大了,腿脚又不便,走不了远路。蔡婆不得不到野外去找食物,可连河床都晒得冒烟了,哪还有什么食物?蔡婆只要看见绿色的东西,就抓过来往嘴里塞。

这天,蔡婆在一条阴沟里发现了一棵青草,嫩绿嫩绿的,真是难得。她揪起嫩草,一口吃掉。可没过多久,她肚子忽然痛起来,像刀绞一样。显然,刚才吃的是毒草。蔡婆忍着剧痛爬回家,躺到床上,当晚就去世了。

蔡婆恍恍惚惚来到阴间,刚过奈何桥,就看见了窦娥。她一把抓住窦娥的手,感叹道:“媳妇啊,你临死前许下的毒誓,害死了多少乡亲啊!老实说,连我也是死在你的毒誓上的。”

窦娥惊讶地问:“婆婆,您为什么会这么说呢?”蔡婆就把自己的遭遇和乡亲们的惨状,详详细细告诉窦娥。

窦娥听得目瞪口呆,半天才回过神来:“婆婆,这不是我的错。”

蔡婆叹着气说:“怎么不是你的错?行刑那天,你许下三个誓愿,第一个倒没什么,第二个六月飞雪和第三个大旱三年才要命。现在刚大旱一年多,就饿死了成千上万的穷人,往后还不知道要死多少穷人啊!倒是你咒骂过的那些富人,天天吃肉喝酒,过得好好的。”

窦娥摸着胸口,委屈地说:“我的心是向着穷人的,第二和第三个毒誓不但不是我的心意,还是我最痛恨的。”

蔡婆不解地问:“那你为什么要说出来?我可是亲耳听到你说的。”

窦娥无可奈何地说:“我是关汉卿笔下的人物,一言一行都必须听他的安排,他让我许下这种毒誓,我不说不行啊!”

蔡婆愤愤不平地说:“关汉卿在哪儿?我找他算账去。”

窦娥指指奈何桥的那一边,不屑地说:“他还没有死,正在人间写戏呢。”

阴阳有别,蔡婆没法回人间找关汉卿算账,只好一屁股坐在桥头,气呼呼地说:“老身在这儿等那个姓关的。”

(题图、插图:谢 颖)

还是你

□高鹏飞

最近，公司业务部经理的职位出现了空缺，一下子让许多人紧张起来。这可是年薪几十万的职位啊，太吸引人了。

李丁和杨明亮是两个最热门的人选。他俩都是四十八九的年纪，都在部门里工作时间最长，经验最丰富。两人心里也有数，这个职位不是落在自己头上，就是落在对方头上。

这天，李丁刚到办公室，就被老板叫去谈话了。他一走，同事们便互相交换了一下眼神“看来，这个职位肯定是他的了。”

晚上，同事们对李丁起哄，要他请吃饭。李丁无奈地同意了。

吃完了饭，大家兴致正浓，新来的大学生林阳提议道：“咱们再去唱歌吧？好不容易宰他一次，不能便宜了他！”其他人也在一旁起哄。李丁叹了口气，说“好吧，全听你们的！”到了KTV，大家唱得热火朝天。

正在这时，包房的门打开了，进来一位姑娘，含笑问道“请问哪位是李丁先生？”林阳手快，一指李丁说“这位就是。”

李丁走上前去，问：“有什么事？”姑娘从背后抱出一大束百合花递到他面前，说“刚才有位先生在我的花店里订了这束花，让我送给您。”

还没等姑娘说完，李丁已脸色大变，他忙不迭地向后退去，用手掩住鼻子，吃力地问：“是谁让你送的……”话还没说完，他已经开始喘不过气来，跌倒在沙发上。

还是杨明亮的反应快，他一把将姑娘手里的花扔到外面，叫道“快拿开！他有哮喘，对花粉严重过敏！”

姑娘被眼前的情景吓坏了，语无伦次地说：“真的和我没关系！刚才有人到我店里付了钱，让我把花送到这里，交给李丁先生的！”

此时，李丁已经面色发紫，呼吸困难。杨明亮赶紧招呼林阳：“快！送医院！”然后通知了李丁的老婆。

到了医院，医生面色沉重地告诉李丁的老婆：“幸亏送来及时，否则后果不堪设想！他现在体质很差，需要休养一段时间。”

李丁的老婆吓得不轻，一个劲地跟李丁唠叨：“我就说你最近太累，要休息一段时间，你偏不听！你要有什么事，我可怎么办啊？”

李丁吃力地点点头，说：“行了，别担心了，我心里有数。”

李丁需要几个月的时间住院治疗，可经理的职位不能空着啊。很明显，这职位只能是杨明亮的了。同事们纷纷猜测，李丁有花粉过敏症，这大家都知道，那件事会不会是……

还没等大家想明白，出人意料的事又发生了！这天，杨明亮被老总找去谈话，出门时正巧碰上林阳拿了一摞文件过来。两个人在楼梯上错身而过时，杨明亮不小心失足踩空了楼梯，不过三级台阶，居然就摔断了小腿骨！

伤筋动骨最少一百天。这下可好了，杨明亮也住院了，而且和李丁同在一家医院。李丁得知杨明亮也住院了，惊讶地瞪大了眼睛：“这家伙，搞什么鬼？”随即又笑了，“呵呵，步我后尘啊！”

两大候选人全部无法工作，这可把老总愁坏了。他给李丁和杨明亮下了死命令：“要么你们其中一个在一星期内上任，要么给我推荐一个合适的人选！”

这会儿，李丁已经可以起身活动了，他来到楼下杨明亮的病房去探望。杨明亮笑道：“老兄的病差不多稳定了吧？是不是可以担当重任啊？”

李丁打了个哈哈：“就算我同意，我老婆也不同意啊。我这是内伤，外表看起来没什么，但就怕突然发病啊。我有这么漂亮的老婆，可舍不得先走啊。要我说，你的腿伤看起来严重，但其实是外伤，先把任命接下来，慢慢养伤也不迟啊。”

不料，杨明亮也打哈哈：“老兄真能开玩笑，我老婆也漂亮着呢，我可得慢慢休养。万一没养好，以后瘸着一条腿，到时候配不上她啊。”

两个人正互相试探着，林阳轻轻推开门进来了。他拎了好多水果，累得满头大汗。看见李丁也在，他笑道：“正好，不用我再跑上楼去送了。”李丁和杨明亮赶紧表示了感谢。三个人闲聊了一会儿，林阳回去了。李丁和杨明亮看着他的背影，相视一笑。

第二天，李丁和杨明亮联名向老

总推荐了林阳，理由是：年轻，有闯劲，思维活跃……

很快，新的任命下来了，林阳成了年轻的业务部经理。他专程到医院感谢两位前辈的推荐与扶持。李丁和杨明亮以过来人的口吻嘱咐他：好好干！

过了些日子，李丁和杨明亮日渐康复，两人在同一天办了出院手续，便相约去喝酒。杨明亮给李丁倒满了酒，说："老兄，多好的机会啊，为什么放手？"

李丁没有直接回答，突然问道："你知不知道前几任经理的结局是什么？"

杨明亮叹了口气，说"怎么不知道？有累得犯了心脏病差点死掉的，有贪得进去的，有受不了排挤辞职的……"说到这里，他莞尔一笑，"老兄，你真是狡猾啊。"

李丁举起酒杯，说"彼此彼此！我老娘今年八十了。她老人家年纪轻轻就守了寡，拉巴我长大。现在眼看时日无多，我若再忙着工作，只怕到时想尽孝都来不及了。"说到这里，李丁的眼里突然有了泪光。

杨明亮轻拍了一下桌子，说"是啊！我实话跟你说，这经理的职位我惦记也不是一天两天了。可前阵子我听说，我们的老总好像要被审查了。若在这时候被他提拔上了位，只怕以后万一有点什么事，我也说不清楚啊。弄不好还当了替罪羊，到时就得不偿失了啊。"

两杯酒碰到了一起，杨明亮一口喝干又说道"如果我没猜错，那束百合花是你自己给自己送的吧？老兄你可真够狠啊，对自己都能下手！"

李丁也喝干了酒，说"那也没你狠，这一跤居然把自己的腿都摔断了！"

值得一提的是，此时，林阳也在独自喝酒。两位职场前辈的所作所为，他已猜了个八九不离十，这才不失时机地在医院里跑前跑后，忙里忙外。现在，他的目的终于达到了。他可不怕这个职位有多烫手，有多难把握，因为他最大的资本就是年轻。

（题图、插图：张恩卫）

主持公正的贝

□李金鹏

在古希腊雅典城，有一个勇士叫诺里斯，他嫉恶如仇，专为穷人出头，深受人们爱戴。

偏偏有个叫西瑞尔的议员，对诺里斯恨之入骨。原来，两人同时喜欢上了一位姑娘，最终姑娘选择了善良的诺里斯，并嫁给了他，从此两人便结了怨。心狠手辣的西瑞尔开始处处使坏，想尽各种坏主意对付诺里斯。

在一个月黑风高的夜晚，诺里斯突然听到门外有响动，他点燃了火把，打开门，隐约看到门上好像有黏糊糊的东西，用手一摸，竟然是血迹！正在这时，隐蔽处忽然蹿出几个人，猛地把诺里斯摁倒在地，用绳子绑了起来。诺里斯这才看清，原来是西瑞尔和他的手下。

西瑞尔鬼哭狼嚎般跺脚道：“诺里斯，你这个杀人恶魔，你为什么杀了我的父亲？”

诺里斯愣住了，自己什么也没做，只是出门看个究竟而已。转念一想，他很快就明白是怎么回事了：西瑞尔为了把他置于死地，竟然把自己的老父亲杀死，把鲜血洒到他家的门上。而此时，诺里斯的手上已经沾上了鲜血，他是有理也说不清了。

杀人是天大的罪过，西瑞尔直接把诺里斯告上了法庭。如果罪名成立，诺里斯就会被判处死刑。

当时在雅典法庭，每次判决都要有11个陪审人员在场，罪名成立与否，关键看这11个人的判断。法官旁边有两个盆子，左边的盆子上写着“有罪”，右边的则写着“无罪”。雅典

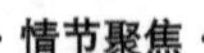

·情节聚焦·

人觉得贝类有灵性，所以每次判决，陪审人员就根据自己的判断把一个贝投到盆子里。如果“有罪”的盆里有6个或6个以上的贝，那被告罪名就将成立。

西瑞尔事先已收买了5个陪审人员，另外还有5个陪审人员都曾受过诺里斯的救济和帮助，誓死相信恩人无罪，所以不肯接受西瑞尔的贿赂。这样一来，第11个人显得尤为重要，如果他倒向西瑞尔这边，诺里斯将必死无疑。那个左右判决结果的人是个正直的老工匠。

西瑞尔找到了老工匠，想用金钱收买他，可老工匠骨头很硬，死不屈服，他义正词严地说：“谁都知道，诺里斯是雅典人的保护神，他怎么可能杀死你的父亲？”

西瑞尔威胁道：“死老头，如果你不帮我把诺里斯弄死，我就弄死你！”

老工匠呵呵笑道：“我已经老了，不怕死了，只要我还有一口气在，我就会支持诺里斯！”

西瑞尔灰溜溜地回去了，他还不能轻易弄死老工匠，如果老工匠死了，法庭临时换另一个陪审人员，万一是诺里斯的支持者，自己的如意算盘就落空了。

西瑞尔眼珠子一转，坏主意又来了。他打听到，老工匠有个7岁的小孙子，那是他唯一的寄托，如果拿他孙子当筹码，就不怕老工匠不屈服。

西瑞尔叫人把老工匠的小孙子绑了起来，再次来到工匠铺子。老工匠一听说孙子被绑，急得老泪纵横。

西瑞尔趁机说道：“老头子，你孙子的性命就掌握在你的手上，如果你把贝投到‘有罪’的盆子里，我就放了你的孙子。否则，以后你只能孤苦伶仃地生活了。”

老工匠的身体有些颤抖，最后，他只得无奈地点了点头，说“我可以把贝投到‘有罪’的盆里。可是，我这么做了，万一你不兑现诺言，不放我的小孙子怎么办？”

西瑞尔大笑道：“放心，我当然会讲信用，我们可以白纸黑字，把它写下来。”于是，两人签订了一份文书，如果老工匠把贝投到“有罪”的盆子里，那西瑞尔就会放了他的小孙子。

很快，法庭开庭了，西瑞尔看到诺里斯站在被告席上，心里很是得意：这11个陪审人员，有6个已经被我拿下了。该死的诺里斯，这下你怎么也活不了了，让你再抢我的爱人！

不一会儿，到了法官征求陪审人员意见的时候了，10个陪审人员，分别在“有罪”与“无罪”的两个盆子里投了5个贝，最后就看老工匠了。法庭上的人们个个屏住呼吸，紧张不已，大家都在心里祈祷，希望老工匠把贝投到“无罪”的盆子里。

在众人的注视下，老工匠拿着一个大大的贝站起身来，颤巍巍地来到两个盆子前。他看了看“无罪”的那个盆子，又回头瞅了瞅西瑞尔，然后走到“有罪”的盆子前，只听“啪”的一声，老工匠真的把贝扔进了“有罪”的盆子里。顿时，现场的人们激动不已，纷纷站起来谴责老工匠，咒骂西瑞尔。

法官也愣了一下，这时西瑞尔站了起来，兴奋地说：“法官大人，现在是法律说话的时候了，如果‘有罪’的盆子里有6个贝，诺里斯就将被处死。现在，你叫人把盆子上面的盖子打开吧。”

两个盆子的盖子同时打开了，工作人员一清点，对法官说：“‘无罪’的盆子里有5个贝，‘有罪’的盆子里有4个贝。”

法官听了，眉头一皱，说：“不可能啊，陪审人员是11个人，还有人没往里面投贝吗？”

11个人齐声说道：“投过了。”

西瑞尔叫了起来，他冲到“有罪”的盆子前，仔细看了看，果然只有4个贝！他气得跳了起来：“不可能，绝对不可能，我明明数过，有6个人投了‘有罪’。”

法官无奈地说：“你看，‘有罪’的盆子里确实只有4个贝，按规定，‘有罪’的贝少于‘无罪’的贝，应该判被告诺里斯无罪。”顿时，现场一片欢呼雀跃。

其实，真相只有老工匠知道。“有罪”的盆子里之所以只有4个贝，玄机就在于老工匠投下去的那个大贝，那是一种特殊的贝类，是老工匠有一回在海边意外发现的。这种大贝专吃小贝，大贝被投到盆里后，把两个小贝吞了下去，原来的6个贝自然变成了4个。而按照约定，老工匠的小孙子也得救了。

（**题图**、**插图**：安玉民 梁 丽）

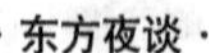

都说狗是人类最忠诚的朋友，此话一点不假。且看这两条狗，如何几次三番牺牲自我，来效忠它们的主人……

忠诚的狗

□张静娟

从前有个小村庄，村里有一对邻居，一个叫张三，另一个叫李四。他们俩都喜欢养狗，张三的狗叫老黄，李四的狗叫老黑。

这天，张三和李四在街口谈论起各自的狗，谁也不服气谁，于是打算比一比。街坊四邻闻讯，纷纷赶来看热闹。

张三清清嗓子说“各位乡亲，今天我家的老黄和李四家的老黑进行比赛，咱不比翻跟头、跳圈子这些老花样，咱比一下两条狗的教养！”此言一出，众人哗然。

李四点点头，接着说：“比赛规则是这样的：咱们把两条狗各自关在一个笼子里，再往笼子里分别投一只烤鸡，在主人没有发话的情况下，谁的狗要是先动口吃了鸡，就算谁输。”大伙儿一听，兴趣更浓了。

很快，两人把自家的铁笼子摆在街口，让老黄和老黑钻进去，然后各自把烤鸡投进了笼子里。老黄和老黑看到烤鸡，尾巴立刻摇了起来，向烤鸡靠了过去。这时，张三和李四各自喊了一声：“住嘴！”两条狗都应声蹲了下去，再也不敢靠近烤鸡一步！

就这样，一直到日落西山，两只狗都没有靠近烤鸡。乡亲们看得都累了，纷纷回家了。

此时，张三也觉得累了，但又不想放弃比试，便向李四提议道：“要不，我们回去搬把藤椅过来，今晚就睡在这儿？”李四同意了。

一晃三天过去了，两条狗“水米未进”，由站着到蹲着，由蹲着到趴着，最后老黄先断了气。张三打开笼子，抱住老黄失声痛哭。

李四同情地拍拍张三说：“节哀顺变吧。老黄和老黑到现在都没有动烤鸡，看来是平手了！”

“平手？”张三反驳道，“我的老黄宁死也没吃烤鸡，能是平手吗？说不定你的老黑很快就会吃不消，去吃烤鸡了！”

李四倒吸一口冷气：“你的意思是除非我认输，否则我的老黑就只有死路一条了？”

“对！”张三说，“只要你肯认输，比赛到此结束！”

李四呸了一口说：“让我认输，门儿都没有，比！”这一比，又是一天。到了第二天，老黑也咽了气。

再说这两条狗。老黄先死后，却不肯跟无常走，非要看看比赛的结果，他想看到主人赢啊。无常被感动了，答应让老黄逗留一天。直到老黑也死了，两条狗才跟着无常去了地府。

阎王爷听了无常讲的故事，也被老黄和老黑的忠诚感动了，他赞叹道：“真是两条好狗啊！宁可死也不愿让主人丢脸面！”阎王爷转了一下眼珠，又说，“都说狗最忠诚，宁可守贫也不易主，我偏让你们互换一下主人，且不让你们喝孟婆汤，看看会发生什么故事……”

再看张三和李四，没过多久，他们又各自养了一条狗。在阎王爷的安排下，张三的狗其实是老黑，李四的狗其实是老黄。

这天，两人谈论起那次比赛，李四遗憾地说：“如果当初说好有一条狗先死就算输，那我的老黑还在啊！”

张三一听，提议道：“不如我们明天再比一次，就按你说的规则来！”李四说：“好啊，谁怕谁？”

当晚，张三强迫老黑吃了许多食物，不吃就用鞭子抽，一直吃到肚子滚圆为止。

第二天，比赛开始了。张三发现李四的狗也是肚子滚圆，两人叹了口气，彼此心照不宣。这一回，两人做好了持久战的准备，早把藤椅搬了出来。哪知，烤鸡一投进去，两条狗就拼命吃了起来，任凭两人怎么呵斥都没有用。最后烤鸡吃完了，两条狗也都撑死了。

阴曹地府里，阎王爷感动地说：“你们宁可撑死也要吃下烤鸡，就是为了让你们原来的主子赢啊！好吧，这次我就不为难你们了，我破例让你们自己选择主人。”

老黄和老黑异口同声地说：“谢谢阎王爷，我只想跟着原主子安安稳稳地过日子！”

阎王爷欣慰地点点头，但随即又皱起了眉头：“你们的想法是不错，可你们的主子都是争强好胜的主儿，恐怕……”

这时，一旁的小鬼探官说：“老爷，我倒有个办法，能让张三和李四以后不为比狗争斗……”说着凑过去对阎王爷耳语了几句，阎王爷点头称好。

转眼一年过去了，张三和李四重新养的狗又长成了大狗。这天是他们约好的比赛日期，一大早街口就围满了看热闹的人。

此时，张三却心事重重地对李四说：“李四，我不想比了，就算我输了吧。”李四也说：“我也不想比了，就算我输了吧。”原来昨晚两人都做了个梦，有个白胡子老头告诉他们，眼下的狗就是跟了他们三世的老黄和老黑，并且告诉他们上次比狗出现异常的原因。两人虽半信半疑，但已没有比赛的心思了。

乡亲们听了张三和李四取消比赛的原因，不禁对这两条狗啧啧称奇。一时间，老黄和老黑成了四里八乡议论的焦点。

这天，张三和李四正在闲聊，忽然张三的表哥来了，他在县衙做事，带来一个消息，说是县太爷嗜好养狗，决定在近期举办比狗大会，选出两条“绝代佳狗”，胜出者的主人将得到白银千两，但狗就成县太爷的了。县太爷对他们的狗早有耳闻，所以让张三的表哥来通知他们参赛。张三和李四一听，虽不情愿参赛，但他们哪敢得罪县太爷啊！

转眼到了比狗大会的日子，张三和李四垂头丧气地牵着狗往县里赶去，一路上两人都不停地对各自的狗唠叨着：“千万别赢啊，否则我们就再也不能见面了……”可是，老黄和老黑却没有听主人的，它们在赛场上以出色的表演击败了上千条狗，成为这次比赛的前两名。比赛结束时，张三和李四捧着沉甸甸的白银，泪如雨下。

这天，两人沮丧地坐在街口，各自埋怨着，如果他们当初不炫耀该有多好。忽然听到不远处传来一阵熟悉的狗叫声，他们抬头一看，只见表哥牵着老黄和老黑走了过来。两人喜不自禁，立刻冲了上去，抱住自己的爱狗。老黄和老黑也摆着尾巴，眼泪汪汪地瞅着主人。张三擦了擦眼角，问表哥：“这是咋回事？”

表哥环顾四周，笑嘻嘻地说“祝贺你们重得爱犬。县太爷说了，他只是爱狗，玩两天就行了，总不能将他人的爱物据为己有吧？这不，就让我给你们送来了！”

张三和李四乐坏了，赶紧拉上表哥回了家，说要好好款待他。

酒席上，表哥忽然说“你们能不能让老黄和老黑再给我表演个节

·情感故事·

□张春风

尹二妹今年七十多岁，独自住在村里一间低矮的破瓦房里。不过，尹二妹的儿子大牛家，却新盖了一栋两层楼的小洋房，装修得可漂亮了。

这天上午，尹二妹的邻居赵大姐来她家串门，两人关系一直很好。只听赵大姐焦急地说："妹子，你听说没，三天后这里要刮台风了，风力据说有十二级呢。"尹二妹摇了摇头。

赵大姐抬头望了望破旧的瓦房，担忧地说"这台风真要来了，你可咋办呢？赶紧搬到大牛家去吧，他家的小洋楼结实啊！"尹二妹点了点头，心里却说不出的苦。原来，这大牛一点也不孝顺，平时对母亲不闻不问，只知道过来拿东西。

到了下午，大牛刚巧又来拿鸡蛋。尹二妹一边装鸡蛋，一边假装不经意地问："大牛啊，听说马上刮台风了？"大牛连头也没抬："台风怎么了？"

尹二妹红着脸说："没……没什么，听说，这次台风还挺厉害的。"谁

目？"张三和李四立刻让两条狗当场表演了个简单的小节目，不料表哥却连连拍手叫好。

张三纳闷地问："表哥，老黄和老黑在比狗大会上的表演才叫精彩呢，你都看过了，如今为何对这简单的表演叫好呢？"

表哥压低声音说："实话告诉你们吧，刚才我在门外说的，不过是县太爷的官话而已。其实县太爷放回它们的真正原因是：它们俩进了县衙之后就成了傻狗，连跳圈子、捡骨牌都不会了呢！当时我还纳闷，现在才知道，原来这两个家伙居然还会装傻……"

张三和李四听完，热泪滚滚，离席蹲下，紧紧抱住各自的狗……

（**题图**：谢　颖）

知，大牛愣是没搭腔，拿好鸡蛋就回家了。

大牛走后，尹二妹不禁暗自流泪。不一会儿，赵大姐又来了，关心地问：“妹子，刚才我看见大牛来了，是不是要接你去他家呀？”

尹二妹不想让儿子丢脸，只好假装高兴地说：“是啊，大牛很担心我，说明天就接我过去。”赵大姐长舒了一口气：“那我就放心了。”

第二天，赵大姐在尹二妹家做针线活，一直待到傍晚，终于忍不住问道：“大牛咋还不来接你呀？”

尹二妹尴尬地说：“可能他太忙了吧，台风明晚才来呢，不碍事。”

突然，赵大姐拍了拍脑袋，说：“哎呀，瞧我这脑袋，干脆你搬我那儿去得了！咱姐妹俩还能说说话，多好！”尹二妹却摇摇头，说：“没事！大牛明天一定会来接我的。”

其实，尹二妹心里的真实想法是，赵大姐是住在她儿子旺财家，如果自己搬去别人的儿子家避台风，这事要是传了出去，让儿子大牛的脸往哪儿搁呀。况且大牛是在旺财开的厂里上班，要是让旺财知道这事，对大牛的前途也不好。

到了第三天早上，村里各家各户开始忙碌起来，大家纷纷给自己的房子屋顶和门窗加固。只有尹二妹坐在门口，眼巴巴地看着门外。可是，一直等到傍晚，大牛也没出现。

晚上，尹二妹早早地躺在床上，两眼呆呆地望着屋顶。想着台风即将来临，说不定这房子会支撑不住塌了，她不禁老泪纵横。

突然，门外出现了一道手电的光亮，很快，传来了一阵敲门声：“妹子，睡了吗？”原来是赵大姐。

尹二妹赶紧起身开门，诧异地问：“赵大姐，这么晚了，你怎么来了？”赵大姐进屋后，一边脱衣服，一边说：“我怕你一个人孤单，来陪陪你！”

尹二妹急了：“这……这哪行啊，你赶紧回去吧。”可赵大姐铁了心：“以前，咱姐妹俩不是总睡一张床吗？今晚，我非睡在这里不可。”

尹二妹眼泪快掉下来了：“可今

晚不行啊！半夜要刮台风了，我怕房子顶不住害了你呀！”

赵大姐义愤填膺地说：“我就知道，大牛这小子不是个东西！这么大的台风，竟然也不接你过去避一避。这房子真要塌下来，你还能活命吗？今晚你必须跟我走，赶明儿，我立刻让旺财辞了他，让这个不孝子喝西北风去。”

尹二妹一听，急了：“赵大姐，求你别把这事告诉旺财。大牛要是丢了工作，可怎么养家糊口啊？再过几年，我腿脚不便了，还得靠他养活啊。”

赵大姐叹了口气，尹二妹说的也有道理，大牛是她唯一的依靠。可是，这样没良心的儿子，以后还能指望他什么呢？

沉默间，外边突然有人着急地大喊：“娘，娘你睡了吗？”尹二妹简直难以相信自己的耳朵：“是……是大牛，他真的来接我了。”赵大姐点了点头：“这小子还算有点良心。”

尹二妹赶紧收拾东西，大声应道：“大牛，娘还没睡呢，快进来吧！”谁知，大牛却大声问道：“娘，旺财他娘来过没？马上要刮台风了，她不知道跑哪儿去了，旺财让我们全厂员工找她呢……”听到这里，尹二妹顿时呆住了，眼泪止不住地往下掉。这时，只听大牛又喊道：“她不在的话，我就先走了，还得去别的地方找……”

大牛走后，赵大姐再也忍不住了，火冒三丈地说：“这小子不是人，我这就给旺财打电话，立马把他给辞了！大不了，以后我让旺财养你。”说罢，就要掏手机。

尹二妹赶紧去拦：“赵大姐，别……别打！”慌乱中，尹二妹站立不稳，摔了一跤，疼得站不起来了。赵大姐赶紧打了120。接着，她又打电话告诉儿子旺财，今晚自己有事住外面了，让他通知员工们赶紧回家。

在镇医院，医生替尹二妹做了检查，包扎了伤口，幸好没有大碍。赵大姐守在病床前，安慰道：“妹了，踏踏实实睡一觉吧，这里房子坚固，不会被台风吹倒的。”尹二妹握着赵大姐的手，感慨万千。她没想到，医院竟然成了唯一能呆的地方。

出乎意料的是，当晚台风只是和小镇擦肩而过，并没有真的来临。可是，在尹二妹心里，早已经历了一场可怕的飓风。

第二天，赵大姐将尹二妹送到了家里。尹二妹呆呆地望着自家这间破瓦房，一旁的赵大姐叹息道：“妹子，你放心吧，我不会把这事告诉旺财的。可是，以后如果台风真来了，你该怎么办呢？总不能每次都去医院吧？”

尹二妹无言以对，因为连她自己也不知道。

（**题图、插图**：佐　夫）

致命的花盆

□仇军伟

张小明是一名公司业务员，由于工作需要，经理派他明天到外地出差，要一个多月才能回来。张小明独身一人毫无牵挂，唯一让他放心不下的是家里的几盆花。这几盆花可不一般，是一个好朋友从国外带回来送给他的，而他的这个好朋友不幸在半年前死于车祸。因此这几盆花对他来说，显得异常珍贵。现在一个月后才能回来，那这几盆花怎么办？

张小明正在着急，他的朋友小周来了。小周和张小明住在同一个小区，当小周得知张小明要外出怕盆花无人照顾时，当场就表了态："大哥，我俩是多年的好朋友了，前几年我手头拮据，你没少帮我。今天大哥遇到了困难，小弟也要帮你，算是小弟对你的报答吧。大哥，你就放心出差去吧，我对盆花也略懂一二，我会把这几盆花照顾好的。"

张小明很感动，就把家里的钥匙交给了小周，并把小周领到花盆前，给他讲解这几盆花的生长习性及注意事项。小周耐心听着，然后信心十足地说："大哥，你就放心吧，我会把这几盆花照顾好的。"

第二天，张小明出差走了。小周履行着自己的承诺，每天都到张小明家好几次，每次都精心照顾这几盆花。

这天，小周又来到张小明家。给花施肥、浇水后，他突然想起这些花有好几天没晒太阳了。于是他就把这几盆花搬到了阳台上，然后就走了。

不料那天下午突然起了大风，其中一盆花被风吹落，从高高的阳台上掉下来，也是巧了，正好砸在从楼下经过的李大伯头上，李大伯当场被砸死。

事后，李大伯家人与张小明交涉，提出要他赔偿。但张小明让他去找肇事者小周，而小周觉得自己一点责任都没有，一口拒绝。无奈之下，李大伯家人向法院提起公诉，要求花盆的主人与小周赔偿李大伯的丧葬费、来往亲属的交通费、三个子女的抚养费共二十万元。

经警方调查，出事时花盆的主人确实未在家，而是由小周照顾这几盆花。阳台上的花盆也是小周搬过去的，所以小周是主要责任人。对这样的认定，小周当然不服，他强调说这又不是他家的花，只不过是给朋友看管的。再说当时天气预报也没预报要刮大风。刮风吹落花盆，砸死李大伯纯属意外事件，自己不应该承担赔偿责任。

为这事，小周还专门去咨询律师，律师听了案情经过，很明确地说：李大伯的损失应由小周全部承担。虽然张小明是花盆的所有人，但并不是他把花盆放在阳台上的，他对花盆落地伤人没有过错。而小周作为当时花盆的唯一管理者，他应承担李大伯之死的全部责任。

这下小周可蔫了，自己帮朋友做事，怎么还要赔那么多钱？

律师点评：

这个故事涉及的法律内容即《民法通则》中的要约。故事中，张小明虽然是花盆的所有人，但他并不是将花盆放在阳台上的责任人，即张小明对花盆坠落砸死李大伯没有过错。而小周则是造成李大伯被砸死的责任人。因为，此时小周是花盆的管理人。

根据《民法通则》的规定：建筑物上的搁置物坠落造成他人损害的，它的所有人或者管理人应承担民事责任。但能证明自己没有过错的除外。本案中张小明即是能证明自己没有过错的人，所以，张小明对李大伯之死不承担责任。而小周作为管理人，则不能证明自己没有过错，故应对李大伯之死承担全部责任。

（**题图、插图**：安玉民　梁　丽）

·中篇故事·

正所谓螳螂捕蝉，黄雀在后，在这场错综复杂、云谲波诡的黑暗争斗中，究竟谁会是最后的赢家……

万金案

□刘克法

1.县令伏法

这年初秋的一天，平遥县县城万人空巷，全县的老百姓都拥到了城西的刑场，看新上任的县令陆全顺监斩前任县令冯鸣去了。

说起冯鸣，平遥县的百姓没有不切齿痛恨的，他在平遥县当县令的这些年，贪赃枉法，坏事做尽，老百姓身上的皮被他扒了一层又一层，个个苦不堪言。以前到上面状告冯鸣的人是一拨又一拨，可结果冯鸣的乌纱帽照样戴得稳稳的，而那些告状的人却是下场悲惨。

俗话说：善恶到头终有报。冯鸣的所作所为终于惊动了朝廷，监察御史亲自过问了此案，冯鸣被罢官收监了。审理冯鸣之案的责任就落到了新上任的县令陆全顺头上。

陆全顺办事还真是雷厉风行，不到十天就审理出了冯鸣的十五条罪状，这些罪状条条都是罪大恶极。朝廷的批复也很快下来了，以冯鸣为首的一干人等被判了死刑。

平遥县的百姓听说了审判结果后，个个欢天喜地，同时又为平遥县来了陆全顺这么个好县令而高兴。

此时，偌大的刑场被人群围了个水泄不通，刑场上跪着三十多个罪犯，冯鸣排在了第一个，此时他是彻底蔫了，没有了往日的飞扬跋扈，在他身上和周围堆满了百姓从刑场外扔进来的瓜皮、泥巴和烂菜叶子。这三十多个罪犯中，有冯鸣为虎作伥的亲戚，也有与他狼狈为奸的帮凶。

当陆全顺宣读了冯鸣的罪状和审判结果后，围观人群中顿时响起了掌声和叫骂声。在群情激愤的气氛中，有一个人却显得十分安静，此人五十多岁，衣着华丽，派头十足。他坐在一把舒适的竹圈椅中，一手捋着胡须，一手握着紫砂茶壶慢慢地品茶，他的周围还侍立着五六个家人。他就是平遥县最有钱的富商马天云。

很快，人们急切盼望的行刑时刻到了。陆全顺一声令下,第一个人头落地的便是冯鸣。行刑的刽子手还是第一次杀这么多人，累得胳膊发酸，额头见汗。杀了好一会儿，总算剩下最后一个了，此人叫二痞子，是冯鸣的外甥。他仗着冯鸣的权势，欺男霸女，无恶不作，今天也算是罪有应得。

当刽子手的刀在二痞子的头上高高举起的时候，一直神情自若的马天云，突然从椅子上站了起来，眼睛也瞪得大大的，手中的紫砂茶壶几乎要被他捏碎了。他今天来，就是为了要看二痞子人头落地。

马天云为什么会对二痞子恨之入骨呢？原来就在几个月前，二痞子亲手打死了马天云的独生子马亮。丧子之痛几乎要了他的老命。可当时二痞子的背后有冯鸣这个靠山，任马天云有一百个杀他的心，也不能把他怎么样。如今，总算老天开眼，马天云今天要亲眼看着杀死儿子的凶手血债血偿了。

就在刽子手的刀几乎要砍到二痞子脖子上的时候，突然从人群外飞进来一道身影，“噌”的一声，双脚蹬在刽子手的身上，把刽子手连人带刀蹬翻在地，而这个人脚都没有着地，便借着刽子手身上的反弹力又飞出了人群，眨眼间就不见了身影。

这个人的动作实在太快了，连刑场内近在咫尺的卫兵都没来得及做出

任何反应。第一个反应过来的还是那个刽子手，他急忙从地上爬起来，再看二痞子时，发现他已经倒在了血泊之中。原来刚才飞进来的那个人，在蹬倒刽子手的同时，已经干净利落地一剑刺穿了二痞子的胸膛。

陆全顺急忙派人去追赶凶手，可哪里还追得上。人们都想不明白，是什么人会冒这么大的风险，到刑场上来杀一个将死之人呢？

此刻马天云看着二痞子的尸首，脸上没有一点报仇雪恨的高兴，反而满是懊恼沮丧的神情。照理说二痞子不管是怎么死的，都算是为他儿子报了仇，但马天云为何会懊恼沮丧呢？原来这其中还有一段缘由。

2.恶少火拼

马天云的儿子马亮是个典型的浪荡公子哥，他凭借家里的万贯家财和父母的百般溺爱，整天吃喝嫖赌，惹是生非。这天他正在家里闲着无聊，一个狐朋狗友跑来跟他说，红春楼新来了几个姑娘，其中有一个叫小貂蝉的长得特别美。马亮一听立刻来了精神，往怀里揣了一叠银票，直奔红春楼而去。

红春楼的老鸨子一见马亮这个出手阔绰的常客，脸上顿时乐开了花。

马亮直入正题，问老鸨子："听说你们这儿新来了几个姑娘，不知都是什么货色，叫出来让爷瞧瞧。"

老鸨子满脸堆笑地说："马少爷，您的鼻子还真灵啊，这几个姑娘都是昨晚新来的，一个比一个水灵，包您满意。"

马亮往椅子上坐下，跷着二郎腿，说："那还不赶紧给爷都叫出来，要真如你所说，爷少不了你的赏钱。"

不一会儿，老鸨子从后面领出几个打扮得花枝招展的女子，在马亮跟前依次站好。

马亮瞪起双眼，在这些女子脸上扫了一阵，最后定在了一个穿粉衣的女子身上。这个粉衣女子看上去也就十七八岁的样子，出落得容貌俊美，娇小可爱。

老鸨子急忙凑到马亮跟前献媚道："马公子的眼神可真是准啊，这个姑娘名叫小貂婵，可是我花了大价钱买来的，用不了多久准会成为我红春楼的头牌。"老鸨子又把嘴凑到马亮耳边小声说，"这个小貂婵还是个黄花闺女呢。"

马亮一听，眼睛瞪得更亮了，他从怀里掏出几张银票，塞到老鸨子怀里，不耐烦地说："废话少说，这些钱够不够？"

"够够够！"老鸨子笑着把钱揣起来，对身边的伙计喊道，"送马公子到小貂婵姑娘的房间，好生伺候着。"

就在马亮拉着小貂婵正要上楼时，突然从外面闯进来一个身材魁梧的男人，他步子踉跄，满身酒气。老鸨子一见此人，头就大了。

这人也是这里的常客，人们都管他叫二痞子。这个二痞子人如其名，横行霸道，无恶不作，他除了会一身拳脚功夫外，更主要的是他有一个大靠山：他的舅舅是平遥县的县令冯鸣。

二痞子经常到红春楼白吃白喝白玩，可这里的人对他却敢怒而不敢言。他们知道，要是把二痞子的驴脾气惹毛了，他敢把红春楼给点了。

老鸨子心里虽然是一百二十个不乐意见到二痞子，可表面上还得热情招呼，她急忙上前扶住走路打晃的二痞子，满脸堆笑道：“二爷怎么这么好心情到我们红春楼来啊？您赶快楼上请，我让小翠好好伺候您。”

二痞子一听，一挥胳膊就把老鸨子甩在了地上。他瞪着眼睛吼道：“你这里来了新货，不让她们出来陪爷，还敢拿小翠来糊弄爷！我看你是不想活了，小心老子活剥了你！”

老鸨子趴在地上哼哼了半天也没爬起来，二痞子不再理她，他一眼看到了马亮和他身边的小貂婵，便径直朝他们走去。

二痞子和马亮本是一路货色，平时没少在一起吃喝玩乐，称兄道弟，看似交情深厚，其实一文不值。

二痞子来到马亮跟前，说道：“马老弟好兴致啊，也到红春楼找乐来了。”二痞子跟马亮说着话，可眼睛却一直盯在小貂婵的身上。

马亮见二痞子不怀好意，心里来气，冷冷地说道：“二哥，小弟还有些事要办，改日请二哥喝酒再好好聊聊。”说完就拉着小貂婵往楼上走。

二痞子赶紧跨上一步，双手一横，挡住马亮说道：“怎么得了美人就忘了哥哥啦，太不仗义了吧！我看这样吧，哥哥我今天心情不好，兄弟就把这个妞让给哥哥如何？”

马亮没想到二痞子竟然会这样厚颜无耻，真恨不得扇他几个耳光。不

过他还是清醒地知道，二痞子不光身强体壮，还有一身功夫，就是十个自己也打不过他。

可马亮也是骄横惯了的，何时受过这样的气啊？他强压怒火，冷笑道："二哥你也知道红春楼是花钱找乐子的地方，把她让给二哥也可以，不过我可是花了五百两银子的，要是二哥能掏出五百两银子来，冲着我们之间的交情，兄弟二话不说，立马走人！"

马亮知道二痞子一向白吃白玩，身上从不带银子，他这是故意给二痞子难堪，意思是说你要是没钱，就别到这种地方来。红春楼的人向来都是喜欢马亮、讨厌二痞子的，听了马亮的话，都向二痞子投去了鄙夷的眼神。

这下，二痞子的脸上挂不住了。他一把揪住马亮的前襟，恶狠狠地说："小子，你不就是靠着你老子有几个臭钱吗？少在二爷面前要威风！你信不信我一拳就能送你见阎王，让你有再多的钱也没处花。"

马亮此时要是说些软话，或许也就没事了，可他一来骄横惯了，二来要是当着这么多人的面服软，也太没面子了，于是，他脖子一梗，说："二痞子你赶紧松手，给小爷道歉，否则让你吃不了兜着走。"

"哈哈！"二痞子本来就喝了酒，被马亮这么一顶撞，顿时气冲脑门。他狂笑一声，伸出另一只手抓住了马亮的腰带，一使劲，就把马亮高高地抛了起来。在马亮落到他面前时，他又抬起腿狠狠一脚，踹在马亮的肚子上，然后，顺势像踢球一样把马亮给踢了出去。只听"扑通"一声，马亮落地后，便口吐鲜血一动也不动了。过了半天，才有人敢上前探了探马亮的鼻息，发现他已经没气了。

当马天云听说儿子被二痞子给活活踢死了，他当场就昏了过去。等他醒过来时，第一件事就是想到要给儿子报仇。

马天云找到县令冯鸣讨说法。平时，他们两人一直互相利用，狼狈为奸，干了不少见不得阳光的坏事。马亮被活活踢死这事，要是换上旁人干的，恐怕马天云要让凶手全家来偿命，冯鸣真会给判个满门抄斩，可这事偏偏是他宝贝外甥干的，冯鸣就难办了。

冯鸣说了一大堆安慰马天云的话，让他往长远看，不要因为这件事伤了他们的和气。马天云也是个聪明人，知道冯鸣在这件事上是不会帮他的，要是再纠缠下去，恐怕连自己也得搭上，于是他只有打掉牙往肚里咽了。马天云回家后，就连悲伤带窝火地病倒了。

几个月后，马天云的病虽然好了，可这事怎么想怎么顺不过这口气来，他琢磨着说什么也不能让儿子白死啊。马天云思来想去，终于想到了一个给儿子报仇的办法，那就是花钱雇人暗杀二痞子。可二痞子有一身好功夫，要是随便雇几个江湖混混，到时人没杀成，再把自己扯进去就完了。马天云考虑再三，最后锁定了一个理想的人选，这个人就是江湖上赫赫有名的杀手，人称金一万。

没有人知道金一万的真名，就因为他每杀一个人的费用是一万两黄金，由此得了金一万这个称号。虽然金一万的费用极高，可他做事干净利落，不会给买家留下任何麻烦，这正是马天云想要的。而且，其他江湖杀手一般事前都会收一部分订金，可金一万向来是完成杀人任务后再收钱，这是因为他武艺高超，非常自信，也没有人敢赖他的账。

于是，马天云通过关系人秘密联系上了金一万。谁知没过几天，事情来了个一百八十度大转弯，冯鸣被朝廷依法定了罪，由于二痞子恶行累累，也被判了死刑。

马天云心里是异常高兴，这样既为儿子报了仇，又可以省去给金一万的一万两黄金了。可他怎么也没想到，二痞子会在就要被砍头的那一刹那，被人给刺杀了。别人不知道是谁干的，可他心里清楚，除了金一万还会有谁。

马天云越想越来气，金一万这时候来杀人，这简直跟抢钱没什么区别。可刚才金一万的身手他也看见了，就是有天大的胆他也不敢赖账啊，看来这一万两金子还是省不了了。这件事又不能说出去，马天云只得哑巴吃黄连，把苦水往肚里咽了。

3. 贪官心黑

回到家后，马天云还在心疼他那即将失去的一万两金子，气恼加懊悔，一时间呆若木鸡，不吃不喝。就在这时，管家匆匆进来说，县衙来人捎话说县太爷陆全顺请马天云过府议事。马天云一听不敢耽搁，赶紧收拾妥当赶往县衙。

因为快速处置了冯鸣等恶人，现在平遥县的百姓都以为陆全顺是个为民办事的好官，可马天云心里清楚，陆全顺跟冯鸣是一路货色，都是利欲熏心的贪官。在陆全顺还没正式走马上任时，听到风声的马天云就派人偷偷给陆全顺送去了一万两银子，要不然就凭他和冯鸣之前干的那些罪恶勾当，判他个斩立决都是轻的。

见到陆全顺后，马天云极尽赞美之词，夸赞陆全顺是个好得不能再好的官，一到任就为平遥县除了大患，他的到来是平遥县百姓的福气。陆全顺也夸马天云是个难得的经商人才，将来平遥县的繁荣昌盛少不了他的帮助。

两个人互相吹捧了一番后，陆全顺把话切入了正题，说道："这次请马老板前来，是想跟你商量一下县衙翻新装修之事。由于年久失修，平遥县的县衙已经破旧不堪，本县新官上任总要有个新气象嘛，但由于前任县令冯鸣的贪污，县衙库存几近空空。本县无奈之下，只得求助马老板帮忙，在平遥县也只有马老板有这个实力了。"

马天云听了，立刻拍着胸脯说道："大人能看得起我，实在是草民的荣幸，翻新县衙草民愿出白银一万两。"马天云心里清楚，翻新县衙有一千两足够了，多出的九千两不言而喻是给陆全顺的。

陆全顺笑道："马老板的心意本县心领了，但你毕竟是个生意人，本县不能让你白白拿出一万两银子，本县打算和马老板做笔生意如何？"

马天云不知陆全顺是何用意，心中顿时警惕起来，但脸上还是一副卑躬屈膝的神情，问道："大人有何吩咐？草民一定照办。"

陆全顺说："你可知道这平遥县城最好的宅院是哪座吗？"

马天云道："这个草民当然知道，是前任县令冯鸣的宅院。"

陆全顺道："这次查获的冯鸣的赃款均上缴朝廷了，只剩下这个宅院归本县处置，本县想把它卖给马老板，来补充县衙的库存。"

马天云毕竟是生意人，陆全顺一说完，他便在心里合计了一下，冯鸣的那所宅院确实不错，能值个两万两银子，但是要从陆全顺手里买，就不能给两万两了，怎么也得多给他一万两。

马天云刚想说他愿出三万两买下这座宅院，但多年做买卖的习惯，又让他把到了嘴边的话给收了回来，改口道："草民愿意买下这所宅院，不知大人要卖多少钱？"

陆全顺哈哈大笑道："本县一看就知道，马老板是个爽快人，那就二十万两银子算啦。"听陆全顺的语气，好像让马天云出二十万两，倒让他占了多大便宜似的。

“二十万两！”马天云想装镇定也装不下去了，二十万两实在是高得太离谱了，这还不如直接去抢。

陆全顺的脸顿时沉了下来：“二十万两对马老板来说应该不算什么吧。可别忘了，冯鸣虽然死了，但他的同党还有一些没归案呢，本县还是要挖一挖的。”

听了陆全顺的话，马天云不敢再多说什么了，相比之下，还是保命重要，他答应陆全顺尽快凑出二十万两银子送过来。

马天云在县城有座钱庄，他的钱都存在那里，他派人连夜赶往钱庄去提钱，因为陆全顺只给了他三天时间。

这一天，马天云可真是倒大霉了，接连损失了一万两金子和二十万两银子，他心疼得一夜都没睡好。可他哪里知道这只不过是噩梦的开始。

天刚蒙蒙亮的时候，马天云被一阵急促的敲门声给惊醒了，是管家在外面喊他。马天云急忙翻身下了床。

当听完管家的汇报后，马天云散了架似的瘫在地上。原来昨晚派往钱庄的人刚走到半路，就碰上了从钱庄回来送信的人。钱庄的人说在昨天傍晚，钱庄刚要打烊，突然冲进来一群手拿兵刃的蒙面人，这些人个个武艺高强，钱庄的人根本不是他们的对手，钱庄被洗劫一空。

4.恶霸更狠

到了第三天，陆全顺还不见马天云送银子来，便有些坐不住了。他在心里骂道，这奸商还真是爱财如命，看来不给他点颜色瞧瞧，他是不知道本县的厉害了。

陆全顺刚要派人去找马天云，门突然被人推开，从外面走进来三个人，为首的是个面露凶相的中年汉子，他身后跟着一男一女，个个打扮干练，身上带着兵器，一看就是江湖中人。

陆全顺一见这三个人，顿时威风全无，说话也有些结巴了：“这……不是李堂主和……左右护法三位大侠吗？”

为首的中年汉子大大咧咧往太师椅上坐下，那一男一女便像护法神般在他身后一左一右站立着。

中年汉子说道：“恭喜陆大人如愿坐上了县太爷的宝座啊。”

陆全顺立即躬身说道：“这还不是全靠李堂主的帮忙吗？”

中年汉子冷冷地问：“陆大人没忘记明天是什么日子吧？”

陆全顺道：“这我怎么敢忘呢，明天是我们约定还钱的日子。”

“那就好，我们今天来只是提醒陆大人一下，明天要是见不到钱的话，就别怪我们翻脸无情了。”说完，三人扬长而去。

陆全顺送走三人后，发现自己已

是一身冷汗。这三人可都是要命的阎王！为首的中年汉子是白鹤堂的堂主李雨，那一男一女是他的左右护法。白鹤堂是江湖中的一个门派，他们专以放高利贷为生，这些人个个凶残狠毒，那些不能及时还钱给他们的人，都会被残忍杀害。

陆全顺为什么会和白鹤堂扯上关系呢？原来他这个县令是花钱买来的，为了当上平遥县的县令，他跟白鹤堂借了五万两银子，并写下字据说好一个月后还银二十万两。

陆全顺在审理冯鸣的案件时，有多条罪证都牵扯到马天云，但他都给压了下来，他保住马天云就是为了从马天云身上敲出银子，好还白鹤堂的债。

于是，马天云第二次被陆全顺请进了县衙，这次陆全顺没了第一次见面时那些假惺惺的客套话了，他阴沉着脸，开门见山地问马天云到底出不出银子，要是不出，就会被当作冯鸣的同党处置。

当陆全顺听马天云哭丧着脸说完钱庄被劫的事后，他的心顿时就凉了。当初他煞费苦心保下马天云，就是希望马天云现在能帮自己一把，这明天要是拿不出银子，白鹤堂的人还不把他给剐了。

陆全顺看着马天云这个倒霉蛋越看越来气，他大声说道："既然如此，那本县也帮不了你，你和冯鸣干的那些勾当足够定你的死罪了。"

马天云一听，吓得急忙跪倒在地，哀求道："大人饶命，大人开恩，草民想办法，草民还有钱……"

陆全顺一听，心里又燃起了一丝希望，他语气缓和了些，说："这就对了，命可比钱重要，钱没了可以再挣，可这命要是没了就再也回不来了。毕竟瘦死的骆驼比马大，说说你还有多少钱？"

马天云道："草民家中有一尊祖传的翡翠玉佛，能值二十万两黄金。"

"二十万两黄金！"陆全顺听了，先是惊讶，转而又怒不可遏，二十万两，还是黄金，这是多么大的一笔钱啊！他认为这是马天云为了保命，故意编的谎话来骗他。

陆全顺气得一脚踹倒了马天云，从腰上扯下一块玉佩，伸到马天云面前气呼呼地说："什么破玉佛能值二十万两黄金？我还说我这块玉佩值一百万两黄金呢，你信吗？"

马天云急忙又重新跪好，说道："大人，草民说的可都是实话啊，昨天已经有人上门说愿意出二十万两黄金买下玉佛，我们已约好明天交易。"

陆全顺双眼盯着马天云看了半天，觉得他不像是在说谎，心想死马当活马医，就信他一回吧。关键是陆全顺现在也没别处去弄二十万两银子，马天云成了他唯一的救命稻草。

为了防止马天云耍花招，陆全顺说他明天要派人监督马天云进行玉佛交易。

马天云走后，陆全顺马上找到了白鹤堂的人，跟他们说了明天玉佛交易的事情。他让白鹤堂的人装扮成自己的人去监督马天云交易，到时那二十万两黄金和玉佛都归他们所有，以此来抵消他欠白鹤堂的二十万两白银。

二十万两黄金和一尊价值二十万两黄金的玉佛，这个诱惑实在是太大了。白鹤堂这些视钱如命的亡命之徒一合计，认为如果这笔买卖真做成的话，他们就可以退隐江湖过神仙般的日子了。最终他们与陆全顺拍板成交。

5.玉碎人亡

马天云回到家后，小心翼翼地从密室中捧出那尊祖传的翡翠玉佛。这尊玉佛果然晶莹剔透，色泽柔润，雕工精湛，一看就是少见的稀世珍宝。马天云在列祖列宗的牌位前烧香请罪，请求祖宗原谅他这个不孝子孙要把玉佛转手卖掉，并哭诉他是被人逼迫，实在是走投无路了。

马天云跪拜完祖先之后，又想起昨天登门的买家，心里不由疑云重重。他家有祖传玉佛，几乎无人知晓，可这个买家不但知道，而且还知道玉佛的价钱，尤其是买家所选择的时机，使自己根本无法拒绝。

第二天一早，马天云领着二十多人，带着玉佛赶往买家提出的交易地点。这二十多人中只有五个是马天云的下人，其余的名义上是陆全顺派来监督马天云交易的衙役，其实全是白鹤堂的人假扮的，而且都是堂里的高手。马天云见这些人面色不善，心中更加惊恐不安，可事到如今，他也只能被人牵着鼻子走了。

买家提出的交易地点在城北十多里地的一座荒废的院落里。这座院落很大，看上去有几百年了。院内多数建筑已成残垣断壁，但从那些腐朽的雕梁画栋可以看出，当年这院落的主

人是个极为华贵富有的大官。

一干人等进入院子，马天云一眼看见那个买家早已等在里面了。买家是个三十岁左右的年轻人，看上去精神俊朗，但他脸上却流露着一种他这个年纪不该有的成熟和沧桑。

在买家身后放着十几个大木箱子，里面放的应该是用来买玉佛的金子。白鹤堂的人看着这些箱子，都露出了贪婪的目光。而堂主李雨的眼睛却一直在这个买家身上打转，凭他混迹江湖多年的经验，他觉得这个人一定不简单，否则怎么敢只身带着这么多金子来买玉佛。

马天云上前说道“小老弟，我已经把玉佛带来了，我们的交易是不是可以开始了？”

买家道“当然可以，不过我要先验验货。”

马天云刚想说话，李雨抢先说道“可以，我们这么多人也不怕你要花样。”说完他冲身边的人使了个眼色，这个人一把从马天云的家人手中夺过装玉佛的盒子，走过去递给了买家。

买家打开盒子拿出玉佛，仔仔细细查看了半天，才确认这是件稀世真品，但让人不解的是，买家却没表现出多大的兴趣，脸上反而有一丝哀伤和惆怅。

就在大家困惑之时，买家突然高高举起玉佛，用力向身旁的一截断石柱砸去，只听“砰”的一声巨响，玉佛顿时被摔得四分五裂。

从震惊中清醒过来的马天云急忙扑过去，疯了一样从地上捡起玉佛的碎块，想再把玉佛拼凑上，可玉佛已经被摔得粉碎，哪里还拼凑得上。

马天云一阵悲伤之后，愤怒地冲买家大喊：“你疯了吗？为什么要摔碎我的玉佛？”

买家淡淡地说：“玉佛你已经卖给我了，我想怎么处置就怎么处置。告诉你吧，这里本来就是这尊玉佛的归所。”

马天云不明白买家的意思，于是买家便讲了他与这尊玉佛的渊源。原来这个买家的祖先是朝廷的一位大官，在他年迈告老还乡之时，朝廷念他对国家有功，便将这尊玉佛赏赐给他。买家的祖先把这看成是无上的荣耀，他立下祖训，让他的儿孙世世代代守护好这尊玉佛。不料到了他孙子这辈，由于家道衰落，又赶上大灾之年，为了一家人活命，他孙子只得违背祖训把玉佛给卖了。他孙子临死之前又留下遗嘱，要他的后人无论如何也要把玉佛买回来，以慰祖上的在天之灵。

于是买回玉佛就成了这家人世代的心愿，可玉佛几经易手已经身价暴涨，买家的几辈先人因为没能完成祖上的遗愿，都在自责中遗憾去世。

到了买家父亲这一辈，日子已经日趋殷实，为了凑足买玉佛的钱，他父亲铤而走险，倾其所有去关外贩卖马匹，不料却遭到了马贼的打劫，不但马匹尽失，他父亲也死在了马贼手上。他母亲因悲伤过度，不久也病逝了，买家便成了无依无靠的孤儿。

家破人亡对买家的打击很大，他发誓无论如何也要买回玉佛，以了困扰他家几辈人的心愿。今天他终于如愿买回了玉佛，可面对玉佛，他却感到惆怅哀伤，要是没有这尊玉佛，他的父母也许还幸福地活着。

买家说，他今天选择的交易地点就是他家的祖宅，他在这里把玉佛买回来，算是对祖先有个交代，他把玉佛摔碎是不想让它继续牵绊他和他后人的生活。

众人听了买家的故事后，一时间都沉默不语。

白鹤堂堂主李雨听了，则气恼地大骂："你个败家子竟然把这么贵重的东西给摔碎了，真是该死！虽然你买了玉佛，可我们还没看到钱呢。你听着，二十万两黄金要是少一个子儿，本堂主决不饶你！"

说罢，李雨面露杀气，指挥他的手下上前打开木箱，清点数目。几个大木箱一打开，黄灿灿的金子展现在了大家眼前。白鹤堂的人个个心花怒放，可马天云却一脸哀伤，他意识到这些金子恐怕他连一两也得不到了。

白鹤堂的人清点完后，向李雨报告说，黄金只有十九万两，还差一万两。李雨恶狠狠地责问买家为何少一万两。

买家淡淡地说："我是从马老板手中买的玉佛，二十万两黄金一分不少。这里之所以只有十九万两，是因为之前马老板欠我一万两。"

马天云一听自己欠他一万两黄金，吃惊地说："难不成你就是……"可还没等他把话说完，李雨已经拔出剑来，刺穿了他的后背。对李雨来说，

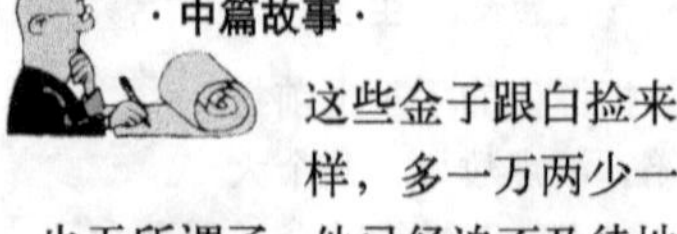

这些金子跟白捡来的一样，多一万两少一万两也无所谓了，他已经迫不及待地杀人抢金子了。

马天云带来的那几个下人也被白鹤堂的人杀了。就在李雨准备对买家下手的时候，突然院门被打开了，在外面放哨的人身负重伤跑了进来，对李雨说：“不好了，堂主，我们已经被官兵包围了……”他的话音未落，就从外面射进来如雨一般密集的箭。

带人包围院子的不是别人，正是县令陆全顺。这陆全顺不但贪，而且又阴又狠，当他听马天云说了卖玉佛的事后，他怎么甘心把这么多钱拱手让人呢？于是，他把白鹤堂的人骗到这里，来个一网打尽，以绝后患。

在陆全顺还没正式上任平遥县令之前，朝廷考虑到冯鸣在这里为官多年，肯定培养了不少自己的势力，为了能让陆全顺顺利查案，朝廷给了他一项特权，他可以随意调动州府的城防军。昨天陆全顺派人拿着自己的令牌，偷偷去军营调来了一千城防军。当马天云他们走后不久，陆全顺带着军队也出发了。

陆全顺悄悄带人包围院子后，下达了进攻的命令，他要求对里面的人格杀勿论，一个不留。这些城防军个个身经百战，勇猛善战，尽管院子里的人武功高强，可最终还是寡不敌众，都被歼灭了。

清理战场的时候，马天云和白鹤堂的人的尸首都找到了，可唯独不见那个买家的踪迹。陆全顺看到这么多黄金，早就乐得合不拢嘴，哪会去理会买家的死活。

陆全顺得意洋洋地走到李雨和马天云的尸体前，用脚踢踢这个，又踢踢那个，然后哈哈一笑，道：“李堂主，马老板，谢谢啦！这些金子本县收下了，不过，二位请放宽心，本县会给二位烧很多很多冥钱，足够二位在阎王爷那儿尽情享用的。”说罢便吩咐手下，搬了金子，打道回府。

事隔一个多月后的一天早上，下人见陆全顺迟迟没有起床，便到他房中查看，发现陆全顺倒在血泊中，已经死去多时了。

堂堂一个县令被人行刺也算是个大案件，上面派了人来侦破此案。经过调查，发现陆全顺是被一个用剑高手刺了十九剑而死的。杀手在陆全顺房间的墙上，留下了几个大字：“一剑一万金，金一万从此绝迹江湖。”

（**题图、插图**：杨宏富）

稿约：“中篇故事”是本刊的重要栏目，我们热诚欢迎广大作者来稿。来稿要求：1.题材需有新鲜感、时代感；2.情节性强，并且能把新鲜、奇巧的情节的演绎和人物的塑造较好地结合起来；3.篇幅：15000字以内。本栏目稿酬从优。来稿可从邮局寄发，也可发电子邮件，本期责任编辑E-mail地址：zhong98305@sina.com。

故事会■新浪微故事大赛

2月优秀作品选登　主题：游戏

@1045游戏人间　园园和奶奶相依为命，园园做梦都想要一个能玩俄罗斯方块的游戏机。园园生日这天，奶奶不知从哪里为他买回了一个游戏机。园园高兴极了，片刻，他将游戏机放在了箱底。奶奶有点纳闷："怎么不玩了？""我……我舍不得……"奶奶笑了。园园没有笑，他望着奶奶，心里恨死了那个卖给奶奶假游戏机的骗子。

@赖筱汐　"妞妞，妞妞，爸爸来跟你玩捉迷藏好不好啊？"男人用留恋的眼光看着五岁大的女儿。"好啊，好啊！那我数到一百就开始找你喽，爸爸。"妞妞拍手道，"一、二、三、四……"在稚嫩童音的伴随下，男人走出家门，和外出打工的同乡们渐渐消失在早雾弥漫的村口……

@女儿奇妙　女："房子呢？"男："海景大别墅。"女："车呢？"男："奔驰、宝马各一辆。"女："那银行存款呢，多少？"男："存款不多，就三千万。"女："才三千万？"男："喂，这些我可奋斗了三年啊，三年……"女："那好吧……两百块，这个账号我要了。"

@长城上看海　母亲去世后，父亲显得异常孤独，于是我教会他上网，从此父亲的精神好像有了寄托，有时聊会天，更多的时候是玩游戏，玩的都是两人才玩的跳棋和五子棋……父亲病重住院时，指着一个QQ号："告诉一下对方，我不能再陪她了。"我连通对方，对方回复道："家母半年前就去世了。"

@杨信社　一家游戏开发公司的老总定出硬性任务："一定要绞尽脑汁，开发出令网民欲罢不能的游戏，这是我们的生存根本！"下属不敢怠慢，废寝忘食开发出了一款极具吸引力的游戏。可是随后公司却再也没有开发出新软件，直到破产——因为包括老总在内，所有员工都沉迷于那款游戏中了。

@无忧静听雪　爸爸对五岁的儿子说："咱们玩个游戏，你把眼睛蒙上，看能不能找到我？"儿子欣然答应。最初儿子总是跌跌撞撞，后来竟能毫不费力地就找到爸爸。十岁那年，患有眼疾的儿子彻底失明了，可在家已经能来去自如。他这才知道，那些年为了让他学会自理，爸爸常拖着残疾的身体，东躲西藏陪他玩游戏。

@花落云泥　一男一女两个小孩在玩游戏。男孩说："你闭上眼。"女孩闭上了眼，男孩吻了女孩一下，嬉笑着跑开了；十五年后，男孩说："你闭上眼。"女孩闭上了眼，睁开眼时，男孩手捧一枚戒指，单膝跪地；五十年后，男人躺在病床上，对女人说："你闭上眼。"女人闭上了眼，睁开眼时，男人已经走了。　（大赛启事见本期P31）

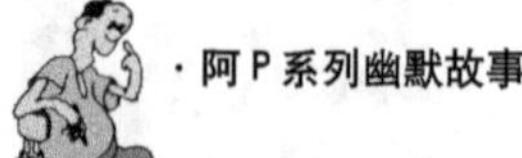

阿P当公务员

□严　彬

一天，阿P去参加同学聚会，向朋友借了辆车充面子。聚会结束后，阿P喝得晕乎乎的，一步三摇地坐上车，哼着小曲开车，感觉那叫一个爽！

哪知离家还有一个路口，忽然看见有一帮交警正在查车。阿P大吃一惊，完了！车不是自己的，他也没有驾驶证，偏偏又喝了酒，这个祸可闯大了！

阿P吓得一颗心怦怦乱跳，不由自主地摸了摸胸口，忽然摸到了上衣口袋里那块硬梆梆的牌子，顿时犹如一道灵光打在他的天灵盖上，灵感迸发。

阿P口袋里那块牌子非同小可。前几天，他被县政府叫去改装电路，而县委大院的大门一向看得很牢，闲杂人等轻易不得进入。考虑到阿P的工作方便，有关部门给他配了一张“县委大院出入证”，上面有钢印，有头像，跟正规的一模一样。

阿P一摸到这块牌子，就像吃了一颗定心丸，心也不慌了，手也不颤了，底气十足。他想，好歹我也是在县委大院里上班的人，你们能不给个面子？想着，他便大大方方地把车一停，等待检查。

很快，一个警察过来敲敲车窗，示意他出示证件。阿P已经做好了准备，把牌子从口袋里掏出来，用一只手指着，然后探出脑袋笑着说：“这位兄弟，你们还没下班呀？这都什么时候了！你们领导真是的，也不替兄弟们想想。”

交警一愣，打量打量笑容可掬的

阿P，眼光停留在他胸前那块牌子上，随即露出一脸苦笑："谁说不是呢！哎，刚喝了两杯？"

阿P叹了口气，说："人在官场，身不由己啊！这边刚散，那边香格里拉几桌人还等着呢，不去得罪人哟！"

交警笑嘻嘻地说"喝了酒，小心点呀！"说着直起腰来，冲其他人挥挥手，示意放行。

阿P成功过关，乐得手舞足蹈。看来在县委大院上班就是不一样啊！恍惚之间，阿P还真把自己当公务员了。他喉咙一痒，吼了几句："咱们公务员，今儿个真呀真高兴……"

自打亲身见识了牌子的威力后，阿P患上了公务员综合征。他干脆在牌子上方钻了个洞，装上一个小夹子，夹在口袋上方，让人一眼就能看见。

每天收工后走出县委大院，阿P也舍不得摘下牌子，就那么雄赳赳地走在街上。好多人一见他的牌子，脸上立刻露出恭敬的神色。就算他去菜市场买把青菜，老板不但把秤翘得老高，还额外赠给他几根葱。

一天，因为要等材料，阿P歇工一天。他决定趁这个机会，带老婆小兰到郊区农家乐玩玩。阿P跑去向朋友借车，朋友担心现在交警查车厉害，怕爱车被扣，不太乐意借。

阿P把牌子摸出来一亮，说："看见没？我有这个！"朋友一看，二话不说，痛快地把车钥匙给了他。

阿P两口子在农家乐玩了一天，下午要返城前，却出了意外。原来阿P在停车场倒车时，刚好旁边有个家伙也在倒车，两辆车的车屁股互相蹭了一下。

小兰着急地说"糟糕，车肯定刮坏了，怎么办？"

不料阿P一脸的淡定，说"慌什么？他刮坏咱的，让他赔；咱刮坏他的，没事！先看看情况。"说罢，他打开车门下了车。

旁边的司机也下来了，是个四十来岁的胖子，脸上笑眯眯的。

两人对视一眼，然后走到车屁股

查看，发现两辆车都有刮痕。

胖子笑着问：“这位兄弟，你有什么看法？”

阿P气定神闲地说：“看样子，是你倒车时蹭了我一下。不过问题不大，好处理。”

“我的看法不同。”胖子沉吟着说，“我觉得是你先倒的车，后来就把我的车蹭了。”

阿P眉头一皱“看来我们的看法并不一致，谁先倒的车，谁蹭的谁，说不清楚。但有一点，谁把别人的车蹭了，就应该负责，对吧？”

胖子高兴地连连点头：“这点我同意，这点我同意。”

阿P心下一乐，是时候使出必杀术了！他笑着对胖子说：“你先等一

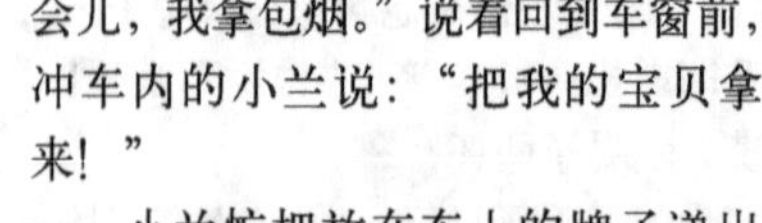

会儿，我拿包烟。”说着回到车窗前，冲车内的小兰说：“把我的宝贝拿来！”

小兰忙把放在车上的牌子递出来，阿P把牌子往胸前一挂，神气活现地走过去，乐呵呵地递给胖子一根烟，说：“来来来，先抽着，责任慢慢认定。”

胖子客气地接过烟，眼睛瞄了瞄阿P胸前的牌子，脸上果然有点吃惊。

阿P故意拍了拍脑袋，说他想来想去，还是觉得自己是被别人蹭的。说完，他微笑着望向胖子：“大哥，你觉得呢？仔细想想。”

胖子低下头，认真地回忆着。阿P心中好笑，就等着他一拍脑袋，喊出“哎呀，我想起来了，应该是我蹭的你”这句话。

果然，胖子轻轻一拍脑袋，喊道：“照你这么说，好像是我蹭的你哟。”

阿P心里乐开了花，脸上微微一笑。胖子接着说：“可我也是受害者呀。刚才那一蹭，把我的车前盖都震裂了，好大一条缝。”

阿P一愣，心说你当我是傻瓜呀，轻轻一碰，就能把车震出缝来了？

胖子认真地说“真的，看来发动机还有点受损。不信你来看。”

阿P疑惑地跟他走到车前，问：“哪儿呢？”

“在这儿呢！”胖子伸出一根胖乎乎的手指，指着发动机盖，“哎呀，

这裂得太厉害了。”

阿P瞪圆了眼，这哪有什么裂缝呀？胖子却煞有介事地把手指一直往上移动，笑容可掬地对阿P说：“你看你看，一直裂到了这里，连玻璃都有缝了……”

阿P顺着他的手指往上看，当看到挡风玻璃时，他一下子怔住了。只见玻璃后面竖着一块牌子——市委大院出入证。

顿时，阿P心中咯噔一下：糟了，一山还有一山高，强中自有强中手，今天是假李鬼遇上真李逵了！

胖子乐呵呵地转过来问：“同志，你看见了吧？我的车比你的车损坏程度大得多了。”

阿P倒吸一口凉气，底气不足地问：“这个我同意，请问你应该怎么处理呢？”

“这个嘛，”胖子沉吟半晌，笑着说，“你就赔我两百块吧，我回去拿点胶水粘一下就行了。你觉得这样处理合适吗？”

“合适，太合适了！”阿P牙痛似的吸了口气，无可奈何地点头说，“这样，太委屈你了。”

胖子亲热地拍拍他的肩，大度地说没什么，大家都是公务员，说起来还是一条战线的。

阿P走回去让小兰拿钱，小兰吃惊地问：“怎么，牌子不灵了？”

阿P脸一红：“官大一级压死人哪，人家是市委的。”

胖子接过阿P的钱，客气地跟他说了声再见，就钻进车一溜烟跑了。

阿P冲地上吐了口口水，连骂晦气。正要上车，忽然从后面开来一辆脏兮兮的三轮摩托，到他跟前一停，跳下一个五大三粗的汉子，问：“喂，兄弟，刚才停这儿的那辆车呢？”

阿P没好气地说：“开走啦。”

汉子怒气冲冲地一跺脚，骂道：“这杂种，刘备借荆州，有借无还啊！”说着，便掏出手机拨了个号码，吼了起来，“肥老三，你快把牌子还给我！老子明天还要用呢，市委食堂的泔水都满出来了，没那个牌子进不去……”

真是岂有此理！原来胖子的牌子是借来的呀！借来的也就罢了，那牌子原来只是让拉泔水的人用的。阿P刚弄清事情真相时，气得简直要发疯，但后来又一想，就算人家是拉泔水的，也是拉市委大院的泔水，栽在他手里，不冤！

（**题图、插图**：顾子易）

绿版编辑部各编辑邮箱：

吴　伦：wulun54@126.com

朱　虹：zhong98305@sina.com

颜轶超：yanyichao1004@sina.com

刘迎曦：liuyingxi1203@163.com

黄美舟：piggybank81@sohu.com

听司机讲故事

□戚　霞

这天中午，大光到邮局取稿费。取完钱，他赶紧坐公交车回单位，迟到一次，单位要扣一百块钱呢。

很快，公交车到站了，大光正准备下车，突然听司机对售票员说："前天我亲身经历了一件事，可逗乐呢，你想不想听？"售票员说："当然想啊，你快讲吧。"

大光一听，不禁心中一动：自己是个故事写手，司机能提供素材，看样子还挺精彩的，那可不能错过了。这次迟到扣一百块钱，可要是将司机讲的故事写出来发表了，稿费可远远不止一百块！于是，大光决定继续坐车，等着司机讲他的故事。

不料，上车的人突然多了起来，司机也顾不上讲故事了，大光心急如焚。这时，单位领导打电话来，催他赶紧回去上班。大光只好应付说，办完事马上就回去。

又过了两站，乘客渐渐少了，可司机还是不讲他的故事。大光急得都快不行了，可他觉得既然都到了这份上，说啥也不能半途而废！

终于到了终点站，售票员问大光："你怎么还不下车？"

大光哭丧着脸地对司机说："师傅，你怎么还不讲你的故事？我一直坐到这儿，就是想听听啊。"

司机乐了："我这一忙活给忘了。我这就讲给你们听听。"说着，就比划着讲了起来。没等司机讲完，售票员已经笑得直不起腰来。

司机见大光始终板着脸，扫兴地问："怎么，我讲的故事不好笑吗？"

"这哪是你的亲身经历，你真会吹牛！"大光从兜里掏出三百块钱举到司机面前，嚷嚷道，"告诉你吧，你讲的这个故事是我写的！这是我刚收到的这个故事的稿费！"

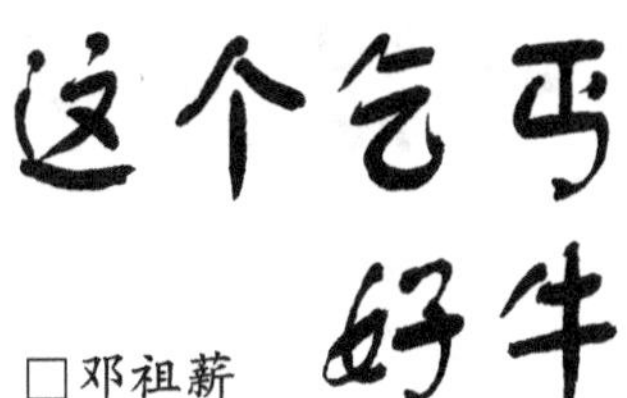

□邓祖薪

老王是个流动小贩。这天，他推着车来到一条街道，可找来找去，都没找到摆摊的空位。

就在老王犯难时，他突然发现有棵树下坐着一个乞丐。这乞丐铺着张破席子，此时正坐着喝酒，惬意得很。

老王想让乞丐把地方挪给他摆摊，就上前笑着问："老兄，你能不能挪一下位置啊？"不料，乞丐懒洋洋地瞧了他一眼，丢过来一个白眼。

老王吃了个闭门羹，顿时觉得脸上无光，可他也不能硬赶人家走吧，只好赔了个笑脸，请他让一下。

说了几遍，那乞丐终于开口了："别来烦人！这儿多好，我干吗要挪地方？"

老王被他呛得接不上话，只得愤愤地一跺脚，走了。可找了一圈，还是没找到摆摊的地方，只好又推着车回到乞丐面前，大声说："喂，我给你一块钱，你给我让一下，行了吧？"

乞丐一听，又丢了个白眼过来。老王咬咬牙道："两块！"

乞丐仍然不为所动。老王怒道："你到底想要几块？"

乞丐低头考虑了一下，说："十二块！你给十二块，我马上就走人！"

十二块！老王气得真想冲他屁股踢上一脚。自己辛辛苦苦一整天还挣不了多少哩！疯子，真是疯子！

老王正想走，忽然有辆小车开过来停了下来。那乞丐一看，噌地从地上一跃而起，飞快地把破席一卷，扔到一边，然后伸出两只手，嘴里吆喝着，指挥小车倒了进来。

车子停好，下来一个年轻漂亮的女孩，二话不说，递给乞丐十块钱。

乞丐眉开眼笑地接过钱，讨好地说："小姐，以后你可要准时点。"说着指指老王，"刚才这个人也要给我十块，我都没有把位置卖给他。"

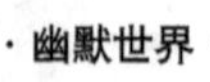

一路对手

□刘　宁

这天，小王要参加公务员考试，据说今年报考的人数特别多。

早上出门时，时间已经不宽裕了，小王急匆匆地来到一个煎饼摊买煎饼。老板慢吞吞地做着煎饼，小王一边焦急地看着表，一边不停地催促着。

好不容易等老板做好，小王正要去接煎饼，后面伸过来一只手，抢先一步把煎饼拿走了。回头一看，是个戴眼镜的小伙子，而此时煎饼已经塞进了他的嘴里。

小王愤怒地指责说："这是我的！你难道不会排队吗？"

小伙子一边狼吞虎咽，一边跟他道歉："对不起，我要赶去参加公务员考试，不能迟到！请你再等一下吧。"

小王张了张嘴巴，还没说出话，那个家伙已经跑远了。小王只好在煎饼摊前又等了一会儿，才拿到了煎饼，然后嘴里咬着煎饼，伸手拦出租车。

好不容易拦下一辆，小王正准备伸手拉车门，脑后呼地吹来一阵风，有个男人居然抢在他前头打开了车门。没等他反应过来，男人已经坐进了车里，跟他说了句抱歉："兄弟，我要赶去参加公务员考试，不能迟到！请你再拦一辆吧。"小王瞠目结舌地看着车子开走了。

接下来好久，小王都没有拦到车。他决定豁出去了，当他看到一辆出租车迎面驶来的时候，他奋不顾身地扑了上去，用身体把车子逼停了。接着，他以迅雷不及掩耳之势，坐到了车上，对的哥说："快！我要去参加公务员考试！"

的哥有点生气地说："好吧，你坐稳了！"说完，一踩油门，把车子开得飞快。

孩子病了（崔东豪　编绘）　　（《故事会》漫画版精品选登）

不料，就快到考试地点的时候，前面竟然出现了塞车。时间一分一秒地过去了，小王盯着手表，额头冒出了大汗。终于，他拉开车门跳下车，撒腿狂奔起来。

跑着跑着，小王忽然感觉后面有人在追他。一看，原来是那位的哥。这时，他才想起自己忘了付车费。但他已经没有时间了，便回头喊："别追了，我以后一定会把车费还给你的。"

不料，的哥还是在后面紧追不舍。小王只好一边跑，一边掏出钱递过去："拿着！"

谁知，的哥瞧也不瞧他的钱一眼，一发力，呼地从他身边超了过去。

小王惊讶地张了张嘴巴，的哥转过头冲他喊："快跑！咱们只剩三分钟啦！"

真正的高手

□黄　杰

阿玲是个砍价高手。这天，她和老公去买相机，阿玲轻松地把价钱砍到了最低。两口子很高兴，干脆用省下来的钱在外面吃饭逛街，直到半夜才回家。

就在两口子走到一个巷子口时，冷不防从后面追上来两人，喊了句“抢劫”，就用刀抵在他们的胸口上。

阿玲吓得尖叫一声，对方也十分紧张，骂道：“别嚷，要不就捅进去了！”说着，手上一用劲。阿玲哪经历过这种场面，还以为刀真扎进来了，顿时吓得昏了过去。

也不知过了多久，阿玲睁眼一瞧，老公正在使劲掐她的人中，原来抢劫的家伙早跑了。见她醒了，老公拉上她就跑：“快，去报警！”

到了派出所，警察问他们被抢了什么。老公说：“就五百块钱。”

阿玲一听，急得喊了起来：“你这个傻瓜，怎么说这么少？你身上不是还有一千多块吗？”

“真是五百块啊！”老公从身上掏出一叠钱，说，“其他的都在这儿呢。”

警察一看也挺奇怪：“他们只抢五百块？”

“哦，是这样的。”老公解释说，“我一看他们都很年轻，看样子像是学生，应该是头一回干这种事，就问他们：‘是不是没钱上网了？这样好了，我给你们两百块，你们可以上几个通宵了。’”

阿玲和警察都听得入了神：“后来呢？”

老公继续说道：“他们说两百块怎么行，最少一千。我说再加一百吧。他们想了想说，那就八百吧。就这样，最后大家都同意，就抢五百……”

从派出所出来，阿玲惭愧不已地说：“以后，别再夸我是什么高手了，你连这个都能砍价，你才是真正的高手啊！”

（本栏题图、插图：包丰一　顾子易）

508
2012 SEMIMONTHLY 上半月刊

4月

STORIES
欢迎登录本刊主办的“故事中国网”（www.storychina.cn）

笑话14则 …………………… 董　名等　4
故事中国网文精粹
裸婚 ……………………………… 姜　欣　8
3分钟典藏故事 ……………………………… 12
情节聚焦
无一幸免 ………………………… 老　三　14
我的故事
毁约风波 ………………………… 王兴菜　17
新传说
死得好玄乎 ……………………… 曾明伟　21
像蒙娜丽莎一样 ………………… 乌　加　25
让你的秀发飘起来 ……………… 许申高　29
青春励志故事
少年张三冲 ……………………… 岳　勇　33
传闻逸事
马县长剿匪 ……………………… 孙新峰　37
民间故事金库
吴家学堂为谁开 ………………… 宋维杰　42
阿P系列幽默故事
阿P租房 ………………………… 杨　好　46
东方夜谈
赵奶奶的猫 ……………………… 冯　舒　50
海外故事
鸡蛋比西瓜大 …………………… 一　冰　54
法律知识故事
辞职报告别乱写 ………………… 刘千荣　57
中篇故事（精编版）
诈卖 ……………………………… 秋　生　59
棋子、娘子和案子 ……………… 陈　婧　67
微博故事 ……………………………… 76
经典传递 ……………………………… 77
快乐辞典 ……………………………… 79
外国文学故事鉴赏
胖子伊万要减肥 ………………… 邓　笛　81
幽默世界
《奇怪的同学会》等4则 ……… 李大勇等　85
漫画故事 ……………………………… 89
“青春励志故事”征文大赛 …………… 90
本刊信息传真
……………………………………… 75

故事会
—STORIES—
2012年4月
上半月刊·红版
何承伟：社　长、主　编
夏一鸣：副社长
吴　伦：常务副主编(兼绿版负责人)
姚自豪：副主编(兼红版负责人)
本期责任编辑：姚自豪　丁娴瑶
电子邮箱：dingxianyao@126.com
红版发稿编辑：
吕　佳　叶小萌　石莎莎
美术编辑：李宝强
电脑制作：郭瑾玮
本社办公室电话：021-64375030
上半月刊编辑部电话：021-64332325
下半月刊编辑部电话：021-64336469
（上海市绍兴路74号 邮编：200020）
主管、主办：上海文艺出版（集团）有限公司
出版单位：《故事会》编辑部
发行范围：公开

出版、发行总监：张　凯
电话：021-64313938
广告业务：上海故事会文化传媒有限公司
广告总监：张　淮
广告业务：021-34010383
广告投诉：021-64333738
广告经营许可证
沪工商广字3100320080016号
发行：中国图书进出口上海公司

·笑话·

打　赌

这一天，千手观音心血来潮，她对维纳斯说："亲，咱们来打赌吧！"

维纳斯说："好！输了怎么办？"

千手观音说："输了就被对方打耳光，好吗？"（董　名）

（本栏插图：包丰一）

算　了

有个小伙子，吃完午饭从食堂出来，看见有对老夫妻在街边摆摊卖西瓜。

小伙子就挑了两个西瓜，一算账，六块五。

小伙子便说："老师傅，五毛就算了吧？"

卖瓜的点了点头，然后对身边找钱的老伴说："收他七块。"

（雾中行）

没有了

一次，员工聚餐，有个同事要了一大瓶雪碧，给大家倒了一圈，轮到自己的时候瓶子空了。于是那同事晃着雪碧瓶，对服务员说："这个还有吗？"

服务员屁颠屁颠地跑过来，接过瓶子仔仔细细地检查了一遍，一脸诚恳地说："没有了。"

（李　健）

全民炒股

街头有五个擦皮鞋的摊位，只有一个老大爷在干活，等着擦鞋的人排起了队，有人等得心急，问道："其他人呢？"

大爷说："股市交易时间，都去看盘了。"

客人感慨道："这年头，全民炒股，还是大爷您行，能把持得住！"

大爷说："行啥？我那只股票停牌一个月了。"

（阿　健）

下次再去

年轻的妈妈接到老同学的电话，说周日结婚，让她带女儿一起去。

妈妈顺口回答：“孩子周日上英语课，等下次，下次我一定带她去。”

放下电话，女儿问道：“妈妈，阿姨要结两次婚？”

“小孩子，别瞎说。”

女儿委屈地说：“我没瞎说，你刚说的，等下次带我去。”（付　敏）

如此绝配

动物世界爆出了新闻：屎壳郎和蚊子谈恋爱啰！见面那天，屎壳郎开口就问：“你啥职业？”

蚊子说：“护士，打针的。你呢？”

屎壳郎笑道：“同行，俺是中医里捏药丸的。”（小　米）

脏　话

一个三流作家写了个剧本，他把本子送给剧院领导审阅。

领导说：“对不起，我们是不允许在剧院里听到骂娘一类的脏话的。”

作家反驳道：“可是，我的剧本里并没有一句脏话呀！”

领导答道：“剧本里是没有，可要是把它搬上舞台，剧场里就会听到不少。”（付　敏）

别把蛋打破了

数学考试结束后，老师按照成绩高低，依次点名让同学一一上讲台领试卷。

有个男生知道自己考砸了，一直埋着头，心里抱怨着：老师这样发试卷太不给人面子了。

果然，一直到最后，老师才报到这个男生的名字。

男生没好气地一把从老师手里扯过试卷。

老师提醒说：“小心！两只手拿，别把蛋打破了！”

（莫　难）

·笑话·

意思意思

某日，父亲带着八岁的儿子，捧着一个包装精美的礼盒登门拜访朋友。

临走时，朋友不好意思收礼，父亲则坚持留下了礼盒，说："根号二，收下吧！"

根号二？朋友一听不禁愣住了。

父亲幽默，儿子更调皮，他说："根号二等于1.41421……读起来就是'意思意思而已'……"

朋友不禁大笑。

（林中人）

写作习惯

一名新编辑编了一篇稿子，临近发稿，却发现自己误删了作者名字，成了无名稿。

新编辑急得抓耳挠腮，老编辑见了就说："别急，让我看看稿子。"

他看了一会儿，就说这稿子可能是某作者写的。

新编辑随即电话确认，果然正确。

新编辑奇怪了："你怎么知道是这个作者写的？"

老编辑笑道："这作者一写到女人怀孕，就说'珠胎暗结'，一写到结婚，就是'迈上婚姻的红地毯'，一写到男女亲密，就是'缠绵悱恻'。"

（从　容）

不准和他玩

孙子正在声情并茂地朗诵："多情应笑我，早生华发。人生如梦，一尊还酹江月。"

奶奶听着别扭，抱怨道"什么情啊、梦啊的，小小年纪，思想就这么复杂。"

孙子说："这是苏东坡的词。"

奶奶"哼"了一声，说："管他什么东坡西坡的，把词还给他！"

孙子哭笑不得："奶奶，你……"

奶奶打断道"什么你不你的，以后不准和这样的人玩！"（石　州）

怎么看

春节前夕，市民该不该在城市燃放烟花爆竹又成了热点问题。记者为此采访一位老太太。

记者问："老太太，您对在城市随便放烟花这个问题怎么看？"

老太太淡定地说："我还能怎么看啊？就是趴在窗户上看呗！"（至 若）

超级冷笑话

家电举办讲笑话大赛，规定如果谁的笑话不能让全场观众都哈哈大笑，就要被送到废品加工厂。收音机常听滑稽频道，对讲笑话很有自信。它一讲完，全场哈哈大笑，突然听到电饭锅说："好冷哦。"所以收音机被抓到废品加工厂去了。

电视机常看《笑林大会》，讲笑话不在话下。它一讲完，全场笑翻，突然又听到电饭锅说："好冷哦。"所以电视机被抓到废品加工厂去了。

电脑每时每刻都在刷微博，网罗天下幽默段子，它觉得自己赢定了。它一讲完，果然全场笑到肚子痛，但电饭锅又说："好冷哦。"

正当电脑也要被抓到废品加工厂去时，电饭锅终于忍无可忍地站起来，转过头对坐在它后面的冰箱说："我受够了，你笑就笑，嘴巴不要张那么大，好冷哦！"（夏 丁）

飞机故障

飞机出了故障，但是只有一个降落伞……

狮子："谁跟我抢我跟谁急。"

鸡："我好歹也会飞点。"

蘑菇："人家本来也是伞嘛。"

蛤蜊："还好，下面有水。"

牛："要是下面是证券厅就好了，他们都在那儿等着接我呢！"

（沈 贺）

本栏欢迎来稿，读者、作者可将有新鲜感、有精彩细节的笑话佳作投寄给我们。来稿一经采用，最高稿费为一则100元。本期责任编辑电子信箱：dingxianyao@126.com。

裸婚

□姜　欣

一对蟑螂幸福地生活在某个房间里，男的叫大卫，女的叫小妞。

有天晚上它们正聊得欢畅，突然"啪"的一声，壁灯被打开了，主人李晖带着女友刘佳回来了。大卫和小妞立刻以旋风般的速度携手钻到了墙洞里。

李晖和女友一起看电视相亲节目，有位嘉宾说起"裸婚"的话题，它俩也兴致勃勃地聊着。这时，小妞大叫："啊呀，我把面包渣忘在客厅里了，我要找回来！"说着就要出去，大卫忙拉住它说"你不要命了，现在出去危险！"

小妞撒起娇来，大卫心软："好，我腿脚好，今天开的是壁灯，光线不是很足，希望别被他们发现。"说完，飞毛腿似的眨眼就来到客厅。

它很快就找到了面包渣，一乐就忘了戒备。只听得"啊"的一声尖叫，刘佳一见蟑螂，花容失色，而李晖是个近视眼，什么都没看到，只得连忙安抚她。

大卫趁乱回到安全地带。这一闹，有惊无险，反倒还歪打正着，只见李晖与刘佳四目相对，嘴对嘴……

谈了恋爱，李晖打扫房间也勤快了。这样，大卫和小妞的日子有点不好过。不过同在恋爱中的它们很能体谅主人心情，也希望相爱的人终成眷属。

刘佳生日那天，李晖拎了个大蛋糕回家。大卫觉得主人应该趁这个时候求婚才是。它灵机一动，和小妞商量着把墙角里那枚戒指悄悄藏进蛋糕里，替主人创造个惊喜。

说干就干，大卫一声口哨，顿时

有上百只年轻力壮的蟑螂集聚在戒指旁。小妞扯来纸巾，把戒指边边角角擦了个仔仔细细。大伙你传我我传你齐心协力，成功地将戒指放在了蛋糕上的一朵装饰花里。

当刘佳看见戒指的时候，果然十分惊喜。她笑着拿起戒指，问李晖："你不要说点什么吗？"李晖被搞懵了："戒指？这个戒指不是我放的啊！"

"不是你会是谁？呵呵！"刘佳说着，还发现戒指内环刻着字母L，她感动极了："亲爱的，你还刻了我的姓的缩写！亏你想得出来，用玉戒指求婚！"

李晖看着这枚玉戒指，满腹疑惑，但是，且慢，求婚？李晖一直自知自己家里底子不厚，没房没车的，他纵然喜爱刘佳，却一直不敢提结婚的事。

对呀！李晖想，莫非这戒指是天意？于是他决定趁热打铁，向刘佳正式求婚，求个裸婚！

李晖做了个深呼吸，认真地说道："如果你愿意，我们也来个裸婚吧，不给父母增加负担，结婚后先租房子过，我们量力而行，凭自己的能力生活，你看行吗？"刘佳没说话，只是一脸甜蜜地把头埋进李晖怀里。大卫和小妞见此，乐得抱作一团。

不过，事情发展得并不顺利。就在李晖求婚的第二天，刘佳就发现了那枚玉戒指的秘密。

那天，刘佳高高兴兴回家，把李晖送戒指求婚的事告诉给了父母，谁知父亲细看戒指后，发现这枚玉戒指似乎就是前不久新闻里报道的豪宅盗窃案中失窃的赃物！而关键的证据就在于，那批赃物都带有字母L的标记，那是豪宅主人罗格太太的姓氏缩写！

父母勒令刘佳立刻与李晖断绝来往，还扬言要去报警抓人。刘佳万万没想到，自己义无反顾愿意与之裸婚的对象，竟然是个盗窃犯！她又伤心又气恼地将戒指当面扔回给李晖，留下一句"永世不要再见"就跑远了。李晖一头雾水，却又百口莫辩。他连忙追了出去，好久都没回来。

完了，本来想做件好事，现在却搞砸了。大卫一拍脑门，泄了气。

转眼十多天过去了，李晖一直没回家。大卫询问了曾在这间屋子居住时间最久的爷爷的爷爷。据它回忆，说当时是有伙盗贼住在这里，因分赃不均，打了起来，戒指就滚落到了壁橱后的墙角。后来他们散了伙，各自逃亡了。

看来得找到他们，才能还李晖清白。大卫根据老前辈的回忆，画了张素描，在蟑螂界广为粘贴，希望找到线索。

终于有一天，有只蟑螂兄弟告诉大卫，说其中一个盗贼在南城生活，大卫二话不说立刻动身去南城。

在南城，大卫终于找到了盗贼。如今，这个盗贼生活得很狼狈，过着入不敷出的日子。为了让他上套，大卫让一个老鼠朋友举着一个小铁环，在盗贼眼前晃来晃去。盗贼见了，觉得老鼠在嘲笑他，气急败坏地追打它，老鼠立刻滚着小铁环溜进了洞里。

此番情景果然让盗贼想起了当年分赃时那个价值不菲却又不翼而飞的戒指。他猛然醒悟，决定回到当年那间房间，彻彻底底找一找！

几天后，盗贼悄悄潜入李晖家，翻箱倒柜，搜查每个角落。小妞和大卫在角落里看着。

小妞推推大卫说道：“看来他真的找上门了。亲爱的，你通知的警察该到了吧？”

“放心，警察会在关键时刻到的！”大卫不敢大意，将小妞护在角落里。

怎知此时，李晖和刘佳推门进来，盗贼立马一个翻身躲在沙发后。

大卫和小妞见主人突然回来，也吃了一惊，感觉到情况不妙。

原来，李晖这几天都一直诚心诚意地向刘佳解释，两人终于决定，回来拿玉戒指去警局报案，让警察还原真相。

听到玉戒指在他们手里，盗贼沉不住气了，猛地冲出来，露出凶相，逼他们交出玉戒指。

刘佳恍然大悟，将戒指紧紧握在手里，狠狠地对盗贼说：“你想拿回戒指，去跟警察要吧！”说完，便往门外跑。

盗贼一个箭步冲过去，将刘佳堵在门口。他重重关上房门，还拔出一把刀子，恶狠狠地瞪着刘佳。

见到明晃晃的刀子，小妞吓得快晕过去了，急得跺脚：“死大卫，瞧你出的馊主意！这要出人命了！快想办法！”

大卫也被吓坏了，但情人发了话，它总得干点什么。可是，盗贼那么壮，它一个小小蟑螂怎么对付得了呢？情急下，大卫只得一头钻进盗贼的裤管，惹得盗贼一阵痒。

李晖见盗贼莫名松了架势，赶紧冲上去想夺他手里的刀。盗贼力气大，甩开李晖，举起刀子就往刘佳扎去！千钧一发之时，李晖用手臂护住了刘佳，刀子在手臂上割开一道口子，鲜血直流。

大卫索性爬到盗贼脸上，死命踢盗贼的眼球，却被盗贼一甩手拨开，狠狠摔在地上。小妞紧张地跑过去，心疼得眼泪啪啪地掉。

门外，警察的车终于到了。盗贼见情势不妙，赶紧夺门而逃。警察进屋，问罪犯在哪里，李晖和刘佳惊魂未定，根本答不上来。

小妞急得恨不得自己告诉警察盗贼往东边跑啦！它不停地推着大卫说："大卫，你醒醒，怎么办，坏人跑远啦！"大卫迷迷糊糊睁开眼睛，才搞清楚状况。他一声口哨，上百只蟑螂迅速汇成一支条状的队伍，爬出房门，朝东边去。

警察被这景象惊呆了，一个机灵的小警察顺着蟑螂队伍爬行的方向追去，很快发现了盗贼逃跑的身影，"头，快看！罪犯在那儿！"一声令下，警车朝着罪犯追去。

小妞抱怨道："这警察怎么那么晚才来！"大卫支着一个受伤的胳膊，说："没看过电视剧啊，警察都是最关键的时候出现的！"小妞甜蜜地掐了大卫一下，大卫疼得直嚷嚷。

真相大白，李晖和刘佳相视而笑，李晖对刘佳说："现在戒指也没了，你还愿意和我裸婚吗？"刘佳靠在他肩上，自信地说："只要有真心，裸婚就裸婚！"

他们决定婚前装修这间房子，大扫除时，发现有蟑螂，便请来专业的灭蟑螂公司，彻底地清除了一下。大卫和小妞被毒烟呛得仓惶逃跑，它们知道，这个曾经的家再也回不去了。小妞埋怨大卫："你这么帮主人，主人却把我们赶了出来，现在，我们啥都没有了。"大卫却不以为然，说："咱们也裸婚吧。你嫁给我，好吗？"

小妞一扭屁股，说"裸婚？好歹先找个窝再说吧，你让我睡大马路啊！"

（**题图**、**插图**：安玉民　梁　丽）

最佳时机

一个旅行者搭船旅行。

一天，一阵大风刮得船明显倾斜起来，一个正爬在桅杆高处摄影的船友不小心被甩下了船。

落水者一边尖叫着呼救，一边疯狂扑打水面，拼命想求生。

旅行者不会游泳，只能干着急。但他看到船上的水手走到船舷边上，平静地观察在水里拼命挣扎的落水者。而落水者终于无力挣扎，开始往下沉。

这时，一直密切注视落水者的水手立即跳下水去救人。等两人都平安地回到船上后，旅行者不禁问水手："你为什么要等那么久才跳入水中救他？"

水手平静地回答："做了多年的水手，我早就发现，当落水的人在水中拼命挣扎的时候，我如果立刻跳下去救他，那他很有可能会在慌乱中把我也拖入水中溺死。这种时候，最好让他挣扎一会儿，等力气都消耗完，那时候才是我跳下水去救他的最佳时机。"

把握住好时机，不仅能让成功的可能性增大，而且也会事半功倍。

（**推荐者**：秦　然）

疯子和呆子

一个心理学教授到疯人院作考察，见识了疯子们各种疯狂行为。离开时，教授竟发现自己的一个车胎连带着四个螺丝一起被人卸掉了。教授十分气恼："一定是哪个疯子干的！"他只得换备胎，但没有螺丝，备胎装不上去，教授一筹莫展。

这时，一个疯子蹦蹦跳跳地过来，询问发生了什么事。教授没好气地看了疯子一眼，最终出于礼貌还是告诉了他。疯子大笑说："我有办法！"他从另外三个轮胎上各卸下一个螺丝，轻松地将备胎装了上去。教授大为惊奇："请问你是怎么想到这个办法的？"疯子嘻嘻哈哈道："我是疯子，可我不是呆子啊！"

别看轻弱者，因为他总有地方略胜你一筹。　（**推荐者**：秦　好）

善良是路标

撒哈拉沙漠，又被称为“死亡之海”。进入沙漠者的命运只有一个：有去无回。直到1814年，一支考古队第一次打破了这个死亡魔咒。

当时，荒漠中随处可见逝者的骸骨，队长总让大家停下来，选择高地挖坑，把骸骨掩埋起来，还用树枝或石块为他们树个简易的墓碑。但是，沙漠中骸骨实在太多，掩埋工作占用了大量时间。队员们抱怨“我们是来考古的，不是来替死人收尸的。”但队长固执地说：“每一堆白骨，都曾是我们的同行，怎能忍心让他们陈尸荒野呢？”

约一个星期后，考古队在沙漠中心发现了许多古人遗迹和足以震惊世界的文物。但当他们离开时，突然刮起风暴，几天几夜不见天日。接着，指南针都失灵了，考古队完全迷失方向，食物和淡水开始匮乏，他们这才明白了为什么从前那些同行没能走出来。

危难之时，队长突然说：“不要绝望，我们来时在路上留下了路标！”

他们沿着来时一路掩埋骸骨树起的墓碑，最终走出了死亡之海。在接受《泰晤士报》记者的采访时，考古队的队员们都感慨：“善良是我们为自己留下的路标。”

（**作者**：李晓武；**推荐者**：继　平）

三鞠躬

因无良老板拖欠工资，一个民工绑架了其5岁的儿子，被判入狱5年。判决宣布后，老板大声叫好，而旁听席上老板的母亲却颤巍巍地站起，向罪犯深深地鞠了三个躬。

“孩子，这一鞠躬，我代儿子向你赔罪。是我教子无方。他是罪魁祸首，也该受到审判。这二鞠躬，我向你家人道歉。今天的悲剧也伤害了他们。”老人手指旁听席上一个天真无邪的孩子说，“而这三鞠躬，为了他。”

老板嚷道：“妈，你疯了！为了你孙子跟他鞠躬？你孙子是受害人啊！”老人没理会儿子，诚心地对民工说：“今天我的小孙子见到你，没有流露出一丝害怕，可见，你没有伤害他，我感谢你没在他的心灵上留下丝毫的阴影。孩子，你比我的儿子要强上一百倍。”老人这番话让民工失声痛哭，也让原告席上的儿子低头沉默了。

三鞠躬，救赎的何止是两个灵魂。　（**作者**：海　风）

（**本栏插图**：安玉民　梁　丽）

学写作文，从读故事开始

·情节聚焦·

无一幸免

□老　三

幸福街上有四个小老板：竿弟、胖哥、胡须刘和陈文轩，四人的职业依次为：开发廊，开包子铺，在菜市场摆摊卖猪肉，开日化用品商店。看上去八竿子打不着的四个人，却成了生死冤家，这事真有些奇了怪了。

竿弟的发廊叫“竿弟美发屋”，隔壁就是胖哥的“胖哥包子铺”，两家店都有十年的历史，算是幸福街上的老字号了。竿弟和胖哥年龄相仿，都是四十挂零，两人算得上是吃喝不分你我、烟酒不分彼此的好朋友。在生意上，他们当然也是互相照应。竿弟虽然瘦，却爱吃肉，对胖哥包子铺的肉包子情有独钟，每天都要叫上一两笼来享用；胖哥虽然胖，却是个臭美大辣椒，几乎每天都要到竿弟的美发屋去洗洗头，隔三岔五地还要焗焗油。

就这样，过去了十年。

这年仲夏的一个夜晚，打烊后，胖哥和竿弟坐在店前人行道的石椅上纳凉聊天。竿弟愁眉苦脸地说：“胖哥，我最近感觉身体大不如前，老是发低烧，已经几个月了，吃了好多药，就是治不好……”

胖哥扯了扯身上宽松的黑T恤，唉声叹气地说道：“竿弟，你没发现我瘦了？你瞅我这T恤肥的……”

竿弟一听这话，认真打量了胖哥几眼，说“你不说我还真没注意……你咋减的肥？”

“减什么肥？这些日子我也是老不舒服，发低烧，没胃口，还头晕眼花犯恶心什么的。”

两人诉说了一番病情，越聊越害

怕，最后商定，明天一起去看医生。

次日一早，胖哥和竿弟叮嘱了店里的伙计，两人合打了辆的士，去了市里最大的医院看病。这一看可不得了，胖哥得的是血癌，竿弟得的是淋巴癌，两人的病情都已到了晚期，医生当即要求他们住院。

紧张地治疗了三个多月，胖哥几乎花光了开十年包子铺积攒下的全数身家，他的生命也走到了尽头。竿弟虽然自己也朝不保夕，仍然支撑着病体，来送胖哥最后一程。在病房里，他握着已经瘦成了骨头架子的胖哥的手，两人是泪眼对泪眼，断肠人对断肠人。

半晌，胖哥说："兄弟，哥是马上要见阎王的人了，我不能把愧恨带进坟墓里，我要向你忏悔——我对不起你！"

竿弟丈二和尚摸不着头脑，怔怔地看着胖哥，心想，这哥们是不是病糊涂了？胖哥自管自地说着："兄弟，你记不记得，有一次你上我店里吃包子，你给我养的哈巴狗扔了个包子，被我从狗嘴里硬抢过来扔垃圾桶里了，记得吗？"

竿弟想起来了，是有这么回事。

胖哥说："兄弟，实话告诉你，多年来，我的包子馅用的全是血脖肉，那个不能吃啊！你天天吃，结果吃出个淋巴癌来。我对不住你啊，我也不想用血脖肉，可别人都在用，我不用就挣不着钱，没利润啊！"

竿弟晃了几晃，险些从凳子上跌倒，他愣了一会儿，猛然间大放悲声，哭着说："胖哥，啥也别说了，我也对不住你啊！你记得吧，你上我理发屋来洗头焗油，我为你服务时总戴着乳胶手套……"

胖哥说"对呀，我还笑你臭讲究呢。"

竿弟哭得上气不接下气，说："胖哥啊，我对不起你啊，我用的都是些假冒伪劣的洗头膏、焗油膏啊，长期使用这些劣质护发用品，容易得白血病啊……"

听到这里，胖哥傻了，半晌，他

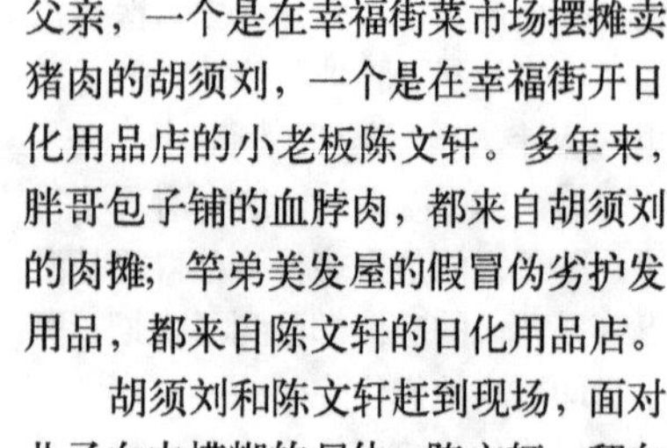

用尽全身力气，摔开了竿弟的手，然后，他瞪着深陷的双眼，一动不动地看着天花板，直到三个小时后咽气，再没说一个字。

傍晚时分，胖哥被送进了太平间，而就在当晚九点多，幸福街街口发生了一起恶性交通事故：从医院悄悄溜出来的竿弟，他借酒浇愁，在一家小酒馆里喝得烂醉，他驾着私家车，不慎撞死了两个晚自习结束后结伴回家的高一男生。竿弟真的不是故意要撞他们，他是喝多了，大脑麻痹了，手脚不听使唤了，失去控制了，碰巧了……

被撞死的这两名高中生，他们的父亲，一个是在幸福街菜市场摆摊卖猪肉的胡须刘，一个是在幸福街开日化用品店的小老板陈文轩。多年来，胖哥包子铺的血脖肉，都来自胡须刘的肉摊；竿弟美发屋的假冒伪劣护发用品，都来自陈文轩的日化用品店。

胡须刘和陈文轩赶到现场，面对儿子血肉模糊的尸体，陈文轩一翻白眼，顿时昏厥了过去。胡须刘要硬朗些，他"扑通"一声跪倒在地，抚尸痛哭，边哭还边质问着苍天"老天爷啊，你不公平啊，我就这么一个孩子，你为什么要他死啊……"

质问完了苍天，他又质问肇事者："那个天杀的司机啊，我跟你前世无冤今世无仇，你为什么要撞死我儿子啊……"

天空中乌云翻滚，偶尔响起几声闷雷。对于他的质问，无论天上还是人间，都无人应答……

（题图、插图：安玉民　梁　丽）

您手中有没有得意之作？本刊辟有二十多个原创性栏目，如新传说、我的故事和中篇故事等；您读到或听到什么有趣事可以和大家一起分享吗？3分钟典藏故事、外国文学故事鉴赏和快乐辞典等都是本刊推荐性栏目。热忱欢迎来稿，可从邮局寄发，也可从网上传递。邮寄地址：上海绍兴路74号《故事会》杂志社，邮编：200020；如为电子邮件，本期责任编辑信箱：dingxianyao@126.com。

毁约风波

□王兴莱

这年头，合同在办公桌上签得少了，在酒桌上签得却多了，而我在公司立下过规矩：合同，绝不沾酒水。不为别的，因为喝酒误事真不是说说的，我就切切实实误过一回大事！

上世纪九十年代初，我在市里一家规模不大的国营机械厂工作，负责机床、零件的采购。说是负责，其实就是跟在采购科的李科长屁股后头，给他打打下手。

那年，李科长带着我到西安一家全国知名的大企业订购2台机床。当时机床难订，我俩跟那家企业几个小头头拼了好几场酒，才在酒桌上签了提货单。

顺利完成任务，我们便准备返程。李科长突然心血来潮，让我把提货单拿给他看看。这一看，李科长顿时蔫了，他哆嗦着手把单子递给我："小子，看看你干的好事，这下娄子可捅大了！"

我接过单子一看，脑子瞬间一片空白。当时的提货单十分简单，违约费用、延期赔偿等项目都是提前印好的，只要把数量、日期用阿拉伯数字填上去就行。提货单用蓝印纸垫着，一式两份，付款后盖上专用章，就能提货了。我们本来是要采购2台，可现在单子上那个"2"后面，却鬼使神差地多了一个"0"！好家伙，当时一台机床就好几万，这20台机床可不得把我们整个厂都赔进去啊！我整个懵了，要知道，数字是我填的，那天实在是喝大了啊！

李科长蹲在地上，狠命抽烟，脸比阎王爷还难看。

我怯怯地说：“现在机床这么紧俏，我们要不倒腾这么一下……”

李科长猛地站起来，冲我怒吼道：“这样的瞎主意你都敢想？这上百万的货，咱们稍微倒腾得不好，戳了窟窿，拉出去都够枪毙的。再说倒货也要本钱，你上哪里弄去？”

我哆嗦着嘴唇说：“要不咱们毁约，赔他们点钱？”

李科长气得直瞪眼：“赔？小子，你赔得起吗？单子上写得清清楚楚，退货收20%的费用，这一笔算下来得20来万，抵得上咱们俩半辈子的工资了！”

我真觉得天要塌了！李科长蹲在那里，整整抽了一包烟。最后，他把手里的烟屁股往地上一扔，说：“走，把车票退了。”我还敢说什么，赶紧去退票。

算上退票的钱，加起来还有不到两千块。当天晚上，李科长又把那几个小头头约了出来，还选了个更好的饭店。

酒过三巡，李科长赔着笑脸说：“今天兄弟我还得麻烦各位老总，我们厂本来是要22台机床的，结果，我这个没用的手下上次喝多了，少写了个2！所以今天还得麻烦你们，再多批2台。”

那个领头的笑着说：“你个老李，我就说你不会平白无故请我们吃大餐，不就2台机床吗？没问题，我这就给你签。”说着，他从公文包里翻出提货单。

我一听，脚心都吓出了汗！李科长这唱的是哪一出啊，手上那烫手的20台还没着落呢，咋又要买2台？

那顿饭折腾掉一千九，在那个年代实在是了不得。这下我们手里只剩一百来块钱，李科长晃着醉醺醺的脑袋，把我带到城墙根下，用脚蹬了蹬地，说：“咱俩今晚就睡这里了，那一百来块钱留着明天再请客。”

我吃惊地问：“还请谁？”

李科长眨了眨眼，说：“请今天晚上这帮人的头——他们的大领导！”

我说：“咱就剩一百了……”

李科长点了点头，说了句：“知道”。

第二天下午，我们蹲守在那家企业门口，过了好久，一辆小汽车驶了过来。李科长赶紧迎上去，觍着脸说：“刘处长，您看您晚上能赏个脸吗？我是来买一批机床的，想请您老坐坐。”

那个刘处长看了看李科长，沉着脸问：“你打算买多少？”

李科长哈着腰说：“我们打算买20台……当然，能不能买到，还得您说了算，晚上我定了不错的饭店，您看——”

刘处长又看了看李科长，说“上车吧，坐车去你说的饭店。”

上了车，我的心“怦怦”跳个不停，李科长想干吗？车子到了一个灰不溜秋的肉夹馍小店，李科长突然喊了声：“停车。”刘处长闻言一惊，眉头一皱，一脸迷茫地看着李科长。

李科长笑笑说：“刘处长，咱们下车吧，就是这家店。”刘处长耐着性子下了车，让司机在门口等着他。

进了那家店，屋里胡乱摆着两张桌子，苍蝇乱飞。李科长大度地伸出手：“老板，来十个肉夹馍，三碗羊肉汤，再来一瓶好酒，就按二十块一瓶的拿。”

刘处长一听这话，脸上乌云密布，他不耐烦地说：“饭就不吃了，你说说吧，这20台车床，你打算怎么买？”

李科长连忙说：“我想现在就让您给我们签个单子，一台车床我们给您抽一百块钱，您看怎么样？”

刘处长一听，几乎气得要跳起来。说实话，这样的回扣，简直比一毛不拔还过分！估计刘处长平时都是吃香的喝辣的，今天这一趟算是被李科长拿着当猴耍了。刘处长霍地站起来就要走，李科长赶紧走上前去，递上了原先签好的那张单子，说：“刘处长，您别生气，您看我这还有一张单子，本来是想买40台的，昨天找人买了20台，今天这20台想麻烦您……”

刘处长一听这话，不由停了下来，他接过单子，看了看编号，一副若有所思的样子，然后把单子递给了李科长，嘴里只是“哼”了一声，拂袖而去。

直到此时，我依然不知道李科长究竟想干什么。李科长把那瓶白酒打开，我们每人倒了半杯，喝上了。末了，李科长说了句话：“我们该做的都做了，是死是活明天就能见分晓了。”

第二天一早，李科长带着我又到那家企业门口晃荡。到了八九点钟的样子，就看见之前和我们大吃大喝的

那个小头头走了出来，李科长主动上前打了招呼。一见是我们，那个小头头顿时松了口气“老哥，太好了，你们还在西安呢，出大事了，坏事了！”

李科长赶紧问他怎么了，小头头叹了口气：“一言难尽，我们处长不知怎么了，今天一早到了办公室就发疯，非要让我们把你们那20台的单子追回来不可，否则就要撤我的职……兄弟，对不起，领导发难，这单子你还是给我吧，我得拿回去注销。”

我一听这话，眼泪很不争气地立刻淌了出来，直到这时，我才明白了李科长的全部用心。

没想到李科长这回却摆起了谱：“那怎么行？这单子都签了，咱们得履行才行啊！”

一番好说歹说，李科长总算同意把这张提货单还给了小头头，另外一张只有2台的单子，小头头没提，李科长也就没拿出来——这2台机床，才是我们此番来西安的全部目的啊！

半小时之后，李科长带着我，从容地到那家企业的会计室领了两万块钱——按照违约赔偿规定，如果是企业无法按时提供机床或取消订单，每台机床赔款一千元。

拎着沉甸甸的一包钱，我简直不知道自己是怎么走出大门的，可李科长像个将军一样，很有风度地不紧不慢踱着步，等我们俩离开那家企业好远了，李科长谨慎地问了一句：“没人跟来吧？”我赶紧回头看了看，摇摇头。李科长突然脚一软，一屁股坐在地上，额头上直淌汗，两条腿不停地哆嗦。可见李科长之前该有多紧张！

之后，我和李科长带着两万块钱回到厂里，厂长一听，不仅没批评我们，还和我们一起把钱给分了，钱是这么分的：厂长一万，我和李科长一人五千。李科长没把钱给我，而是弄成个工友基金，隔三岔五让大伙儿吃上一顿好的。我还记得第一次用那个钱喝酒时，李科长喝大了，反复地说着：“我以为完了，可谁想到还能有酒喝啊！”大家都听不懂这话，只有我能听懂。

李科长酒醒了之后，找我认真谈了一次，他说：“咱们之所以能过关，因为两头都是国营企业，你也看到了，咱们这种机械类国营企业都成什么样了，你还年轻，我建议你能单飞就单飞吧。”

李科长这句话让我感激他一辈子。

就在下一个月，我买断了工龄，买了张票南下深圳，不久找了份不错的工作，再后来有了自己的公司，活得很好。对了，还有一件事，我所在的那个机械厂，还有西安那家企业，在上世纪九十年代末的国企改制大潮中，不可避免地走向了破产……

（题图、插图：刘斌昆）

一起连环抢劫杀人案的嫌犯逍遥法外已久，谁会想到，破案的关键竟是一个神秘死亡的路人……

死得好玄乎

□曾明伟

聂姑娘在夜总会上班，已经连着几天生意清淡了。这天傍晚，聂姑娘到后巷小店买烟，突然，她感觉有个人一直在跟踪她，不免紧张起来，加快脚步走。谁知她快，跟着的人更快，就在转角处，那个人大步上前，一下子拦在了聂姑娘面前，吓得聂姑娘惊叫起来。

追上她的是个男青年，问她想不想做陪聊生意，聂姑娘见是虚惊一场，不禁冒起火来，说是没个两千块就免谈。没想男青年爽快地答应了，随即还往她手里塞了一张百元大钞，说是定金，约她晚些时候到小镇的观景台谈。

就这么接了一笔两千块的“大生意”，聂姑娘虽也有些莫名其妙，但干她这行的，向来不会跟钱过不去，何况不是连定金都收了嘛。于是，她打扮了一番，上了一辆去小镇的招手客车。

小镇在郊外的一片山林中，观景台就在山顶。中途，上来一位穿着入时的中年男人，在聂姑娘身边的座位坐下。聂姑娘不免多看了他两眼。没过几站，中年男人突然把头枕在了聂姑娘的肩上。聂姑娘一阵激动，想着今天真是好运，这半路上也能捞笔生意。她耸耸肩，想和中年男人谈谈价，可中年男人并没开口，脑袋倒是从聂

姑娘的肩膀滑到了大腿上。聂姑娘有些恼了，这价还没谈呢倒是先占起便宜了！她伸手去推开那男人，可手一碰到男人的脸时，感觉冰凉，再一摸口鼻，已经全无气息！

中年男人死了！聂姑娘吓得赶紧让司机停车，她本想告诉司机车上死人了，可是，她一想，这事要是惊动了警察，她这见不得光的工作一定得惹麻烦。所以，她说自己坐过站了，慌慌张张地下了车，逃之夭夭。

客车到了终点站。司机发现了靠着车窗的中年人，便上前拍拍他，说"哥们醒醒，到了。"死者一侧身倒了下来。

司机一惊，连退两步。他想报警，但一想自己开的可是没证的黑车，警察一来，发现他不但开了黑车，还有人死在车上，那这生意铁定是要完的。于是，司机壮着胆子，把死者拖进山林间的冷僻道上，布置成走路晕倒的样子，仿佛一切与己无关。

夜深后，一个醉汉驾车经过，糊里糊涂拐进林道，车身颠簸了一下，醉汉酒醒了一半，赶紧下车察看。月光下，他看见地上躺着个人——一个被自己撞倒的路人，他脑袋"嗡"的一下大了。

"天杀的，撞人了！完了，完了！"他确定那人死亡后，急得六神无主，看着死者的尸体沉默了一阵，最终决定趁夜深无人，把死者背上山去草草埋了。他嘀咕着："我可不想坐牢。"

醉汉从后备箱里拿出小铁锹，然后背上死者，向山上的密林走去。他来到一个山坡的背弯处，找到一处荒地，挖起坑来。

挖了一会儿，他突然听见山坡的另一边传来一男一女的争吵声。他爬上坡顶，借着月光一看，见一个女的被绑在一棵树上，一个男的正威胁她说出存折密码。醉汉慌了，他不知道这山上会有多少劫匪，也不知道要是自己落到劫匪手上会怎么样，他越想越怕，赶紧丢下死者，连滚带爬地逃走了。

这山上的一男一女不是别人，正是聂姑娘和那个男青年。其实，男青年是个流窜惯犯，专门设计打劫在城里做那类生意的女人，他屡屡犯案却依然逍遥法外，因为这些见不着光的女人即使吃了亏也不敢去报警。

男青年满脸狰狞，用匕首抵住聂姑娘的脖子，逼她说出密码。聂姑娘不服，破口大骂，还吐了口唾沫到劫匪脸上。男青年火了，挥手暴打，打得聂姑娘终究妥协，男青年打电话报告同伙得逞了，同伙要他杀人灭口。他不愿手里沾血，便四下察看地形，准备将聂姑娘活埋。

男青年走到山坡背弯处，突然，脚下被什么东西绊了一下，他发现地上躺了一个死人。确定四下无人，他开始在死者身上一阵摸索，翻出了死者的身份证。他突然灵机一动，有了个主意。

男青年把死者拖到聂姑娘面前，把死者的身份证在聂姑娘眼前一晃，说:“这个男的不知怎么死了，留着给你当个伴吧。哥今天实在是累了，懒得动手收拾你，要是你能在警察面前解释清楚，就算你造化。”说着，男青年走了，但一不小心踩到了死者，这一脚，把死者上衣口袋的一瓶矿泉水给踩爆了，男青年又是一阵骂骂咧咧。

聂姑娘惊恐地朝死者看了一眼，啊，他竟然就是车上的那个中年男人！这死鬼兜了一大圈，怎么又出现了？

聂姑娘拼命挣脱了绳索，她跑上山去，叩开了一家村民的房门。村民听说有人杀人了，赶紧报了警。

一会儿，山下亮起两柱手电光，上来两名警察。警察勘查了现场，又仔细检查了死者后，问聂姑娘:“你认识杀人者和被杀者吗？”

聂姑娘说:“不认识。”

警察又问:“既然不认识，你怎么会在这里？你是干什么的？”

“我，我……”聂姑娘一时不知怎么回答。

过了一会儿，更多的警察到达现场。在盘问一阵之后，聂姑娘被警察带走了。

第二天，那个黑车司机出车了，经过林荫道，他看见围了不少人，还

有不少警察在山上山下忙碌。他本想装没事直接开过去，可他毕竟有些紧张，不知道昨晚那个死人，究竟怎么样了。于是，他停了车，向旁人打听。

一位老人说“杀人了，一个小姐杀了一个中年男人，听说中年男人没给小姐付小费。”

黑车司机又问：“中年男人是谁？哪里的？”

老人说“不知道。他抬下来的时候，只看见他穿一套灰色西装和一双大头皮鞋，穿着很时尚。”

黑车司机心里明白了，这就是那个死在他车上的男人，他继续问：“他不是自己发病死的吗？真是被人杀啦？”

老人说“其实是发病，他和小姐争吵时发了心脏病。不过，这女人太毒了，没要到小费，她就把死者拖到路上，让汽车压，还准备把死者背到山上去埋了。”

这时，警察走上来，说有女嫌犯交代事发时坐的是辆专门跑这条线路的黑车。于是，黑车司机也被带回了警局，车也被扣了。

一个星期后，男青年在大街上洋洋得意地行走，突然被埋伏的警察抓获。

男青年在看守所里大吵大闹，他说：“我是奉公守法的公民，我没犯罪，凭什么抓我？你们抓错了！”一个警察揿亮台灯，在物证中找出一双皮鞋，放在他面前，说：“这东西是你的吧？”

被铐住的男青年仔细辨认后说：“是，是我的，怎么啦？总不能凭一只皮鞋就认定我是犯罪分子吧？”

警察说：“上周发生了一起案子，经我们现场勘察，发现死者身上有一瓶矿泉水，而矿泉水被碾压破损后，打湿了死者上衣，而死者上衣上却留有了鞋印。”

男青年“哈哈”大笑，说：“这死者身上的鞋印和我有什么关系？太好笑了，你们太会开玩笑了。”

警察继续说：“经我们物证中心鉴定，你的这双皮鞋，从边沿磨损、痕迹、花纹和踩踏轻重等各个方面，都和现场留下的痕迹完全一致，这就是说，你是此案的重大嫌疑人！”

男青年愈来愈吃惊，也愈来愈害怕，他紧张得全身颤抖起来，他说：“这怎么可能？我看到他的时候，他已经死了，再说我不认识死者，我为什么要杀他？天大的冤枉啊！”

警察一拍桌子，朝男青年扔出一叠女性尸体的照片，说“那这些失踪的女人，你总认识吧！”

男青年对着照片哑口无言，颓然地低下了头。根据男青年的交代，警方很快将其同伙一并逮捕了。这对流窜的惯犯，恐怕再也嚣张不起来了。

（题图、插图：黄全昌）

·新传说·

像蒙娜丽莎一样

□乌 加

我要出名

马西这人吧，很特别，一来是他长得很像一个人：宽额、细眉、薄唇、高颧骨，活脱脱一个男版蒙娜丽莎；二来是一般人活过半百的岁数，人世间的事也都悟透了，心也都定下来了。马西可不，五十出头了，他还一心琢磨着要出名！

说起来，马西也算风光过，他当过市文化局局长。可惜由于在职期间贪污受贿，锒铛入狱，出来后，以前的声望尽失，风光不再。

马西一心想东山再起，他爱极了出名的感觉。他琢磨来琢磨去，终于想出了个成名的点子：自己长得这么像蒙娜丽莎，要是也请名家画成画像，人们一定会惊叹不已。到时候，他就是那话题人物、大众焦点！这么一想，他就按捺不住了，立刻托人寻找合适的画家。

这天，朋友老常来报喜："画家找到啦，他叫刘深，太优秀了，油画界一致公认，他就是未来的大师。"马西一听大喜，立马拽上老常，见大师去！

马西的车在一个竹林环绕的农屋前停下，一个年轻的长发男人打开门，马西恭恭敬敬地说："能见到您，真是太荣幸了！"刘深看了看马西，笑了，连声感叹"像，真像，太像了！要是换一下发型，根本就是蒙娜丽莎本人！"

进屋后，马西见到墙上挂着、地上摆着几十幅油画，全是人物肖像。这些画笔触精到，形象传神，张张精品。马西情绪高涨，说："刘先生，这次我是特地来请您给我画一幅画像

的，能让您画到画布上，绝对是一种福分，当然，多少钱您尽管开口。”

显然，价格问题，老常早已和刘深谈过了，刘深一笑，爽快地说：“没问题，给两千块钱吧。”马西听了，笑得合不拢嘴，才两千元，就捞到一个成名的机会，真是太便宜了！

这时，有个农民装束的人进屋，三十多岁的模样，双眼有些呆滞，口中连连说着：“饿了……吃饭，饿了……吃饭。”看上去，不是疯子就是傻子。

刘深起身正要领那人去厨房，不料那人一眼看见马西，顿时站住了，接着凑上去，紧紧地盯着马西，左看右看，上看下看。旁人都不明所以，那人突然爆发出一声哭号，扑上前去，一把抓住马西，大叫：“坏人！你为啥不让我去？坏人！你为啥不让我去……”

在那遥远的地方

马、常二人都吓了一跳，刘深顿时脸色大变，拉开疯子，把他拽到里屋。之后，刘深出来，冷冷地看着马西，说：“你叫马西，是吧？二十年前，在市里当文化局局长，对吗？”

马西不知道这话啥意思，有点心虚，可总不能说自己不是马西吧？他只好承认。刘深低沉着声音说道：“刚才那人是我哥，叫刘纵，天生一副好嗓子。二十年前，他参加歌唱比赛，一路过关斩将，最后，以一首《在那遥远的地方》赢得全场喝彩，成为冠军的不二人选。当时主办方承诺，保送冠军去中央音乐学院深造，那是我哥最大的梦想。”

说到这里，马西想起来了，还想起那次比赛幕后，他暗自做的那些手脚。马西不由坐立不安，汗流浃背。

刘深继续说“后来，有个评委收了几个选手家长的贿赂，将比赛结果做了改动。有人很同情我哥，悄悄暗示让他去找那个叫马西的评委，他是文化局局长，决定权都在他手上。可我哥又拿不出什么好东西，光靠嘴说有什么用呢。后来，他连第三名都没轮上，去音乐学院的事也就黄了。之后，他就变成了刚才那个样子。”

马西面如死灰，出了这档子事，让刘深给他画像怕是泡汤了。马西说尽好话，再三道歉，恨不得给刘大画家跪下了。不想刘深却淡淡地一笑，说：“这是两码事，我没说不给你画，只是刚才那个价格恐怕得重新商量。”老常不禁问道：“多少钱？”刘深不动声色地说：“两百万。”老常一听就傻了眼，马西的家底他是清楚的，几十万还拿得出，两百万那几乎是要掀家底了，为了图个虚名，值吗？谁知马西却面不改色，一口答应：“好，没问题。明天就开始画，画好以后，我就付款。”

谋 划

回城路上，老常骂马西疯了：“两百万，拿得出吗你？”马西笑而不答，一副高深莫测的样子。

第二天，马西如约赶来。刘深支起画架，让马西坐在桌边，右手握一只水杯，指点着说：“笑起来，大笑……我要画一幅《大笑的马西》。”

这主意好，马西咧开嘴，“哈哈”大笑，片刻，他就气不够，笑不动了。刘深摆摆手，说：“笑，再笑！”马西深吸一口气，再次大笑起来……没几秒，又歇下了，刘深又嚷起来：“笑，再笑！”

马西没想到画一幅像要这么折腾，这还要笑多久啊？三个小时过去，马西不知笑了多少次，腮帮子都笑塌了，可他走过去一看，差点昏倒，刘深才画好额头和鼻子！马西哭丧着脸央求道：“太累了，要不今天就到这儿，我好好休息休息，明天再来？”刘深同意了。

马西一到家，就趴下了。老婆抱怨道：“画个像有这么费劲吗？拍张大笑的照片，照着画不就得了？”其实，马西心里清楚：刘深这家伙，得知了当年那事，不仅把价码从两千元涨到两百万，而且还故意捉弄自己，可马西我是谁？会有这么傻吗？

就这样，马西连着笑了整整三天，《大笑的马西》终于画成了。画像上，马西春风得意，粗狂豪迈，画得真好！

刘深用画框将画像装好，递给马西。这时，马西抱歉地说，今天钱没带，明天一定送来，刘深也不介意。马西恋恋不舍地看了看画像，才返身离开。

一到家，马西立刻把家里的电话线拔了。几天后，老常找上门，问他这样玩“消失”，到底是搞什么鬼？马西笑了：“二百万我确实拿不出来，不过，我真正的目的，是为了让我——马西的形象留在刘深的画上，至于那幅画属不属于我，无所谓，只要刘深最终成为大师，我的名字和形象就能传世！”

老常琢磨了半天，终于明白了，禁不住跷起大拇指“高，实在是高！

那刘深以为两百万能把你难住，可他怎么会料到你有金蝉脱壳这一计！他刘深恼火也没用，花了这么多心血画成，自然不舍得把画毁了。你真是高明啊！”

就这么过了一年，也没见刘深来要账，马西觉得那两百万是彻底甩掉了。有一次，马西在电视里看到刘深的访谈，他谈到以后不再画人物肖像了，步入另一个创作期，专画景物……这么说来，刘深的人物肖像就那么些了，物以稀为贵呀，而且马西的那画像很有可能就是大师肖像画的封笔之作啊！想到这，马西简直乐开了花。

大笑的马西

十五年后，刘深之名，享誉海内外。这天，他的个人油画展在省城隆重举办，各路媒体闻讯赶来。

当晚，电视转播了现场实况，马西坐在电视前，激动万分地等着自己的画像亮相。主持人一番介绍后，画面上逐一呈现刘深历年来的作品，最后，镜头果然停在一幅画上——《大笑的马西》。

主持人指着《大笑的马西》，说：“这些年，模仿刘深大师的赝品很多，其中不少模仿得很像，真假难辨，混迹在收藏市场，我们特意挑出一幅具有代表性的……”一听有赝品，马西一时有点糊涂了，只听主持人继续说道：“这幅《大笑的马西》从画风、笔触上来看，仿佛真的出自大师刘深之手。但是，这画有一个非常致命的破绽——请注意，马西的手上握着一部手机，这部手机，画得十分清楚，是一部诺基亚。我们节目组特意咨询了诺基亚公司，他们说，这款是2008年出品的，可刘深大师十五年前，就宣布不再画人物肖像了……”

马西定睛一看，果然，自己画像上的右手握着一部手机，他大惊失色，纳闷起来：原先的水杯咋变成手机了？

主持人侃侃而谈“这位作者，想必也是名画《蒙娜丽莎》的崇拜者，大家看，他画中的人物马西，其五官面貌，和蒙娜丽莎几乎一样。这位作者不但冒用了刘深的大名作画，还对达芬奇的名画《蒙娜丽莎》进行了一种调侃式的新诠释。如此看来，这并非一幅真人肖像画，而这画中的马西看来是根本不存在，完全是作者虚构的……”

“这……这他妈的是谁干的……”马西气得一口气没接上，两眼一黑，昏了过去……

同一时间，刘纵和刘深并肩坐在电视机前，刘纵傻呵呵地乐着，刘深也在笑，对于那幅《大笑的马西》，把水杯删了，画成手机，对他来说，再简单不过了。

（**题图、插图**：佐　夫）

·新传说·

让你的秀发飘起来

□许申高

阿芳在这西北高原的小镇上开店已经有些年头了，倒还是第一次遇见个让她一眼瞧着竟有些紧张的客人。

这是个打扮时尚的城里女人，她的丈夫停了车，在店外等着，女人则踏着优雅的步子径直走进店里，到了柜台跟前，阿芳才发现她的怀里还抱着一只名贵的小藏獒。女人和气地朝阿芳一笑，说道："买瓶洗发水吧。"

这时，一向麻利的阿芳显得有点慌乱。要知道，她这个小店里头都是卖一些便宜的化妆品和洗发水，因为是独家经营，平时生意倒是不错，但这会儿，店里这些货色实在配不上眼前这个一身贵气的女人。阿芳不知道拿哪一种才好，大牌洗发水，利润低、假货多，而且价格高，放在这里根本就没有销路，所以她没进货，而这女人显然看不中货架上那些杂牌洗发水。阿芳沉吟一会儿，最终还是从货架上取下一瓶，推荐道："这款洗发水虽然不是大牌子，但质量不错，而且也不贵，回头客特别多，你不妨试试。"阿芳说的是真话，小镇上比较富有的人家都喜欢这款洗发水。

城里女人爽快地说："好，相信你，就买这瓶，多少钱？"

阿芳报出一个很实在的价格："你给30块吧。"其实，她每次卖给别人都是32块，一瓶也就赚个5块钱。

城里女人付了钱，正要离开时，门外进来一个红脸蛋的小姑娘，十三四岁的样子，头发干枯蓬乱，穿着也很土气，看样子家境非常贫寒。她的手上捏着一张5元的钞票，怯生生地问阿芳："阿姨，有5块钱的洗发水吗？"阿芳取出一瓶递给她，这是她

店里最便宜的洗发水，乡下很多上了年纪的人都用这种。

说话间，刚才那个城里女人一直站在旁边盯着这姑娘，见小姑娘接过洗发水正要付钱，那城里女人突然开口了："姑娘，你的发质其实很好，但如果洗发水没用对，就会伤害发质，我手上的这款可能更适合你，多洗几次，你的头发肯定会又黑又亮。"说着，她从姑娘手中夺过那瓶5元的便宜货，把自己手里的那瓶洗发水塞给了她。

小姑娘起初一怔，看城里女人一脸善意，也就迟疑地接过那瓶洗发水，仔细看了看，又拧开瓶盖闻了闻，由衷地说："好香啊！这要不少钱吧？可我只有5块钱……"

没等阿芳开口，城里女人抢先说道："也是5块钱，如果你喜欢，就买这瓶吧。"小姑娘不敢相信这是真的，她回过头来看着阿芳，目光中分明是在询问：这是真的吗？

阿芳在一旁发愣，感到莫名其妙，不知如何回答，城里女人马上给阿芳使个眼色，阿芳这才木然地点了点头。

小姑娘高兴坏了，急忙把手中的5元钱递给阿芳，阿芳迟疑着，城里女人立即接过来放在柜台上……等阿芳回过神来时，两个客人都走了。小姑娘花5元钱买走了一瓶30多元的洗发水，而城里女人呢，付出30元，却拿走了小姑娘花5元买的洗发水。

这事让阿芳一直没有想通，城里女人对小姑娘的一番善意让人难以理解：她为什么要这样做？更让阿芳没有想到的是，女人的一番善意，竟然给阿芳带来了不小的麻烦。

那是三个月后的一天，那个小姑娘再次来到店里，同上次一样，手里捏着一张5元的钞票，不同的是，她的头发看上去不再干枯蓬乱，显得柔顺很多。

阿芳知道她来买上次那种好的洗发水，心里琢磨着应该如何应付。果然，小姑娘开口就说："阿姨，上次那种洗发水真的很好，我再买一瓶。"说着，她就把手里的5元钱递了过来。

阿芳想借故推脱，谎称上次那款洗发水没有了，可她还没说出口，小姑娘的眼光已经直勾勾地盯在货架上，那款洗发水就摆在最显眼的位置。

小姑娘没有察觉阿芳的为难，自个儿从货架上取下那瓶洗发水，说："阿姨，那你忙吧，我走了，下次还会来的。"

阿芳哭笑不得，想说出实情，可话到嘴边又咽了回去，任小姑娘拿走了那瓶洗发水。阿芳是个善良的生意人，但生意人不能长期做亏本生意啊，对，下次一定要对小姑娘说出实情！

谁知过了不久，事情有了转机。

有一天晚上，快要打烊时，那位城里女人突然来到了店里，没等阿芳上前招呼，她就主动问道：“老板娘，上次那个买洗发水的小姑娘后来来过吗？”

“她来过了……”阿芳刚一张口，城里女人便迫不及待地问道：“来买洗发水是吧？你卖给她了吗？你没说出实情吧？”

阿芳说“我什么也没说，我让她花5块钱，拿走了上次那种30块钱的洗发水。”

城里女人听了，释然了，转而歉意地笑道：“对不起，这都是我给你惹的麻烦，怪我大意，上次走得匆忙，没跟你把话说清楚……”

接着，城里女人就说开了：“七年前，我大学毕业，回家乡教了一年书，当时班上有个挺聪明的女孩，叫小兰，家里非常穷，但自尊心很强，从不轻易接受别人的帮助。教书一年后，我就嫁到省城了。这次跟丈夫回乡考察一个项目，要呆一段时间，没想到那天会在你的店里碰上小兰，也许我变化太大，她没认出我……当时，如果我直接掏钱给她买瓶好点的洗发水，她一定不要，所以我才撒了个谎……”

城里女人还说，她当时没想到这么一来会给阿芳带来麻烦，小兰会以为这洗发水真的就是5块钱，这样她就会经常来买。说着，女人打开钱包，拿出500元钱塞给阿芳，说“我今天就特意为这事来的，我要买20瓶洗发水放在你这儿，以后只要她来你这儿买洗发水，你就只收她5块钱一瓶。”

阿芳很感动，送城里女人出门时，她突然想起了一件事，不由好奇地问道“对了，那天你怎么会要那瓶5 块的洗发水，是不是出门就扔掉了？”

城里女人笑道“呵呵，怎么会扔呢，你没见我那天抱的小狗？老公想给它洗个澡，让我随便买瓶洗发水。”

从此以后，阿芳不再担忧小兰来买洗发水了，相反，她盼望小兰的到来，可小兰没来，另一件麻烦事又来了。

有一天，一位乡下大嫂来到店里，从提的布袋子里掏出一个空瓶子，就是以前卖给小兰的那种洗发水。阿芳告诉她，这种洗发水30块一瓶，大嫂一听，喃喃自语："不是说只要5块钱的嘛，怎么又要30了呢？奇怪……"

阿芳一下子意识到，卖给小兰的"特价"洗发水，已经产生了"广告效应"！果真，隔三岔五就有人来，想用5元钱买这种洗发水，阿芳只得想遍法子来应付，而从那时起，小兰却不再来了。

差不多半年之后，阿芳在菜市场见到了小兰。小姑娘推着一辆架子车，正吆喝着卖土豆。旁边有个女人在帮忙，她就是前不久拿着空瓶来买洗发水的那个大嫂，不用说，这是小兰的妈。阿芳不禁有些愧疚了，因为她看到小兰的那一头秀发又变回了枯燥蓬乱的样子。

一天，小兰再次来到店里，而这次她手里捏着的不是5元钱，而是一张50元的大钞。她把这张钞票递给阿芳，说："阿姨，我给您还钱来了。"

阿芳不解地望着小兰，小兰解释说："您忘了，上两次我买的两瓶洗发水，您和那位好心的阿姨少收了我的钱，我知道，那不是5块一瓶，是30块。我妈说了，做生意也不容易，你们的好意我领了，但这钱一定得还上！"阿芳心里一酸，想说什么却一句话也没说出口。

临走时，姑娘掏出5元钱，说"我还买以前那种便宜的洗发水。"

阿芳笑道："嗯，我知道了。真巧，刚到货，还没来得及上架呢。"说着，她就从柜台下取出一瓶洗发水给小兰，交待说："其实便宜的洗发水也不一定差，像你这样的发质，我给你说个秘诀——洗头时，温水里面加点醋，洗出来的效果会特别好。"小兰点点头，走了。

过了一段时间，小兰又到店里来买洗发水，阿芳上前抚弄着她的一头秀发，说道："真的好多了，光亮了，柔顺了，有时，偏方真的很管用。"

不料小兰却说："阿姨，您不要骗我了，我根本就没用醋洗，以前我试过，不管用。这次，我的头发变好后，我觉得很奇怪，是洗发液的香味告诉我，一定是您把好的洗发水装在便宜洗发水的瓶子里……"说着说着，小兰的眼眶湿润了，"我想不通，您为什么要对我这样好？"

阿芳一怔，然后缓缓说道："其实，对你好的不是我，而是最初给你换掉洗发水的那位城里阿姨，她是你的小学老师，她希望你像她一样，让一头秀发飘起来……"

小兰愣在那里，泪水终于落了下来……

（**题图、插图**：张恩卫）

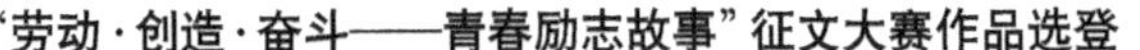

□岳　勇

少年张三冲

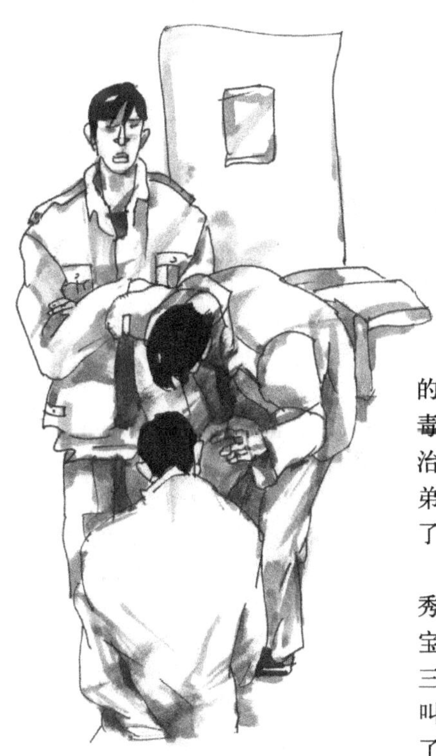

张三冲经常在同学面前感叹："唉,咱摊上刘罗锅这号人做家长,真是悲剧呀！"他说的"刘罗锅",不是别人，正是他的继父刘得宝。

张三冲的亲生父亲张大为是名刑警，长得英武彪悍。张三冲从小跟着父亲练拳习武，小小年纪，就好抱打不平，眼里掺不得半点沙子。

三年前，张大为在一次抓捕毒犯的过程中身受重伤，虽然最终将两名毒贩抓捕归案，但他自己终因伤重不治而牺牲。那两名毒贩是一对亲兄弟，最后哥哥被判了死刑，弟弟被判了无期。

张大为过世后，张三冲的母亲阿秀改嫁给了江南机械厂的工程师刘得宝。刘得宝有点驼背，加上生性懦弱，三棍子打不出一个闷屁，所以别人都叫他"刘罗锅"。婚后不久，刘得宝下了岗，为了生计，他在自家门口开了个五金修理店，小到插销锁头，大到机电油泵，没有他修不好的东西。

但是张三冲打心眼里瞧不起他这个继父，再把这继父和英武彪悍的生父一比，一个天一个地。所以，张三冲从没管"刘罗锅"喊过一声"爸"。

这天，张三冲在放学路上，看见一个男生欺负一位女生，他立即上前制止，一语不合，便三拳两脚把那男

生给打骨折了。

那名男生的家长找到学校。校长让张三冲给人家赔礼道歉，张三冲据理力争:“是他先欺侮女生，我才揍他的，错的是他，为什么要我道歉?”校长无奈，只好打电话叫家长来。刘得宝一到学校，不问是非曲直，立即点头哈腰地给人家赔礼道歉，还掏了八百元赔给人家做医药费。张三冲见他那副胆小怕事的窝囊样，气就不打一处来。回去的路上，他甩开大步走在前头，一句话也没跟刘得宝说。

回到家，吃了晚饭，外面就下起瓢泼大雨，街上没有一个行人，刘得宝眼看也没什么生意了，就早早地把五金修理店的大门关了。

晚上九点多的时候，忽听得修理店的大门“砰砰”作响。刘得宝想是有客人上门，急忙开门，却见门口站着一个陌生男人，穿着雨衣，满脸胡碴，也看不出多大年纪，只有那一双眼睛，在风雨中闪着瘆人的寒光。刘得宝打量着对方，见对方两只脚的脚踝处各有一圈血迹，顿时警惕起来，问道:“您有事吗?”

那男人撩起雨衣下摆，从雨衣里拿出一支猎枪，说:“我是到郊外打猎的，下山的时候，脚被野猪咬了，我连开几枪，野猪虽然被赶跑，猎枪也被烧坏了，想请你修一修。”

刘得宝一看，那男人手里拿的猎枪通身黑黝黝的，有两米来长，一看就知道是一把威力巨大的火药枪。他面露难色，正想拒绝，那男人却已拿着枪走进了修理店，并且反手关上了店门。

刘得宝自知来者不善，只好硬着头皮接下了这单生意。他接过男人手里的猎枪看了看，一下就看出是机件失灵导致弹簧失效，所以无法开枪。他拿出工具，把猎枪零件一个个拆下，就在工作台上修理起来。

刘得宝住的房子并不大，一间门面房分做两半，一边是他的工作间，堆满了车床和五金配件，另一边是家里的大厅，中间只有一道透明的玻璃门隔开。坐在屋里看电视的张三冲透过玻璃门看见外面的男人，总觉得有些眼熟，但到底在哪里见过，却又想不起来。

屋外电闪雷鸣，雨越下越大。大约过了半个小时，刘得宝利索地把猎枪重新组装好了，随后交给了那男人，说:“行了，修好了。”

“这么快就修好了?我得试试看。”那男人有点信不过刘得宝的手艺，就在枪膛里填上了火药和钢珠。

正在这时，电视里突然插播了一条新闻，说是今天晚上，市郊监狱有一名囚犯越狱。他在山下一个猎人家里抢了一支猎枪，开枪打伤三名追捕他的狱警后逃脱。警方呼吁市民如果发现与该名逃犯有关的线索，立即报警，接着电视里播出了该名逃犯的照片……

张三冲顿时呆了，这越狱的逃犯，不就是外面来修枪的男人吗？他顿时觉得血气上涌，抄起旁边平时练习的二节棍，大步冲出去，指着那男人喝道："原来你是个逃犯！"话音刚落，"呼"的一棍出手，打在那男人的头上。

男人疼得直咧嘴，可不等张三冲第二棍出手，男人已将猎枪的枪口抵住他的胸口："兔崽子，身手不错嘛，不愧是张大为的儿子。"

张三冲一怔"你认识我爸？"男人狞笑道："我当然认识，把我哥送上刑场的是他，把我送进监牢的也是他，我这一辈子可都忘不了他！他就算已经化成灰了，我也还惦记着他呢！"男人字字句句都不怀好意，张三冲盯着那男人的脸，只见那乱蓬蓬的胡子中一条长长的刀疤若隐若现，他猛然醒悟过来，叫道："原来你就是当年被我爸抓进监狱的毒贩，难怪觉得眼熟，原来曾经在报纸上见过你的照片。"

那男人用枪口狠狠地顶了张三冲一下，咬牙切齿地说道："我大哥之所以会死，我之所以会坐牢，全是你老子的'功劳'。没想到你爷爷我今天刚从牢里逃出来，就能把仇报了！我今天要亲手杀光张大为全家，让我哥在地底下好闭眼！"说到这里，他眼中杀机毕现，仿佛下一秒就要朝张三冲扣动扳机。

"不！求你不要杀他！"阿秀见儿子有危险，奋不顾身地扑了过来，"他只是个孩子，求求你放过他，你要报仇，就杀我好了！杀我！"可怜的女人哭着跪在那男人跟前，拼命把那枪眼往自己胸前拉过来。男人冷酷地一笑，飞起一脚，将她踢到一边："急什么，要死也要轮着来。"

张三冲哪能见得自己母亲遭人伤

害，不由两眼直喷怒火，两只手握拳握得能掐出血来。他朝站在男人一侧的刘得宝使个眼色，意思是叫他从旁边袭击，分散对方注意力，自己再奋起反击，争取将对方一举击倒。谁知刘得宝像是没有看见一样，竟害怕得蹲在地上瑟瑟发抖，张三冲不由心生绝望，摊上这样一个窝囊废做继父，真是悲剧呀!

“小鬼，到阎王爷那边跟你老子作伴去吧! ”那男人面露狰狞，借着雷声的掩盖，猛然扣动扳机，张三冲脸色苍白，闭目等死……

“轰——”屋内的枪声、屋外的炸雷同时响起，然而巨响过后，张三冲却并没有感觉到有什么异样，他好奇地睁开眼睛，才看见那男人的火铳不知怎么的，竟然炸膛了，枪膛被填满的火药炸得粉碎，无数铁屑像暴雨一样打在男人的脸上，那张脸顿时像开了花似的，血肉模糊……

就在张三冲几乎惊呆的时候，刘得宝突然一跃而起，从门后拿起一根麻绳，叫道:“三冲，接住! ”说罢，他将绳子一头甩给张三冲，另一头自己拿着，张三冲立即明白了他的意思，父子俩拿着绳子围绕男人转了几圈，男人顿时就被麻绳捆了个结结实实。

男人这才明白自己上了刘得宝的当，他眯缝着眼睛，痛苦地说:“你、你竟敢在枪膛里动手脚! ”

刘得宝说“不错，我在修枪的时候，用一块小铁片将枪膛堵住了，只要你一开枪，猎枪就会炸膛，受伤的只能是你自己。”

男人问:“你、你为什么要这么做? 难道你早就……”

刘得宝说“是的，我早就知道你不是什么好人。”

张三冲忙问:“你怎么知道的? ”

刘得宝说“他进门的时候，我看见他两只脚踝处各有一圈淤青和血迹，明眼人一看就知道，那是在挣脱脚镣时留下的。你想什么人会在深夜里挣脱脚镣冒雨跑出来呢? ”

张三冲脱口说道:“答案只有一个，那就是从监狱里跑出来的逃犯! ”他忽然明白，刚才自己朝继父使眼色，而继父假装没看见，那是因为他不想让自己冒险，以免造成不必要的伤害，更是因为他早有安排、成竹在胸。

这时，刘得宝拍拍张三冲的肩膀，意味深长地说“孩子，你要记住，有时候用脑子，比用拳头更能解决问题! ”张三冲的脸红了，嗫嚅着说:“爸，我记住了。”

阿秀早已拿起电话报警，屋外很快响起了警笛声……

（题图、插图：谭海彦）

（“青春励志故事”征文大赛应征作品于本期开始陆续选登，征稿启事请见P94）

马县长剿匪

□孙新峰

民国五年，军阀混战，一伙残兵败勇啸聚独眉山为匪，县府十分头痛。几天前，土匪大当家的到县城逛窑子，走漏消息，县长亲自率警察围捕，双方打了个两败俱伤，大当家的当场毙命，县长于两日后不治身亡。这下，全县的百姓都知道官匪之间的梁子结大了。

这天，新县长走马上任了。新县长姓马，他一点也不愿意到这个鬼地方跟土匪玩命，所以家眷都没带，只带了个秘书。刚安顿好住所，马县长便长吁短叹起来，秘书知道他的心思，劝他既来之则安之。

马县长说：“如何安之？剿匪不力，我这顶帽子戴不长；若正经剿匪，这独眉山十分险峻，易守难攻，这些土匪又都是些兵痞子、亡命徒，要那么容易剿，早被剿了，稍有闪失就会步前任后尘，我是进退两难呀！”

秘书也叹道：“唉，前任以身殉职，表现神勇，可……可您怎么着也得做做样子啊！”马县长只好强打精神，吩咐秘书知会各部官员开会，商谈剿匪事宜。

不久，各路官员到齐了，马县长说完开场白后，又问了问土匪的情况，便提议组建保安团，专办剿匪之事。话音刚落，就有人泼冷水，说本县是个穷县，养不起军队，除非省府出粮饷、武器，或由省府直接派兵来剿，一劳永逸。

马县长越听越泄气，只好改口说“那就来个悬赏通缉，有抓获或杀死匪首者，也就是二当家的，即赏大洋十万！”

其实，马县长这话也不过是虚晃一枪，可就是这样的大话、空话，也有人反对，财政局长说本县府库空虚，万一真有人抓住或击毙匪首来领赏，如何筹措这十万大洋？马县长一听，无名火直往上冒，老子刚上任，刚下了两道指令，你们就叫苦、反对，老子县长的威信何在？他忍不住大吼起来：“就十万大洋！届时由县属各部、商会、乡绅共同筹措！”这一声吼，把下面给镇住了，马县长又乘势说：“土匪中还有一个三当家的，也须一并通缉！”

这下，底下又紧张起来，马县长沉吟一下，说：“算了，抓住匪首，自然树倒猢狲散。鉴于本县财政状况，这个三当家——嗯，就悬赏一千大洋吧。”

果然是重赏之下，必有勇夫。悬赏告示贴出的当天晚上，就有人上门了，说是来提供情报。来人行踪十分诡秘，马县长亲自招呼对方入座。来人一坐下，压低喉咙说道：“独眉山二当家，今夜进城了！”

马县长听了，将信将疑，一旁的秘书问了一句：“这情报是否可靠？”

“绝对可靠！”

“有何依据？”

对方霍地站起，伸手从腰里拔出一把枪，“啪”地拍在桌子上：“这还要什么依据？老子就是独眉山的二当家！”

马县长和秘书惊得差点叫出声来，二当家又说自己带的一帮子兄弟全在外面候着呢，劝马县长别动歪心思，然后便给马县长“上课”了：“听说你想成立保安团？他妈的，你只管当你的官、发你的财，要做的事多了，你急着剿什么匪呀？这年头军阀混战，谁把剿匪当回事？把老子惹毛了先剿了你！”

马县长擦了擦头上的冷汗，说：“兄弟只是做做表面文章，并不是真的想跟好汉们为难，好汉们千万别当真。”

二当家“哼”了一声：“虽说独眉山离县城不太远，可咱们一向井水不犯河水，你的前任太不识相，竟然把

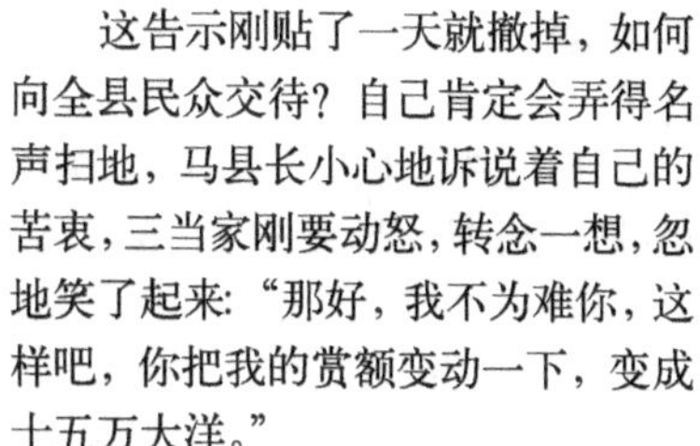

我大哥给杀了。为免这种‘邪气’滋长，所以老子要给继任者提个醒！”说完，二当家收枪入怀，嘀咕了一句：“没想到老子的人头值十万大洋，哈哈……”说罢，他扬长而去。

马县长和秘书好半天没回过神来，这些土匪太嚣张了，竟然敢直闯县衙，马县长心有余悸地说：“看来，这里非久留之地呀！”

第二天晚上，马县长和秘书赴警察局长设的接风宴。刚回到家，仆人通报，说有人求见。马县长已有些惊弓之态，马上摆手说：“不见不见！”话还没落音，来人已经跟着进来了。对方肤色白净，一脸斯文，像个小学教员、政府文员的样子，秘书心想，这一定是来讨好新县长的，便先让仆人退下，然后板着脸训斥：“你怎么擅闯县长府第？”

来人从怀里掏出一把手枪，冷冷一笑，说：“凭这个行吗？”

马县长和秘书面面相觑，没想到只过了一天，就撞了两回枪口，马县长小心地问：“敢问大驾是……”

“独眉山的三当家！”来人亮了名号，然后问道，“那悬赏告示是你下令贴的吧？竟敢……竟敢通缉我们？”

马县长赶紧解释：“三当家切莫当真，这种东西……不就是做做表面文章嘛！”

“就是你这一纸表面文章坏了我的好事，你马上下令把它们全撤了！”

这告示刚贴了一天就撤掉，如何向全县民众交待？自己肯定会弄得名声扫地，马县长小心地诉说着自己的苦衷，三当家刚要动怒，转念一想，忽地笑了起来：“那好，我不为难你，这样吧，你把我的赏额变动一下，变成十五万大洋。”

马县长一头雾水，这是什么路数？还有想主动提高自己赏额的？虽然摸不透三当家葫芦里卖的什么药，但加赏额总比撤掉悬赏告示光彩多了，反正是空头支票，马县长赶紧应承下来。

三当家又说：“我们在县城布有眼线，明天我的赏额要是没变，晚上就来取你项上人头！”

三当家离去后，马县长和秘书仍然心惊肉跳，这土匪居然连着两夜上门威胁县长，简直……简直不成体统！事到如今，别提什么剿匪了，先想想自身的性命安全吧。最好的办法莫过于让警察局派人保护，可自己初来乍到，寸功未建，倒先寻求自保，传出去岂不……另外，三当家提高自己的赏额到底有什么玄机？马县长想破脑袋也想不出个所以然，只好先走一步看一步了，为掌握主动，他决定也派些眼线下去。

次日，马县长下令，重新张贴悬赏告示，把三当家的赏金变成了十

五万大洋。之后，他从警察局要来两个警察，让他们化装成樵夫，到独眉山一带打探消息。

到了傍晚，暗探传来消息，据一个经常给土匪当脚夫送菜的农户说，今天独眉山好像出了乱子，气氛十分紧张，土匪们都骂骂咧咧，不少人还说要找新来的县长算账。

马县长一听慌了神，找我算什么账？他们出乱子跟自己有什么关系？他实在想不通是自己撞了邪还是土匪迷了心窍。这些土匪神出鬼没，行事无常，自己一招不慎，脑袋可能就真没了。马县长越想越怕，心想，罢罢罢，惹不起咱躲得起，这官，老子不当了！于是，他当机立断，立刻遣走仆人，和秘书收拾好东西，等到天黑后，雇了辆马车，随后两人悄悄溜出了城。

马车行至一处僻静路段，突然有三匹快马追上来，截住了马车，一个瘦子跳下马，举枪挑开车帘，说："怎么着，县长大人，想溜哇？幸好我们早就盯着你呢！"

土匪真的找自己算账来了，马县长惶恐万状："马某是想溜，但不是一般的溜，是挂印卸甲、弃官而去，请好汉给条生路。"

瘦子说："你自己溜出来也好，省得我们去县衙找你惹出麻烦。你想找生路，那就先跟我们去独眉山走一趟吧。"马县长顿时嘴就抽筋了："去、去干……干啥？"瘦子跳进马车里说："少废话，让你去你就去！"

土匪把车夫放了，押着马车朝独眉山驶去。路上，马县长一把鼻涕一把泪，说自己已经遵三当家的话把赏额改了，为什么还不放过他？瘦子忍不住说："看来真是三当家在背后捣了鬼。妈的，老子们是二当家的人，坏就坏在你把三当家的赏额变了。"随即，土匪说出了一件令人啼笑皆非的事来。

原来，自从独眉山大当家遇难后，二当家和三当家都想坐头把交椅，按座次该属二当家，可二当家是

个大老粗，有勇无谋，三当家却喝过不少墨水，能文能武，一向瞧不起二当家。这几天，三当家上下打通关节，已是水到渠成之势，不料新县长搞出个悬赏通告，抓了二当家赏额十万，抓了三当家只有一千，两人在官府眼中的重要性相差悬殊，这个告示产生了奇妙的心理作用，等于通告众匪：二当家是官府认可的“法定”继承人。如此一来，顿时风向逆转，二当家的势力又死灰复燃，紧接着，二当家特地上门给新县长来了个下马威，让兄弟们瞧瞧他的“当家本色”。三当家不甘示弱，连夜进城，第二天，县长新出的悬赏通告居然把他的赏额提高到了十五万，这一下可热闹了，两边人马吵嚷不休，差点拔枪干仗。后来，二当家怀疑三当家在背后使了坏，下令把县长抓上山审问清楚，就这样，马县长被抓上了山。

马县长一听差点尿裤子，我的妈呀，到了山上，无论偏向谁也免不了挨一刀呀，这一去就别指望回来了，可是，此刻山上的情形已经由不得他了。

那会儿，山寨的场上黑压压地站满了人，分成两边，一边是二当家的人马，一边是三当家的部属。正当众土匪在等马县长上山的时候，三当家一时气急，打了二当家的黑枪。这还了得，二当家的两个心腹当即举枪就把三当家给撂了。这下，两拨人马火并起来，一时枪声大作，混战不休。

这个局势变化来得太意外了，马县长和秘书根本没反应过来，只得本能地趴在地上。再一打量，根本没人顾他们，于是赶紧乘乱逃跑，跑到半山腰时，听到枪声稀落多了，看来土匪已经死伤大半。

跑到山脚，两人才顾上喘口气。秘书仍恍如做梦一般，颤着嗓门说：“真没想到还能捡条命，夜长梦多，咱们赶紧逃吧。瞧，马车还在那儿！”

不料马县长拍拍身上的泥灰尘土，断然喝道“逃什么？本县长查知土匪二当家和三当家不和，巧借悬赏使出离间之计，致使他们内讧，眼下正是剿匪的好时机，你赶紧回去报信，让警局发兵前来清剿！”

秘书不傻，立刻明白了过来，上前解下马，向城里飞奔而去……

等警察赶来后，独眉山上已人去寨空，只剩下了满地尸首。

就这么着，马县长靠一纸告示就把匪患给除了，一时声名远扬，一位老秀才感慨之下，特地为他作了一首诗：

初来乍到尘未洗，
明修栈道布玄机。
离间匪首两相斗，
三天剿匪写传奇。

（题图、插图：谢 颖）

□宋维杰

吴家学堂为谁开

宋朝年间，民间办私塾的风气很是流行。吴伯达是开封有名的富贾，吐口唾沫是颗钉，多年经商经验让他悟得读书的重要性，于是花钱盖了几大间房屋，置办了学习用具，办起了吴家族塾，让吴姓孩子进来接受教育。

吴伯达请的是一位叫赵知三的老先生，赵知三留着白胡子，精神健旺，他虽然嗓子有些沙哑，但吟诗作赋绝不含糊，深得吴伯达的喜爱。吴伯达送给赵知三一把戒尺，笑着说：“农夫下锄用力，先生教学用神。这把戒尺是教训孩子的，如果他们不听话，你就严惩不贷，不要误了他们的前程。”

赵知三微微一笑：“我会尽全力教孩子们读书，请您放心。”

族塾开学的前几天，孩子们还很认真听讲，规规矩矩、有模有样。后来，孩子们爱玩爱闹的天性暴露出来了，课堂上干什么的都有，有的东张西望，有的低头看蝼蚁，有的像小和尚念经一样有口无心，有的挤眉弄眼、装神弄鬼。

赵知三见状，心平气和地说“你们吴家有德有钱，费了这么大力气就是想让你们识文断字，你们认识了字，长大后才能拨得算盘、做得买卖，不然就是个睁眼瞎，什么都做不了。”学生们调皮，当他的话是耳边风，赵知三没办法，只能硬着头皮讲课。

那一天，吴伯达偶然经过学堂，

听见屋里“叽叽喳喳”炸了锅，进来一看，见十几个孩子干啥的都有。吴伯达顿时气得脸色铁青，抓起讲台上的戒尺，“啪啪啪”，每人手上都打了几尺子，还没打到一半，只听“啪嗒”一声，尺子断了，吴伯达黑着脸对赵知三说：“费唾沫不如费尺子，以后他们再不听话，你就给我往死里打！”

吴伯达吩咐仆人跟他去拿戒尺，仆人拿来了十把戒尺，并留下吴伯达的话：孩子不好好念书，就往死里打，否则就要辞退先生，另择良师！

吴伯达杀鸡儆猴在先，学生们都收敛了，上课时不敢嬉闹，赵知三倒省了心。

有一天，吴伯达悄悄站在学堂外，暗里观察赵知三的教书情况。

这天，赵知三的教书内容是篇长长的古文，学生们听久了耐不住，四下里开始蠢蠢欲动。赵知三一直把头埋在书卷后头自顾自讲课，一点没察觉。吴伯达在学堂外看了，心里直痒痒。

突然，有个学生举手打断了赵知三的讲课，问道：“先生，这句词是什么意思呀？”

这真是新鲜事，赵知三在族塾教书以来，还没有学生主动跟他提过问题呢。赵知三问是哪一句，学生说不清，只是唤他过去看。赵知三起身走过去，挨近了看，没想到那个顽皮的学生突然间对着赵知三大吹了一口气，满满一手的辣椒粉吹进赵知三鼻子里，赵知三忍不住连打了好几个喷嚏，赶紧用手捂着嘴，回到讲台前。他刚坐下，就抬头望见了学堂外的吴伯达。吴伯达直盯着他，好像就在看着他下一步要怎么办。

赵知三倒是没想要惩罚那个恶作剧的学生，但被吴伯达盯着，他知道是混不过去了，只得抓起戒尺，让那个顽皮的学生伸出手来。赵知三一尺下去，学生疼得叫出了声，一屋子的捣蛋鬼都安静了下来。

吴伯达见了，稍微满意了一点。赵知三瞄瞄学堂外的吴伯达，吴伯达示意他继续打。

赵知三硬着头皮继续打，挨打的学生哇哇直叫，哭得鼻涕眼泪一大把。

这时，吴伯达发现件怪事，一般先生打学生，为了不落空，会一手抓住学生的手，另一手拿戒尺，可这赵知三只用一只手打，另一只手不抓学生的手，反而捂着自己的嘴。右手打累了，再换左手打，那时右手再捂住嘴。吴伯达心里觉得蹊跷，赵知三打学生时为何要捂嘴呢？刚才是打喷嚏，可现在喷嚏都不打了，怎么还捂着嘴呢？

晚上，等儿子从学堂里回来，吴伯达忍不住问儿子，为何先生责打学生时要一手捂着嘴。儿子说："这有何奇怪，先生还有更奇怪的事呢！"

吴伯达好奇了，继续追问是何等更奇怪的事。

儿子笑着说"爹，教书先生额前的头发不知怎么的被烧掉啦！样子真好笑呢！"

吴伯达听了也觉得奇怪，族塾只在白天讲课，不用点灯，怎么会烧了头发？或许赵知三是个爱读书的人，晚上回家还要挑灯夜读吧？吴伯达虽然心里这么想着，但他总觉得这个赵知三有些说不出的奇怪。

过了几天，吴伯达想到赵知三家里了解一下情况，不能只想着吴家的子弟，教书的先生也要关心，但他怕赵知三婉拒，便想暗中跟去。

那一天，学堂放了学已经天黑，赵知三把几本书放在怀里，脚底生风，往东急赶。吴伯达在后面悄悄跟着，只见赵知三往东走了一阵，东拐西弯，一会儿来到一幢屋子前，屋内灯光幽暗，听声音里面有好多人。

赵知三走进屋里，吴伯达随即来到窗前，借着窗户上的缝隙，一看，屋里围坐着十几个孩子，又见赵知三从怀里掏出一本书，说"今天我来得有些晚了……今天呢，我们学'百家姓'的第八十五个姓。"

吴伯达愣了一下神，忽然明白过来了：这是村里的义塾。义塾是贫穷人家共同出钱办的，供穷苦孩子读书识字。义塾多是找几家破屋当学堂，教育质量也比不上吴家族塾。族塾请的是有名的先生，教的课是四书五经、诗词歌赋，而义塾通常只教《千字文》、《百家姓》等，只求穷家孩子能识文断字即可。

果然，吴伯达见这里房屋很破烂，里面的桌椅也多是废弃不用的。

赵知三原来是两头跑啊，白天忙完吴家族塾，晚上又来义塾捞一份钱。吴伯达有些气不过，自己待赵知三不薄，他夜里给其他人上课，白天怎么会有足够的精力给吴家子弟教学？

吴伯达破门而入，指着赵知三说："先生，你太不仗义了，你要多赚钱，我给你便是，为何偷着又来这里捞钱？你白天晚上两头跑，我们吴家的孩子怎能受到良好的教育？"

一个孩子嘟囔道："先生给我们上课不收钱。"

吴伯达一怔："怎么可能？"

赵知三放下手中的书，走到吴伯达面前，说："吴老爷，给义塾上课这事我隐瞒了，是我的不对，但我真的不是为了钱。您付我的工钱，我都用来给这里的孩子们置办了学具。这些穷苦孩子，白天跟着父母下地干活，只有晚上有空，所以，我利用晚上这段时间教他们识文断字。"

吴伯达满腹狐疑："你这么辛苦，图的是什么？"

赵知三说："不图什么，只图心安。实不相瞒，十几年前，要没有村民捐钱办义塾，现在的我，斗大的字都不识一个。"

吴伯达一听，眉头拧成了疙瘩："十几年前？你现在有五六十岁，你四十来岁上的义塾？"

赵知三"扑哧"一笑："不，我只有二十岁。"说着，赵知三把嘴巴上的胡子扯了下来，不好意思地说："这胡子是假的，是我粘上去的，我怕年龄不够，当不了吴家的先生，您不常说'嘴上没毛办事不牢'吗？"

吴伯达恍然大悟："怪不得你打学生时，一只手打戒尺，一只手捂嘴巴，怕是那天打喷嚏把胡子打掉了吧！哈哈，以后你不用再粘假胡子了，你的才识学问没有任何问题，你也不用再教义塾了。"

赵知三急了："这些孩子也要读书啊……"

吴伯达大笑："我话还没说完呢，我是说，以后你不用再到这昏暗狭小的地方教书了，害得你头发都被油灯烧了。以后，这里的孩子可以到我吴家的族塾读书，我多置办些用具就行了。白天、晚上学堂都开着，你们什么时候有空就什么时候来。"

赵知三大喜过望："那可是吴家的族塾，可以吗？"

吴伯达正色道："有什么不可以？不管是吴家的，还是别家的，都是百姓家的孩子。"

（**题图、插图**：黄全昌）

红版编辑部各编辑邮箱：

姚自豪：yaobianji@126.com；
吕　佳：lujia411@yahoo.com.cn；
叶小萌：xiaomeng.ye@gmail.com；
石莎莎：ssasha@163.com；
丁娴瑶：dingxianyao@126.com。

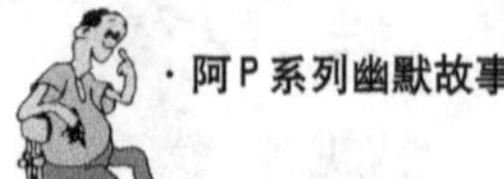

·阿P系列幽默故事·

阿P租房

□杨　好

阿P和小兰在市区租了个二居室，房东是一对老年夫妇。就在房租还有三个月要到期的时候，发生了一点新状况：阿P的小舅子要到外地发展，他提出把自己的房子无偿让给姐姐和姐夫住。这是个好事啊，夫妻俩每个月花在租房上的钱可不少，这下可以省了，阿P很高兴。可在准备搬家时，他又想到自己现在租的房子还有三个月才到期，这么一来，这三个月的房租不就等于白给了嘛，这就不划算了。阿P为此十分纠结。

说来也巧，这时候，同乡刘翠花也到这座城市来打工，正在为找一个合适的房子而犯愁。阿P听刘翠花这么一说，心思立刻就活了。自己眼下租住的这个房子，虽然只剩三个月租期，可他打听过，租给他房子的那对老年夫妇，前几天已经到美国给儿子照看孙子去了，估计没有半年是回不来的。阿P就是这样的人，脑袋瓜子好使，爱占小便宜，他想啊，如果现在把这房子租给刘翠花，赚几个月的房租那是必须的，要是房东老夫妻俩赶不及回来收房子，那说不定他阿P赚得还会更多。

为了稳妥起见，阿P特地给那对老夫妇发了一封电子邮件，说是这房子三个月后他不再续租了。之所以不打电话，只发电子邮件，这就是阿P的聪明之处，因为那对老年夫妇在美国，带孙子，够忙的，平时未必还有闲工夫上网，这封邮件发归发，但他们未必会及时看到，那就给阿P留了空子可以钻。

刘翠花是个二十多岁的待嫁姑娘，出手倒大方，搬进阿P租住的房子里，当即就把半年的房租提前付了。数着花花绿绿的钞票，阿P心里甭提有多高兴了，不费吹灰之力，就白赚了三个月房租，只有他阿P，才会有这样的聪明才智！

三个月后，一天晚上，阿P和一帮同乡在酒店聚餐，酒意正酣，突然接到刘翠花的电话，说她卫生间里的灯不亮了，要阿P有时间来修一修。阿P满嘴喷着酒气，连连拍着胸脯说道："翠花，你尽管放心，修个灯在我阿P手里就是小菜一碟！你等等，我这饭局一散，立马就过去给你修好咯！"

哪料刘翠花在电话那头尖声叫道："哟！这都什么时候了你还来？阿P，我可是黄花闺女，瓜田李下的，你甭打什么歪心思，白天找个时间就行了。"

"是是是。"阿P连连点头，不敢再瞎说了……

第二天一大早，阿P正准备去刘翠花那里把灯修了，还没走出家门，却见刘翠花怒气冲冲地找上门来，没等阿P发问，刘翠花伸手"扑"一下，把一个东西扔到阿P脸上。那东西扔过来，倒不怎么疼，但是一股难闻的臭味直往阿P鼻孔里钻，阿P下意识地伸手朝脸上一抹，放到鼻子边一嗅，胃里立刻一阵翻江倒海，恶心死了，原来，砸在阿P脸上的，是一只臭鸡蛋！

刘翠花站在客厅里，双手叉腰，大声嚷嚷着："平时只知道你爱耍点小聪明、贪点小便宜，没想到你还动了色脑筋，你让我以后怎么有脸见人啊？"刘翠花说着说着，就号啕大哭起来。

原来，就在昨晚，刘翠花正在卫生间洗澡时，似乎听到客厅里有动静，她就披着浴巾，打开了卫生间的门。突然，刘翠花看到一个男人的影子站在卫生间门外，正一动不动地盯着她看。刘翠花吓坏了，手一抖，披在身上的浴巾脱落到地上……那个男人愣了一会儿，慌慌张张地夺门而逃。

阿P一听，慌了："昨……昨晚酒喝多了，我明明在家睡了一夜，这点小兰可以作证啊……对了，你说的那个男人长得什么样？看清楚了吗？"

"我吓都吓死了！再说，客厅灯是关着的，男人在暗处，我能看清楚吗？"说到这儿，刘翠花的火气又上来了，"得，你甭跟我装蒜，只有你有这房子的钥匙，那色鬼不是你，还能有谁？告诉你，阿P，这事没这么便宜你！"

刘翠花说的也不是完全没有道理，房东夫妇都是老年人，而且又去了国外，不可能是他们。剩下来就只有两种可能，一个是入室盗窃的小偷，另一个就是他阿P。如果小偷上门，只会偷偷摸摸地拿东西，看女人洗澡可不是贼上门的主要任务呀！而阿P，手头有钥匙，还喝了酒，酒后乱性，什么事做不出来？而且先前刘翠花已经打电话说了修电灯的事，他完全有可能嘴上答应明天来，暗地里却偷偷上门了……

刘翠花上门来时，小兰还没去上班，全看在眼里，一直默不作声。等刘翠花走后，她看了看阿P说："你忘了，我弟弟也有一把钥匙，当初是我配给他的，是怕万一有什么事，作为备用的。再说，他昨晚也回来过，说是临时来取一些东西，拿了东西后就走了。"

"什么？"阿P一听，埋怨起小兰来，"你怎么不早告诉我？"小兰没好气地说："你昨晚酒喝多了，睡得像死猪一样，我能喊醒你吗？"

事已至此，阿P知道再埋怨也没有用，于是和小兰分析了半天，一致认定这事就是小舅子干的。小兰想了想，声色俱厉地向阿P下了最后通牒"不管怎么说，这事你得扛着，不能说是我弟弟干的，他还没女朋友，传出去多难听呀，不能因为这事误了一生。"

听小兰这么说，阿P顿时豪情万丈，这叫啥来着？对，忍辱负重、委曲求全、能屈能伸，为了老婆家里人的利益，做老公的甘洒热血写春秋……

阿P决定去跟刘翠花"自首"，他先是屁颠屁颠地去了水果市场，本来就想随便买点水果，后来索性一咬牙买了个精装的果篮，拎着来到出租房。

见了刘翠花，阿P不好意思地开了口："翠花，我也是心急，急着想帮你把电灯修好，所以那天喝完酒后就赶到你这儿了。我敲了半天门，没人答应，就用钥匙开了门。当时酒喝多了，一时摸不到电灯开关，吓着了你……不过，我什么都没看见，真的，你想啊，我本来眼神就不好，又喝得懵了，能看到什么呀？"阿P说得很诚恳，就差眼泪哗哗了，说着还把果篮往刘翠花这边推了推。

刘翠花见阿P道歉态度不错，又想着真要撕破脸皮，这房子也就住不下了，但另找房子实在麻烦，她不愿折腾，也就偃旗息鼓了。

这件事终于被阿P摆平了，只是事后再路过水果摊，阿P不禁为那一个果篮心疼，虽说也就两百来块，但那一分一毛都是他抠下来的私房钱，要放在平时，他是断然舍不得买的。

一个多星期后，小舅子回来了，阿P当即把他狠狠地数落了一番，小舅子一听，立刻急白了眼："姐夫，你说什么呀？那天，我公司的车子就在楼下等着，我赶时间都来不及，哪还有那心思？"小舅子一口否定，看样子不像是在说谎。小舅子这么一说，一旁的小兰立马跳了起来："好你个阿P，一定是你趁我睡着的时候，惦着刘翠花，偷偷跑了过去，现在出了事想赖在我弟弟身上，你用心好歹毒啊！"小兰顿时号啕大哭起来。

小兰一哭，小舅子毫不客气地下了逐客令："姐夫，我这么信任你，连房子都让给你住，你却这样对待我和我姐，哼，现在请你出去！"阿P还想解释，小兰早已不管三七二十一，把阿P的东西全扔出了门外。

就在这时，阿P的手机响了，一接电话，是刘翠花打来的，她在电话里说，有人要赶她走，让阿P赶紧过去。阿P不敢怠慢，立刻赶到出租屋，

一看，心里"咯噔"一下，顿时凉了半截，他见到的是一对老年夫妇，正是房东啊！

房东夫妇这次是特地从美国赶回来的。此前，房东收到了阿P的邮件，对自己的房子很担心，正好儿子要回国办一些事情，于是就托儿子来照看一下房子。那天，房东的儿子来到了出租屋，走进房里，竟然看见了一个裸体女人，他顿时吓坏了。虽然长期住在国外，但遇上这种事情禁不住也吃了一惊，他怕那个女人知道他是美籍华人后会借机讹诈，所以就逃走了。办完事后，立即回了美国。房东夫妇最后说道："我们听儿子这么一说，对这房子很是担心，所以就决定提前回国了。"

刘翠花在一旁气得浑身发抖，瞪大了眼睛，活像一头愤怒的母狮，恨不得一口把阿P吞了。阿P知道，现在说什么都是多余的，于是赶忙掏尽口袋里所有的钱，全塞到房东手中："我决定再延长租期三个月，这里有两千元钱，你们先拿着，剩下的房租，过几天我亲自送给你们。"

一场危机终于消除了，可阿P心疼那些钱，不过，转念一想，现在终于有证据可以向小兰证明，那天晚上看到刘翠花洗澡的是房东的儿子，他阿P可是清清白白的，想到这里，他的心情一下子又好了起来……

（题图、插图：顾子易）

·东方夜谈·

赵奶奶的猫

□冯 舒

拆迁队遇到钉子户，少不了上演各种斗智斗勇的戏码，怕只怕钉子户无欲无求，雷打不动。斗不起来，也就罢了；要是斗过头了，天晓得会发生什么啊……

前些日子，政府把猪尾巷这个地块拿出来竞标。因为城里几个有实力的地产公司老板都不约而同缺席了竞标会，德胜房地产公司轻松地拿下了这个地块，可没想到，临到拆迁时却遇到了一个大难题。

猪尾巷是个城中村，住的都是买不起房的人家。德胜公司一提出以房换房的拆迁方案后，多数人家很快就来签了拆迁协议，剩下几户想趁机捞点好处的，得了点额外补偿后，也都搬了。可原以为很顺利的拆迁，却在这时候遇到了一个怎么也拔不掉的钉子户。

钉子户姓赵，是个六十多岁的孤老奶奶。赵奶奶养了四十多只猫，这些猫都是被遗弃后，她从街上捡回来的。她家虽不大，但有个小院，猫儿们可以爬树、晒太阳，倒是过得安稳。

这天，德胜的董事长王德贵亲自上了门，问道："老太太，给你换套两倍大的电梯公寓，地点、楼层任你选，怎么样？"他有经验，只要舍得花钱，没有办不成的事。

赵奶奶那时正在替一只新捡来的断腿猫敷药，她头也没抬地问道："有院子吗？”王德贵心想，有院子，那不是别墅吗？这怎么可能！

“没院子我不搬！”赵奶奶说得很坚决，“你们拆了那么多房子，把猫都赶我这儿来了，我要再住进电梯房里，这些猫可就没地方去了。”

王德贵知道赵奶奶是铁了心不搬了，这可不行！赵奶奶是因为那些猫才不肯拆迁的，王德贵便让公司拆迁队想个办法，尽快把那些猫解决掉。

拆迁队的主意就是断水断电，这招在以往的拆迁中最常用，也最有效。断电对赵奶奶影响不大，可是断了水，赵奶奶就没辙了，要知道，她一个老太太就算出去挑水，一天能挑多少？有她喝的，就怕没那几十只猫喝的，那几十只猫没水喝，铁定自己跑掉。主意打定，王德贵就让人将推土机开进了猪尾巷，并“不小心”挖断了水管。

水管挖断的第二天一大早，就有人看到赵奶奶挑着两个破水桶出了门。王德贵听了，冷笑道：“我赌她最多坚持五天。”王德贵知道，赵奶奶的院子在猪尾巷的中间，不论从哪个方向走出巷子，去最近的水源，怎么也有两里地。加上周围到处是残垣瓦砾，根本找不到一条完整的道，要想出来，还得爬上爬下，绕来绕去，这对一个已过六旬的老人来说，并不容易。

过了几天，手下报告说，赵奶奶依然每天挑两趟水，一桶自己用，一桶喂那些猫。不但原先那些猫活得好好的，而且她在挑水途中又捡了两只，“猫族”越发兴旺了。王德贵一听，急了。

这时，拆迁队又给王德贵出了个主意：不如趁赵奶奶出去挑水的时候，让人将那些猫捉住，运出城去扔掉。王德贵觉得成，赶紧让拆迁队准备了几个捕鱼用的网兜和麻布袋子，等赵奶奶一出门，立即摸进她家的院子里去捉猫。可那些猫并不好捉，拆迁队的人折腾了半天，只捉住了几只，大多数猫受了惊吓，逃得无影无踪。

听到这个消息，王德贵乐了，他觉得猫跑了，自己也算达到目的，失去猫的赵奶奶很快就会自己搬出院子啦！

傍晚的时候，王德贵带着拆迁协议来到赵奶奶的院子外，他敲了敲门，发现屋里一个人也没有，却意外听到几声猫叫。他问守在那里的手下怎么回事。手下说赵奶奶挑水回来看到一屋子的猫全都不见了，扔下水桶就往外跑，找她的猫去了。这一天，赵奶奶像是发了疯，一刻不停地在大街小巷寻她的猫，这不，有十几只猫都已经被她找回来了。

“又被她找回来了？”王德贵心里“咯噔”一下，看来，这拆迁协议又签不成了。他正要走，远远看到赵奶奶抱着两只猫，踉踉跄跄地回来。看得出，她已经很累了。赵奶奶走到王德贵跟前，冷冷地看了他一眼，什么也没说，自顾自进了院子。那眼神让王德贵有一种不寒而栗的感觉。

回到公司，王德贵将拆迁队的人找来，让他们第二天趁赵奶奶去挑水的时候，继续去院子里捉猫。可第二天，拆迁队的人回来报告说，赵奶奶一整天都在屋里，没有出去挑水。

王德贵冷笑了一声：“我不相信她不渴！”可让人惊异的是，拆迁队在院外守了五天，都没见到赵奶奶出门，只是在晚上，有时还能看到赵奶奶在院子里，给猫喂食、梳理毛发。

王德贵有些想不通，一个人可以一天不吃饭，可不能一天不喝水啊，况且现在已有五天了，老婆子和那些猫到底靠什么坚持这么多天呢？王德贵决定晚上悄悄摸进院子里去弄个究竟。

那天晚上，王德贵带着一帮手下翻进院子。里面静悄悄的，既没有赵奶奶的身影，也没有一只猫。王德贵满腹狐疑，走到屋前。屋里没有点灯，也没有一丝声响，像是一间空屋。

王德贵敲了敲门，没有回应。他将门推开，手下赶紧将手电筒照了过去……就在那一刻，王德贵和几个手下被屋里的情形惊得大叫起来——

只见赵奶奶衣着整齐地躺在屋子正中的床上，床下十几只猫围着，整整齐齐地站成一排，正虎视眈眈地盯着王德贵和他的手下！这些猫虽然都瘦骨嶙峋，可嘴里都“呜呜”地叫着，全身毛都耸了起来，眼里仿佛要喷出火来。

王德贵突然叫了声“快跑”，转身就逃，可迟了，那些猫同时跃起，向王德贵和他的手下扑来！

王德贵用手一挡，可还是被猫抓了一下。他忍住痛，拼命往外跑，那些猫却死追不放，直到跑出院外，王德贵才被等在外面的拆迁队救下。拆迁队的人举着木棒冲进去，将那些猫赶出房间，这才发现躺在床上的赵奶奶不知死去多久了，连尸体都僵硬了。

闻讯赶来的警察进行了尸检，发现赵奶奶是死于心脏病突发，而且已经死了五六天，警察说，幸好现在是冬天，要不然尸体早有变化了。

王德贵掐着指头一算，按警察的说法，老婆子应该是去街上找猫的那天晚上就死了，或许是她那几天太过劳累引发的心脏病？但为什么这几天里有人还看到她晚上在院子里喂猫？王德贵越想越觉得心惊肉跳，赶紧离开了猪尾巷。

虽然赵奶奶一死，这猪尾巷的最后一颗钉子就算拔掉了，可王德贵却一点也不高兴，而是觉得身心疲惫。

晚上，王德贵被一阵尖叫声惊醒，他睁开眼睛一看，只见自己的老婆正尖叫着拿棍子向他打来……王德贵大惊，想呼救，却发现从喉咙里喊出来的却是一声猫叫——“喵呜”，他正奇怪，老婆已经一棍子打在他的背上，王德贵痛得“喵呜”一声，滚下床来。滚下床的那一刻，王德贵从镜子里看到自己竟然变成了一只丑陋的猫！

王德贵以为自己在梦中，可很快老婆的棍子又落了下来：“哪来的野猫，居然到我床上来了，看我不打死你！”

这次，王德贵没有逃，那棍子落在他身上，的确很痛，他意识到这不是在做梦，自己确实变成一只猫了！

王德贵想大声叫喊，可喊出声的依然是“喵呜”，老婆大叫着：“王德贵，你跑哪里去了？还不来帮我打这只野猫！”接着，王德贵看到自己的儿子拿着一把菜刀冲了进来：“野猫在哪里？”王德贵见状，赶紧蹿上窗户，一溜烟地逃了出去。

来到大街上，他慌张地往一条小巷逃去，见前面垃圾桶上，几只流浪猫正在里面扒拉着什么，他这才觉得自己又累又饿，也想从垃圾堆里找点吃的。

可一只大黑猫突然龇着牙向他扑过来，那大黑猫叫道：“这不是德胜房产的王总吗？”这声音听上去怎么像大成房产的李总？王德贵转身盯着黑猫，疑惑地问道：“李总？”

“是我。”黑猫又指着垃圾桶边上的其他几只猫，介绍道：“这是恒辉建设的张总，那是瑞佳房产的吴总……”

王德贵恍然大悟，为什么那次竞标会，这些地产公司的老总都不见踪影，原来他们都变成猫了！

“我们也不知道怎么会变成了猫，大概是平时把别人的房子拆迁了，让太多的猫无家可归，这才遭了报应。我们变成猫后，本来还有猪尾巷的赵奶奶收留我们，可都是你，为了逼赵奶奶拆迁，想尽办法要赶走我们，让我们不得不露宿街头！”黑猫说着，和其他的几只猫一起，目露凶光地向王德贵逼来！

“天哪……”王德贵惨叫一声，四腿一软，瘫在了地上……

（题图、插图：谢 颖）

·海外故事·

鸡蛋比西瓜大

□一　冰

在南美洲有一个小镇，那里风景优美，物产丰富，却一直名不见经传。新任镇长切希斯很是犯愁，因为他一心想把镇上丰富的资源推向全国，甚至让小镇享誉全球，使镇上的民众更加富有，可他请了很多策划公司和策划大师，都无法提高小镇的知名度，因为毕竟像这样的地方世界上太多了，很难吸引人们的目光，但切希斯不愿意放弃，他再一次贴出了招贤榜，希望能征集到好的宣传点子。

这天一大早，一个年轻人急匆匆地闯进了切希斯的办公室，自称能帮镇长完成他的心愿。年轻人叫凯乐，也是本镇人，是个农民，家里有一个祖上传下来的农庄。切希斯也熟悉这个年轻人，他是看着凯乐长大的，可他需要的是奇绝的、了不起的创意，他不相信凯乐能有什么好主意。

切希斯说："小凯乐，很感谢你能想到为我分忧，可我需要的是专业的策划大师，一般的主意很难打动我的。"

凯乐眨巴了一下眼睛，说："镇长先生，我的确不是什么策划大师，这个点子也是我昨天夜里突然想起来的。因为我要推销我们农庄昨天刚刚培育成功的新产品，可我没有钱来做广告，就想到了和您合作。"

切希斯一听这话，算是彻底失望了，他说："你的新产品跟我有什么关系呢？这个小镇上天天都有新产品研制出来，我没有义务为你们的商业行为做广告。我看，你还是回去吧。”

凯乐点点头，说：“这样吧，我还是请镇长先看看我这包里的新产品再决定吧。”

说着，他打开随身带来的一个包，拿出了他的新产品，然后又说了自己的策划方案。切希斯看着那件新产品，听完了凯乐的话，沉默半晌，忽然一拍桌子，说：“好，就这么办！”

于是，小镇向全世界宣布了这样一个奇迹：他们那里的鸡蛋比西瓜还大，而且还不是偶尔的一个特例，而是每个鸡蛋都比西瓜大。凡是有兴趣的人可以于今年的8月8日，到镇上来亲眼一睹奇观。

小镇的镇长切希斯还特地请来公证人员现场公证，信誓旦旦地向全世界承诺：如果消息有假，甘愿赔偿一切损失。

这消息一发布，人们一片哗然：鸡蛋怎么会比西瓜大？可能吗？如果那样，下那枚鸡蛋的母鸡该有多大？还不是比人还要大？世界上哪有那么大的母鸡？这真是奇了怪了！一时间，世界各地的媒体纷纷报道了这个新闻。临近鸡蛋展览的时候，来自世界各地的游客和电视台、电台、报社以及网络等各路媒体的记者如潮水一般涌向小镇，争相一看究竟。

8月8日那天，小镇上人山人海、水泄不通，在镇中心的广场上，搭起了一个舞台。镇长切希斯亲自担任主持人，一会儿，他慢悠悠地推出了一个大铁笼子，约摸一人高，铁笼子被一大张幕布包裹着，看不出里面是什么。围观的人们都在议论，有的说笼子里装的是比西瓜大的鸡蛋，有的则说笼子里一定装着那个下出比西瓜还大的鸡蛋的巨型母鸡。

看人到得差不多了，镇长切希斯站到舞台中央，微笑着说：“我先让大家看看我们产蛋的母鸡。”说着，他伸手往那个大铁笼子一指，观众一看这阵势，胃口一下子被吊了起来：那么大的笼子，鸡自然小不了，能产下比

· 海外故事 ·

西瓜还大的鸡蛋的母鸡，那会有多大？天哪，这真是世界奇观啊！围观人群的议论声越来越响。

切希斯伸出手去，人们顿时安静下来，屏息看着笼子，等待奇观出现。切希斯开始缓缓拉动幕布，那幕布的设计是从上往下拉的，拉下一点，人们没看到什么；又拉下一点，铁笼子里还是空空如也……直到人们的眼睛都看酸了，还没看见母鸡。终于，那块幕布完全拉完了，一只老母鸡这才露出身来……

大家一看，顿时傻了：那只老母鸡，平平常常，普普通通，就是一只常见的老母鸡，看它的身形，还不及一只普通西瓜大，它怎么能下出比西瓜还大的鸡蛋呢？

还没等观众发出疑问，切希斯又说“接下来，让我们看看这位母鸡女士下的蛋吧。”这话一出口，观众刚刚失望的心情又如大海的波涛一样激荡起来，人人充满了期待。

切希斯走向后台，捧出了一个箱子，那箱子倒真比普通西瓜还大。他把手伸进箱子，摸了好一会儿，终于拿出了人们企盼已久的鸡蛋。刹那间，人们顿时大跌眼睛 那枚鸡蛋，也跟平常所见到的鸡蛋一样大小！广场上群情激愤，大家都知道上当了，正要抗议，忽然，切希斯话锋一转，说：“且慢发表你们的意见，请大家看看我们的西瓜——”

这时，台上、台下出现了一群青年人，身穿当地艳丽的民族服装，他们手里端着一个托盘，托盘里放着一些绿色的球状物，他们把这些球状物一一分发到观众手里。切希斯又说：“现在在你们手里的，就是我们镇独有的西瓜，欢迎品尝！”

人们这才恍然大悟，这些西瓜确实比鸡蛋小啊，他们急切地品尝了这种小巧玲珑的“袖珍”西瓜：皮薄汁浓，香甜可口，具有西瓜的所有优点，而且便于携带，这就是凯乐刚刚研制培育出来的新产品。

从此，风靡世界的，不但是这种比鸡蛋还小的西瓜，还有关于鸡蛋比西瓜大的创意。

（题图、插图：佐　夫）

辞职报告别乱写

□刘千荣

青年汪进军从河南来沪打工，经老乡介绍到一家犬业公司做保安。还没上班，这家狗公司老板就提出要他缴3000元押金，说如果有正当理由不干了，这笔押金就会还给他。还有600元培训费，就不退了。汪进军咬牙答应了。

可这几年公司运营不济，老板一直拖欠工资，汪进军实在熬不住了，就想辞职。

汪进军不傻，知道有些事要走法律程序。他知道同乡小万自学考了律师资格证书，于是向小万咨询情况。

小万说："最好让老板炒你鱿鱼，这样你可以得到公司相应的补偿金。"

汪进军已经铁了心要走，说："我也不想要补偿了，只要老板退还我3000元押金，支付拖欠的工资就好了。"

小万眼睛一亮，说："如果老板欠着工资，你可以主动辞职，而且可以随时辞职，今晚就不用去上夜班了，连提前一个月的招呼都不用打。"

汪进军是个老实人，总想着"和平解决"问题。于是他按小万的指点，写了简单的辞职报告，大意是：我在某月某日辞职，恳请批准。

老板很快批准了汪进军的辞职申请。汪进军去财务结账，公司七扣八扣，原本被拖欠的工资共计8000多元，只剩6000元了。汪进军心里恨，但还是妥协了。没想到公司以资金困难为名，要给他打白条。汪进军想起小万说过，千万别让公司打白条，因为欠条一打性质就变了。汪进军弄不懂咋就变了性质，但他相信小万，坚持你不给我现金，我就不签字。

公司这一拖就没了时间，小万决定免费为王进军打官司。

这桩劳务官司并不复杂，老板欠的押金，汪进军有原证据在手，公司也同意还；工资表上汪进军没签字，说明他没领钱。所以小万提出，公司不但要支付拖欠款，而且还得支付25%赔偿金。

更让人想不到的是：小万又提出公司要支付汪进军6个月工资的补偿金。汪进军不解，问："老板补我拖欠工资的25%，我觉得合理，就算是利息吧，但是他怎么会补我半年工资呢？"

小万解释说："《劳动法》明文规定：因用人单位的原因，而造成员工辞职的要给补偿金，每满半年以上就必须补一个月工资，你在公司做了近七年，补偿6个月的工资，已经是少算了。"

公司也早有准备，在法庭上，公司拒付半年工资的补偿金，理由是汪进军是打了辞职报告主动辞职的，依照有关条例，公司无需支付补偿金。

在实践中，小万已经见过了多起农民工败诉的案例，因此他也有了防范，汪进军的辞职报告，并未写明辞职理由。于是公司无故拖欠工资违约在先，依法汪进军可以随时辞职，用人单位就得支付补偿金。

双方为此在法庭上唇枪舌剑，最终法官支持汪进军要求得到半年补偿金的诉求。公司不服，上诉到中级法院，中级法院维持原判。

小万之所以能为汪进军赢来补偿金，除了公司违约在先，关键还有那封高明的辞职报告。辞职报告上如果写明是员工自己的原因，那就是主动辞职，那么相关的补偿金依法也就很难要到。

所以，如何写好看似简单的辞职报告也是大有讲究的。

律师点评：

故事涉及的法律内容，即员工辞职在什么情况下可以向用人单位索要经济补偿金问题。一般讲，根据劳动合同法有关规定，如果系用人单位过错原因，由劳动者被迫提出解除劳动合同的，用人单位仍应支付经济补偿金。由此，如何证明自己辞职与用人单位过错的因果关系则成了劳动者主张此项补偿金的关键。故事中的汪进军经小万指点，只写辞职而不写明原因恰恰给他提供了进一步解释和举证的空间，否则画蛇添足写上其他不痛不痒的理由反而影响了正常主张，结果就自然不容乐观了。

（题图：刘斌昆）

有人觉得懂得越多，能钻的空子就越大；有人觉得爬得越高，能揽的财富就越多。而当这两种人碰一块儿，他们的世界就挤了，挤到他们被一张小小的法网就给全罩住了……

诈卖

□秋生

1. 深夜来客

这“趣味茶庄”与其他诸多茶庄一样，也是麻将馆的代名词。曾经热闹非凡的地方，这段时间突然变得冷冷清清，老板刘东林很是郁闷。

刘东林几年前曾是雄州县检察院公诉科科长，拟提拔副检察长，可就在这节骨眼上，他因嫖娼被抓，不仅升迁无望，且科长也当不成了。于是下海干起了买卖，可谁知巨额投资的“茶馆”，生意不到二个月就冷到冰点，这都因为市里最近下了禁赌令，把顾客全吓跑了。半月前某局科长来打麻将，被市里安排的暗访组查获，丢官掉职，消息传开，还有谁会来光顾这倒霉的茶庄？

夜深了，门外突然走进两个中年男人，说要开间房。

刘东林精神一振，亲自把客人引上二楼最好的房间，招呼服务员上了壶上好的大红袍。见两位客人似乎还要商量什么事，就没再多说什么，退了出去。

刘东林到楼下看电视，突然发现本市新闻频道里一个人似曾相识，那不就是刚才楼上喝茶的其中一位吗？原来是本市的涂副市长啊！

没一会工夫，涂副市长二人下了楼，径直就往外走，到门口涂副市长停下脚步转身对旁边那矮个男人说：

“这事就有劳你了！”

矮个男人拍着胸脯保证没问题，等送走副市长，才转身结账。

刘东林盘算着要跟这二位角儿混熟，对生意可有大大的好处，于是，掏了烟说：“先生不急不急，这边坐这边坐。”

这人抬手看看表，也不推辞，一屁股坐沙发上，神情得意。刘东林赶紧给他点上烟，那人从口袋里掏出一张名片递给刘东林。

“李英俊，众信律师事务所主任律师，幸会！几年前我们还是同行啊，我原在雄州县检察院工作。现在是个体户了，以后请李律师多多关照啊！”刘东林也递上了名片。

聊热络了，李律师突然环顾大厅四周，转而凑到刘东林眼前，神情狡黠地说：“刘老板放着检察官不干，定是捞着不少好处了吧？看这茶庄，少说也值五百万啊！”

刘东林讪笑着，有苦难言。

李律师打趣地说：“这么好的地盘，做咱律师所办事处正合适，哈哈！”

2. 生财有“道”

刘东林店里生意不好，拖着手下工钱好几个月了。这天，服务员小刘跟刘东林讨起了工钱。

刘东林也觉得对不住这位小姑娘，眼看交房租的时间也过了，这钱都没着落呢，他都快急疯了，奇怪的是房东至今还没上门讨要租金。

正说着，门外兴冲冲走进一个人来。来人叫秦在声，三十多岁，原是雄州县法院法警队副队长，因押解犯人时无故把犯人打伤，被法院开除，现在社会上东游西荡，成天做着异想天开、一夜暴富的美梦。这茶庄就是他介绍给刘东林开的。

秦在声安慰刘东林说：“别担心，那禁赌令不过又是拉肚子政策，过不了几天，等风头过后就没事了。”

说罢，秦在声眉飞色舞地讲述他发财的经历。原来这段时间他到江西去了，租了一辆挖掘机，转手到广东把挖掘机卖了，获得赃款几

十万。

刘东林听后惊得目瞪口呆："你小子胆子也太大了吧，少说也得判你十年八年的，还到处嚷嚷！"

秦在声得意得很，显然没在意。

刘东林没好气地说："这也就你老弟做得出来，要是这店铺是你租的，你也会把它卖掉？"

秦在声盯着刘东林说："你说把店铺卖掉？"

刘东林气不打一处来，说："好啊，卖给你好了！拿钱来，把我投入的三十万本钱拿回就行了。"

"亏你还是搞法律出身的，我跟你说……"秦在声狡黠地道出卖房计划。

刘东林没想到秦在声当真了，竟然还有了个惊人的计划！他不禁手抖了起来。

秦在声来劲了，恨不得马上实施计划："这事关键是尽可能不让房东出现，房东是哪的？叫什么名字？"

刘东林说"房东叫龙少华，是通过中介所认识的，也怪了，交租金的时间都过去几天了，也不见他上门，平时都很准时的。"

这一晚，刘东林几乎彻夜未眠，脑海中反复思索着秦在声的计划。他现在已经无路可走了，生意无以为继，还背着一屁股债，看来只有铤而走险了，再说这个计划也确实巧妙，如不出差错，还真能发上一笔大财，大不了远走高飞，总比现在窝囊强。

他们的计划是，由他们两人签订假房屋买卖合同，然后以卖方不履行合同为由，买方将卖方告上法庭，官司赢下来后，由法院强制办理房产过户手续，于是这房产就合法地转移了！

3. 黄雀在后

刘东林试着打房东龙少华的电话，居然关机！奇了怪了，真乃天助我也！正暗自高兴，门外进来一人，李律师李英俊。

坐定后，李律师不紧不慢地问："刘老板，好久不见了，生意可好啊？"

刘东林苦笑着说："这么久也不见你光顾，都快关门了，这店实在开不下去了。"

李律师突然话题一转，问道"这店是你的？"

刘东林心里一怔："你这是什么意思？"

李律师追问："可听说这房产产权人是个叫龙少华的人啊！"

刘东林不知他来有何意，好在早就编好了谎言："哦，是这样，龙少华把这店卖给我了，因为他才买了不到五年，五年内再转手交易税要百分之二十，所以等五年过后再办房产过户手续。"

李律师说："哦，是这么回事啊，听说你这店要出卖？"

刘东林心里一惊"啊？嗯，你这是听谁说的啊？"

李律师瞟了他一眼说道："不瞒你说，有人准备起诉你，说你不履行合同。"

明白了，一定是秦在声的计划开始实施了，只不知这李律师怎么知道这回事，不管怎么说，按计划行事。

"起诉我？哼，是秦在声吧，这小子，说好了价，又不给钱，我现在不卖了！再说现在的房地产什么价啊，这房子最少也值五百万，他想四百万就到手啊！"刘东林装作生气的样子，同时也佩服秦在声的精明。

"我现在是他的代理律师，咱们也算是老朋友了，咱们商量下吧，看能不能协商解决。"原来是这么回事，看来这单案子没接错，虽然是风险代理，但看这情形搞定这单案是没问题的，十万元的代理费就到手了，李律师心里暗自高兴。

为了把戏演得更像，刘东林装作激动起来："我就不卖了，看他怎么样，是他不按约定的时间给钱，要说违约也是他的责任，还告我，哼，这事没得商量，我不卖了！"

李律师见刘东林这番态度，显出一副公事公办的样子："我们虽然是老朋友了，但我也是受人之托，看来咱们只有在法庭上见了。"

刘东林装出一副着急的样子："有事好商量，嘿嘿，你看，这事如果真上法庭有胜算吗？你知道这房子现在至少也值五百万啊！"。

李律师眼看刘东林态度软了下来，假惺惺地开导起来："你也是搞法律出身的，我不能出卖我的当事人啊！虽然价钱是便宜了点，但这白纸黑字的合同，也不能说变就变啊，再说你这茶庄看样子也经营不下去了，不如卖了好。"

刘东林突然想起那天他说的话，故意找岔："对了，你不是说你想要个律师所的办事处吗？我卖给你好了，也不能便宜这小子。"

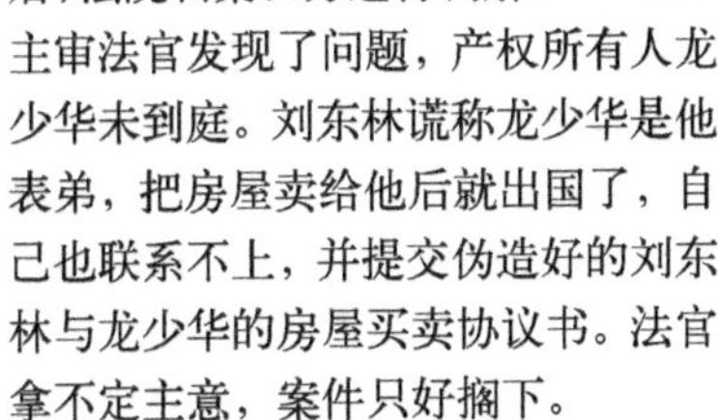

刘东林这不经意的一句话，还真让李律师动起了心思。平心而论，这店铺少说也值五六百万，开办律师事务所也是非常理想的场所。

李律师不露声色，暗自盘算，怎么一箭双雕，但嘴上还是装作惋惜地说：“你怎么不早说，事情都在这份上了，不好办呐！”

这家伙还真动心思啊，刘东林心里一怔，可别把计划搞砸了，却一下不知如何应对。

“这样吧，我找秦在声再商量商量。”双方都心怀鬼胎，李律师说完这话就走了。

李律师一走，刘东林立马给秦在声电话，问李律师来是怎么回事，秦在声在电话里哈哈大笑：“你就等着当被告吧，哈哈哈……”

原来那天两人密谋后，第二天秦在声即找到律师事务所，刚好遇上李律师，于是把编好的案情介绍给李律师，李律师听后拍着胸脯说包在他身上，并谈好风险代理，代理费十万元，胜诉后给钱。

毕竟是律师，接下案子后，李律师马上到房管局核查房产，让他纳闷的是，产权人登记的果真是龙少华，而不是刘东林！这下弄明白了，同时却打起了房子的主意！

4. “计”高一筹

几天后，刘东林收到了法院的应诉通知、传票等法律文书。之后，法院召集双方进行调解。主审法官发现了问题，产权所有人龙少华未到庭。刘东林谎称龙少华是他表弟，把房屋卖给他后就出国了，自己也联系不上，并提交伪造好的刘东林与龙少华的房屋买卖协议书。法官拿不定主意，案件只好搁下。

案子无进展，原、被告双方却一点不着急，这李律师却急了。

李律师主动约谈秦在声：“老秦啊，你这案子恐怕有点问题啊……”

秦在声满不在乎：“有什么问题是你李大律师搞不定的啊？”

李律师说“实话告诉你吧，你与刘东林签订的买卖协议，但房主是龙少华，这协议的效力有问题。”

秦在声显得紧张了。

“再说案子如果赢下来了，你能按协议拿出这四百万来吗？”李律师开始他肚里的计划，唬唬秦在声，让他主动把房子转让给自己，至于龙少华不出庭，李律师自有办法。

秦在声把话编得滴水不漏：“我当然没钱，要有钱的话早给他了，也不至于到今天。不过我已经联系好了买家，人家出价是四百五十万，官司赢下来人家立马给钱！”

李律师看秦在声紧张起来，继续唬着：“可这官司不好赢啊，你想想，这协议效力是有问题的，即便协议是有效的，也是你违约在先，你怎么赢这场官司？”

“那怎么办啊？”

李律师瞟了一眼秦在声：“办法也不是没有，有钱什么事都能解决。”

“我知道你啥意思，可你知道我现在缺钱，等官司赢了之后所有的开销我双倍奉还，怎么样？”

“老弟，干咱这行的可没这先例的啊，再说咱们还是风险代理，你十万块的代理费还没给呢。”

秦在声装得着急起来：“算我求你了，给我支个招吧。”

感觉是时候了，李律师慢吞吞地说：“办法嘛，倒是有一个。实话说，大家在这世上，都是求个财，你说对吧？”

“看你说的，那是当然了！”秦在声附和着，看他肚里卖什么药。

“这个店铺呢，其实也不是你本人要买，只不过是转手倒卖而已，卖给谁其实都一样，你说对不对？”

秦在声装糊涂：“这话怎么说？”

“挑明了说吧，这店铺我想要，价钱就按你出的四百五十万，怎么样？”李律师终于摊牌了。

“这不好吧？我已经答应人家了，这可不守信用哦！”秦在声暗自高兴，正愁找不到冤大头呢，这家伙倒自己送上门来了！嘴上却装模作样地说。

李律师心里明白这油腔滑调的家伙其实没什么诚信可言，只是不知怎么如此好的买卖给这家伙撞上了，现在只不过是想抬抬价而已。

李律师说：“本案代理费就免收了，房子四百五十万给我，怎么样？”

秦在声继续装模作样地说：“那我得跟买家商量商量吧？”

“商量个屁，你们的买卖八字还没一撇，别哄我了，我还不知道你的心思！”李律师干脆点破他。

“哈哈哈哈，看你李大律师说的，好，爽快，就算咱们交个朋友吧！”秦在声见目的达到，开心地大笑起来。

当下两人就签

订了协议书，搞定了秦在声，下一步是刘东林了，至于法院方面，李律师自认为没有办不成的事。

5. 千钧一发

“趣味茶庄”早早就关门了，仅有的一个服务员小刘也跑路了。偌大的茶庄只有一个房间亮着灯，灯下二人正鬼鬼祟祟地密谈，正是茶庄老板刘东林和秦在声。事情进行得太顺利了，在这节骨眼上不能出什么差错。李律师是个贪婪却又精明的人，不能让他看出破绽，必须把戏演得更像。二人敲定刘东林要摆出强硬的姿态，一来让李律师消除疑虑，认定这店铺确是刘东林的，二来要让这案件走完法律程序，相信李律师有这个能力摆平法院的。

果然，没几天李律师又主动找到了刘东林商讨，刘东林这回态度坚决，按照拟定的计划应对，协商无望的李律师只好走法院这条路了。

好个李大律师，法院就像他自家开的一样。李律师跨进法院大门，径直往民一庭庭长办公室走去。

周伟忠是雄州法院民一庭庭长，人称“周扒皮”，这案子正是在周庭长的庭里主办。李律师坐定后，直奔主题，两人的交易已经不是第一次了，不必客套。

老奸巨猾的周庭长不会放过任何“生财”的机会，但还是故作姿态，称案情重大，当事人下落不明，不好办啊！

“按民诉法的规定，当事人下落不明，可以发出公告啊，有啥不好办的？”李律师边说边把一个鼓鼓的信封往周庭长口袋里塞。

《中华人民共和国民事诉讼法》第八十四条确有此规定，受送达人下落不明，其他方式无法送达的，可以公告送达。

周庭长也不推辞，讪笑着说“你小子可别害我哦！”

“周大庭长说哪里话，有财大家发嘛，哈哈哈哈……”这种事对于他李律师来说，已经是家常便饭了，一点也不觉得难为情。

如李律师所愿，法院在《人民法院报》刊登了公告，向龙少华送达相关法律文书。

公告期满后，法院终于又开庭审理该案了。龙少华果然没有现身，于是缺席审理。

二人佩服李律师的能力，能把法院搞定，相信他也一定能把握案件结果。

不出所料，几天后判决出来了：

一、房屋买卖协议有效。

二、判决生效后十天内办理房产过户手续，买方秦在声同时支付购房款四百万元。

二人欣喜若狂，就是要这个结果。

6. 原来如此

昔日的“趣味茶庄”，如今换上了“众信律师事务所”的招牌，门前摆满了花篮，道喜的宾客络绎不绝。其中不乏当地的名贾富商、达官贵人。

李律师率领律师事务所的全体人员忙着招呼各路来宾，场面好不热闹。

刚刚摆脱“受贿门”事件困扰的涂副市长也来了。

这段时间涂副市长因被人举报受贿而被停职审查，多亏李律师多方奔波、打点才让涂副市长“洗冤”复出，李律师的律师所开张之喜岂有不贺之礼！

李律师扔下其他客人，赶忙把涂副市长迎了进来。

“涂市长亲自光临，真是蓬荜生辉啊！里面请里面请！”李律师把涂副市长迎进里间。

涂副市长坐定后说：“你租这场所怎么不跟我说啊？”

李律师得意地说：“这点小事怎么敢有劳市长您的大驾啊，不过这可不是租的哦，嘿嘿……”

涂副市长一怔，不是租的是买的？

李律师继续说：“承蒙市长的关照，这几年律师所的业务不断发展壮大，没有一个自己的场所可不行啊，我这是买的啊！”

“买的？跟谁买的？”涂副市长更疑惑了。

于是李律师得意洋洋地把事情的原委说了一遍。

涂副市长听后铁青着脸，突然紧捂胸口，肥硕的脑袋耷拉在胸前。

李律师哪里知道，这个店铺是他涂大人的房产，为了掩人耳目，把房主的名字写成了自己小舅子龙少华的名，店铺所有事务都由龙少华打理，这事只有他们夫妻俩和小舅子知道。最近由于被举报受贿，他把小舅子支到了国外避风头，没想到在这关头出这档子事。

涂副市长心脏病突发，再也没有醒过来。

（题图、插图：杨宏富）

会下棋的人不见得都聪明，犯糊涂的大有人在。棋盘上，布棋布得再巧妙，不过争个技艺高低；人生路，走着走着，偏了正位，那才满盘皆输……

棋子、娘子和案子

□陈　婧

1. 夜深人不静

万历年间，河间府有个小河村，村里有个特别爱下象棋的人，叫曹林。每年他都带着象棋四处寻访高手，切磋棋艺，一年到头也难得在家老老实实地待上一段时间。妻子香兰只得常常独自一人照顾他们还在襁褓中的小孩。

这一天，曹林刚风尘仆仆地访友回来，还没到家歇一口气，便直接走进了棋友吴郎中的家。两人摆开棋盘，相约以一两银子为注，开始了棋局。

三局战罢，曹林获胜。吴郎中让妻子摆好酒菜，两个人边喝边聊。酒过三巡，吴郎中突然问道：“曹兄，你我下棋，一向只为乐不为钱，今天你怎么提出要下赌注了？”

曹林脸一红：“兄弟，不瞒你说，我这次外出七个月，银子花了个溜溜光儿，就差点儿要饭回来了。我寻思咋也得给香兰娘俩买点儿啥呀，实在没办法，只好上你这儿来了。”

“原来是想给嫂夫人买东西呀，好！”吴郎中扬脖儿把一杯酒干下，接着又小声儿咕噜了一句，“你想着人家，谁知人家是不是也想着你呀！”

曹林一愣，一皱眉：“兄弟，你把话说明白点儿，别跟我打哑谜，香兰她怎么了？”

吴郎中支支吾吾的，像是要搪塞什么，可曹林紧逼不放，吴郎中没有办法，便借着八九分的酒劲儿，压低声音说了一句——“上月初七，夜深人不静呀”，然后就闭口不语了。

曹林的酒再也喝不下去了，他起身告辞，疾步向自己家走去。到了家门口，只见院门紧闭，曹林用力一推，里面门栓闩着。他的火气顿时不打一处来，也不叫门，翻墙而入，走进了屋里。

香兰正在哄着孩子，曹林也不和她言语，开始四处寻找，可屋里屋外找了个遍，也没有一个人影儿。曹林一皱眉，开始翻箱倒柜。突然，箱底处一个崭新的包袱映入眼帘，他一把扯开，里面竟然是一件洗得干干净净、叠得整整齐齐的僧袍。

曹林的眼珠子开始发红：“这是什么？”

“这……这是我……我给庙里的大师洗的僧袍。”香兰一把拉住曹林的胳膊，“他爹，你要相信我呀！”

“上月初七，你不会忘了吧？”

香兰的脸一下就白了，她嘴唇颤抖：“我……我是清白的！”

“清白？哼，清白得都领回家来了！”

“我没有！你走后，我一直求柳妈做伴儿，她可以作证！”

“柳妈？好，等我把一切查个水落石出，再来收拾你这贱人！”曹林说完，转身离去。

曹林去了柳妈家，他仔细询问了柳妈，得知自己离家后，香兰的确求柳妈过去做伴儿，这些天柳妈每晚必去，从未有过一次遗漏。

曹林一愣，继而追问道：“柳妈，那你上个月初七去我家，有没有看到什么？”

柳妈的脸色一下就变了，手一哆嗦：“没……没有……”

曹林“扑通”一声跪倒在地：“柳妈，我娘活着的时候，和你像亲姐妹一样，看在我那死去的亲娘份上，你也应该和我说实话呀！”

柳妈的眼泪一下淌了下来，她双手扶起曹林：“孩子，不管出了啥事儿，你都要挺住呀……那天晚上，我家里有事，去你家时已经很晚了，你家大门插得死死的，我就敲门。这时候，我突然看到有人越墙出来，跳到地上还摔了一跤，然后爬起来就逃了。我刚要喊，门就开了，香兰把我拉进去，她神色慌张，我也就没再问什么……”

“那人是谁？”

“我没看清楚，不过剃着光头，像是个和尚。”

“这个秃驴！”曹林万分恼怒，怒气冲冲地离开了柳妈家。他回到家里，香兰正抱着孩子哭着，他一把扯过香兰，劈头盖脸一通耳光，然后抓起那个包着僧袍的包袱，扔下一句话："等我回来再收拾你！"

曹林走后，柳妈便来了，她是放不下心，过来看看，到了曹家，只见院门大开，她冲进屋里一看，不由惊叫一声：香兰已经悬在了梁上……

2. 生死之棋

曹林径直奔向了东林寺，那是这方圆上百里唯一的寺庙，说是寺庙，其实只有一间房、一个和尚，那和尚叫"了空"，据传棋艺十分了得。东林寺离小河村三十多里，所以，曹林气喘吁吁地赶到寺庙时，已经是旭日初升了。

曹林刚出家门时是怒火万丈，这一路走来，也渐渐冷静了许多，等到见了了空，表面看来已十分平静。不是吗，这种男女苟且之事，还需察言观色、细细寻访才是，急躁不得。

于是，曹林谎称是来和了空切磋棋艺的，提出要和他下三盘。了空一口应诺，他坐下来，和这个陌生的访客认认真真地下起棋来。

两盘结束，曹林全输，他看了看了空："大师棋下得好呀，厉害！"

了空摇摇头："其实施主棋艺远胜于贫僧，只是施主心不静，看来施主找贫僧不是为了下棋，而是有事。"

"大师说得没错，大师认不认识小河村的曹李氏？"

了空想了想，摇了摇头："施主能否说得再具体些？"

曹林盯着了空："就是家住村边、名叫香兰的那个。"

"你是说丈夫不在家的那位女菩萨吧？贫僧知道。那还是几个月前，一个老婆婆来到小寺找贫僧，自称是小河村人，姓柳，人称柳妈。柳妈说村里有位名叫香兰的女菩萨，丈夫外出，柳妈和她结伴同住。偏巧香兰的孩子病了，他们家境不好，丈夫又不在家，孩子越病越重，她茫然不知所措。柳妈听说贫僧懂得一些医术，给人治病又从不收钱，所以她就来找贫僧。贫僧和柳妈去了小河村，佛祖保

佑，终于救了小孩一命。此后，贫僧再未见过香兰女菩萨。”

“谎话说得跟真的一样，看来大师的记性不算太好呀，这袍子你总该不会忘了吧？”曹林说着，抓过包袱扯出僧袍，扔到了了空的面前。

一见袍子，了空一愣：“你是……”

曹林点点头：“你猜得没错，我是她男人，你们和尚不是说有因有果吗？那你说说，这袍子的事儿该有报应了吧？”

“施主，不要误解了你妻子，她不是恶人！”

“呸，你们不是讲命吗？那就让命来决定，咱俩下第三盘，要是你赢了，我抬腿就走，什么都归你；要是你输了，我就割下你的花花肠子喂狗，下棋！”

了空双掌合十：“施主，你心魔难解，苦海无边，回头是岸！”

曹林见了空既不回答也不下棋，顿时两眼发红，说道：“既然你放弃下生死棋，那就不怨我了，我割掉你的鼻子，让世世代代的人都记住你这淫僧！”说罢，他一把揪住了空的前胸，举起了暗藏的尖刀……

就在这时，突然身后一声吼——“住手！”十几个捕快如狼似虎地扑了过来，还没等曹林反应过来，一伙人便以迅雷不及掩耳之势夺去了他手中的尖刀，把他和了空分开，然后，把他们两人带到了县衙大堂。

原来，幸亏柳妈去得及时，才救了香兰一命。两人明白曹林肯定是去东林寺找了空和尚报仇，她们来不及追赶，便急忙赶往县衙，击鼓报案。县太爷不敢怠慢，急忙命捕头率十几名捕快，骑快马直奔东林寺，果然在最紧要的关头救下了了空。

县太爷毫不停歇，立即升堂……

3. 僧袍的来历

县太爷一拍惊堂木：“曹林，生活不比下棋，所有东西都摆在一个盘面上，你仅凭柜里的一件僧袍，就能断定了空和你妻有染？你是否知道这件僧袍的真实来历？”

曹林抬头说道：“大老爷，真实来历就是上月初七，淫僧和荡妇趁柳妈家中有事聚在一块儿，做了猪狗不如的事。后来，柳妈回来了，两个人一阵慌乱，淫僧赤身跳墙逃跑，僧袍留在我家，淫妇偷偷将衣服藏好，恰巧我突然回来，发现了证据。”

“你这只是猜测。”县太爷扫了一眼曹林，“来呀，带香兰。”

香兰被带到堂上，她连连磕头，口称冤枉。

县太爷向堂下扫视一眼，说：“香兰，本县不会冤枉一个好人，也不会放过一个恶人。既然你口称冤枉，就当面说出你的冤屈来。我问你，了空的僧袍是如何到了你家的？”

香兰未曾开口，眼泪先像断了线的珠子滚落下来，她看了看令人望而生畏的公堂，又看了看满脸杀气的丈夫，长叹一声，说：“我本不想说，可事到如今，也只好实话实说了。”

上个月初七，香兰抱着孩子到县里赶集，买些家里必需的应用之物。县里离小河村不近，而她又是一个小脚女人，来去行走费时费力，而集市上又遇到了一些小波折，更耽误了时间，还没到家，天色却已近傍晚。一个单身女人怀抱着孩子赶路，香兰原本就已经提心吊胆了，偏偏前面又出现了一大片松林，而且夜色越来越浓，就在香兰心惊肉跳的时候，突然，一个黑布罩面的人横在路中间，手里握着一把冷气森森的尖刀，拦住了她的去路！

香兰的脑袋“嗡”的一声，她很清楚自己碰到了强盗。那强盗说，他只是“要钱不要命”，要香兰把身上的钱财都拿出来。香兰只得取出身上剩下的一点儿钱，一并放在地上，强盗见没什么钱，便要香兰把身上的衣服脱了，说是衣服也能换几个钱。香兰万般无奈，在尖刀的威逼下，脱光所有衣裳……

也就在这个时候，突然远处传来一阵脚步声，强盗脸色一变，抓起所有东西，眨眼间便消失得无影无踪了。由于不知道过来的是什么人，香兰只好躲进一个土沟里，小心翼翼地张望着。一会儿，那人走进了林子，越走越近，香兰终于看清了，来者不是别人，正是自己儿子的救命恩人——东林寺的了空和尚。那会儿，香兰实在是没别的法子，她就叫了起来。了空听到声音，走上前来，香兰因赤裸着身子，她让了空止步，并说明了情由。了空当即脱下僧袍，使劲儿抛了过来，然后走到远处，转过身去。香兰也顾不了许多，捡起僧袍，急急穿好，抱着孩子来到了空跟前，再三道谢。

了空决定亲自护送香兰回村，两个人一前一后，刚刚走出树林，却又遇见了一人。那人叫蔡三，住在郊外，因娘病重，去东林寺求师傅救人，没

想到恰在这里遇见了了空。

为了救蔡三的娘，了空只得让香兰一人独自回家了。这时，香兰悄悄把了空叫到一边，说："多谢师傅搭救之恩，不过，师傅的僧袍我只有日后送还了……师傅，我男人不在家，今天发生的这事儿，如果传出去……"

了空请香兰放心，他说自己绝不向任何人透露半字，随后，香兰向了空深深道了一个万福，抱着孩子急急离去。了空目送香兰走远，这才和蔡三上路。

香兰回到家，柳妈还没有回来，她关上了门，回到屋里，看一看空空荡荡没有男人的家，想一想刚才凶险的经历，瞅一瞅不谙世事的孩子，再看看刚刚脱下的僧袍，香兰禁不住悲从心来，放声大哭。正哭着，外面传来了柳妈的敲门声，香兰急忙擦干眼泪，去给柳妈开门。柳妈见她神色不对，便追问怎么了，香兰没敢说实话，支支吾吾遮掩了过去。第二天，香兰便把僧袍仔细浆洗一遍，准备亲自给了空送去，可谁知了空外出了，僧袍无处可送，她只好藏了起来。正是在这个时候，曹林突然回家，进门就翻箱倒柜，结果找到了那件僧袍，不待她解释便离家而去。香兰觉得自己即便是跳进黄河也洗不清了，一时短见，悬梁自缢，幸亏柳妈及时赶到，要不然她早已一命归西。

听完香兰叙述了僧袍的来历，县太爷又问了其他一些事情，然后让她退下，把了空叫到堂上。一询问，了空对僧袍的说法与香兰一般无二，而且了空猜想那天晚上香兰极有可能已经失身于歹徒，而他明白世俗之人绝难容忍女人失身，所以当曹林来到东林寺时，他以为是来核实香兰是否失身的，所以绝口不提僧袍的真实来历，没想到这就使误解更深了。如今曹林的目的已明，了空便实说了。

面对两个人的供词，曹林始终不相信，认为这些都是淫僧淫妇编造好的谎言，而县太爷也没有证据证实香兰、了空所说的是事实，此案只能不了了之。

曹林觉得气愤难解，求县太爷允许他当堂写下休书，县太爷点头答应，于是曹林当堂挥笔，和香兰一刀两断。

休了不贞的妻子，曹林顿觉一身轻松，他连连向县太爷磕头道谢，县太爷扶起他，说："听说你棋技高超，本县闲暇时也有这个喜好，如果你不嫌本县棋技粗疏，那就指点几盘如何？"

曹林表示愿意，还说自己有个好友吴郎中，也是个棋友，是他暗示香兰不贞的。自己要先回村一趟，把休妻的事告诉他，向他道完谢后再来和大老爷下棋。

县太爷点头同意："好，既然是棋友，那就请来，我们一块儿切磋！"

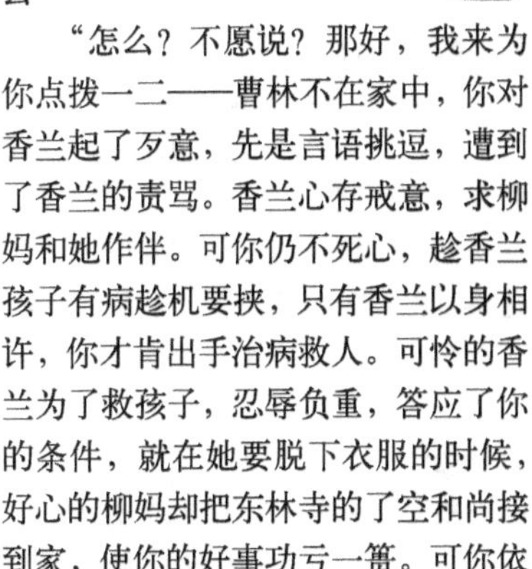

4. 拍案惊奇

不一会儿，曹林带吴郎中一块儿来到县衙，和县太爷共同切磋棋艺。先由吴郎中和县太爷对局，两个人你来我往，最终县太爷败给了吴郎中。

接着，县太爷又让曹林上阵，不过他却变了规矩，把所有的棋子全部翻扣过去，用到哪枚时再翻转过来。两个人你来我往战在一处，县太爷不是曹林的对手，很快便被曹林冲车逼宫，成了死棋。

县太爷微微一笑，轻轻翻起那枚倒扣着的“帅”，谁知竟是一枚“车”，他运车横斩，吃掉了曹林的逼宫之车。

曹林顿时目瞪口呆，好半天才说道：“大老爷，你……你这帅位上的棋子不是帅……你这是坏了规矩呀！”

“是吗？”县太爷看了看吴郎中，“他说坏了规矩，你说呢？”

吴郎中看了看，说道：“大老爷这么走，的确是有点儿不守规矩。”

“不守规矩？天下不守规矩的事儿多着呢！”县太爷说着猛地一拍桌子，“吴郎中，你对香兰见色起意，逼迫不成便羞愧成恨，设计陷害一心致她于死地，所有详情，速速招来！”

曹林和吴郎中都愣住了，吴郎中满脸的委屈：“大老爷，我和曹林如兄弟一般，他媳妇就相当于我妹妹呀，我怎么会——”

“怎么？不愿说？那好，我来为你点拨一二——曹林不在家中，你对香兰起了歹意，先是言语挑逗，遭到了香兰的责骂。香兰心存戒意，求柳妈和她作伴。可你仍不死心，趁香兰孩子有病趁机要挟，只有香兰以身相许，你才肯出手治病救人。可怜的香兰为了救孩子，忍辱负重，答应了你的条件，就在她要脱下衣服的时候，好心的柳妈却把东林寺的了空和尚接到家，使你的好事功亏一篑。可你依然处心积虑地盘算着怎么把香兰弄到手……我说的对吗？”

吴郎中一阵大笑“大老爷真会编故事，可惜光有故事没法给人定罪。”

曹林也开了口：“是呀，大老爷，吴郎中是我的好友，我每次外出访

友，都拜托他代为照看我家，我一直很感激他，你不能怀疑他呀！”

“这不是本县胡乱怀疑，而是香兰和柳妈所述，除了她们，本县还有证人，带蔡三！”

话音未落，蔡三被带了上来。一见蔡三，吴郎中就直冒汗。县太爷看了看蔡三，大声喝道：“蔡三，这位先生你还认得吧？那你就说说你们之间的事吧！”

蔡三点头答应，说出了实情：上个月初七，吴郎中找到他，给他五两银子，叫他在集市上制造事端，延误香兰回家。然后在香兰回家的路上拦路抢劫，并且一定要扒光她的衣裳。这段路，是东林寺和尚了空每天化缘回寺的必经之地，等了空救下香兰后，蔡三又以给老母看病为由，把了空请走，让香兰独自回家。香兰回到家后，吴郎中暗中守候，看准柳妈叫门，他假扮和尚，越墙逃走，制造了香兰和了空私通的假象。蔡三老娘有病，正愁着没钱治病，只好答应了吴郎中。蔡三把了空请到家，没想到和尚治好了娘的病却分文没收，刚才，蔡三听别人都在议论了空和香兰有私情，眼见恩人蒙冤，蔡三越想越愧疚，所以就来到县衙说明情况。

吴郎中瘫倒在地，口不能言。

曹林气得两眼喷火，一把扯过吴郎中，狠狠就是几耳光：“你这个畜生，我把你当成朋友，你却暗中害我，我真想宰了你！”

县太爷命人制止住曹林，说“曹林，我还以为你沉湎于棋艺，没想到你也有人之常情呀！刚才本县和你们对弈，是想通过下棋来点化你们。曹林呀，你作为丈夫，常年不在家，不承担丈夫应尽的责任，你妻子一人在家，和守寡又有何异？她要生活，还有个孩子，能怪她越轨吗？这和我下棋‘帅’不在本位有何区别？下棋只是消遣而已，可你却把它当成了生活的全部，你离开了本位不尽本职，不管你怎么做，到头来只能是一盘输棋！”

一番话如醍醐灌顶，曹林的汗一下子就下来了：“大人，我明白了，即便香兰真的有私情，我也有责任，是我离了本位，未尽夫责，我

对不起她！”

接着，县太爷喝令升堂，当堂判定吴郎中坑人害人，报批斩刑；蔡三、曹林各有过失，分别惩处。各自画押后，准备退堂，曹林跪爬半步：“大老爷，我有话说——”

县太爷冷冷一笑，说：“你不辨是非，因怒起恨，闯入佛门，企图伤人，虽然有因，但也不可饶恕，判你鞭笞三十，你还觉得冤吗？”

曹林连连摇头：“大老爷，小的一点儿都不冤。小的是有事相求——小的现在才知道香兰是贤妻良母，小的错了，从今以后再也不会只顾下棋不思责任了。小的当堂休妻是大人同意的，现在小的求大人做主，允许我们夫妻破镜重圆。”

县太爷沉吟一会儿，低低地叹了一声，说：“曹林呀，你休妻并不只是我同意，其实香兰也同意，与其说你休了她，还不如说她休了你。现在你要和她重归于好，本县可做不了主，那要看香兰肯不肯原谅你呀！不过，本县倒可以给你们做个证人，看你能不能改好，你们重归于好那一天，本县倒愿意讨一杯喜酒。”

香兰和曹林同时谢过大人，准备下堂，曹林走到香兰跟前，伸出手来：“我抱孩子吧！”香兰推了一下曹林，说：“忘了你一会儿还有三十鞭子呢！抱孩子？你不让我抱就算照顾我啦！”

县太爷看着夫妻俩冰释前嫌，手捻胡须，含笑点头……

（**题图、插图**：张恩卫）

·本刊信息传真·

故事会■新浪 微故事大赛

4月征集主题：爱的故事

《故事会》杂志和新浪微博（weibo.com）联合主办微故事大赛已经进入了第二年，感谢所有参与者的支持！今年，微故事大赛将继续进行，基本规则不变，出题方式则有所不同，从去年的一个词语，改为设定故事的主题范围。

本次大赛所有作品通过新浪微博平台征集（搜索＃微故事大赛＃），每月一个主题，当月设金奖1名，奖金1字10元（字数低于120的按120字计），银奖2名，奖金1字5元，另设年度奖项。优秀作品将在每月的《故事会》上刊登，并结集出版。2月金奖得主已公布，请登录故事中国网（www.storychina.cn）查看详情。

4月微故事征集主题：爱的故事——爱无所不包，博大精深，也是人类永恒的情感。请您围绕这一主题，构思一篇微博故事，正文字数在130以下，力求情节出人意表，立意隽永深远，文字鲜明生动，本月的微故事达人或许就是你！截稿日期：4月21日。（本期刊物特别选登2月微故事大赛优秀作品，详见P76）

·微博故事·

故事会■新浪 微故事大赛

2月优秀作品选登 （主题：游戏）

@亳州李景强 省里决定：首届龙舟大赛在清风市的清水河举办。消息一公布，清风市上下就忙活开了。不多日，清水河清了。龙舟大赛一结束，几个渔民拨打“省长热线”说：感谢你们治好了清水河！不过，大伙担心以后河里养的鱼还会死啊！“省长热线”回复：请放心，以后每年一届的龙舟大赛都在那儿举办！

@wl心有灵犀 他决定用游戏作出选择：下一辆车尾号为单，他就果断离婚；为双，他就放弃情人。第一辆车开来，是“0”。第二辆是“X”。第三辆居然没牌，真倒霉！终于，第四辆车开来，车尾号是“1”！他兴奋地跳起来。突然“砰”的一声，背后一辆车把他撞飞。五天后，他醒来，看见妻子泪汪汪地守护着他。

@夕阳的刻痕2075 看到儿子一整天都在玩游戏机，爸爸非常生气，便教育儿子说：“你天天玩这个有什么好处？你爸我小时候经常下河摸鱼，多有趣啊！”儿子听后非常委屈地说：“爸爸，如果不是你的工厂把河弄脏了，我还用得着在游戏机里摸鱼吗？”

@长城上看海 1977年10月，恢复高考的消息传来，全场的知青都跃跃欲试。可场部严令谁也不许旷工复习，否则不给报名。第二天我们在食堂等开饭时，又玩起了扳手腕的游戏，从来不玩这个的我和大强扳了起来，他一狠心，“咔嚓”一下，我的腕骨脱臼了。场长没办法，让我回家去养伤。两个月后，我的命运被改变了。

@长年一博 小天使扇动着翅膀飞到小明面前说：“小明别哭，我可以实现你的一个愿望。”小明说：“我要妈妈。”小天使挥动一下翅膀，小明妈妈出现了。小明爸爸看到后，偷偷地把小明叫到一旁说：“小明，你去跟小天使说，我还要一个妈妈！”话音未落，“呼”的一声，小明奶奶堆着皱纹乐呵呵地出现了。

@河南黄豆 六一节，教育局长去视察幼儿园。第一站是机关幼儿园，随行人员从车上搬下一箱箱礼物，没想到孩子们说：“又是过时的玩具。”老师们熟练地拆开包装，将盒子重新摆到车上。第二站来到民工子弟幼儿园，老师们小心地搬下空盒子，孩子们兴高采烈地说：“有了新盒子，我们又可以玩游戏了！”

@四季春风80 “再玩一次吧？”“不想玩了，这游戏我已经打通关了。”“你就当是帮我个忙，再玩一次吧？”“为什么？”我问。“因为、因为我的生命只有在一路蹦蹦跳跳、顶蘑菇、踩乌龟、跳旗杆的时候才有意义……”马里奥说。 **（大赛启事请见P75）**

民间故事是千百年人民集体智慧的体现,过去都是口耳相传的，而在新的传播技术广泛运用的今天，却出现了无以为继的“断裂”状态。本刊从本期起新开“经典传递”栏目，旨在将这类体现了我们五千年文明的菁华传承下去。本期介绍的是一组对联故事，相信读罢，我们不禁会为古人驾驭语言文字的非凡功力而折服。

船夫的“绝对”

明朝嘉靖年间，江西吉水县出了个自负的罗状元。有一次，罗状元乘船去九江，船夫求状元对一副联。罗状元起初不以为然，等到船夫写出上联，罗状元却写不下一字。

船夫的上联是：“一孤舟，二客商，三四五六水手，扯起七八页风篷，下九江，还有十里。”

这上联过了几百年，也无人能对。到解放后，佛山有个老装修工人，托人到十里外的农村找一段名叫“九里香”的木料。材料找到后，只花两天便运到了。而据说1943年时，有个木匠花了一年才弄到这木材。有人一时兴起，对出了四百多年前船夫的“绝对”：“十里运，九里香，‘八七六五’号轮，虽走四三年旧道，只二日，胜似一年。”

宾主互对

每逢农历七月七日，这家主人照例会设宴款待私塾先生。这年七夕，先生见厨房并无动静，便写了上联：“客舍凄凉，恰是今宵七夕。”

主人见了，笑说忘了，对了下联：“寒斋寂寞，可移下月中秋。”

到了中秋，先生见主人还没有准备，便再出上联：“绿竹本无心，遇节即时挨不过。”

主人笑说：“我又忘了。”他对道，“黄花如有约，重阳以后待何迟？”

到了重阳，仍未设宴，先生耐不住，再出了一句上联——“汉三杰：张良、韩信、狄仁杰。”

主人说：“错啦，错啦，狄仁杰是唐代人，先生忘了吧？”

先生说“你前唐后汉记得这么清楚，为什么请先生一顿饭却老忘呢？”

半截春联

一年腊月，王羲之从山东移居到绍兴落户。乔迁之喜加上新春之乐，王羲之挥毫写了一副春联：“春风春雨春色，新年新岁新景。”

王羲之名扬天下，春联才贴到大门上，转眼就被人偷偷揭走了。他只得再写一副，可又很快被“粉丝”揭走。眼看除夕临近，他想了一计，又写了一副，并将春联一剪为二，先贴一半到门上，这一半是：

福无双至

祸不单行

这对联贴出后，果然没人偷了。

年初一早上，王羲之将另一半春联贴到了门上，这春联就成了——

“福无双至今朝至，祸不单行昨夜行。”

街坊一看，无不拍手称妙。

童子戏对

清朝有个李学政，善于吟诗作对。有个童子对他不服气，这天，在他必经之路，用三块石头垒成一座石桥，守候着。

等李学政的轿子过来了，因有石头挡路，轿夫把石头踢了，童子便吵嚷起来。李学政好言调解，童子说：“李相公，听说你善于作对，小人今有上联请对之，对上了，今天这事就罢了。”说完，童子念道：“踢破磊桥三块石……”

李学政想了很久，竟难以对上，只好约定第二天来应对。李学政回到家里苦思冥想，夫人知道缘由后说：“这有何难？可对为——剪开出字两重山。”

李学政大喜，次日便赴约作对。那童子听了，一笑，说：“这下联不像是相公所对，很像是出于妇人之手。”

李学政大惊失色，问其原因，童子说道：“男子汉气度大，应该用‘劈’、‘砍’这类字，妇人三步不出闺房，常使用针线、剪刀之类，这才会用纤细轻巧的‘剪’字，我没有猜错吧？”

李学政面红耳赤，无言以对。

（**本栏插图**：安玉民　梁　丽）

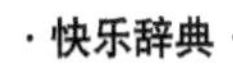

你侬我侬幽默忒多

◆ 一拜天地，从此受尽老婆气；二拜高堂，还要讨好丈母娘；夫妻对拜，从此勒紧裤腰带；送入洞房，我跪地板她睡床；唉，我是绵羊她是狼，有妻徒刑岁月长。

◆ 求婚时：玫瑰你的，巧克力你的，钻石你的。你，我的！
离婚时：房子归你！车子归你！孩子归你！你，归我！

◆ 他们吵架了。
太太：“你给我滚！”
丈夫：“好，滚远了，别叫我回来！”
太太：“又没叫你直线滚，叫你来回滚！”

◆ 女友依偎在男友怀里，深情端详着男友的脸：“亲爱的，你真的好帅！”
老实的男友一下子就红了脸，客气道：“不帅不帅，随便长的。”

（**推荐者**：杨　瑶）

菜单真相

去国外吃饭，最怕语言文字不通，点菜只能靠菜单上的图片。现在，在国内餐厅吃饭，菜单也未必都能读懂。不信？看看下面这都点了些什么吧。

◆ 服务员，请来一份“法式糖心荷包浇意面（煎蛋面）”。
◆ 服务员，请来一份“法式甜酸西红柿片配黄油鸡蛋粒（番茄炒蛋）”。
◆ 服务员，请来一份“精选花生油炸发酵汤种咸味法棍（油条）”。
◆ 服务员，请来一份“中式松花蛋烩特选猪脊肉配水晶香稻浓汤（皮蛋瘦肉粥）”。
◆ 最后来道压轴菜——“酥炸黑色发酵豆块佐红辣椒蒜汁”、“小火御制特香脆墨腐块”、“特选酱香豆腐精炸佐芙蓉蒜醋汁”。
抱歉，这都叫油炸臭豆腐。

（**推荐者**：张立超）

·快乐辞典·

西游短信

◆ 泼猴，受黑砖窑非法聘用童工事件影响，天庭将严查，红孩儿的事，你做好准备，不要给我惹麻烦。若真被查问，就答四个字——勤工俭学。发信人：观音

◆ 老沙，最近对违规用地查得紧，你在流沙河开发的别墅要小心，河景高尔夫场改个名，就叫公园，整成公益性质。把最好那两套留着，我有用。发信人：土地公

◆ 吾儿哪吒：你酒后驾驶风火轮的事被人偷拍，爹靠面子才在WCTV暂时压下，千不该万不该，你不该说“我爸是李靖”，这事捅出来麻烦就大了。发信人：爹

◆ 徒弟，人参果催熟剂的投放比例：第一批加量，提前一月上市，第二批减半，提前十五天，最后一批放膨胀剂。长相不好的，换渠道销售，以天然为卖点。挑批好看的出口到西天，再运回来，提价六倍出售，我吃的那几棵树还是什么都别加，切记。发信人：镇元子

（**推荐者**：冬　冬）

老板眼中的男下属和女下属

◆ 看到男下属在加班，老板想：现在已经很难请到这么勤劳的员工了。

看到女下属在加班，老板想：女人就是能力有限，这么点小事也要花这么长的时间来做。

◆ 看到男下属很快受到高层赏识而升级，老板想：这个人一定潜力十足。

看到女下属很快受到高层赏识而升级，老板想：这个人一定跟高层有一腿。

◆ 看到男下属不在他的位子上，老板想：他一定是去见客户了。

看到女下属不在她的位子上，老板想：她一定是溜出去逛街了。

◆ 看到男下属在用电话，老板想：他一定是在积极地为公司联系生意，很好。

看到女下属在用电话，老板想：又在跟男朋友聊天……

◆ 看到男下属发结婚请帖，老板想：他会更有责任感，给个大红包鼓励一下。

看到女下属发结婚请帖，老板想：她不久就会怀孕，会经常请假去产检，要休几个月产假，最后会辞职在家看孩子。哇，损失惨重！所以，那红包就不用包太大了。

（**推荐者**：童　童）

（**本栏插图**：安玉民　梁　丽）

赫伯特·乔治·威尔斯，英国著名小说家，尤以科幻小说创作闻名于世，代表作有《时间机器》、《莫洛博士岛》、《隐身人》等。本故事根据其小说改编。

胖子伊万要减肥

□邓　笛　编译

伊万是个胖子，很胖很胖的那种。他试过不下二十多种减肥的方法，但都以失败告终了。但他不肯放弃，他必须减肥，因为他还有件重要的事要做。

小城里搬来了福克一家，伊万知道他又有希望了。因为传说，福克家有祖传的减肥秘方。

伊万一刻不耽误地去找了福克先生和太太，请求他们把减肥秘方给他，可是他们告诉伊万，这种秘方并不科学，服用了可能会导致人命官司，那可不是闹着玩的。伊万遭到了拒绝，但他并不灰心，因为他知道无论如何他必须减肥，现在既然有希望，他就不能放弃。

这天，伊万来到了公园里，他看见刚搬来的小福克没有玩伴，一个人孤零零地坐在角落里。伊万上前主动和小福克打招呼。二十九岁的伊万十分健谈，天南海北地吹，既不顾和小福克年龄上的差距，也不管小福克是否愿意与他交谈，扯了老半天，伊万终于绕回了正题，他声情并茂地对小福克说道：“亲爱的朋友，请你相信我，我减肥的决心是下定了的，因为我有件十分重要的事要去做，那是我全部的梦想！如果你给我秘方，我还有实现梦想的希望；如果你不给我，

我就真的生不如死了！”

他说这话时激动得满脸通红，喘着粗气。

小福克心里有些同情，他问道：“伊万先生，你说的那件很重要的事是什么？什么是你的梦想？”

伊万望向远方，笑着说：“这个梦想，我现在还不能告诉你，但你相信我，这确实是一件对我来说非常重要的事，你无论如何要帮我，好吗？”

小福克觉得伊万说得很诚恳，便答应替他从家里偷出秘方。

家贼难防，小福克不太费力就从家里偷出了秘方，他把秘方交给伊万时，提出了两个条件：第一，不能让小福克的父母知道此事；第二，不管发生什么事都不能怪小福克，或他的家人，责任自负。

伊万忙不迭地点头答应，对小福克千恩万谢，就差磕头了。

接下来的一周里，小福克还是天天在公园里看到伊万，伊万当然还是那样臃肿，脑袋缩在身子里，似乎根本就没有脖梗儿，他好像还在跟别人打听减轻体重的良药。小福克心想，自己家的秘方或许真的没有什么效果，这样他也就放心了，总算没有惹出什么意外的事。

然而，一周以后，小福克发现伊万一连两天没露面，他紧张起来，毕竟秘方是他给的，万一吃出什么好歹怎么办？小福克好不容易打听到伊万的住处，听房东说，他已经两天没有出门了。

小福克赶紧敲门，听到屋子里传出“窸窸窣窣”的声音，像是有人在黑暗里摸索，同时还伴有伊万特有的喘气声，但过了好久门也没开。又隔了很久，终于有了门锁启动的声音，紧接着就传来了伊万的说话声：“进来吧。”

小福克推门而入，一看，怪事，没有见到伊万！屋子只有一间，小福克却没有看到伊万，而屋子里乱七八糟，地上有翻倒的椅子、散落的书本和破碎的碗碟，像是刚刚被人抄了家。

这时，又传来了一个声音——“不要害怕，福克，把门关上。”

话音刚落，小福克这才发现了——伊万竟然“躲”在上面，身子紧紧地“贴”在天花板上，好像是被“粘”住了……

小福克发现伊万变了一个人，他好像真的瘦了些，只是小福克意识到，伊万的身子根本不是粘在天花板上，而是浮在空中，就像是一只充满氢气的大气球。

小福克惊呆了，他的眼睛紧紧盯着上方——只见伊万使劲挣扎着，竭力想使身子贴着墙壁滑下来。慢慢的，他的手好不容易够着了一幅画的木框，但没有抓紧，画掉在地上，砸得粉碎，而他的身子又飘到了天花板上！这绝对是一个难得看到的场面：一个男人，脸朝下贴在天花板上，挣扎着想回到地上，可总是无法如愿！

小福克隐约知道是怎么回事了，他站在一张椅子上，抓住了伊万的手，可这么一个大男人，抓着手，就像是牵着一个氢气球——分量好轻！

小福克把伊万拉到一张桌子下面，这样就可以“压”住他，使他无法飘起来，然后，小福克坐在地上，与伊万面对面地谈了起来。伊万说了这几天里发生的事情：他先是每天服一小匙秘方，感到身子好像轻了，感觉也好多了，于是前天他就把药一口气全喝下了肚。很快，他浑身感到轻松起来，并且越来越轻，就成了现在这个样子。

伊万说到这里，情绪突然失控地发作起来，他大喊大叫：“我该怎么办？”

小福克挠挠头，无奈地说：“你现在最好什么也别做，如果你不小心飘到了屋外，你就可能一直不断地往上飞，飞啊飞，飞到宇宙里……”

伊万用头撞桌子，用拳头捶地板，他骂骂咧咧，甚至责怪福克一家害苦了他。伊万边哭边说：“我可怎么办，我这个样子根本出不去，我怎么去做那件重要的事！”伊万哭了很

久，哭得小福克都快睡着了。

突然，伊万抹了一把眼泪，说：“小福克，你帮我去买双靴子吧！”小福克打着哈欠问：“靴子？”伊万挨着小福克说了些什么，小福克认真地点点头。

一周后，伊万神奇地像个正常人一样行走在大路上，他神清气爽，得意洋洋。路上，小福克看见他，问：“伊万先生，你是要去办那件重要的事了么？”

伊万突然想起来了，急着告别说：“对，对，我这就要去！”

伊万快步赶往一处美丽的小楼，楼上住着美丽的姑娘丽萨。她是伊万一直心爱的姑娘，只是肥胖的伊万一直不敢告白，然而今天，他终于可以去告白了，那是他心里最重要的事！

没想到伊万并不是今天唯一来向丽萨告白的男人。伊万赶到的时候，小楼下面围了好多人。原来，今天丽萨的父亲为女儿办了一个征亲大会，城里所有仰慕丽萨的男人都赶来告白了。伊万看到，这些人里有帅得很的，也有很有钱的，还有博士呢！伊万不禁有些紧张，他可什么都没有啊！

听人说，征亲大会举行了大半天了，还没人告白成功。因为那些甜言蜜语丽萨听得太多了，没人能真正打动她。

最后，只有伊万还没有告白。伊万不知道该说什么，丽萨见他不开口，便问：“先生，你有什么想对我说的么？如果没有，我要上楼了。”

伊万涨红了脸也吐不出一个字，丽萨则转身要走，伊万忙喊：“等等！”

伊万走到丽萨面前，说：“可、可以把你头上的丝带给我吗？”丽萨很好奇，摘下长长的丝带交给伊万。

伊万把丝带紧紧系在自己的皮带扣上，认真地说：“姑娘，我要告诉你一个秘密。”说着，伊万把丝带的另一头放在丽萨的手里，接着说：“请抓好，先别松手。”

丽萨疑惑地抓住丝带，两眼盯着伊万。伊万继续说“我也不知道我能说什么，但我能给你讲个故事，关于一个胖子的故事。”

伊万把自己减肥的故事一五一十告诉了丽萨，最后，他说：“我就是那个胖子，只是现在，我搞砸了，但我总算把重要的事情完成了。现在，如果你松开丝带，我就再也不会打扰你了，决定权在你手里。”

丽萨听得出了神，只见伊万弯腰，慢慢地脱掉了自己的那双靴子，那双靴子是定做的，很沉很沉。

最后，伊万在自己心爱的姑娘面前飘了起来，姑娘牵着那根丝带，就像牵着一个氢气球。她看着她的“氢气球”出了神，再也没松开过手……

（题图、插图：安玉民　梁　丽）

奇怪的同学会

□李大勇

这天，李局长接到高中同学霍里的电话，邀请他周六上午去饭店参加同学会。李局长虽然工作忙，但重义气，听是同学会，二话没说就答应了。

其实霍里这小子人缘不怎么好，以前仗着家里有钱，总瞧不起农村来的孩子，所以他和班里同学关系很紧张。他办同学会，那些同学能来吗？

第二天，李局长给班里几个同学打电话询问此事，可他们说压根没听说有同学会这事。到了星期六，李局长又想约几个和霍里要好的同学一起去，可是他们都说霍里没通知。

李局长满腹疑惑，来到饭店一看，他一惊：里面一个个全是陌生面孔！不是说同学会吗，怎么一个都不认识？

等人到齐，霍里走到主位上，笑着开口："大家或许还都不太认识，我从右边开始介绍——这位是我翠桥小学的同学王小水王总，下一位是我转到南营子小学时的大班长万峰万老板，万老板旁边的是我初中同学刘一刘行长，他旁边的是我高中时的班长李浩李局长，李局长旁边是高三补习时的同桌杜鸣杜部长，杜部长旁边的，是大学时睡在我上铺的兄弟戚铁戚经理，戚经理旁边的是我干部培训班的同学王飞王厂长，王厂长旁边的是上研究生班的同学艾晓晓艾校长。"

李局长现在终于明白了：今天的同学会，都是他霍里一个人的同学呀，他把我们这些当官当老板的叫来，压根就是显摆他自己嘛！

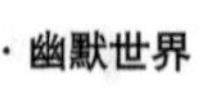

黑色幽默

□侯智勇

周全是园林局的办公室主任，这天，洪局长问："我听说吕书记专门嘱咐你，一定要将大门漆成绿色？"

周全点头称是。园林局喜迁新址，党委吕书记说大门颜色最好选绿的，园林局嘛，绿色是"行业色"。

洪局长不乐意了，说"园林局的大门要红色的，红色喜庆啊，大门就好比一个庭院的帽子，搞成绿色的，绿帽子，怎么行？"

于是，周全马上就落实洪局长的指示，让人把绿色大门用红漆再涂了一遍。

第二天一大早，红色的大门就运来了。吕书记见了，铁青着脸，说"小周，不记得我的话了？你把大门弄成红色，多俗气……赶紧拉回去换绿的。"

周全有些为难。吕书记说"洪局长出差了，没个十天半个月回不来。按照惯例，由我主持全局工作，这种小事我也做不了主了？"

周全苦思冥想，计上心来。后半夜，一扇大门被悄悄运到了园林局，颜色嘛，是一种怪怪的黑色。工人们很快就安装完毕。第二天，吕书记气急败坏地责问周全是怎么回事。周全说："书记，我是按照您和洪局长的意思办的！"吕书记大发雷霆"我要绿的，他要红的，你弄成黑色，还说是按照我俩的要求完成的，简直胡说八道！"

周全一笑，让工人弄来一红一绿两桶油漆。周全将两种油漆倒在一起，使劲搅和，油漆就变成了怪怪的黑色！

周全笑嘻嘻地说"书记，我没办法，只好采用了折中方案。"

鸡的悲哀

□老阴天乐

一户人家养了四只鸡，三公一母。一天，家里来了客人，主人决定杀一只鸡来招待。主人带客人来到养鸡的院子，问客人想吃哪只。客人想了想说：“吃公鸡，母鸡留着下蛋。”主人又让客人从三只公鸡中选一只。客人说：“选不爱打鸣的，爱打鸣的留着报晓。”

于是，主人便选了一只拙嘴笨腮的公鸡杀了。剩下的三只鸡虚惊一场，不由得暗自庆幸。

又一天，这家人宴请邻居，又准备要杀一只鸡。主人问邻居吃哪只。没想到，不等邻居回答，两只公鸡便像比赛一样，使劲打鸣，啼叫起来。这时，邻居皱着眉头说：“就吃叫得最凶的那只。每天天不亮，它就扯着嗓子乱叫，吵得人睡不好觉。”邻居一句话，便断送了那个杰出的“男高音歌唱家”的命。

剩下的那只公鸡虽然逃过一劫，却忧心忡忡，感到无所适从，怎么办？不打鸣挨杀，打鸣也挨杀，到底该咋样才可保住性命呢？不想母鸡却幸灾乐祸，在一旁说起了风凉话：“有本事你也下蛋呀！”对呀，下蛋就可以保住一条命，可哪只公鸡能下蛋呀！

这一天，这家的女主人生了小孩，要杀只鸡喝鸡汤。一会儿，男主人来到了鸡圈，那只公鸡知道在劫难逃，不由得发出一阵哀鸣，那只母鸡却在悠闲自得地觅食，还不时地唱起了小调：“咕咕咕……”

这时，女主人的母亲从屋里走出来，喊道：“杀那只母鸡，坐月子吃母鸡有营养，奶水足……”

AA制婚姻

■许张彬

甄有财这几年做生意挣了点钱，尽管围在他身边的女孩很多，可他始终拿不定主意。因为他分不清谁爱他的人，谁爱他的钱。朋友给他出主意："现在流行AA制婚姻，要是有人愿意跟你AA制，那肯定就不是图你的钱。"

甄有财一听有理，没想这征婚条件一公布，他身边那些女人都走光了。

这天，有个叫阿秀的女人上门来，说一直暗恋甄有财，愿意AA制结婚。阿秀甚至带来了已经签了字的合同。

甄有财接过合同一看，上面写着："婚后一切事务均按照AA制执行，如果其中一方违约，将赔付对方100万元人民币。"甄有财感动得热泪盈眶，他掏出笔，"刷刷"几下就签了字。

甄有财好不容易找到真爱，心情大好，觉得AA制婚姻有点亏待阿秀，所以决定举办一个隆重的婚礼来补偿一下。不料阿秀却拒绝了，说她没那么多钱AA制来举办隆重的婚礼。还说连婚礼都不能按照AA制来执行，那以后还怎么遵照合同来办事呢？甄有财拗不过阿秀，但心里是很开心的，这再次证明了阿秀的真心。

两人简简单单摆了几桌，就算是结婚了。婚后，阿秀事事都按AA制来办，每个星期的一、三、五她来做家务，二、四、六由甄有财来做，星期天则一人做半天。一开始，甄有财还觉得这种生活方式很有趣，可时间一长，他就受不了了。

这天晚上，甄有财跟阿秀商量请个保姆。阿秀听了，直摇头说："这怎么行？我哪有钱请保姆啊？"

甄有财忽然脑子一亮，说"要不这样，我给你算工资，你帮我做行不？就当我是请保姆了。"阿秀同意了。

改 嫁（潘胜奎 编绘） （《故事会》漫画版精品选登）

不久，阿秀怀孕了，甄有财大喜！

这天，医生说："婴儿一切正常，再过五个月，你们就能当爸妈了。"

甄有财高兴极了，谁知阿秀却一脸严肃地对医生说："您能帮我们开个住院单吗？还有差不多三天我们就要做手术了。"甄有财和医生面面相觑：阿秀这是什么意思啊？

阿秀面无表情地从包里拿出一叠材料来，说："我跟你是签了合同的，婚后一切事务都按AA制来办，怀孕当然也包括在里面，现在我马上怀满五个月了，剩下的五个月就归你了，要不然，你就得赔偿我100万！"

甄有财听了，"扑通"一声晕倒在地……

（**本栏题图、插图**：顾子易 包丰一）

2012年“劳动·创造·奋斗——青春励志故事”征文大赛

为贯彻落实胡锦涛总书记“七一”重要讲话和党的十七届六中全会精神，引导青少年形成健康、积极、向上的人生观和价值观，特举办2012年“劳动·创造·奋斗——青春励志故事”征文大赛。

一、举办单位

主办：共青团中央宣传部　共青团上海市委　新民晚报社　上海市嘉定区政府　上海文艺出版集团

承办：《故事会》杂志社　上海市嘉定区安亭镇政府

二、征文要求

根据自己成长中的亲身经历或所见所闻，以纪实或虚构的方式创作作品。作品主题积极健康，有故事性，结构完整，语言流畅，情感真挚，篇幅3000字以内。

三、征稿时间

2012年2月22日到12月31日。

四、参赛对象和方式

参赛对象为全国青少年，可个人参赛也可由单位或团组织集体组织进行参赛。网上来稿，可投以下信箱：lidan090@gmail.com；邮局投稿，可投以下地址：上海绍兴路74号《故事会》杂志社，邮编：200020。稿件后请注明作者姓名、地址、通讯联系方式等，并署名“青春励志故事”征文大赛字样（详情请见中青网、故事中国网）。

五、评比和奖励

征集结束以后由《故事会》杂志社邀请有关专家组成评审委员会对作品进行评比，结果在中青网、《故事会》杂志、故事中国网等媒体上公布。

奖励措施

1. 本次大赛，由共青团中央宣传部、共青团上海市委、新民晚报社、上海市嘉定区政府、《故事会》杂志社等单位联合颁发奖状，并对优秀作品颁发奖金。奖项设置：特等奖10名，奖金各3000元（含税）；一等奖20名，奖金各1500元（含税）；二等奖40名，奖金各1000元（含税）；三等奖60名，奖金各500元。对指导未成年学生参赛成绩突出的老师，颁发优秀指导奖，共30名，奖励《话说中国》一套（特精装，1980元）。

2. 获奖作品将收入《青春读本：感动中国的100则励志故事》一书（暂名），内容经团中央宣传部审定后由上海文艺出版集团负责编辑出版。

3. 部分优秀作品在《故事会》杂志上优先刊发，并按国家有关标准支付稿酬。

4. 组织故事讲述者选取优秀作品向进城务工青年、学生等群体进行宣讲，并通过媒体对活动进行宣传。

509 2012 SEMIMONTHLY 下半月刊 4月 STORIES
欢迎登录本刊主办"故事中国网"(www.storychina.cn)

笑话 12 则 ………… 兰 洁等 4
阿 P 系列幽默故事
阿 P 当"乡长" ………… 许尚明 8
漫画故事 ………… 11
情节聚焦
钓大鱼 ………… 吴水群 12
我的故事
"婚托"一台戏 ………… 曾拥军 17
新传说
唤醒张老爹 ………… 菊韵香 14
商业策略 ………… 杨信社 21
这次抓捕不寻常 ………… 刘玉杰 25
钉子树 ………… 乔文革 31
青春励志故事
合格 ………… 黄宣林 35
海外故事
与英雄葬在一起 ………… 曹 钢 39
民间故事金库
瑞府朱虱案 ………… 李 谦 43
3 分钟典藏故事 ………… 48
职场故事
月光宝盒 ………… 袁 莉 50
传闻逸事
皇帝不知美滋味 ………… 王永坤 54
外国文学故事鉴赏
与小偷握手 ………… 60
微博故事 ………… 64
中篇故事
拯救大兵哈里斯 ………… 王 磊 65
经典传递 ………… 79
情感故事
大大 ………… 王祥英 81
法律知识故事
争遗产 ………… 孝 友 84
幽默世界
《印象太深刻》等 5 则 ………… 冯海鹏等 86
编读往来 ………… 83
本刊信息传真 ………… 30、53、59

2012 年 4 月
下半月刊 · 绿版
何承伟:社 长、主 编
夏一鸣:副社长
吴 伦:常务副主编(兼绿版负责人)
姚自豪:副主编(兼红版负责人)
本期责任编辑:刘迎曦
电子邮箱:liuyingxi1203@163.com
绿版发稿编辑:
朱 虹 颜轶超 黄美舟
美术编辑:李宝强
电脑制作:郭瑾玮
本社办公室电话:021-64375030
上半月刊编辑部电话:021-64332325
下半月刊编辑部电话:021-64336469
(上海市绍兴路 74 号 邮编:200020)
主管、主办:上海文艺出版(集团)有限公司
出版单位:《故事会》编辑部
发行范围:公开

出版、发行总监:张 凯
电话:021-64313938
广告业务:上海故事会文化传媒有限公司
广告总监:张 淮
广告业务:021-34010383
广告投诉:021-64333738
广告经营许可证
沪工商广字 3100320080016 号
发行:中国图书进出口上海公司

营销顾问

松鼠开了家美容院，因为生意火爆，它被请到电视台上节目。

主持人问："请问你生意那么好，有什么秘诀吗？"松鼠沉思片刻，回答："也没什么秘诀，就是关键要会营销。不瞒你说，光是营销顾问我就请了十个呢！"

主持人赶紧追问："要那么多营销顾问干什么呢？"只听松鼠自豪地说："当然有用！每天上午，我会安排五名蛤蟆顾问走进我的美容院，下午呢，再安排五名青蛙顾问走出来。"

（兰　洁）

（本栏插图：包丰一）

罚款10元

一个小伙子在马路上吐了口痰，被一个戴红袖章的大妈抓了个正着。大妈开给他一张10元的罚单，他接过一看，嚷道："你也不能乱开价呀，前两天吐痰不才罚2元吗？"

可大妈却神秘兮兮地说："今天的罚单不一样，可以兑奖，有赔有赚，头奖有1000元呢！小伙子，你可把这单子收好了，记得周二按上头的号码对奖啊！"

（陈　庭）

上厕所

一个小学老师带学生们春游。自由活动前，老师怕孩子们太分散，容易走丢，就规定说："大家要集体活动。上次两人一组你们都走散了，这次至少要s十人一组才能行动。"果然，这次学生们行动有组织多了。

老师正高兴着，只听那头有几个学生捂着肚子喊起来："还有谁要上厕所啊？赶紧过来！我们已经组织九个人了！"

（蔼　力）

学生票

春运期间，一个学生买票回家。他问售票员有卧铺票吗，售票员查了查，回答没有。

学生又问:“坐票呢?”售票员也说没有。学生慌了，问:“那站票呢?”售票员点头说有，学生大喜，赶紧掏钱买票。

谁知售票员瞟了他一眼，说:“你是学生吧?”

学生点点头，却听售票员说:“站票我们不卖给学生。”学生急了，吼道:“凭什么啊?”售票员冷笑道:“因为今年上头有规定，决不让一个学生站着回家!”

（朱　进）

新发型

一个男青年爱赶潮流，跑到理发店，要求按某个当红明星的样子理个发。于是，发型师给他烫了个爆炸头，还染成了红色。

第二天家庭聚会，表姐盯着他的头发看了半天，问:“这头花了多少钱?”男青年答道:“不贵，才150元。”表姐笑了，道:“性价比挺高嘛。”

男青年听了正得意，谁知表姐又补了一句:“才花了150，就弄了个二百五的头。”

（程　琴）

逗你玩

有个人挺无聊，每次吃饭都爱跟服务员开玩笑说自己没带钱。等服务员要发火的时候，他再笑嘻嘻掏钱，弄得人家哭笑不得。

这天，他吃饭埋单又玩这招。可服务员不但没怒，反而礼貌地说:“先生没关系，不能付现金，刷卡也行。”这人继续耍无赖说:“我连卡也没带。”

这服务员还是没怒，仍笑道:“先生，这也没关系，不能刷卡，刷碗也行。”

（焦　游）

存款5万

一个人去一家银行，想存5万元钱。银行柜员却把钱还给他，解释说："先生，我们这里存款5万以上，需要出示身份证。"那人赶紧把浑身上下找了一遍，发现没带身份证。他只好把钱塞过去，赔笑道"身份证我忘带了，您就通融一下吧。"可柜员很有原则地拒绝了他。

最后，那人沉思片刻，说："好吧，麻烦你找我1元钱，我存49999元。"

（王　乾）

考的什么证

有个毕业生去应聘，面试官问他："你在学校都考过什么证啊？比如英语六级？计算机二级？普通话一级？"

那学生听了，不紧不慢地回答道"我考过的还真是不少，还有很多证呢。"

面试官很感兴趣，继续问"那说说看，你都有哪些证啊？"

只见那学生一笑而过，答道："唉，那些呀，不值一提，都是些准考证呗。"

（严　振）

认真算账

公司新来一个会计，老板拿出账本嘱咐她说："当会计最重要的是细心。这些账目至少要算三遍再给我看。"新会计接过账本，认真地点点头就回办公室去了。

第二天，新会计找到老板，兴奋地报告说："我已经把这些账目算过五遍了！"

老板很满意，笑着表扬道："很好，你很有责任心嘛！让我看看。"

新会计立刻拿出账本，翻到了最后一页，指着总计一栏，说："您看，五个结果都在这里了！"

（吴　欣）

大罐还是小罐

有个男人去药房买生发剂，向药剂师咨询买哪种好。

药剂师给他推荐了一种生发剂，又拿出一大一小两个罐子，说：“有两款包装，一种大罐的，一种小罐的，你看看要哪种？”

那人拿起两个罐子掂量来掂量去，又沉思片刻，说：“现在大马路上那些小伙子怎么都爱留披肩发呢？不男不女的。我才不要跟这种潮流呢，我只要留个小平头，所以给我一罐小的就够了。”

（林　立）

睡前故事

两岁的儿子睡前喜欢听故事。这天晚上，他好奇地问妈妈：“今天你给我讲什么故事啊？”

妈妈笑着回答：“讲《卖火柴的小女孩》好吗？”儿子又天真地问道：“妈妈，什么是火柴？”

可是，妈妈找遍家里每个角落，也没找到一根火柴给儿子看。

就在这时，她发现桌上有个打火机，灵机一动，笑着哄道：“乖，儿子，那个故事太老了，我们换一个故事如何？妈妈给你讲《卖打火机的小女孩》吧！”

（江　杰）

心太急

一个下雪天，两个人在车站等公交。不多久，来了辆车，其中一位就急着要往上赶，结果脚下一滑，摔了。

另一个人走上来，把他扶起来，笑道：“就咱俩等车，没人跟你抢座，你这么猴急又是何苦呢？”只见摔了的那位站起来，拍拍屁股，悻悻地说：“天那么冷，我不是想趁别人刚坐过的椅子还热乎，就坐下去嘛！”

（洪　亮）

（本栏目欢迎原创作品、翻译作品。来稿可从邮局寄发，也可从网上传递。如为电子邮件，请发以下信箱 liuyingxi1203@163.com）

·阿P系列幽默故事·

阿P当“乡长”

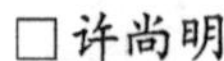

□许尚明

阿P在外闯荡十多年，近来身体不好，就回老家休养。阿P在大城市待的时间长了，见多识广，变得能说会道，说话的时候又喜欢背着双手拖着长音，很有一副官相。所以，在阿P的老家大王村，村民们见了阿P，都开玩笑叫他乡长。于是，这乡长长乡长短的就叫开了。

这一天，阿P和几个邻居赶集回来，途中遇到一个男人手持木棍追打女人。阿P拦住一问，原来，那男人从地里干活回来，又饿又渴，可是女人忙着料理孩子，耽误了做饭时间，男人的牛脾气大发，一定要狠狠教训女人，邻居们一时无法劝解。阿P上去用手指着男人，官腔十足地说：“你这种家庭暴力的行为是违法的！要吃官司的！”男人不服气地问：“你是谁呀？管起我们的家务事来啦。”

同行的邻居说“他是乡长，这事该乡长管！”男人还是不买账，说：“乡长怎么啦？乡长也要吃饭啊。”阿P腔调十足地教训道：“你没吃饭，还有力气打人？我看你就是没法制观念！”男人知道讲不过干部，就赌气说：“你有力气，那你当乡长的能把这两筐肥料挑下田吗？”

只见地上摆了两只箩筐，里面放着几袋肥料。阿P“嘿嘿”一笑，又在筐里加了两袋肥料，估摸着这下大概有二百斤了，便对那男人说：“听好了，我给你挑下田，但今后你不许再打女人！”说完，阿P一使劲挑起担子，稳稳当当地向田间走去。

男人顿时傻了眼，心想，谁说乡长只会发号施令，不会干活？眼前这个乡长气力比自己这个庄稼汉还大。男人当时就表示服了，连连说自己今后再也不打女人了。

临走时，阿P拍了拍男人的肩膀，

教育道："今后有劲儿的话就多干活，多挣钱，这样日子才越过越红火嘛。"回家的路上，同来的邻居都说，阿P真像个乡长哟！

这年冬天，市里组织大伙儿修水利，阿P和大王村的许多男劳力都上了工地。这天晚饭后，大伙儿正要休息，忽见邻近的工地上一片混乱。不好，肯定出事了！阿P赶紧随着看热闹的人流涌了过去。此时，就见一个汉子喝醉了酒，他一手拿着酒瓶，一手挥舞着菜刀，见人就砍。带队干部和两个村民上前制止，那醉汉竟将一个村民砍伤了。一时间工地上乱成一团，谁也不敢上前了。一同前来看热闹的大王村村民，就开玩笑地指着阿P嚷："乡长来了，乡长来了！"

一听乡长来了，现场顿时静了下来，人们的目光一下子集中到阿P身上。阿P被推上风口浪尖，面对醉汉手里的菜刀，他心里紧张，但又觉得很有面子，毕竟有几百号人都眼巴巴地看着自己，此时不好好表现更待何时？阿P赶紧将披在身上的衣服穿好，五个手指将头发拢了拢，然后又昂起头，挺起胸，派头十足地拨开人群，来到醉汉面前，厉声喝道："你给我住手！"

醉汉扬了扬手里的菜刀，结结巴巴问道："你……你是哪个山头的鸟……鸟人？"

"我是乡长，我命令你放下手中的刀子！"阿P说着，侧着身子渐渐向醉汉靠拢，想伺机夺下醉汉手中的刀。可是醉汉根本不买账，一个劲发着酒疯。阿P见硬的不行，忙和身边的人耳语了几句，很快就有人提来两个酒瓶。阿P说："喝那么一点酒就撒野，算什么英雄。有本事咱俩比试比试！"醉汉听说要比试喝酒，更加兴奋，"当"一声将手中的刀摔到一边，然后从阿P手中抓过酒瓶，"咕嘟咕嘟"地喝起来。就在这个当儿，刀子被人悄悄拿走了。醉汉猛地把瓶子摔到地上："你骗人，这不是酒，是水！"然后，弯下腰去寻刀。阿P大喝一声："醉酒砍人，给我绑起来！"听到乡长指挥，几个村民立刻冲上前去，将醉汉摁住，捆了个结结实实，然后送到工地卫生室给他解酒去了。在场的人议论纷纷，都说还是

乡长有办法有魄力。

阿P的名气越来越响，因此，尽管他只是个“山寨乡长”，但村里人遇到什么麻烦事，都来请他帮忙解决。这天大清早，阿P蒙胧中被人叫醒。他刚把门打开，村里的李大妈就“扑通”跪倒在地。原来，李大妈的儿子李大龙在县城恒发公司当电工，前不久出了工伤事故，医疗费花了十多万元，可是公司一分钱不给，还把他辞退了。李大妈求“阿P乡长”为他们家伸张正义，讨回赔偿款。

阿P听完大妈的陈述，已是气得两眼冒火，再加上李大妈那一声“乡长”，听得他猛地一拍桌子，怒声喝道：“大妈别急，有本乡长在，您放一百个心！”

送走李大妈，阿P挠头皮了，刚才发狠说了大话，现在怎么去帮李大妈要钱呢？

几天后，正是恒发公司成立10周年大庆，公司举行庆祝会，来了不少贵宾和新闻媒体。阿P西装革履，昂首挺胸地来了，他在来宾登记簿上写下自己的大名“王富贵”，职务一栏写上“乡长”，然后佩戴上自己准备好的贵宾胸花，直奔会场而去。

大会即将开始，公司胡总请贵宾上主席台，阿P悄悄将礼仪小姐叫到一边，将自己带来的席卡让小姐摆上主席台。礼仪小姐不知内情，还以为是公司的安排，便立即照办了。主席台上的贵宾刚刚入座，阿P紧随其后，也坐到了主席台上。

胡总见来了个生面孔，再看看台前席卡上的名字“王富贵”，不认识啊。胡总起先还以为是公司其他领导安排的，尽管心里生气，但又不便说。而其他人又以为是胡总临时安排的，自然更不敢得罪。就这样会议开了十分钟，阿P还在主席台上坐着。

会议议程快进入介绍贵宾环节了，办公室主任过来问胡总，王富贵的职务？胡总气呼呼地说：“谁介绍来的问谁去！”办公室主任一圈兜下来，竟没有一个人认识阿P。这时，胡总感到事态严重了，众目睽睽之下，他不敢将阿P硬拉出场去。他想了想，悄悄来到阿P身后，轻声问道“兄弟，你是何方神圣？”阿P微笑着将一张纸条递给了胡总：“我是专门前来为

愚蠢的智商（潘胜奎　编绘）

（《故事会》漫画版精品选登）

李大龙讨取赔偿款的。请你现在就安排还钱，否则我就对台下说几句。”

到这时，胡总才明白自己遇到高手了，他想拒绝，但人已在台上，吼一嗓子就够自己受的。同时胡总还是有些感谢阿P的，毕竟他没让自己当众出洋相。于是他立即签了条子，让阿P凭条到财务那领钱去。

阿P拿着赔偿款回到村里，还没进村，就听大人小孩叫着“乡长回来了！乡长回来了！”阿P立即挺直腰杆，昂起头，挺起胸，派头十足地拨开人群，说：“叫李大妈来取钱！”此时李大妈也拨开人群，喜颠颠地说：“真是太谢谢阿P乡长啦。”阿P将钱递给李大妈，还趁机说了句：“谁叫我是乡长呀！”

（**题图**、**插图**：顾子易）

·情节聚焦·

钓大鱼

□吴水群

礼拜天，大李开车来到水库边钓鱼，可钓了整整一上午，连一条鱼也没钓到。

眼看着已到中午，大李突然肠胃不适，肚子里翻江倒海疼得一塌糊涂。实在忍不住，他只好放下鱼竿，去附近的诊所买药。

大李走了几步，回头看着渔具和车子有些不放心，生怕耽误了钓鱼。

正犹豫间，他眼睛一亮，跑回去，到车子里找出一根绳子，一头绑紧鱼竿，另一头死死拴在了轿车的保险杠上。他心想，这下保险了，鱼上钩了也跑不了喽。

收拾妥当，他才往诊所赶。他到那儿配了些药，又打了一针，觉得好多了，就赶紧哼着小调往回走。

谁知快走到水库的时候，大李远远瞅见自己的轿车，惊呆了。只见那车子正一点点地向水库下方移动。

大李一拍大腿，暗叫不好，大概自己忘了给轿车上手刹，现在车子失控往后倒了。

大李大喊一声，往水库奔去。但他毕竟离那儿还有好一段距离呢，于是只能一边跑，一边眼睁睁看着这轿车先是慢慢地，慢慢地，后来就越来越快，最后一屁股栽进了水库里。

看着自己的爱车沉入水底，大李心疼得浑身哆嗦。这可咋办？大李只得掏出手机打起电话，找个拖车公司帮忙。

一小时后，一辆吊车开了过来。一个小伙子潜进水里拴好钢丝绳，很快，大李的轿车就慢慢地给吊出了水面，被平稳地放到地上。

大李跑过来拉开车门一看，立刻就被吓傻了，只见轿车里竟有一具男子的尸体。这可倒好，没钓到鱼，把轿车钓进了水库里不说，现在又钓出了命案，望着轿车里的尸体，大李赶紧拨打110报警。

很快警察就来了，带队的警官仔细看了看那具男尸后，突然高兴地对身后的警察说："就是他！"说罢，只见那警官从轿车里面拿出了一个包，把包打开一看，呵！里面装的全是百元大钞。

这到底是咋回事？事后，大李才知道，原来今天上午市里发生了一起抢劫案，劫匪从银行抢了二百多万元，然后骑辆摩托车逃出了市区。劫匪正打算沿着省道逃走，可没想到半路上摩托车没油了，他只好顺着水库逃窜。就在半路，劫匪发现水库旁有辆轿车。来到轿车前一看没人，这劫匪就撬开车门上去，把包往后座上一扔，然后关死车门，拽出电线，打算搭线点火，发动车子逃走。

可劫匪做梦都没有想到的是：就在他鼓捣电线的时候，一条很大的鱼突然上钩。那大鱼在水中拼命挣扎，而巧的是大李忘了给车上手刹，车又恰巧停在一个小斜坡上，于是动静一大，大李的车就被大鱼拖进了水中。偏偏那个劫匪不谙水性，活活让水给闷死了。

这个马虎的大李，鱼没钓到，却钓到一个劫匪，自然是功不可没，当然要被奖励。得到这个消息后，大李高兴得张大嘴巴，好久好久都没有合上。

（**题图、插图**：安玉民　梁　丽）

您手中有没有得意之作？本刊辟有二十多个原创性栏目，如新传说、我的故事、16岁故事和中篇故事等；您读到或听到什么趣事可以和大家一起分享吗？3分钟典藏故事、外国文学故事鉴赏和快乐辞典等都是本刊推荐性栏目。来稿可从邮局寄发，邮寄地址：上海绍兴路74号《故事会》杂志社，邮编：200020；如来稿为电子邮件，可投至本期责任编辑信箱：liuyingxi1203@163.com。

·新传说·

天有不测风云，人有旦夕祸福。这不，一夜之间张老爹就重度昏迷了。究竟是谁，又是怎样，才能把他唤醒呢？

唤醒张老爹

□ 菊韵香

张老爹今年七十多了，精气神都挺好，每天吃过晚饭还爱到外头溜达一圈，散个步。这天傍晚，张老爹又溜达上街了。走着走着，一辆轿车突然从附近一个巷子里冲出来，张老爹当时就倒在马路上了。等他的两儿一女得知消息，急匆匆奔到医院时，张老爹已被推进抢救室里去了。

张家老大一进医院，就挥着胳膊大吵大嚷：“司机在哪儿？我要跟他没完！”这时，一个瘦小伙蹭到他跟前，吞吞吐吐地说：“我，我是司机。”

张家老二一把揪住司机，骂道：“你？你是怎么开车的？眼睛长到后脑勺儿去了啊？”说完，挥手就要打人，还好这时警察赶到了，否则那司机肯定被扇得鼻青脸肿。

司机急着要说什么，这时候，抢救室的门开了，三兄妹赶紧围上去，争着问道：“大夫，我爹咋样了？伤得重不重啊？”

大夫摇摇头，说道：“我们已经尽力了。病人还有生命体征，但是苏醒过来的可能性极小。”半晌，大伙儿才反应过来，张老爹这是重度昏迷，变成植物人了！

这还了得？兄妹三人回头就要教训那司机，可却发现司机已经被警察带走了。

第二天，三兄妹早早来到派出所打探消息，没想到司机已经给放走了。三兄妹又要发作，可警察却严肃地说，据那司机再三声明，说自己并没有撞张老爹，是张老爹扑到他车上的。当时他还以为是遇上“碰瓷客”了，可下车一看，张老爹确实昏过去了，他这才赶紧把人抱上车，送到医院去救治。

张家老大一听就怒了，喊道：“这是什么话啊？他明摆着欺负我爹现在昏迷了，没法站出来说话，想要赖账！”这时，张家老二也不甘落后，嚷道：“你们这是欺负人，不行，我们要投诉。”

警察倒不恼，劝道：“投诉也要有证据，你们还是多陪陪父亲，多和他聊聊天，一旦他醒过来，把情况说清了，事情就好办了。”

老爹出事的地段没有监控探头，警察几次勘验现场，得出的结论都对司机极为有利。眼下，要确定是司机的责任，除非有目击证人。三兄妹听这么说，才安静下来，决定双管齐下，分头行动。大哥去找目击证人，搜集证据；二哥和妹妹照顾张老爹，陪他多说说话，尽量唤醒他，好指证司机。

张家兄妹到了医院，又犯了难，究竟给张老爹说点啥好呢？

还是小女儿心细，她想起前一段时间在新闻里看到，一个麻将迷昏迷以后，家里人天天跟他念叨：“醒醒啊，三缺一，就等你了。”结果那人果然醒来了。她与二哥商量：“咱爹不也是个麻将迷吗？我们要不也试试？”于是他俩凑近张老爹的耳朵，一个劲说：“爹，你醒醒吧，隔壁老刘他们打麻将不凑手，就差你一个呢……”

就这样整整半个月，张家兄妹嘴皮子都磨破了，张老爹还没醒过来。他们又开始商量新法子。这回，他们想起了前几年总是和张老爹来往的赵婶。那时他们常凑在一块儿，大有黄昏恋的劲头。为这个，三兄妹还和张老爹闹过别扭呢。兄妹几个商量，没准现在张老爹还挂念着赵婶儿呢。于是，他们厚着脸皮找到了赵婶儿。

谁知，一听清他们的来意，赵婶便连连摆手：“乱弹琴。我跟你爹走得近，那是想给他介绍个老伴。可他担心你们兄妹反对，一直犹犹豫豫没给个准信儿。”

敢情是自己自作多情了。张家老大挠挠头，支支吾吾道：“赵婶，我们兄妹天天忙，也很少回家陪陪爹。除了打麻将，我爹还有啥爱好？”

“有！有！”赵婶不假思索地回答，“你爹隔三岔五就会去东郊转转，而且一转就是小半天。”

东郊？三兄妹几个不觉恍然：老妈的墓地就在东郊！辞别赵婶返回医院，大哥急急地说：“咱们还得换路子，看我的。爹，我妈她想你了——”

小妹一听，顿时变了脸色，手忙脚乱拽开大哥，骂道：“快闭嘴吧。你这哪是想叫醒咱爹，分明是想让他快点走啊！”

二哥火气更大，朝大哥喊道：“瞧你这破嘴，爹要是去找妈，这医疗费可咋办？”

大哥连打自己耳光：“急糊涂了。爹，要不你先跟妈商量商量，你们的孙子们还小，还等着你接送上学呢……”可任凭他们怎么哭喊，张老爹还是一点反应都没有。

转眼又过了一周。这天，大夫来查房，给出的结论非常不妙：张老爹的生命迹象正在慢慢减弱、消失，苏醒的几率已变得微乎其微。张家老二听了，惊得跳起来：“大夫，求求你再想想办法，我爹他不能走啊。从住院

到现在，我们已经花了十几万，该死的肇事司机又矢口抵赖，说和他无关。还有警察，查来查去也没查出个名堂。我爹要撒手走了，我们不成冤大头了吗？”

大夫一脸无奈，回道：“对不起，我们尽力了。你们——”

这时候，只见门被撞开，张家老大风风火火闯了进来：“弟弟，妹子，好消息！”老爹都快不行了，还能有啥好消息？老二和小妹不解其意。

送走大夫，关上门，大哥这才压低声音说道：“上天不负苦心人，我终于找到了三个证人！”

老二和小妹一听，高兴得差点跳起来：“真的？真是太好了，你是怎么找到的？”

只见大哥小眼睛滴溜溜一转，说道：“当然是雇的，我答应给人家一人二千块好处费。咱们可说好，这笔钱不能我一个人出，得均摊。”

此话一出，弟弟妹妹挺爽气地说：“只要证人肯作证，我们就上法庭，一旦官司赢了，我们至少要向司机索赔五十万！”

就在三兄妹嘀嘀咕咕的当儿，忽听一声叹息悠悠飘进了他们的耳鼓：“司机没错，是我高血压犯了。唉，你……你们要昧着良心讹诈好人，我死不瞑目啊……”

谁能相信，张老爹居然醒了！

（题图、插图：安玉民　梁　丽）

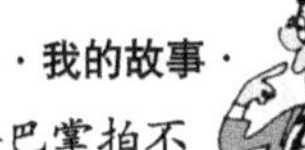

搭台唱戏，要是独角戏，难免一个巴掌拍不响，有时候还得靠个“托儿”帮衬着，这戏才演得过瘾，看着出彩……

“婚托”一台戏

□曾拥军

急嫁老太

大二暑假，我到表姐的婚介所实习。表姐开的婚介所不大，表姐、员工老罗加上我，统共才三个人。

上班第一天，我就遇上了一件稀奇事。那天我正坐在前台整理登记表，忽听得外头有人喊：“小袁，小袁。”表姐姓袁，有人找表姐。我出门一看，是一个老太太。我赶紧笑脸相迎：“奶奶，她出去了。”

老太太却依旧往里走，边走边说：“小姑娘，你是新来的吧？给我办个登记！”

现在不少年轻人工作忙，家长们无奈代为相亲的事时有发生。于是，我掏出登记表，笑吟吟地问老太太：“奶奶，您替家里什么人登记呀？”

“谁也不替！为我自己！”老太太很干脆地回答。

我吃了一惊：这老太太可够“潮”的！我忍不住试探着问：“奶奶，请问高寿？”

老太太显然看出我的用意，不急也不恼，说：“我今年七十六，小姑娘，老年人也有追求自己幸福的权利嘛，你说是不是？”老太太的嗓门可大了，估计楼上办公的老罗都能听见。这老太太可真够放得开的。

我一边点头，一边帮老太太填好登记表，然后指着“附加要求”一栏，问老太太还有什么额外要求，老太太提笔写下了“加急”两个字。

“加急？”是不是老太太知道自

己来日无多，急着把自己嫁出去？也不像啊！想着想着，我发了好一阵呆，连老太太什么时候走的都不知道。

这时，老罗从楼上下来，我把登记表交给他，忍不住笑得东倒西歪：“这儿有位急嫁老太，我们赶紧把信息发出去吧。”

谁知老罗淡淡地说：“这事看着就不靠谱，你别管了。”

婚托女郎

第二天，我打开了电脑，想浏览一下网上的信息，可是找了几遍，信息栏里根本不见老太太的信息！我有点着急，人家可是加急呢，都第二天了，还没把信息登上去，这怎么行！我刚想上楼去找老罗，却见几个男人吵嚷着冲了进来！

好一阵，我才弄清这群人的来意：原来，有一个叫吴秀芬的离异女人，前一段时间在我们婚介所登记征婚，婚介所前前后后给她安排了好几次相亲，结果都没成功，而不成功的原因，就是吴秀芬要带着以前的婆婆再婚！

这几个男人都是和吴秀芬相亲失败了的。现在信息发达了，他们一串联，就一起过来讨说法。他们不停嚷着：“吴秀芬就是婚托，编好了托词，和你们合伙骗钱！”“砸了这骗人的婚介所！”……

我没经历过这场面，吓得当时就哭了。这时表姐回来了。表姐不愧是当老板的，几句话就镇住了那帮男人：“你们口口声声说什么婚托，我问你们：第一、这个吴秀芬收过你们任何礼物吗？没有吧；第二、吴秀芬是不是第一次跟你们见面，就很明白地亮出了她的要求，是带着以前的婆婆再婚？她一开始就没有藏着掖着，又何来骗人之说？你们谈不拢，怎么能怪我们？”

几个男人见没讨到便宜，灰溜溜

地走了。我好奇地问表姐，这到底是怎么回事？表姐叹了口气告诉我，吴秀芬以前有一个家，她孝顺婆婆，服侍丈夫。然而，她丈夫竟和别的女人好上了，坚决要和吴秀芬离婚。婆婆和吴秀芬怎么劝都没用，最后婚是离了，男人走了，吴秀芬就承担起抚养年迈婆婆的任务。时间一长，婆婆觉得是自己耽误了媳妇一生的幸福，于是，老人找到我们婚介所，替媳妇办了征婚登记，但每次相亲，媳妇都提出带着前婆婆再婚，因而相亲都失败了。老人一急之下，决定为了媳妇的幸福，先把自己嫁了。

原来昨天来登记的老太太就是吴秀芬的婆婆啊，我好一阵唏嘘，这婆媳两人真是令人敬佩。想到这，我不禁怪起老罗来，怪他一副事不关己的样子，怎么不赶紧把信息发布出去呢？太不像话了。

半路变卦

我把自己的想法告诉了表姐。表姐看了我一眼，又沉吟了一会儿，开口道："小姑娘家的，以后这事你就甭管了！"

可是，那老太太隔三岔五地就来婚介所打探消息，每次语气都很急，声音也很大，一个劲抱怨我们的办事效率太低。我心里发虚，又不便明说，只好每次都赔着笑脸，连声说着："我们正在帮您物色呢。"

我很理解老太太的心情。那个吴秀芬我已见过，不过三十出头的样子，长得眉清目秀，因为还没生过孩子，身材也挺好的，要不是被老人拖累着，她完全可以很快找到一个不错的对象。

尽管表姐和老罗都叫我别管这事，但我还是想成人之美。我想：要是能帮老太太找到一个合适的老头，吴秀芬就可以顺利地解决个人问题，岂不是两全其美的好事！于是我到处托人，终于找到一个老年大学的教授，让他出面，在他的那帮学生中给老太太物色一个合适的，准能让老太太满意。

事情办得比想象中更顺利。这天，老太太刚一跨进婚介所，我立马笑嘻嘻地迎上去，不等老太太开口，我就大声地向她报喜："奶奶，这回不用您催了，我都帮您联系好了，对方是老年大学的一名学生，退休前还是一名领导干部呢，他老伴前年得病去世了……"

谁知这回，老太太用奇怪的神情看着我，反倒觉得很突然。

这时表姐和老罗从楼上下来了。表姐似乎一脸不高兴，责怪道："小姑娘家的，要你甭管这事，你还真的做起媒人来了。"

我这就糊涂了，婚介所不就是帮人介绍对象的吗？再说了，帮吴秀芬再组家庭，也是一件好事啊。我实在

无法理解表姐他们的做法。

就在这时，老太太哈哈大笑起来，边笑还边摸摸我的头，说道："谢谢你，小姑娘，难得你有这份心意。我今天是来撤单的！"

我更是摸不到头脑了："撤单？您老不征婚了？"

老太太连连点头："是啊，不需要了。我媳妇已经相亲成功了，所以我也不想再把自己嫁出去了！"

这可是件好事啊，想起吴秀芬以前相亲的遭遇，我试探着问："那个男人愿意接受您媳妇带着前婆婆再婚？您瞧，这话说起来也拗口。"

老太太更高兴了，用不以为然的口气说："有什么不愿意的？跟自己的妈妈一起生活，天经地义！"

破镜重圆

老太太的话真把我绕糊涂了，这是什么意思，跟自己妈一起生活？

表姐送老太太出了门，见我还傻傻地发呆，她就把我叫到楼上，待我坐下后，说出了实情。其实，所谓的吴秀芬相亲和老太太急嫁，都不过是婆媳俩合演的一出戏，这戏只演给一个人看，这个人就是我们中介所的老罗！原来，这老罗就是吴秀芬的前夫，老太太就是老罗的妈。其实老罗离婚后，并没有得到那个女人。于是婆媳俩演了这么一出戏，一是让老罗深切地感受到吴秀芬对老罗和他母亲那份始终不渝的真情；二是给老罗施压，尤其是老太太的"急嫁"，简直压得老罗抬不起头来。现在，这出戏演成了，老罗和吴秀芬终于破镜重圆！

我明白了事情的前因后果，气愤地说："老罗也太忘情负义了，这样的男人不值得爱！"

表姐笑笑说"小姑娘家的，夫妻间的许多事是讲不明白的。唉，人家不是改了嘛，谁还不犯个错啊？"

想想是这么个理，我不再说什么了，看着表姐一脸的笑容，我恍然大

·新传说·

干啥都要讲个策略，做生意更不例外。可要是遇上歪点子，伪策略，那就要看故事里的人怎么来破解了……

商业策略

□杨信社

现在商场总爱搞点有奖活动促销。这不，有个小伙子叫大刘，这天到商场买东西，就正赶上商场搞促销，凭在店里购物的发票，就可以参加店里的有奖活动，每添一块钱可以换一张奖券，一等奖是面包车一辆！大刘一瞧，商场门前果真停着辆崭新的面包车，他也想试试运气，便上前去换购了张奖券。

大刘刮开奖券一瞧，只见上头明明白白三个字：一等奖！这简直是天上掉了个大馅饼啊！大刘激动得心怦怦直跳。不过，他是个谨慎的人，心想现在人多眼杂，自己不好太张扬，于是他悄悄走到后台，对一个胖胖的工作人员说：“同志，我中奖啦！”那胖子正在打瞌睡，被他吵醒了，不耐烦地接过奖券一看，一下子从凳子上跳起来。随后，他缓了缓神，眼珠一转，故意提高嗓门道：“原来是三等奖

悟：“表姐，这么说，这件事从始至终，你一直是个知情者？”

表姐得意地说：“不仅是知情者，我还是推手呢——带着前夫的妈再婚前夫，绕不绕口？这么个绝妙的点子，也只有我这个婚介所的老板才想得出！”

“嗯——”我嘀咕着，想起自己的努力，有些不甘心地说，“其实，我为老太太物色的人，真的很不错呀，他以前是个领导，素质好……”

表姐愣了愣，接着笑了：“哪天，我跟老太太说说？”

（题图、插图：谭海彦）

啊！跟我来吧！”说完，还没等大刘反应过来，就一把拉住大刘往里走。

大刘倒吸了一口冷气，没走多远，便甩开胖子的手，质问道：“明明是一等奖，你怎么说是三等奖，不是要耍赖吧？”胖子回头瞪他一眼，说“你急什么啊？我知道是一等奖，我这不是带你来领奖了吗？”大刘不信，说：“你别唬人，那面包车就在门外停着，你拉我到角落来干嘛？把奖券还给我，不然我喊了！”说完，他一把把奖券又抢了回来。胖子赶紧捂住大刘的嘴，讨好道：“别呀！兄弟，

领奖可是要办手续的，我这是带你去见经理，跟我来。”大刘心想也是，便又跟着胖子来到二楼。两人来到经理办公室，胖子示意大刘在外头等着，自己先进去汇报。

大刘怕他们关起门来算计自己，赶紧把耳朵贴在门上听动静。

只听那胖子说：“经理！坏了！抽奖才开始半个钟头，面包车就让人给抽走了！”里头经理一听也急了：“什么？要是面包车给人开走了，剩下那三万多张奖券还有谁换购啊？不行！这车现在不能让他开走！”外头的大刘一听这句话，急得正要推门进去理论，只听那胖子又开口了：“经理，这事儿不能硬来，我倒有个两全其美的办法。”大刘赶紧又贴耳去听，却什么也听不见了。过了一会儿，门开了，一个穿西装的中年男人带着胖子走出来，笑呵呵地向大刘迎过来，客气地说道：“兄弟，听说你中了大奖啊。我是这里的经理，首先，我先得恭喜你啊！不过……”

大刘一听还有个转折，急了，问道：“不过啥？反正无论如何，你们不能赖账。”

这经理赔笑说：“车当然归兄弟你。不过你现在不能开走。三五天以后，估计我们的奖券也换购得差不多了，到时候你再来，我们专门派人给你把车送回家去。”

大刘听了，挺生气，说：“你们这

样不是忽悠人吗？这面包车都被我抽走了，你们还忽悠外头的人冲着空头大奖换购啊？”

经理又笑道：“这怎么能叫忽悠呢？只是商业策略嘛。谁也不想做赔本生意对不对？这样，这里是三百块的商场代金券，就算我们把这车租用两天成不？兄弟，配合一下嘛。”说完，不由分说往大刘手里塞了三张代金券。

看着这点好处，大刘心里软了一下，留下了电话号码，等着奖券换购得差不多了，胖子好联系他取车。这事儿就算这么敲定了。

一回到家，大刘就迫不及待地把这事儿从头到尾跟父亲老刘讲了一遍，老刘一听儿子中头奖了，也乐得合不拢嘴，可听到最后，老刘却拉长了脸训道：“他们这不是忽悠人吗？”

大刘咂一下嘴说：“爹，这怎么是忽悠人呢？商业策略而已嘛！”

老刘却懒得再理他，“噌”地一下站起来进屋闷了许久，又“哼”了一声背着胳膊出门了。大刘喊道：“爹，你这是干嘛去啊？”老刘头也不回应了声：“下棋！”大刘明白，老爹这是生闷气去了。他心想，随他去吧，等过两天车来了，他自然又得高兴起来。可谁知，过了一个钟头，商场的那个胖子来电话了，喊着说：“你赶快过来把面包车弄走吧！要快啊！”

大刘听了又惊又喜，心想这么快奖券就换购完了啊？于是，他赶紧搭车往商场里奔。

等大刘赶到商场的时候，却见换购的队还排在那儿，不仅没散，反而比先前的人还多。只是队伍早就乱了，好像大伙儿都在瞧热闹。大刘赶紧往二楼经理室跑，那胖子和经理一见到大刘，像见了救星似的，央求道：“你可来了！你赶紧去门口喊一声‘我中头奖了！面包车一辆！’快去快去！”

大刘犯迷糊了，问道：“门口不是还排着那么多人吗？你们不搞换购活

动啦？”

只听经理愁眉苦脸地说：“还怎么搞？有个人非要换购所有的奖券！”大刘还是不明白，说“那不是更好吗？”

经理却愁眉苦脸地说：“好什么啊？他说要换购所有的奖券，挨个儿刮开，看看到底有没有面包车，没有就告我们去。那车你都抽走了，哪儿还有什么头奖啊？要真被查上了，我们可就亏大了。我说兄弟，你就别耽搁了，赶紧帮忙喊一声吧！”

原来是这么回事儿啊。大刘看经理那副倒霉样子，觉得好笑。他理了理衣服，这才不慌不忙走到商场门口，掏出奖券，扯着嗓子大喊了一声：“我中头奖啦！面包车是我的了！”话音刚落，经理和胖子才双双松了口气。只见那经理假装不认识大刘，赶紧过来握住他的手，热情地说：“恭喜你啊，小伙子！”接着转过头对排队的人群喊了声，“我们的大奖得主终于诞生啦！”

只见人群一下子沉默了，又过了片刻，大伙儿炸开了锅似的，喊着：“不换了，不换了，头奖都被换走了还换个啥？”不一会儿，人群便散开了，却剩下了个老头儿站在商场门口。

这时候，胖子跑过去对着老头嘲笑道：“你都看到了，大奖都被拿走了，你还换不换了？”

这时，大刘愣住了，原来刚才经理说的人，竟然就是他父亲老刘。

只见老刘冷笑一声，摇摇头说了句：“不换了。”说完，头也不回地走了，留下大刘还在商场门口发呆。

等车被商场派人开着敲锣打鼓地送回了家，大刘忙跑到老刘跟前奉承道：“爸，你可比我强多了！他们有商业策略，没想到你还有打假策略啊！你还跟他们来了招虚的，没多花一毛钱，就把车给弄回来了。”

可老刘却沉默了半天，感叹道：“儿子，你高看你爸了。刚才我是真想把那奖券全换回来的。”说着，他从口袋里掏出个黑色塑料袋来打开，只见里头露出一沓钱来。老刘接着说道，“你看，我这半辈子攒了一万多块钱，今天全都带去了。我可不想我儿子帮着他们忽悠人啊。”

大刘听了，愣住了，红着眼圈哽咽道：“爸啊，你也不算算，那么多奖券，就你这一万块哪里换得完啊！”

可只听老刘平静地答道：“那也不能让你帮着他们瞎忽悠人啊。”大刘听了，红着脸说：“爸，你确实比我强多了！”

（题图、插图：谭海彦）

绿版编辑部各编辑邮箱：

吴　伦：wulun54@126.com
朱　虹：zhong98305@sina.com
刘迎曦：liuyingxi1203@163.com
颜轶超：yanyichao1004@sina.com
黄美舟：piggybank81@sohu.com

这次抓捕不寻常

□刘玉杰

老将出马

老胡今年五十九，是个老刑警。在队里，每次一来案子，他都自告奋勇，要求带队参战。而且只要他老胡一出马，不管多凶狠的罪犯，都得落网。所以，大伙儿都佩服地喊他“老黄忠”。

这天一大早，队里又接到一个案子，有一个流窜的惯偷叫鲁小路，在外地屡屡作案，外号“神偷”，都上协查通报了。现在有人发现他躲在市郊一个村里的山上，就赶紧报了案。

这对老胡可是个好机会，要是能把这个案子给破了，在退休前没准还能再记个功、发笔奖金呢。

刑警队赶紧开会组织抓捕，谁知会上，这老胡竟然一反常态，一言不发。会都开完了，队长见老胡竟然打起了瞌睡，忙敲敲桌子喊他：“老胡！出发了！”

可谁知老胡却慢慢抬起头来，迷迷糊糊说：“队长，我身体不太舒服，想请两天假，今天执行任务那么远，我就不去了吧。”

队长听了，半开玩笑地说：“老胡，那这次立功可就没你的份啦。外出补贴和奖金，你也要不成喽！”说完，就点了几个年轻刑警参加行动。大伙儿都换上了便衣，带上装备钻进车里，准备出发了，这时，老胡突然冲出来，激动地说：“队长！这次抓捕，我还得去！”

队长一听，明白了，老胡这是要

站好最后一班岗啊。于是他答应了老胡的请求，又交代车里的年轻刑警说："老胡年龄最大，你们到时候让他坐镇指挥就可以了，冲锋陷阵的事情，你们年轻人要在前头！"

队长话还没说完，老胡已经钻进车里去了。

优待小偷

大伙儿很快到了目的地，老胡和刑警们一下车，就看到很多村民守在进山的路口。

有人告诉他们，那个惯偷鲁小路还藏在山上呢。可等观察好地形，大伙儿犯愁了：这山那么大，光凭他们几个刑警搜查，吃力得很。这时候，有村民提议，干脆来个全民动员，让年轻力壮的村民全都加入搜捕，有猎狗的带着猎狗一起上，不怕抓不住这个"神偷"。

这是个好主意！可谁知老胡却没应声，而是蹲在一旁连抽了两根烟，才站起来一摆手，命令村民都撤回去，还是由他自己带着刑警队员们进山搜查。

这个决定可真够浑的，但没办法，队长下过命令，老胡是领队，大伙儿只好服从了。

刑警们就这么分头搜查了大半天，连鲁小路的影子都没见着。更糟的是，等大伙儿按时下山集合的时候，竟发现老胡也不见了。

刑警们慌了神，这下可好，嫌疑犯没抓到，还丢了老刑警！正当大伙儿急得像热锅上的蚂蚁，老胡出现了！只见他忽地从半山腰里冒出来，冻得浑身发抖，手里还拉着一个脸色青白的年轻人。

只见老胡边走边冲着刑警们大声喊："他是自己出来投案自首的！我拿着高音喇叭讲我们的政策，他就出来了，这孩子还是挺懂事的啊！"

刑警们都知道老胡为什么这么

说。因为嫌疑犯要是主动自首，量刑的时候多半可以判轻一些。两名刑警连忙上前给鲁小路戴上手铐。大伙儿这才都长吁了一口气，任务完成了，回警队！

归队的路上，大伙儿都得意地哼着歌，而老胡却铁青着脸看着窗外，一言不发，不知道在想些什么。大伙儿想他大概还是身体不舒服，也都没去打扰他。

可路走了一半，堵车了。老胡一看都中午了，就让司机把车开到一家小馆子门口，一声令下："全体下车，吃饭！"

这时，一个年轻刑警指着鲁小路，笑着说："老胡，你忘了规矩啦？嫌疑犯跑了谁负责啊？我还是留在车上看着他吧。"

谁知老胡听了，忽然大怒，嚷道："我不是说了吗？他是听到宣传主动自首的，难道还会再逃？我保证！我负责！"

于是，刑警们带着鲁小路，全体下了车。老胡一看，街上人挺多，鲁小路戴着手铐太显眼，就赶紧脱下件衣服包住他的手，痛心地说："你瞧瞧，这多难看呀！以后还是改了吧。"

进了小馆子，老胡破了平时一人一碗面的规矩，点了几个好菜，说要请客。大伙儿觉得丈二和尚摸不着头脑，老胡今儿这是怎么了？可更怪的是，等菜上桌了，老胡竟然还不停地给鲁小路夹菜！

再看那鲁小路倒也不客气，吧嗒吧嗒吃得可香了，边吃还边说"你们是得好好犒劳我，没我你们咋立功受奖哟？我这一归案，你们又得拿不少奖金吧？"

看着鲁小路那副理直气壮的德性，一个刑警火了，顾不得这次是便衣执行任务，猛地一拍桌子，吼了声："鲁小路，你闭嘴！今儿我告诉你，我们警察抓逃犯，从来都不是为了多拿奖金！"

还有疑犯

这一吼，小饭馆里的人全都安静下来，扭过头来盯着他们这桌人看。老胡见了，赶紧扯扯那刑警的衣角，说："小点声！坐下吃饭。"接着，他又朝四周赔笑道，"没事没事，大伙儿吃饭，吃饭。"

可就在这环顾四周的当口，老胡忽然看见一个人！

那人穿着件脏兮兮的夹克，头上的鸭舌帽压得很低。只见他低着头，从角落的一张桌边迅速地站起身来，走到吧台扔了一张百元大钞，也没等找钱，就头也不回、急匆匆地走出了饭馆。

老胡凭着三十多年的经验，心里立刻就犯了嘀咕：这人真奇怪，在这么个小馆子吃饭还摆什么谱装大方？他忍不住起身走到门口，见那人正拐

进一条小街里，老胡又到吧台拿过账单一看，那人的饭钱才22元!

这时，只听老胡大喊一声：“集合！”同事们都明白了：有情况!

大家立马押着鲁小路冲上车去。老胡开着车拐进小街，发现那人已经不见了。他赶紧一路开车一路打听，好容易有人想起来是看见过那个人，似乎爬进辆大货车里了，车子是镇边上“宏发板材厂”的。

老胡一听，加足马力，把车开到了宏发板材厂门口。这时，他才长舒一口气，跟大伙儿说明了情况：“刚才小馆子里那家伙，就是全国通缉的要犯‘乔七’。刚瞅见那脸的时候我就觉得脸熟，等看了账单，我又回忆了下，确定无疑就是他！”

此刻，车里一片安静，就连鲁小路也不吭声了。大伙儿都知道这个乔七，身上已经背了几条命案，是个亡命徒。老胡沉思片刻，三下五除二，安排好了人员，准备抓捕。

可谁知他们下了车，厂门都还没进，就被保安拦住了。原来这宏发板材厂，是市里重点引进的外资企业，所以，没有搜查证，保安说什么也不放人进去。

机会难得，老胡只好打电话让队长批搜查令。可谁知电话那头，刑警队长语重心长跟他说：“老胡，这事儿光凭个印象就大动干戈，太不靠谱了。那宏发板材厂可是咱们市招商引资的重点对象，万一弄错了，你想过后果吗？没有逃犯进厂的确切证据，我没法给你开搜查令啊。老胡，你是个好警察，我理解你的心情，但是你别忘了去年的事情！”

原来，去年也就是这个时候，老胡去执行任务，抓捕毒贩，结果误抓了一个外商，搞得人家撤资不算，他自己还背了个处分呢。

正当大伙儿都发愁的时候，只听那鲁小路哈哈大笑起来，道：“我看你们啊，也就只会抓我们这些小鱼小虾，现在撞上大鱼了，怕了吧？”接着他又嘲笑老胡道，“哼哼，我看你警察也当了几十年，怕是只会劝劝我这样的小偷小摸，这回真撞上狠角色了，瞧瞧你那副怂样子。怎么，怕背处分了吧？”

一个刑警实在看不下去了，吼道：“不许笑！你小子懂个屁！老胡以前执行任务的时候，连枪子儿都吃过，什么时候怕过？可他明年就要退休了，又有个老姐常年生病卧床。要是他再吃个处分扣个奖金，拿啥去接济他老姐啊？这么多年，他全都指着奖金给他老姐看病呢！”听了这话，鲁小路一下子愣住了，低下头再也没出声。

大伙儿也都围上去安慰老胡，商量办法，突然，只听一声：“不好！鲁小路跑了！”

逃犯归案

老胡听了这声喊，这才回过神来。一查才明白，鲁小路瞄准了一个刚入行的刑警，把他的钥匙偷走，打开手铐，跑了，还顺手撩走了那刑警的手机。

老胡正要发作，口袋里的手机忽然响了。他拿出来一看，来电显示竟是那个刑警的号码。显然，这是鲁小路打来的！

老胡赶紧接通电话，所有人都屏住呼吸，只听鲁小路喘着粗气喊道“舅……舅舅！”这一声喊，嗓门可大了，震得手机都哆嗦了下，在场的人听了，全都愣住了。

只听那鲁小路继续激动地催促：“舅舅！我从北边侧面翻墙进到厂区里来了，这里有监控录像，能看到我翻墙进厂的录像，这录像不就是逃犯进厂的证据吗？你们快开搜捕令进来抓人呀！舅舅，你听好了，搜捕我，就是搜捕乔七！”

只见老胡脸上瞬间没了怒色，眼泪在眼眶里打着转。挂了电话，他三言两语作了解释。原来，这鲁小路就是老胡那个生病的老姐的儿子，一直在外头流窜行窃，所以照顾老姐的担

子才会落到老胡身上。因为要面子，这么多年了，自己的亲外甥是个外逃的惯偷，老胡一直觉得没脸说出来。这不，这次行动他纠结了半天，还是决定瞒着大伙儿参加行动，也是为了最先找到外甥，劝他主动自首。

老胡解释完，立马安排抓捕。他一面打电话给队里解释情况，申请到了搜查令；一面调出录像，通知厂方，疏散人员，守住各个出口。二十分钟后，特警、防暴队包围了板材厂，开始对厂区进行地毯式的搜捕。

没多久，特警队的人收到了报告，这才去跟板材厂的外方老板表示感谢，说："我们抓到鲁小路了，在搜查过程中，我们还'意外'抓获在逃的抢劫杀人犯乔七。"

听到这儿，老胡和同事们才松了口气。十分钟后，鲁小路被特警队员押出厂区，他走到老胡面前，笑着说："舅舅，你工资不高，这些年还要补贴我妈看病，我都从来没机会说声谢谢……所以，这次我说什么也要帮你这个忙！"

这次，老胡再也不避嫌了，他拍拍鲁小路的肩膀说："小路，你还是个好孩子，这次行动，我们都得谢谢你！你放心，你妈有我照顾，没问题。你自个儿也好好接受改造，争取早点回家啊。"

看着鲁小路被押上警车，一旁的刑警们都围了上来，安慰道："老胡，我们都看在眼里了，你外甥这次故意跑掉，其实是戴罪立功啊。等调查的时候，我们都会如实反映情况的。你就放心吧！"

（题图、插图：谢　颖）

· 本刊信息传真 ·

法律知识故事征文

本刊推出的"法律知识故事"，通过发生在我们身边的、短小而具体、在法理上容易混淆的个案，生动、形象地宣传法律知识。这些知识注重现实性、实用性，真正起到解剖一个案例、明白一个道理的作用。

为鼓励作者深入生活，写出高质量的法律知识故事，我刊决定面向全国征文。

本次征文也欢迎读者和法律界人士提供相关素材、案例，一经录用，即付稿酬。

来稿方法：1. 从邮局寄发，请在信封上注明"法律知识故事"字样，本刊地址：上海市绍兴路74号《故事会》杂志社，邮编：200020。2. 从网上传递，可寄以下信箱：wulun54@126.com，请在主题上注明"法律知识故事"字样。凡已和我刊编辑有联系的作者，稿件可继续投给原编辑。

钉子树

□乔文革

救下钉子树

安县虽是个小城，可遍地都是培育盆景的好材料。每天，都会有不少盆景商人和艺术家慕名而来，寻找上等的盆景原株，谢素素也是其中之一。

谢素素开了一家盆景培植公司，生意蒸蒸日上。她自己本身也是个技艺高超的盆景艺术家，最近，她想精心创作一个好作品，送到明年的国际园艺博览会上参赛。

刚出火车站，她就直奔一个朋友家。朋友叫罗也萍，住在市郊，谢素素问了好半天路，终于找到了地方。这时，路边的一棵石榴树一下跳入她的视线。只见这棵石榴树的主干已遭过雷劈，可却从另一侧长了出了两根枝条，在主干的呵护下枝繁叶茂。

谢素素暗叹：真是踏破铁鞋无觅处，得来全不费工夫啊！只要对这石榴树稍加修剪，就可以培植出打动世人的盆景精品来！她正要打听跟谁去协商把这棵树买下来，这时，前面冲过来一伙人。为首的中年男人手持一把板斧，气势汹汹，挥起斧头就要冲石榴树砍下去。

谢素素顾不得多想，飞身向前，想挡住那斧头。可有一个女人的速度比她还要快，谢素素还没到石榴树跟前，那女人已经死死地抱住树身。中年男人来不及收手，斧头伤了女人的

右臂。可那女人全然不顾，只是大声央求着:“你们不能砍它，求求你们啦! ”

谢素素看那女人三十四五岁的样子，穿着挺破旧，一看就知道生活条件不怎么样。

只听那中年男人喝道:“王彩铃，你给我起来。补偿款已经给你丈夫李大成了，你还拦住不让我们砍树，你想干什么呀? ”随他来的那伙人也一齐拥上来，这个拉王彩铃的胳膊，那个掰她的手指。可王彩铃一个弱女子也不知哪来的那么大劲，双手扣住树身，就是不松手。

从他们的争吵声中，谢素素终于知道了事情的前因后果。

原来这一块地被规划为开发区，原有的住户陆续都搬走了，树也大都被砍掉了。只有这一棵石榴树，王彩铃死活都不让砍掉。开发商王大同没有办法，找到王彩铃的丈夫，塞给他六百元钱，说是补偿款。可这男人拿到钱后就消失得无影无踪了，王大同只好亲自带人来砍树。没想到王彩铃竟然拼了命地抱住树不放。谢素素心想，这个女人是不是想借开发之机多讹点钱?

正在这时候，王彩玲终于被几个男人拖开了。那个王大同甩开膀子，高举板斧，又准备砍向石榴树。谢素素急了，忙大喊一声:“住手! ”所有人都一愣，停下手来。

此刻，如果谢素素实话实说，这是棵培育盆景的上好原株，这帮粗人肯定不懂；再说，王彩玲为了这棵树连命都不要了，到时候还不得狮子大开口啊? 于是谢素素定了定神，说道:“这是一棵濒临灭种的树种，是国家一级保护植物。你们砍它是犯法的啊。”她是盆景专家，所以这谎话她撒得脸不红心不跳，“它叫双沟石榴，是三千多万年前就在地球上生长的树种之一，科学界称它为植物的活化石。目前这树种全世界不超过五十棵。”

果然，王大同被谢素素的话唬住。他把板斧扔到一边，举着手机，绕着树拍了一遍，心有不甘地说道:“你别瞎忽悠! 我这就拿照片找人验证去。你要是敢骗我，叫你吃不了兜着走! ”随后，他便带着人扬长而去。

难缠钉子户

谢素素这才松了口气，可她心里明白，自己必须在王大同识破她的谎话前，从王彩玲那儿把树买下来。不过这王彩玲似乎也是个难缠的主。无论如何，先把朋友罗也萍拉来再说。于是，她撒腿就往罗家跑去。

一进罗也萍家的门，谢素素就大喊："也萍，快跟我来！"见罗也萍满眼疑惑，谢素素急道"你还记得十年前那场大地震吗？我终于找到上好的材料了！"

原来，那场大地震的时候，谢素素和罗也萍都被困在一个狭小的空间里。正当她俩绝望地抱头大哭时，却听见了班主任的鼓励声："不能哭，保存体力，等待救援！"就这样，两个人在班主任的鼓励下又坚持了两天，最后从废墟下被救出来。可班主任却终因体力不支，永远闭上了眼睛。现在的这棵石榴树，由一根枯木护住两根小枝，简直就是为这个题材专门而生的！

听到这个，罗也萍二话没说，跟着谢素素一起找到了王彩玲家。她们一边说明了来意，一边在桌上放了一万元钱。谁知王彩玲瞟了瞟桌子上的钱，却说："不行。我不会让人移走石榴树的。"

谢素素的到来，吸引了很多人来看热闹。有人劝王彩玲说见好就收吧，可王彩玲只是低着头，一句话也不说。

谢素素只好再加码，从一万块加到了五万块，那王彩玲还是一声不吭。谢素素见这是个无底洞，长叹一声，准备离开。石榴树虽好，看来是与她无缘了。就在这时，一个醉醺醺的瘸腿男人冲到王彩玲的面前，一把拽住她的头发，大骂起来"一棵破石榴树给你五万元你都不卖？等哪天老子把你给卖了！"这时，周围的人告诉谢素素，这就是王彩玲的丈夫李大成。谢素素实在看不下去，要打电话报警。李大成一听谢素素要报警，酒吓醒了，连忙求饶。

这时，王彩玲也吓呆了，扑通一声，跪在了谢素素面前。她哀求谢素素放丈夫一马："你不是要我们那棵石榴树吗？只要你放过我丈夫，你把石榴树移走，我一分钱也不要！"

无价树中情

谢素素没想到有这样的结果，心里一惊，手停了下来。

这到底是怎么回事呢？这时王彩玲一把鼻涕，一把眼泪说起了自己的故事。

三年前，李大成还是个建筑工人。虽然收入不高，但一家人日子过得其乐融融。可有一天，李大成患有老年痴呆症的母亲忽然走失了。李大

成心里一急，从高处掉下来，成了瘸子，丢了工作，从此酗起酒来。他花光了家里的积蓄，脾气也越来越暴躁。王彩玲一边要照顾丈夫，一边还要找婆婆。可过了那么久，人还没找到，唯一的希望就落在了那棵石榴树上。

这棵石榴树是王彩玲的公公去世前亲手栽的，婆婆虽然老年痴呆，可每到公公的忌辰或者生日，她总要在石榴树下点上三炷香，嘴里念叨几句。

说到这里，王彩玲哀求道"我老公也是心里急，才脾气那么暴躁。再过一个月就是我公公的忌日了，我还指望婆婆能回来呢。她回来了，我家的日子就有盼头了。"

听到这儿，谢素素感到再美的盆景，再大的奖项，都比不上眼下这夫妻俩对生活的盼头重要。她拿出些钱来递给王彩玲夫妻俩，让他们做点小生意，然后离开了小城。

谁知两个月后，王彩玲夫妇竟然敲响了谢素素家的门。原来，小两口用她留下的钱开了个小吃店，生意红火了，日子也好过了，小两口便来找谢素素把钱还了。更令谢素素吃惊的是，他们还带了那棵石榴树！他们说，上次在石榴树边一闹，居然引来了记者，大伙儿一块儿帮忙，在电视上登了寻人启事，没多久，果然有热心人把老太太送回来了。

一年后，这棵石榴树盆景在谢素素的精心培育下成型了。它凝聚了谢素素复杂的感情——有对那场大灾难的记忆、对班主任的感激，还有对王彩玲夫妇孝心的感动。谢素素给它题名为"灾难·爱"，送到了国际园艺博览会参赛，受到了一致好评。

博览会上，有个阿拉伯富商开出天价要买下这株盆景。可谢素素却淡淡一笑，拒绝了。

参赛回国后，谢素素带着盆景直奔王彩玲家，她要把这份厚礼送给这个重新相聚的幸福家庭。

（题图、插图：谢　颖）

年轻人干工作自然雄心勃勃、热火朝天，但怎么才能干合格了，凭的可不仅仅是雄心勃勃和热火朝天……

合格

□黄宣林

洪佩佩是济世医院的护士，是个要求进步的青年。上级领导培养她，就把她调到打针间，当上了护士长。

谁知，佩佩上任才一星期，打针间就接连收到三封批评信。这一下，佩佩急了，这天专门开了个“通气会”，围绕群众来信，让大家讨论，如何整改，来提高她们的服务质量。

本来，佩佩还有些担心，怕会上没人发言。不料，会议开得异常热烈，带头发言的是位老护士。她说：整个医院就算我们打针间最忙，护士长不表扬表扬，还来批评我们？我们吃力不讨好，不想在打针间干了，把我们调走算了。有的说：打针有什么技术？不就是把针头戳进血管吗？有种人年纪大了，血管瘪了，针头戳不进去，能怪我们吗？还有的说：针头戳进了血管，血管都被戳破了，能不痛吗？这不是技术问题。病人来打针，就应该有忍痛的思想准备。他们喊痛，我们解释几句，就说我们凶，这公平吗？

这下倒好，“通气会”开成了“出气会”。散会后，佩佩非常郁闷。就在这时，手机嘀嘀响了，是她男朋友王立民打来的，说他感冒发烧了，现在变成了肺炎，正在崇仁医院打吊针呢。佩佩一听，头就大了，正要责怪他为什么不到自己医院里来，那边的电话却挂了。

听王立民说话有气无力的，佩佩顾不上许多，拦下出租车，急匆匆赶往崇仁医院。

崇仁医院的打针间非常拥挤，王立民坐在靠窗的座位。座位前，放了

只专放药品的空纸箱，他把两条腿搁在纸箱上，半躺半坐。

这时，佩佩一头冲了进来，见王立民嘴里哼着小调，一副悠然自得的样子，她气就不打一处来，骂道：“王立民，这输液位子都是面对面的，当中空出来的弄堂，是给护士巡针留的。这弄堂本来就不宽畅，你还放了个纸箱来搁脚，你叫护士怎么走路？把纸箱拿走，要舒服回家去。亏你还是个卫生局干部呢！”

这时，崇仁医院的护士长正巧巡针路过，她拍拍佩佩的肩头，说：“小姐，这位先生得了肺炎，吊抗菌素得两个小时。他的下肢患有静脉曲张，让他双脚垂地坐两小时，静脉曲张，会使他的小腿又胀又痛。所以，我们医院把装药的纸箱，改装成搁脚凳，是专门为静脉曲张病人准备的。”

佩佩一点也不买账，争辩道：“输液座位的弄堂，是留给护士巡针用的，放上这么一个搁脚凳，护士来回巡针就不方便了。”

“是有些不方便，但是，病人的病情需要，永远是第一位的！”

佩佩听了心头一震：护士的护理条例，就是根据病人的病情需要来制订的。我们经常在说这句话，却没有像她那样把“病人需要”落实在搁脚凳上。同样是护士长，自己在她面前，就像脱了高跟鞋，矮了一截。好半天，她还没回过神来。

王立民在一旁却开了腔，笑嘻嘻地说：“这里的护士技术可好了，不管老人、小孩来吊针，都是一针成功，不让病人吃二遍苦。不像有的医院，护士戳了人家三针，还没把针头戳进血管。非但没有一句道歉话，还凶巴巴地训斥人家。”说完，故意拿眼睛瞟了一下佩佩。

佩佩听了，嘴上却不服气：“你啊，人家给了你个搁脚凳，你就把人家捧上了天。”

“你别不信，要不然我为啥不上你们医院，舍近求远，乘了车子来这里吊针？”王立民说话时有点激动，把手一扬，佩佩发现他吊针的左手，缠着厚厚一层白布，忙说：“哎哎，你别动，你还说她们打针技术好，你打针的手，怎么缠上纱布了？”

“这哪是纱布！你看看清楚，这是手套！”

“手套？”

原来，吊针时手指全部裸露在外，冷嗖嗖的。血液循环一不通畅了，手指也跟着凉了，肯定要影响药物的输送效果。所以，崇仁医院的护士为了给病人的手指保暖，专门设计了一种手套，既套住手指、手背，又保证针头、输液管不会走动。常言道：十指连心。手套暖和了手指，也暖和了病人的心啊。

这时，一位年轻妈妈，抱了婴儿来吊针。就在王立民旁边的座位坐下，一位护士拿了药瓶、针筒，跟着她走了过来。核对了注射单上的姓名、药名、剂量，护士拿起针筒，就在小朋友的脑门上扎了下去。

那位护士的动作真够利索，眼睛一眨，已经把针头扎进了血管，名不虚传，“一针成功”。

护士小姐打完针，掏出一个布做的头箍，像箍桶一样箍在那个小朋友的头上，佩佩见了好生奇怪：“这是什么玩意儿？”

年轻妈妈说：“小朋友都比较好动，为了防止针头滑出来，别家医院都是用橡皮胶来固定，左一道，右一道，贴得孩子满头都是。等输液完毕拔针时，要揭这么多的橡皮胶，难免会把孩子的头发一起拔下，孩子哭，家长心里痛。这里的护士长，她专门设计了这个‘鸳鸯扣’来固定针头，防止滑出，避免孩子吃两遍苦。我就是冲着她们医院的‘鸳鸯扣’，特地打车过来的。”

真是不怕不识货，就怕货比货。佩佩看到了“鸳鸯扣”，她打心眼里佩服这里的护士长。

这时，王立民的药水吊光了，他让佩佩帮他拔下针头，准备回家吃饭。不料，佩佩给他拔了针，要他坐在位子上别走开。

王立民问道：“你要做什么？”佩佩说，她要找这里的护士长，确定一个时间，带上她们打针间的护士，来这里取经学习。王立民闻言，哈哈大笑起来。

原来，王立民听说佩佩接连收到三封批评信，非常着急。佩佩是新提拔的护士长，她不仅缺少打针间的实践，更缺少管理的经验。为此，王立民利用自己在卫生局工作之便，查阅了各家医院打针间的先进材料，发现崇仁医院是区卫生局的“静脉注射培训基地”，他就去实地考察了。

谁知，他早出晚归受了风寒，发了高烧变成了肺炎。医生要他吊针，他干脆就选在崇仁医院，今天，他是

有意要请佩佩来看一看，耳闻是虚，眼见为实，现在听说佩佩要带她们医院的护士来这里学习，自己的辛苦总算没白费……想到此，他兴冲冲地说："这里的护士长叫秦一珍，我认识，我跟你一起去。"

十二点整，除了值班护士外，其他护士都休息了。王立民跟在佩佩后面，轻轻地推开了她们休息室的门，护士们围着桌子正在吃饭。

护士长秦一珍却在布置任务："下午，有四位实习生要上岗，她们在模拟血管上扎针的成绩很优秀，上岗后，就要为病人扎针了。按我们的规矩，给病人扎针前的第一针，必须在自己身上试针——"

不料，秦一珍话音未落，只见四个护士"霍"地站了起来，齐刷刷地卷起各自的衣袖，很明显，她们的手臂上都留下了好几个针眼。秦一珍也看到了，她话锋一转"你们都在自己身上试过针了，那就进入最后一道考试，及格了就上岗。"只见秦一珍也捋起了袖子，伸出雪白雪白的手臂，"来吧，在我手臂上试针，我不满意，就不能上岗。"

佩佩看到这里，悄悄地从护士休息室里退了出来，对王立民说"我改变主意了，不急着带姐妹们来这里取经学习。"

王立民吃惊地问："为什么？"

"同样是护士长，人家是怎么带兵的？要学习她们，先要从我这个护士长学起，有了合格的护士长，才会有合格的护士！"

王立民非常欣慰地点点头。突然，他搀住佩佩的肩膀，轻声地问："佩佩，作为你的男朋友，我合格不合格呢？"

"合格！"她轻抚着王立民的脸颊，"这就是你的合格证书，我给你盖个章！"说完，在他的脸上轻轻地亲了一下……

（题图、插图：杨宏富）

（本栏目欢迎来稿，详情请见p66）

与英雄葬在一起

□曹钢

冒险营救

鲁特是法国一个并不起眼的小镇，二战开战不久就被德国人占领了。德国人把小镇弄得鸡犬不宁，居民们都恨得牙痒痒。

这天清晨，镇子不远处响起一阵巨大的飞机轰鸣声和炮火声。镇长一下子惊醒了，他从床上跳起来，等枪炮声停止了，便开门要去看个究竟。这时，一辆马车急匆匆奔了过来，还没停稳，马车夫莫克就慌慌张张跳了下来，上气不接下气地说："快救人，盟军飞行员，在车上，伤得厉害……"

镇长赶紧跳上车，拨开厚厚的干草，见里头果然躺着个盟军飞行员，浑身是血，已经昏死过去。莫克说，自己一大早正准备给镇上的旅馆送干草，谁知回来路上竟遇到了激烈的空战，惊慌之中他赶着马车躲进了丛林里，结果竟发现了这个飞行员。

这时，镇长已经从飞行员的口袋里找到了证件，一看，原来这小伙子叫乔治，还是个法国人！镇长无比激动，但他也明白，要不了多久，德国人就会搜过来。现在当务之急，就是把伤员藏好，再把人救活。于是，他迅速用干草将飞行员重新掩盖好，决定把他送到镇里唯一的修道院去。那儿有个祈祷用的密室，而且院长珍妮还会一些急救知识。

于是，镇长和莫克快马加鞭赶到修道院。开门的是修道院的贝拉大妈，她见来了个血肉模糊的伤员，不停地在胸口画十字。珍妮院长立即对飞行员进行了简单的检查，望着满脸污血仍在昏迷中的病人，她担忧地说："他的伤很重，但是我们的条件非

常有限，能不能活下来就看他自己的意志了。”正在这时，有人跑来报告：“不好，德国鬼子往这边来了！”珍妮院长赶紧吩咐贝拉大妈把飞行员藏到密室里去。镇长猛地想起院子里还有马车没有处理，于是领着莫克，和珍妮院长走向门外。

生死抉择

还没等镇长和莫克驾车离开，德国人的卡车就堵在了修道院门口。下车的军官是个空军少校，大伙儿紧张得心怦怦直跳。

那德国少校好像很有风度，他轻吻了一下珍妮院长的手，才缓缓开口道：“刚才有一架飞机被我们击落，飞行员肯定受伤了，可就是活不见人死不见尸，各位有谁看见过他吗？”

镇长强压住心里的紧张，答道：“我们没看见过什么飞行员。”

那德国少校听了，径直向镇长走过来，面无表情地盯着他足足一分钟，冷笑一声，用枪口指着镇长问道：“那么镇长先生，请问您和这位马夫先生一大早跑到修道院来做什么？”

这时，珍妮院长走上前来，从容答道：“少校，修道院最近需要些干草，我托镇长找个马夫给我运一些来。这不，他们正卸好车准备离开。”少校听了，竟然走到马车旁拨弄起来。不多会儿，他夹起一根染着血的干草问：“那么这又是什么？”说完，他用枪顶着马夫莫克的脑袋喝道，“我劝你们还是老实点，我数三下，不交人，他就得死。”

一句“一二三”之后，只听“砰”的一声枪响，莫克倒在血泊中。在场所有的人都吓得惊叫起来，乱作一团。这时，一个修女一步上前，揪住德国少校的领子，大骂开来。“砰”的一声枪响，那修女也倒下了。霎时间，整个修道院一片死寂，只听那少校冷笑道：“只要有人把飞行员交出来，你们现在就可以回家了。不交的话，跟他们一个下场。”接着，他便走向镇长。正当所有人都为镇长捏着一把汗时，只听人群背后传来一句“住手！”

大伙儿转过身去，发现喊话的竟是贝拉大妈。她不知何时已经从密室里出来，蹒跚地走到德军少校面前，

浑身发抖，说道："人是我救的，我知道你们要找的飞行员在哪里，但你要说话算话，放过其他人。"

德国少校大喜过望，示意手下把人质全部放走。镇长狠狠地瞪了一眼贝拉大妈，带着人们离开了修道院。眼看着贝拉大妈领着德国人往楼里走，珍妮院长猛扑上去，给了她两记响亮的耳光，可这也无济于事了。

很快，受伤的飞行员给德军抬上了卡车，珍妮院长只能在一边眼睁睁地目送他离开，心里充满了懊恼。当德国人抬着担架经过她时，珍妮看见飞行员仿佛用尽力气，把嘴角微微上扬，像是要安慰她一样。霎时间，珍妮院长的眼里满是泪水，反而感到更加愧疚。

功过是非

飞行员被带走了，贝拉大妈也知道自己不能再待下去，她对着珍妮院长深深鞠了一躬，准备离开。可珍妮却把她的行李摔到地上，向她啐了一口，骂道："你这个无耻的老太婆，早知今日，我当初就不该收留你！"

原来，一年前的冬天，在一个大雪纷飞的日子里，贝拉大妈随着逃难的人群来到鲁特镇。珍妮院长可怜她年事已高，就留她在修道院做些杂活。贝拉大妈干活卖力，和大家的感情也越来越深，可谁知今天，她为了活命，竟然会做出如此可耻的事情。

贝拉大妈也没再多说什么，收拾好散落的行李，默默走出了修道院。

很快，从德国人的军营里传来了噩耗：那飞行员英勇不屈，没有透露一点情报，被德国人残忍地杀害了，埋在了小镇东边的树林里。大伙儿听了，都自发地到小树林去为他祈祷、献花。

这时，人们发现贝拉大妈也远远跟在人群后面。大家唾弃道："以为现在献个花就能赎罪吗？呸！"贝拉只好黯然消失，再也没回来过。后来，有人听说她被抓去给德国人做饭，大伙儿听了都恨得直跺脚。

接下来的日子里，德国人打仗吃紧，开始限制民用煤油。天气越来越冷，眼看镇上的一些老人孩子熬不过这个冬天了。谁也没想到，就在这个节骨眼上，贝拉大妈偷偷敲开了镇长家的门，还带来了一桶煤油！原来，

她料到这个冬天大家的日子不好过，就趁着给德国人烧饭的机会，在军营里偷攒了些煤油给大家送过来。

时间一天天的过去，小镇上的人们一边接受着贝拉冒着生命危险偷来的煤油，一边在议论着她从前的“无耻行为”。渐渐的，人们也不太提起树林里的那个飞行员了，可小树林里的那个墓地上，却一直都有人送来鲜花。

然而，“胆大包天”的贝拉大妈还是栽了，这一次不是因为偷煤油，而是因为她伺机破坏机场的军用设备，让一队德军士兵乘坐的卡车翻进了沟里。很快德国人就把她查了出来，小镇的人们不禁为她捏了一把汗。

气急败坏的德国人把贝拉抓起来，为了杀一儆百，德国人没有马上处死她，而是下令将她绑在飞机上，又驾着飞机上了天。

那一天，飞机在小镇上空盘旋了一圈又一圈，居民们都抬头望着天空，眼里满是同情和崇敬，就连珍妮院长也在胸前划起了十字。

傍晚，可怜的贝拉大妈终于从飞机上被放下来。这时，她已经奄奄一息，德军士兵料定她必死无疑，就把她拖到大街上任其自生自灭。趁着黑夜的掩护，镇长带着人把她救回了修道院。

修女们开始为贝拉大妈做最后的祈祷。珍妮院长忍着泪水说：“虽然上天仍然不能原谅你的过错，但是此刻我愿意帮你达成最后的愿望。”

贝拉大妈平静地环视着屋子里的人们，她缓缓地说：“请把我、把我和那个飞行员葬在一起……”

这个要求让大家有些不知所措，屋内沉默了。珍妮院长为难的说：“也许你是想去天堂向英雄谢罪，可是从感情上讲……”

珍妮院长还没说完，便注意到老人的手伸到了衣服里，似乎在找什么东西。接着，老人拿出一个包裹好的手绢交到镇长的手上，镇长打开手绢，里面是一张皱了的照片。

镇长打量着照片和躺在床上的贝拉大妈，脸上满是痛苦和悔恨的神情，他把照片交给珍妮院长。

珍妮院长好奇地接过照片，上头是贝拉大妈和一位飞行员的合影，英俊潇洒的小伙子靠在老人的身边，两人笑得是那样开心。照片的背面有一行字：我们的骄傲——罗伯特·乔治。

贝拉大妈用尽最后气力，说“他是我唯一孩子，他在地下室苏醒过来的那一刻，我们都认出了对方，他不愿让无辜的人受到牵连，可是又没办法自己走出来……”

贝拉大妈没有说完便静静地离开了人世，珍妮院长和大伙儿都哭成了泪人，他们按照老人的遗愿，将她和她的儿子乔治安葬在了一起。

（题图、插图：佐　夫）

瑞府朱虱案

□李 谦

调包案

康熙年间，京城发生了一起案子。有一个守御所千总叫文涛的，他成亲不过一个月，就发现新娘被人调包了，于是一纸文书把岳父瑞六给告了。

接案子的是顺天府尹吴令休，他立刻传来瑞六询问，可瑞六一口咬定，新娘就是自己的女儿！

但是文涛的状子说得清清楚楚：新娘瑞小姐的两眼正中间，长了一颗朱砂痣，算命的说这颗痣叫“眉里珠”，是天生的贵夫人命。不幸的是，文家和瑞家结亲后，瑞六因受鳌拜之累，下了大狱。看到瑞家败落了，文家就想悔婚，但文涛死活不肯答应，最终还是和瑞小姐结了婚。奇怪的是：瑞小姐过门时带的不是从小跟着的仆妇金花，却是一个丫环叫宝珠。更令人震惊的是：文涛发现瑞小姐的“眉里珠”是用朱笔画出来的！文涛十二岁的时候去过瑞府，见过瑞小姐一面。六年多过去，这嫁过来的新娘子模样虽没大改，但从前的满腹才情却不见了。文涛越想疑点越多，于是认定岳家玩了掉包计，嫁过来的根本不是瑞小姐！

因只有一面之词，顺天府尹吴令休也只好不了了之。

文涛闷闷不乐地回到家里，穿过花园时他随手拨开茂密的枝叶，只觉得手背刺痛了一下，见一只朱红色的小虫子叮在手背上，他顺手甩掉虫子，身后却传来一声女子的惊叫：“老爷等等！”文涛一回头，却是陪嫁过来的丫头宝珠。宝珠袅袅婷婷跑过来，见文涛被虫咬，脸色大变，顾不得解释，抓住文涛的手，吮吸起那个流血的伤口来！

好半天，宝珠才停了下来，她抬起头，一边擦去嘴角的血迹，一边说：“放了血就不会有事了，好险！”

文涛觉得甚是奇怪，苦笑着说：“不就是一个小虫子嘛，你干吗这么紧张？”

宝珠摇摇头，眼眶忽然红了：“老爷有所不知，我和亲娘原先都被这红虫子咬过，我侥幸活命，可我娘却中毒死了。”

有了这次接触，文涛开始注意起宝珠，这宝珠虽是个汉女丫环，却是瑞小姐从小的伴读，两人的感情很亲密。宝珠虽说相貌有些丑，却能诗能画，善解人意，把文家老老少少都伺候得很周到。不久文涛有意收她做妾，瑞小姐倒是没反对，可老夫人说自古贤妻美妾，宝珠性格没的说，就是模样不行。

朱虱案

文涛和瑞家的来往本来不多，经过上次对簿公堂的事后更不走动了，可这一天瑞家却来人禀告，说瑞小姐的继母死了，而且死状奇特，已经上报顺天府了。

文涛夫妻赶紧带着宝珠奔丧，正好碰到吴令休来办案。此刻，那老夫人躺在床上，露在外面的皮肤紫黑溃烂，看着说不出的可怕。屋子里到处是郁郁葱葱的花草，花香扑鼻。

吴令休询问老夫人发病的经过。瑞六悲伤地说：“两天前她让一种红虫子咬了，开始说是身上痛痒，后来找了郎中过来开药，谁想药还没吃完，人就不行了！”

吴令休皱紧了眉头，说：“这样的情形我见过，起因是一种叫朱虱的小虫子。这种虫子闻香就扑，你这屋里到处是香花，自然容易招虫子。可被朱虱咬伤丧命的人却极少，你夫人死得有点不同寻常。”

瑞六忽然跪下来磕头：“大人，我第一个夫人也是这样死的，我和女儿也被这虫咬过。不知为何单单我家人爱招惹这虫子？还请大人明断啊！”

吴令休也在奇怪，这时，宝珠指着老夫人的脸一声尖叫，原来从老夫人的耳朵里爬出一只朱虱！吴令休心里一凛，隔着手帕轻轻捉住它，仔细一看，暗自心惊，这只朱虱看上去肥硕健壮，比平常的虫子大了三四倍，难怪毒性这么强烈！

吴令休想起传说中朱虱的习性，便要了一根细针，刺瞎了那只朱虱的双眼，然后把它放在了地上。那朱虱蒙头蒙脑地转了一会圈子，就钻进西北的墙角落里。

吴令休跑步来到隔壁房屋，一进屋又闻到扑鼻的浓香，还夹杂着微微的酒气。他紧盯着角落，很快，那只朱虱从墙角冒出了头，钻进了床角一个种满紫桂花的大木桶。

吴令休命人把紫桂花拔下来，一股腥臭味立刻扑鼻而来，只见花下埋着一只大个的死海龟，上头爬满了密密麻麻的红色朱虱，这些小虫见了光就四处爬起来，众人惊叫着纷纷闪躲。吴令休笑道："不用怕，这种虫子是不会胡乱咬人的！"

吴令休一问才知道，这间屋子主人是瑞家仆妇金花。他一转头问金花："这棵紫桂是你种的？"

这时宝珠开口说："金花喜欢养花，我记得这棵紫桂有十几年了。"

那金花像是给这阵势吓坏了，哆嗦着回答："紫桂是夫人让养的。海龟死了，我把它埋在花盆里沤烂了做花肥，我哪知道它会生虫子啊！"这话听上去也有理，可吴令休却一声冷笑，捻起一只朱虱大声说道："这朱虱是腐烂的海物所生，养大以后本身虽有毒性，却也不能致命，尤其不会反噬主人。不过如果用酒泡过，就会变得好勇斗狠，毒性也猛烈了数倍，一旦遇上适合体质的人，就会致人惨死了！你们没闻到这只朱虱上有酒气吗，是因为有人浇花时水里掺了酒！"

一旁的瑞六惊呆了，问道"那为什么朱虱只咬我夫人？"

吴令休又是一声冷笑："你们注意没有，你夫人的被子上，衣服上，甚至沐浴的大桶里，都熏了紫桂的浓香，这就是朱虱只咬她的原因了！"

瑞六在一旁听得脸色铁青，忽然扑上去抓着金花的肩膀摇晃着："你这个贱人！我先前的夫人也是你害死的，是不是？"

金花忽然尖声笑起来："是！鳌拜是害死我全家的大仇人！你跟着他也没少干坏事，你们还逼着我当奴才，平日打骂我是家常便饭，我要报仇！哈哈，可惜你和你闺女体质不合，咬不死啊！"

说到这，金花忽然转身一指瑞六，对吴令休喊着："大人，民女有大案报官，别看他家瞒天过海，可我早

就发现疑点了！就是他，他瑞六犯了欺君之罪，他家闺女……”

没等金花说完，瑞六已经扑上去，两手死死掐住她的喉咙，金花拼命挣扎，忽然甩动双手，她袖子里爬出好多朱虱，都爬到了瑞六的身上。一直哭泣的宝珠一声惊叫，扑上去用帕子扑打那些朱虱。见情况突变，吴令休忙令衙差阻止，可已经晚了，瑞六武将出身，手劲何等的大，金花蹬了几下脚，就伸着舌头死去了。

案中案

吴令休皱着眉头，死无对证，金花说的大案是什么？他看看一旁站立不动的瑞小姐，再看看眼睛哭得红肿的宝珠，突然喝问道：“姑娘，她又不是你亲娘，你怎么哭得如此伤心？”丫环宝珠张口就答：“是她把我养大的啊！”

屋里的人都愣了，原来吴令休是用满语问的，情急之下，宝珠脱口而出的也是满语，说完才察觉不对，而那瑞六已经老脸煞白，跪了下去。

一旁的文涛惊得目瞪口呆，道：“这是怎么回事？”

吴令休呵呵一笑，说道：“文千总，听老夫给你讲一个故事你就明白了……”

早年，有一个姓瑞的满族贵胄之家，他们有一个独生女儿，许配给了一个门当户对的夫婿。当时满人刚刚坐稳龙廷，对汉人的一切都着迷效仿，贵族男人尤其迷恋女人的小脚。瑞家继母疼爱女儿，在仆妇的蛊惑下逼着女儿缠足。

此时一家之主因为犯了事关在大牢，等到他出狱，女儿的小脚已经裹成，女婿家也来要求成亲了。一家之主大惊失色，因为清朝开国几代帝王对裹足害人之风深恶痛绝，一再严令禁止本族妇女缠足，当今皇上更是几次下诏，满人纵容妻女缠足的，父兄要处以极刑……

文涛听出来了话外音，不由地颤抖着问：“大人的意思是，嫁给我的果然不是我的发妻？宝珠……宝珠才是？我岳父为了怕裹足的事暴露，才使人代嫁？”

吴令休笑道：“我也只是猜测，你母亲一直打算悔婚另娶，这也是你岳父担忧惧怕的由来吧。你没注意吗？宝珠眉心间有一小块疤痕，想来是为了瞒天过海，除掉那颗‘眉里珠’落下的了！现在眼看自己的老父亲有了危难，做女儿的情急之下，才会暴露父女天性啊！”

此刻宝珠已是泪流满面，哽咽着说出了实情。

原来金花进瑞家，趁着瑞六下了大狱，就不断蛊惑继母为宝珠缠足。继母本来就迷恋女人的小脚，被金花一番游说就动了心，给宝珠缠了足。后来，瑞六被皇上大赦，他回到家发现此事已经覆水难收了。瑞六生怕自己罪上加罪，不敢把女儿嫁到文家去了。万般无奈之下，他想出了一个移花接木的计策。他想让女儿悄悄地远嫁外乡，又找到一个跟女儿容貌相似的远房侄女代替出嫁。代替出嫁的事，一说即成，而让宝珠悄悄远嫁外乡的事，宝珠怎么也不答应，居然以死抗争，没办法，瑞六才答应宝珠以丫环的身份陪嫁过来。

听完这一切，文涛还是半信半疑，他仔细地看着宝珠，然后问：“可你……你又为什么改变了模样？”

宝珠泪如雨下，说“少年时匆匆一见，我已经认定你是我今生的依靠。为了不牵连父亲，我……我天天只能把自己弄成丑陋的样子，虽然你从不肯多看我一眼，可只要天天能看见你服侍你，我就是隐姓埋名做一辈子下人，也心甘情愿……”

文涛再也忍不住，拥着宝珠痛哭起来。

吴令休十分感慨，他当即把案子如实奏明了皇上，宝珠的重情守义让皇上既感动又佩服，连连称赞这位本族奇女子。这件事的始作俑者是金花和那位继母，现在两人都已经死了，而瑞六并不知情，情急之下杀死仆妇也不算重罪，于是申斥了瑞六一番，又赐给宝珠很多厚礼，让她恢复身份，做了文涛的正室夫人。

谕旨传来，一家人喜极而泣，文老夫人看宝珠给自家争足了面子，也高兴起来，张罗着要大摆筵席办婚事，宝珠做的第一件事却是拿出剪刀去剪掉裹脚布，又对着那双已经裹伤了的小脚发愁。这时，文涛在一旁动情地说：“其实无论是丑陋还是美貌，和你对我这份真情比起来，那实在是微不足道啊！”

（题图、插图：黄全昌）

充足理由

一个考古队发掘了一个汉墓，专家们立刻开会讨论，这座汉墓的墓主人究竟是谁？

汉墓的规模非常庞大，里边的石砖画像代表了东汉的最高水平，种种迹象表明，这是当时一位达官贵人的墓葬。但是由于墓中没有墓志铭，陪葬品又大多被盗，故无法证明墓主人的身份。

这时，有一个张教授站了起来，发表意见说这座墓是某位著名军事家父亲的墓葬，接着他又举出了自己的几条理由。

因为张教授的推断合理，理由相对充分，马上有一些专家同意他的推断。但是也有人持反对意见，说经过推算，这座汉墓至少需要年俸二千石才可能修建成，而那位军事家的父亲当时只是个郡丞，年俸只有六百石，他是没有如此财力修建这样高规格墓葬的。

眼看讨论又要陷入僵局，张教授讲了一个故事："有一个镇长，年薪只有四万块，也没有第二职业，他却想拥有一辆价值六十万的轿车，还有一栋价值过百万的别墅，你们说可行吗？"众人都纷纷摇头，说收入和支出该成正比，所以这是不可能的。张教授说："是呀，在别人看来，他是白日做梦，因为只靠这位镇长的死工资，他就算不吃不喝，也要攒上四十年才能拥有那两样。但是没过三年，他不光拥有了这两样，银行里还有上百万存款，你们说其中玄机何在？"

于是那些怀疑他的专家们又经过再三论证，终于同意了张教授的说法。

所以，当你在一件事情上无法说服他人时，不妨换一件事情引导他们思考。触类旁通，没准反倒能找到出路。 （**作者**：王祥英）

劝架的艺术

有个人是个热心肠。一天晚上他正想睡觉，却听见楼上传来"乒乒乓乓"的争执声。这个热心肠心想，楼上小夫妻也是熟人，我该去劝劝，于是上楼敲了门。他进门一看，果然是小两口吵架了，几个玻璃杯已经碎了一地。那老婆嘴上还在说："有本事你砸饮水机呀！砸几个杯子算什么英雄？"热心肠一听马上劝那丈夫说："你要冷静啊，饮水机少说也要几百块，砸不得。"那丈夫一愣，他老婆来了句："没胆子了吧？"只听"噼里啪啦"，饮水机顿时散架。

那老婆眼更红了，说道："有种你砸电视啊！"那热心肠听了急了，赶紧抱住那丈夫说："电视机少说好几千块，你可千万别砸啊！"只听那丈夫吼道："你以为我不敢啊！"那老婆回嘴："砸啊！光说不干有什么用？"

只见那丈夫呼的就是一拳，电视机屏幕霎时破了个大窟窿。热心肠一看情况不对，赶紧逃之夭夭。

第二天，热心肠出门看见楼上小两口竟然有说有笑地出门了。他便赶紧上去打招呼："二位早啊，和好啦？"只见那小两口不仅没笑脸，反而白了他一眼走了。

热心肠怎么都没想通为啥。过了好些日子，他才从两家共同的熟人那里听说，楼上的丈夫埋怨他："楼下的真是冤枉佬，劝架就劝呗，非得跟我说什么东西值多少钱，让我骑虎难下啊。男人都爱面子，以往我跟老婆吵架，也就摔两个杯子，这回他一劝，我的饮水机、电视机都给砸光了，弄得我把肠子都悔青了。"

（**作者**：周国勇）

为什么成功

某地建了一座摩天楼，投资方开出天价，请一个著名艺术家为大楼设计一件不朽作品，并请他先做一个模型。

不久，模型送到，大家都为之深深折服。可一个风水先生却说，它的一个细节会破坏大楼的风水，影响招商运营。老板们担心收益，便找来艺术家，希望他能按照风水先生的建议，做一些细节改动。他们相信艺术家会欣然同意。

没想到，老板们软硬皆施，艺术家还是坚信自己的设计完美无缺，断然拒绝改动，会谈还是破裂了。

最后，艺术家起身离开，可走了几步，他忽然停下来，转身问道："你们知道，我为什么能成为一名知名的艺术家吗？"老板们面面相觑，只听他淡淡一笑，道，"因为我可以穷。"

"因为我可以穷"——真正的成功，不是一个人可以做什么，而是可以不做什么。

（**作者**：耿景辉；**推荐者**：郝景田）

（**本栏插图**：安玉民　梁　丽）

·职场故事·

月光宝盒

□袁　莉

钱老板和王老板是邻居，两人开的小工厂一墙之隔，两个小厂都加工口香糖。

钱老板胆子大，人称“螃蟹夹”。王老板胆子小，钱老板干什么，他就跟着干什么；钱老板怎么干，他就学着怎么干，人称“跟屁虫”！

这天一早，王老板刚上班，老婆就急火火跑来汇报，说是成品车间今早一点数，少了一整箱口香糖。平时有的工人隔三差五、顺手拿个一瓶两瓶的，回家给孩子吃也常有，王老板也就没太当回事。这次，一下子丢了一整箱，这就不是拿，变成偷了，问题很严重。王老板很生气，决心把小偷揪出来。

考虑到近来招个人不容易，王老板只在暗地里调查，他让人买来监视探头，偷偷装在车间里。可没过了几天，老婆又一大早跑来汇报，说又丢了一整箱!

王老板气得在院子里转圈圈，也没想出好办法来。他忽然想起了钱老板，过去一看，钱老板正悠闲自在地喝功夫茶呢！见是王老板，钱老板忙招呼他一起喝茶。一杯落肚，王老板就把苦水倒了出来，钱老板一听，呵呵一笑:“这事，以前我也遇上过，后来，我想了个招，就没人敢偷了！”王老板赶紧觍着个脸取经。

钱老板深吸一口烟，说:“我弄了个月光宝盒，用文化人的词儿，就是老板信箱；用咱老土话讲，就是举报箱！”王老板有点不大信，这个东西真管用？钱老板又浅酌一口茶，慢悠悠地说:“群众的眼睛是雪亮的。想抓住小偷，也需设个小奖，奖励一下举报人，俗话说无利不早起嘛！”

取回真经，王老板乐颠颠跑进车间，在墙上装了个大大的举报箱，用红笔写上“有奖举报”四个大字，宣布举报小偷证实后，一次奖励100元。过了几天，厂里又丢了一整箱。这回，王老板没生气，心想，抓小偷的机会总算来了，他不慌不忙来到车间，掏出钥匙，打开举报箱，一看，啥也没有。王老板转念一想，再等等看吧！三五天后，王老板发现举报箱还是空空的，可厂里又丢了一整箱口香糖。王老板感觉不对劲了！这招不管用，难道钱老板是在忽悠自己？

王老板只好再次登门讨教。他先去钱老板的车间里转了一圈，找了好半天，也没找到钱老板的“月光宝盒”。王老板忿忿不平地找到钱老板：“好嘛，你这不是忽悠人吗？”

钱老板像忽然想起了什么，忙问：“王老板，你把举报箱放哪了？”王老板反问道：“这还用说？放车间里了呗！”钱老板哈哈大笑：“放车间里，谁还敢举报啊？要是被人发现，还不给打个半死啊？为了100元，值得吗？”王老板一听，是这么个理。但不放车间放哪儿？

钱老板神秘一笑，说：“既然叫月光宝盒，一定是阳光照不到的地方喽！你猜猜看？”王老板呆想了半天，也没猜出来，钱老板只好自揭谜底：“厕所！”王老板恍然大悟，连连叫好，还特地把钱老板拉到大酒店大吃了一顿！

王老板回去后，立刻把“月光宝盒”转移进厕所。这招果然奏效，没过几天，王老板就在举报箱里收到一封信，里面只有四个字：“门卫是贼”。王老板眉头一皱，话说这门卫可是王老板的小表弟，他想要几盒口香糖可以明着要啊，我又不是不给，犯不着这样做啊？

王老板决定诈一诈小表弟，便把他喊到办公室。王老板瞪大眼质问：

“你小子，我对得起你吧？跟我玩起花样来了！你老实说，那些口香糖是不是你拿了？”王老板没舍得用“偷”这个字眼，怕万一不是，伤了兄弟和气。小表弟一见这架势，慌神了，耷拉个脑袋，嘟囔着：“我，我，最近手头有点紧！”一听这话，王老板眼珠子立马瞪圆了：“咋？真是你小子干的啊？”见状，小表弟抹起了眼泪，撅着个嘴说：“我，我最近交了个……女朋友，你给的那点零花钱不够花了！这才……”原来，这个小表弟是个“月光族”，大姑嘱咐王老板每月只给他开一小部分工资，其余的存银行，留着好给他娶个媳妇儿。

王老板火气消了一些，问道：“那你说说到底是怎么偷的吧？”小表弟只好从实招来：“我串通了车间里的几个工人，他们上夜班的时候，就偷偷揣兜里一瓶，趁上厕所的空，送到传达室来，我再装箱运走。我可没那么贪心，每次只攒够一箱，成箱的好卖，够花就行！”王老板一下子全明白了，难怪监视器没啥用啊！原来是跟我玩蚂蚁搬家的游戏啊！

王老板又问：“那么，你老实跟我说，你串通的那几个人都是谁？”小表弟眼珠子滴溜溜转了几圈，觉得纸包不住火了，只好全交代了，也算将功赎罪！王老板没多想，就气冲冲下令，所有涉案人员每人重罚五百。王老板没想到，这令一下，还没执行，那些人全辞职不干了。王老板这才从梦中惊醒，现在正闹民工荒，招一个人多难啊！如今，又是生产旺季，订单很满，万一不能按时交货，以后生意就难做了！王老板惊出一头冷汗！

这天，王老板正为招不到新工人急得如热锅上的蚂蚁。忽然，他远远看到那些辞职的工人又都回来了，王老板以为他们回心转意了，匆忙满脸堆笑出门迎接。没想到，那些人竟装作没看见，连个招呼也不打，全拐到钱老板厂里去了。王老板一怔，赶紧跟在后面追，他见钱老板正站在院子里，脸立刻拉长了："你，你这不是挖墙脚吗？"

钱老板赶紧打哈哈："王老板，别误会！这些人是我的办公室主任给弄来的。我今早才知道是你的人，要早知道我绝对一个不要！"

话说到这个份上，王老板反而不好再说什么，他突然想起，问："有一点，我不太明白！过去，你是如何处理这些人的？为啥我这一罚，他们就都跑了呢？"钱老板笑着说："你没问，我也就忘了说。举报箱为啥叫月光宝盒，而不叫阳光宝盒呢？因为月光在暗处，阳光在明处。我拿到举报信后，都是暗箱操作的！"王老板一惊："啥意思？"钱老板说："暗箱操作就是私下解决，偷偷地罚，不让外人知道。人都是爱面子的，我给他们留足面子，他们下次还好意思再偷吗？人心换人心嘛！"

王老板悻悻地走了，而钱老板却喜不自禁。原来，钱老板早就想教训一下这个跟屁虫了。本来要是他好好跟着干也就算了，可竟还跟自己拼价格、抢客户。这个行当本来就利比纸薄，经他一折腾，根本就赚不到几个钱。钱老板这招还真管用，王老板的很多工人后来都跑到他那里了。

（**题图、插图**：刘斌昆）

·本刊信息传真·

故事会■新浪 微故事大赛

4月征集主题：爱的故事

《故事会》杂志和新浪微博（weibo.com）联合主办微故事大赛已经进入了第二年，感谢所有参与者的支持！今年，微故事大赛将继续进行，基本规则不变，出题方式则有所不同，从去年的一个词语，改为设定故事的主题范围。

本次大赛所有作品通过新浪微博平台征集（搜索#微故事大赛#），每月一个主题，当月设金奖1名，奖金1字10元（字数低于120的按120字计），银奖2名，奖金1字5元，另设年度奖项。优秀作品将在每月的《故事会》上刊登，并结集出版。2月金奖得主：花落云泥，详情请登录故事中国网（www.storychina.cn）查看。

4月微故事征集主题：爱的故事——爱无所不包，博大精深，也是人类永恒的情感。请您围绕这一主题，构思一篇微博故事，正文字数在130以下，力求情节出人意表，立意隽永深远，文字鲜明生动，本月的微故事达人或许就是你！截稿日期：4月21日。

（本期刊物特别选登3月微故事大赛优秀作品，详见P81）

·传闻逸事·

一日三餐，早餐清清淡淡，午餐随随便便，晚餐汤汤水水，却尽显鲜味、风味和口味……

皇帝不知美滋味

□王永坤

皇帝思美味

乾隆皇帝爱下江南，每去一次，都忙坏了大臣富商们。这年春天，乾隆又宣布要南巡，摆驾扬州。

消息传来，扬州府那些富可敌国的大盐商们各显神通，争相接驾。其中有个姓汪的盐商捷足先登，不知用何手段，竟让乾隆答应到他的“湖山草堂”小憩一日。

汪盐商知道，只要接驾接得好，皇上一高兴至少要赏件黄马褂，没准还能赏个官当当，那自己便可成为盐行的龙头老大了！

他也心知肚明，皇上南巡，无非就是借机出来，溜一溜透透气，所以看好、听好、玩好、吃好是最重要的！说到玩乐，那不是难事，他这座“湖山草堂”，亭台楼阁、假山池沼，应有尽有。且草堂紧邻扬州名胜瘦西湖，登楼便可将湖光山色一览无余！草堂里还有自己家养的昆曲班，都是名角名旦，定会让皇上耳目一新！难就难在招待皇上的吃喝上——百人百味，只不知皇上的胃口喜好如何？

汪盐商只得找到皇上的心腹沙太监。只听那沙太监长叹一声，说：“实不相瞒，皇上常感慨不知天下美味如何？他最嫌烦的就是宫中御膳，说‘华而不实、淡而无味’！”

汪盐商眼瞪得似铜铃一般：御膳可是山珍海味应有尽有，御厨们又都有惊天绝技，还怕烹调不出天下至美滋味来?

沙太监又提醒道:“此次皇上就是听说天下美味在扬州,铁定了心要饱尝一番,可这几日总督、巡抚他们招待皇上的菜肴都不称他心意。这回就看你的了!”末了,沙太监向汪盐商提了个建议,“你最好还是向尚膳正鄂尔昌打听打听,他专门负责皇上的膳食。”

汪盐商又急忙托人送给鄂尔昌千两银票。鄂尔昌忙里偷闲同他匆匆见了个面,不阴不阳地说:“皇上的胃口嘛,也没有什么特别的。什么猴头燕窝之类的皇上都吃厌了。一日三餐嘛,只要早餐清清淡淡,午餐随随便便,晚餐汤汤水水就行!”说完,拂尘一甩,转身走了。

秀才献美味

鄂尔昌的一番话令汪盐商如入云里雾中,好不愁闷:怎样才能让皇上尝到美味呢?这一急,他想起一个人——自己府中的毛举人。这毛举人本是才学满腹的绍兴学子,进京赶考途经扬州被这儿的美食迷住,竟不去赴考了,就地当起了汪盐商的幕僚,品遍了扬州的名菜小吃。

平日里,毛举人除了有一肚皮“美食经”之外,对其他大小事务都不太上心,汪府的同行们都瞧不起他,还给他起了个绰号:老馋猫。可今天,没想到这老馋猫倒派上了大用场了!

汪盐商立马叫人请来毛举人。那毛举人难得这么露一回脸,顿时来了兴头,伸出了三根枯枝似的手指头,道:“老爷,毛某几十年来食遍佳肴,对美味自然略知一二。您可知松软焦脆酥嫩肥浓滑——此‘九滋’乃食之滋味;酸甜苦咸辛香——此‘六味’乃食之本味,而食之美味就尽在这‘九滋’和‘六味’揉搓在一起,从而形成的鲜味、风味和口味,此乃美味的最高境界!”

汪盐商忍不住打断他的酸文:“你直说了吧,怎么才能让皇上吃到

美味？”

毛举人依旧摇晃着三根手指头：“不妨早餐让皇上品个鲜味，尝尝咱们扬州的‘春三鲜’：豆腐衣包笋、焖烧老蚕豆、清蒸刀鱼。豆腐衣包笋要用大东门豆腐店天不亮揭下的第一张豆腐皮，佐以郊外观音峰下正萌芽的竹笋。豆腐皮切成卷，竹笋旋成片，用武火一煸便包成了团，鲜呐！

“焖烧老蚕豆，则要命人快马加鞭，采摘邻府没下秧的下灶蚕豆，粒大饱满、皮薄味正，在紫砂罐中连荚焖煮之后，鲜香满口！

“至于清蒸刀鱼，不妨夜半即命渔夫驾艇出江，划至上游江焦山下急流之中。艇中要备好锅釜柴草，厨师和刀工随时等待。捕得刀鱼后剔净，汤料连同刀鱼放入釜中。如此一来，待小艇抛锚靠岸，正好汤沸鱼熟，入口即化，鲜美无比！这春三鲜岂不就是鄂尔昌所说的清清淡淡？”

汪盐商闻所未闻，鼓掌称妙，随又问：“午餐呢？”

“午餐嘛，”毛举人还是摇晃那三根手指头，“那就做‘三头’——清炖蟹粉狮子头、扒烧整猪头、拆烩鲢鱼头！清炖蟹粉狮子头要做出‘三香’——肉香、蟹香和菜香；扒烧整猪头要做出‘三品’——咸中品香、香中品甜、甜中品咸；拆烩鲢鱼头则要做出‘三滋’——嫩、肥、浓。让皇上品品咱们扬州菜的风味！”

汪盐商忍不住又连声叫好：“晚餐呢？”

毛举人淡定地说：“晚餐只需请

到瘦西湖畔‘一碗汤汤馆’掌勺子的管大一个厨师就行了！”

见汪盐商有些愕然，毛举人三根手指头举得更高：“不是说晚餐汤汤水水就可以吗？这管大做得一手好汤菜，他的骨董汤、鱼糊涂汤和清汤鱼翅都闻名天下！管大还有绝活，他能根据一个人的身姿体态、年龄籍贯等特征，准确判断出这个人的口味喜好。到接驾那天，老爷不妨叫管大悄悄看一眼皇上，保管他做出的三汤符合皇上的口味！”

汪盐商是彻底服了：“毛举人，你真是个老馋猫！皇上那天的三餐就全交给你了。你这就去账房支银子，爱支多少支多少！”

三次坏美味

乾隆终于大驾光临“湖山草堂”，汪盐商陪着小心忙碌了一天，送驾时扯住沙太监，悄声打探情形。沙太监告诉他，皇上今日看的、听的、玩的都很好，只是仍对吃不满意，说没尝到什么美味！

汪盐商惊得眼珠子差点儿掉下来，当即传来毛举人，一顿臭骂：“你给皇上整的美味呢？”

只听那毛举人连连叫屈，又伸出他那三根枯瘦的手指头，讲述今天发生的一切。

早餐时，小厮正要将“春三鲜”呈上去，不曾想鄂尔昌却拦住了，手一挥叫过来几个跟班的太监，用个银叉子将豆腐衣包笋剥开分离，又把老蚕豆也全剥了荚，至于清蒸刀鱼，他们几人又换用银筷子戳了好几下，最后才端过去给皇上食用。

毛举人抱怨道“老爷您想，豆腐衣包笋须裹在一起才好聚其新鲜；焖烧老蚕豆也须自个儿啃荚尝豆，方能品出其鲜香；而清蒸刀鱼这么一戳，已成了烂鱼，哪里还有丝毫鲜味？可鄂尔昌却说这是御膳前要验毒的规矩，叫验膳！”

“午餐呢？”

“午餐更惨。‘三头’已经做好，鄂尔昌来到厨房，翻翻眼珠，说盛‘三头’的盘器不可用，须用有龙凤花纹的盘器才符合御膳的规矩，命小太监换了盘器。

“这么一折腾，‘三头’凉了，鄂尔昌便说上笼再蒸一蒸，不然皇上闹肚子怎么办？老爷您想，‘三头’本就是煮、炖、焖、蒸做出的，口感已是恰到好处，可这么再一蒸，岂不全都散架稀烂走了味？”

汪盐商气得一跺脚：“晚餐呢？总不会把管大的三汤也蒸了吧？”

“小老儿吸取上两餐的教训，早早从鄂尔昌那里讨来有龙凤花纹的御用紫砂罐，一一将汤盛好。可那鄂尔昌竟然差人先尝了几口，又干脆抓起红砂糖，每个紫砂罐里各撒一把——

糖是败味之物，汤中用红更是着色大忌，管大的三汤全完了！小老儿忍不住叫嚷起来，鄂尔昌竟一巴掌打过来，说小老儿没资格同他说话。还说后天中午在扬州府明月楼请老爷您，有话要对您说！”毛举人说完，那三根手指头忍不住去捂着肿胀的脸颊。

这鄂尔昌葫芦里到底卖的是什么药？汪盐商心里不由又七上八下的。

不得吃美味

两天后，汪盐商如约来到明月楼。鄂尔昌早已独坐在雅间里，面前摆着一桌子佳肴，一见汪盐商便笑脸相迎：“皇上斋戒，无需我这个尚膳正侍候，难得偷得半日闲，咱俩唠唠心里话，趁便也还你的人情！”

随即鄂尔昌又吃又喝，连赞扬州菜名不虚传。

汪盐商哪有心思陪他吃喝，酒过三巡便忍不住问道：“鄂大人，不知汪某这几日接驾有哪里处置不当，还请您直言解惑……”

鄂尔昌酒杯一放，道：“早知您要有这一问的。待我给你讲个太祖爷的故事，你就明白了！”

原来，明末，清太祖努尔哈赤起兵反明，在关外浴血奋战几十年，终成气候，建国称帝。可开国不久，朝臣们发现努尔哈赤渐渐迷恋美食，对朝廷大事越来越不感兴趣。

幸运的是，汉臣范文程有一次在朝会时，给努尔哈赤讲了春秋时的齐桓公，贪图美味宠爱厨庖，以致国乱身死的故事。努尔哈赤听了幡然悔悟，同时对管食膳的大厨警觉起来，把他抓起来细审。果然，那大厨是明朝派来的细作，任务就是用美食美味让努尔哈赤沉湎于安乐之中！

努尔哈赤勃然大怒，要杀掉那大厨。为了活命，大厨哀求道：“皇上且慢，小臣能让您沉溺于美味之中，也能让您和后世的皇帝不再沉溺于美味，一心治理天下！”最后，努尔哈赤赦免了大厨的死罪，并任命他为第一任尚膳正。大厨见努尔哈赤心胸如此宽广，便转而死心塌地效劳，制定了一套严格的皇帝御膳制度，代代相传下来……

汪盐商听得目瞪口呆：“你的意思是说尚膳正的职责，就是让皇上吃不到美味？”

“对！”鄂尔昌道，“乍一看，御膳用料精宏，品类繁多，确能体现皇家气派，但每一道菜用什么料，用多少，放哪些佐料，火候如何等等，第一任尚膳正早作了明确规定，丝毫也不能变动，再高明的厨师也难发挥水平。再者，他还为皇帝量身定做了一套堂而皇之的用膳规矩，比如验膳和尝膳，其中最厉害的莫过于‘吃菜不许过三匙’——无论哪道菜，即使它再可口，皇帝都不能连吃三口，否则膳桌上将永远不会有这道菜了！这么一来，谁都不晓得皇帝的口味，既不能投其所好，也不能轻易下毒。你想，这么多的用餐规矩之下，皇帝能尝到美味吗？”

汪盐商若有所思，连连点头。

最后，鄂尔昌酒杯一放，话题一转：“汪老爷，今日这桌酒宴，点的全是你们扬州菜的佳肴名品，把你那张千两银票花了个精光——实在是你请我呢，鄂某多谢了！但看得出，你吃得味同嚼蜡。可见味从心生，人要知足，贪欲太多也是品不出美味的！”言毕，他哈哈一笑，一拍桌子，拱手告辞。

此时，偌大雅间，只剩下汪盐商一人呆坐在宴席前，对鄂尔昌的一番话回味不已……

（**题图、插图**：黄全昌）

·本刊信息传真·

“和气致祥杯”新编孝德故事大赛征稿启事

《故事会》与恒源祥家纺联合举办“和气致祥杯”新编孝德故事大赛征文活动。

作品征集时间：2012年2月1日—2012年7月31日。

投稿方式：

1.电子邮箱：xianghegushi@163.com（邮件主题请注明“孝德故事投稿”）。

2.网上投稿：通过故事中国网 www.storychina.cn 提交作品。

3.邮局投稿：上海市金陵东路358号四楼恒源祥家纺品牌部。

详细内容请见《故事会》2012年2月（下），3月（上）。

·外国文学故事鉴赏·

乙一，日本当代小说家，擅长短篇作品，其对角色的细腻刻画、奇幻惊悚的情节、需要思考的推理部分、意想不到的结局等，使读者有耳目一新的感受。

与小偷握手

□乙　一　原著
桃之夭夭　推荐

福冈有个著名的温泉旅馆，最近有个当红女艺人在这里拍电影，吸引了不少游客来追星。

这天晚上，剧组在入口处的喷泉边有夜场戏，几乎所有的粉丝都跑去围观了。可这时候，却有个黑影在客房楼边游荡。此人叫渡边，刚三十出头，今天他来是为了偷走自己姑妈的手提包。

原来，这位渡边近来运气不好，跟朋友在福冈合开的设计公司刚开张，他设计的手表还没来得及投产，公司就没多少钱了。

正在这时，多年未见的姑妈打电话来，说要带着乖女儿，也就是渡边的表妹到温泉旅馆来追星，顺便约渡边到旅馆一见。

当渡边赶到旅馆时，表妹已出门散步去了。寒暄两句后，姑妈就开始数落他开公司不切实际。

渡边本来还想跟姑妈借钱，可现在只好赌气说自己的公司还不错，说完，他还伸出手，指指腕上自己设计的那款手表样本，说："瞧，这是我刚设计的手表，世上仅此一只，马上就要投入生产了！"

谁知姑妈看看手表，不但没夸奖，反而冷笑一声说："就这个？你呀，要是像我家女儿那么听话就好了。"两人就这么不欢而散。

离开的时候，渡边心意已决，今天这份气不能白受，晚上，他要来这里偷走姑妈的手提包！因为刚才姑妈把包放进橱柜的时候，他瞥见里头有一沓钞票和一根宝石项链。而且方案他已经设计好了：姑妈的房间在一楼，橱柜就靠着临路的墙。有墙边灌木的掩护，渡边只要趁着夜幕，躲在灌木里从室外把墙连同那壁橱都打个洞，就可以把包拿走。至于怎么在楼外一下就锁定姑妈的房间嘛，很简单，刚才他已经在窗口观察过了，整个一楼，就只有姑妈房间的窗口有一个盆景。到时候找到了这盆景就等于找到了姑妈的房间。

这不，到了晚上，渡边带着电钻来了。借着月光，他找到了那盆景，拿着电钻，不多久就凿开了一个直径三四十公分的洞。

渡边赶紧把左手伸进壁橱里摸索起来。果然，没多久，他便触到了手提包。他拿住包正要收手，腕上的那块样本手表却被什么东西钩住了！渡边赶紧用力地甩甩手，想绕开那东西，可没想到手表竟然掉在墙里边了！

那块表可是他给姑妈展示过的呀，要是掉在了屋里，姑妈一眼就能猜出小偷就是自己了！

渡边心里慌了，放下包，使劲往里伸手想要把表找回来。可这次他抓到了一只软软的，很暖和的手，屋里还传出了“哎呀”一声，一听就知道是个年轻姑娘。糟糕！这肯定是表妹，看来她没和姑妈去片场啊，这可怎么办？现在放手的话，表妹肯定会喊人。好在表妹没见过自己，也不熟悉自己的声音，于是渡边佯装凶狠地说道：“听着！不许动！不许喊！不然，我就切掉你的手指！快把手提包给我！”

只听那边表妹说：“我的手提包里除了换洗衣服什么也没有啊！”这时候，渡边才突然意识到，自己真是鬼迷心窍了，姑妈的手提包里有那么多值钱玩意儿，出门当然是随身带走喽。刚才自己摸到的是表妹的手提包。现在可好了，东西没偷成，自己给困在这里了。

怎样才能既不放开表妹的手，又能取回自己的手表呢？几分钟后，渡

边绞尽脑汁，想到一个办法：再凿一个洞，用右手找表！他对屋里的表妹说："你别乱动，碰到钻头的话会弄伤手的。"话刚出口，渡边就后悔了，世上哪会有自己这样善良的贼呢？

那边表妹听了也稍稍安心，说："你果然不像坏人。"于是，渡边拿起电钻凿洞，钻钻停停，表妹居然开始自顾自地跟渡边聊起了天，不一会儿竟说到了自己的妈妈："我很爱我妈妈，所以什么事情总顺着她的意思做，可她要求实在太多，我觉得很累……所以今天，我本来说好要去的，但是就是故意要反抗一下。"

渡边接口说："本来要去片场的吧？"表妹一惊，说："你怎么知道？"渡边也吓了一跳，自己差点露馅，便赶紧解释："不是很多游客都是为这个来的吗？我随便猜猜的。"这才瞒混过关，他心想，表妹肯定是为了违抗姑妈的命令才留在房里了，也挺可怜，于是安慰了她两句，"唉，我的父母早就死了，想有个人跟我嚷嚷也不可能了。"

这时，渡边凿好了洞，把右手也伸了进去，摸索了一会儿，终于抓起了手表。可就在这时，渡边的右手被抓住了！只听表妹得意洋洋地说："嘿嘿，现在我们扯平了！"说完她便大呼抓贼。

情急之下，渡边只好拽回右手，在表妹的手腕上狠狠咬了一口。表妹大声喊痛，松了手，渡边趁机赶紧放开左手，仓皇而逃。

回到家中，渡边定了定神，才想到把手表戴上。可这一戴，完了！那手表不是自己的！多半是表妹的手表也在那时滑落了，自己拿错表了。偷鸡不成蚀把米，渡边绝望了，决定呆在家里，等着警察上门来抓。

可到了第二天傍晚，他等到的却是姑妈的电话，让他当向导在市区逛逛。听姑妈那口气，仿佛完全没觉察到昨晚的事情。渡边满心疑惑，又来到姑妈的房间。

门开了，渡边惊呆了：壁橱和墙壁上没有丝毫被打了洞的迹象！他再看看姑妈身后的女孩，应该就是表妹了。可她的手腕居然也没有任何被咬过的伤痕。渡边又顺眼往窗外一瞧：咦？窗口的那个盆景也不见了。他不禁问道："昨天这里不是有个盆景吗？"姑妈回头一看，说"盆景？啊，那个啊！我嫌开窗户太碍事了，昨天下午就让服务生挪走了。"

渡边一下子明白过来：因为那盆景被挪了位置，所以昨天自己凿开的根本不是姑妈的房间，那么自己抓住的也不是表妹的手。他这才缓了一口气，心想那么自己的样本手表落在别的房里，也不用太担心了。真是柳暗花明又一村啊。就这样，渡边带着姑妈母女二人在城里玩了两天，才把她们送走。

更叫人不可思议的是，过此一劫，渡边竟然运气来了！不久后，渡边设计的那款手表上市以后，居然大卖。朋友高兴坏了，正好听说上次来温泉旅馆拍电影的女艺人又要来开个握手会，就拉着渡边跑去参加。

他们来到现场，只听舞台附近传来一阵欢呼声！女艺人登台了！她走到麦克风前，和大家打起招呼。只一瞬间，渡边便听出了那声音：甜美又迷人。啊！那天晚上被自己握住手腕，跟自己说心事的女孩居然是她！

这时，身边的朋友突然说"知道为啥你设计的那款手表大卖吗？就是因为在她主演的那部电影里最后那个镜头，她手上戴了一只几乎一模一样的手表！影迷们当然也就抢着去买喽。不过真奇怪，那时候你那块表不是只有样品，还没投产吗？"

此刻，渡边在队伍里已经是呆若木鸡了。还没等缓过神来，他已经随着队伍走到了女艺人的面前。当渡边伸出右手和她握手时，女艺人微笑的面容凝固了。她瞪大了眼睛，紧盯着渡边。

忽然，女艺人又伸出了左手，放在了渡边手腕上，一下子握紧了。渡边吓得大气不敢出。两人就这么面对面站着，僵持了半分钟，女艺人仿佛陷入了沉思，一动也不动。这时，在场所有的人都朝两人望去，因为一个艺人和陌生的粉丝能握那么长时间的手，实在太反常了。此时的渡边，早已是一身冷汗发过，死了心，决定听天由命了。

又过了半分钟，女艺人竟然放开了渡边的手。渡边愣了一下，赶紧朝台下大步走去。临下台阶，他不由自主回头望了一眼，只见女艺人也看着他，顽皮地笑了一下。

这个笑容，让渡边永远也忘不了，因为在那得意劲之外，渡边还体味到了宽容和谅解。

（**题图、插图**：佐　夫）

·微博故事·

故事会■新浪 微故事大赛

3月优秀作品选登 主题：宠物

@风铃炸弹 老李见老张捧着只雏鸭，纳闷地问：“孩子明天高考，还有空养鸭子？”老张说：“就是买给她玩的，一来缓解压力；二来她不是属狗么，狗撵鸭子呱呱叫；图个彩头。”老李闻之有理，急忙跑去菜市，却没找到卖雏鸭的，只好买了半只烤鸭。晚上，儿子咬了口鸭腿，便皱起眉头说：“老爸，没烤好。”

@高雷锋 公告一：注意！吴小姐丢失一只花白相间的哈巴狗，收养者可获奖金五千元。公告二：注意！注意！李老板晨练时走失一只杜宾犬，捡到者酬金两万元。公告三：注意！注意！注意！派出所一个月前收容一名智障老太，身高一米五零，黑色上衣蓝色裤子，本地口音。请家属速来认领。

@傻雀 CHURCH 家里的金毛太能吃了！它的食具从小碗一路换到大脸盆。我摸摸自己瘪瘪的钱包，一狠心把它卖了。第二天，买主牵着金毛从天而降，指着病恹恹的它大骂：“想钱想疯了！扔条病狗给我！”我心里直纳闷，但还是赶紧退钱。刚关上门，金毛一跃而起，撒着欢跟我亲热……当天，我买回一个崭新的大脸盆。

@永不妥协的小熊 “医生，听闻你医术高明，我这爱犬近来闷闷不乐，不知得了啥病？”老中医看了看狗，开了张药方：当归，人参……“医生果然高明，这么快就给狗开好药方了，呵呵。”老中医：“这方子是给你的，清神补脑。”说完又在纸上写了几个字，道“这才是给狗的。”那人一看，上写：母狗一只。

@七弦 过年，儿子带着宠物狗回农村看望父母，不料宠物狗却被父母家的大土狗咬死了。儿子心痛不已，他把过错推到父母身上，一赌气，三年没再回家。然而，三年后他等来的却是父亲的葬礼。儿子在黑白照片前声泪俱下，母亲红着眼眶：“宠物没了，可以再买。你爹没了，却是千金也买不回来了……”

@鹰翔狼啸 不好！刹车失灵！车子飞快地往前冲，他唯一能做的就是转动方向盘……车祸发生了，他主动自首承担责任。车祸造成一名没有亲属的乞丐死亡，他被判担负死者全额丧葬费。回到家，他狠狠抽了自己两个嘴巴：其实那个乞丐完全可以不死，可路的另一侧是条名贵的宠物犬，他怕赔不起。

@笑天涯80后 一局长魅力非凡，惹得小三无数。一天夜里难得早早回家，他一挨枕头就睡着了，搂着妻子净说些宝贝之类的甜言蜜语。妻子勃然大怒，一把推醒他质问道：“说，你梦见谁了！”局长半梦半醒间答：“丽丽，娜娜，珍珍……”夫人这下放心了，自言自语道：“原来是你送给我的那几只宝贝猫咪啊！” （大赛启事见本期P53）

一场"乱弹琴"之战的背后，却隐藏着大兵哈里斯的秘密，也引出了一场"乱弹琴"的追击。可就是这"乱弹琴"，却弹出了押送队，甚至敌方特战队的一曲壮烈的悲歌……

拯救大兵哈里斯

□王 磊

1."乱弹琴"之战

1951年7月开始，朝鲜战争进入了长达两年的停战谈判期。由于美韩方提出的停战条件太苛刻，谈判进展缓慢。双方为了配合谈判都要增加各自的筹码，所以局部战争时有发生。双方打打谈谈，谈谈打打，三八线附近枪声不断。

一天凌晨，美韩方突然集结了三个步兵师的兵力，在飞机大炮的掩护下，对我军一个直属后勤营驻守的马头岭发起了猛烈的攻击。

消息传到前线作战参谋部，参谋们就琢磨不透了。马头岭地势险要，易守难攻。驻守部队如果弹药粮草充足，不用说敌军三个师，就是来一个集团军，攻得下攻不下还不一定呢。

再说，马头岭虽然位置接近敌军阵地，但那就是一个瞭望哨，没有什么实质的军事价值。敌军干吗这么疯狂进攻呀？难道仅仅是为了不让我军观察？可三八线附近接近敌军的山头有许多，没了马头岭还有牛头岭羊头岭呢。

参谋们想破脑袋也想不明白美韩军的作战意图，只好给指挥总部打电话，请示是否对马头岭进行支援。总指挥拿着电话沉吟了半晌，只说了句"乱弹琴"就挂了。参谋们更懵了，这是说谁呢？是说敌军攻击马头岭是乱弹琴，还是说我们支援马头岭是乱弹琴呢？

于是，前线所有中国人民志愿军和朝鲜人民军官兵集体噤声，大家凝神听着马头岭上的枪炮声响了两天一夜，眼巴巴地看着伤亡过半的美韩军队占领了马头岭。

这次“乱弹琴”之战的发起者是美韩方停战谈判代表团成员——美国陆军亨利少将。原来，战斗前夜，一架执行特殊任务的美军飞机失事，负责联络的电台传来机上人员哈里斯最后的呼救声：“飞机起火，我要跳伞……”然后就和他失去了联系。随后，美军瞭望哨在黑夜中发现一名伞兵落在了马头岭。

这时，亨利少将正登上马头岭，听着下属官员的伤亡汇报，气急败坏地说：“你们找到哈里斯没有？不要跟我说伤亡多少，我不在乎！我要的是哈里斯！”

亨利说着，愤怒得一脚将地上一顶钢盔踢出老远，咆哮道：“把霍尔上尉给我叫来！慢着……”他平息了一下怒火，整理了一下仪容，淡淡地说，“就说我请他！有请特战队队长霍尔上尉。”

随着一阵有力的马靴声响，消瘦精干的霍尔上尉来到了亨利面前。亨利急切地问：“上尉，有什么发现？”

霍尔表情平淡地说：“只发现一名敌军雇用的马夫，他说，确实听说捉到一个伞兵俘虏，已经连夜押往后方，具体目的地他也不清楚。他只隐约听到一个地名：沙砾窝子。”

亨利懊恼地拍着脑袋，说：“喔，天呐！可怜的哈里斯！那俘虏还说了些什么？”

霍尔笑道：“他还说，负责押送的是后勤营临时抽调的非战斗人员，有文书、通讯员、司号、护士、厨师、挑夫和仓库管理员，一共七八个人，随行的还有十几个伤员。”

亨利长出了一口气，说：“还好，我们只耽误了两天的时间。上尉，你有信心率领你的特战队追上这支厨师和伤员队伍吗？当然，我会给他们前行的旅程制造一点麻烦。”

说起这陆军特战队，可是全美陆军的骄傲，号称陆上航母。霍尔听到亨利竟要自己带着这艘航母去追击一支押运队！他啼笑皆非地摇摇头说：“对付这支蹩脚的队伍，我一个人去就够了。”

亨利哈哈大笑道：“不，不，我亲爱的霍尔，带上你的十二名队员，去把哈里斯带回来。”说着，他压低声音说，“哈里斯的父亲是国会议员，如果知道哈里斯落在中国军队手中，会给我们的谈判平添很大的压力。我们已经输掉了这场战争，绝不能再输在谈判桌上。”

临走时，亨利拍拍霍尔的肩膀说：“听说你认识哈里斯？”

霍尔点点头，说“是的！在东京

特训学校，我是他的教官。”

亨利说“那可太好了！记住，把哈里斯毫发无损地带回来！要确保万无一失！”

霍尔立正敬礼，庄严地说“是！将军！我保证哈里斯一根头发都少不了！因为，听说中国军队优待俘虏。”

2. 愚蠢的间谍

在通往沙砾窝子的路上，后勤营通讯员小丁带着六个临时抽调的战士，护送着十几个伤员和一个“战俘”艰难而行。这个“战俘”是个中国人，所以，小丁更认为他是个叛徒，或者说是间谍。当然了，如果他是间谍，那绝对是天下最愚蠢的间谍。

因为他穿着中国军队的伞兵服从天而降，被捕之后，说自己是黄埔23级生、志愿军某师报务员。审讯人员一听乐了，告诉他他说的那个师番号已经取消了，黄埔23期是国民党办的，我们是共产党。“俘虏”一听就蔫了。其实小丁明白，关键是他的伞兵服，他可能不知道，中国的飞机就没在这一个地界的天空飞过。

反正甭管是叛徒还是间谍，都是俘虏，没什么客气好讲，小丁直接给他来了个五花大绑。

离开马头岭的第三天，队伍开始遭到美军飞机的猛烈轰炸。可古怪的是，美军飞机的炸弹没有一颗投向伤员乘坐的马车，反而把他们前行的道路炸得坑坑洼洼。

卧倒在地的小丁，被炸起的尘土扬得灰头土脸，他抹去脸上的尘土，大笑着说：“美国人都拼光了，这飞行员一定和我一样，通讯员出身。我打枪打不准，他投弹投不准！”等飞机飞走后，战士们扶着伤员爬起来，拿起铁锹把路填平，继续前进。这样停停走走，速度就慢了，两天才走了十几里。

这天傍晚，队伍在一个叫黑龙口的地方扎营，小丁安排了岗哨之后，就来找看守“俘虏”的五班长摆龙门。五班长是个老红军，在战斗中腹部中弹，就被安排到后方休养。因为他参

加的战斗多，枪法又准，被小丁软磨硬泡拉着来和自己一起看守“俘虏”。

这时夜很静，屋外传来不知名的鸟叫声，小丁听着五班长绘声绘色地讲故事，看着昏昏欲睡的“俘虏”，心里惬意极了。不料，这“俘虏”突然睁开了眼睛，惊叫一声：“美军追上来了！”小丁吓了一跳，接着生气地说“做梦吧？这是后方，不是前线，吓唬谁呢？”

“俘虏”神情严肃地说：“听到那阵鸟叫声了吗？”小丁呸了一声，说：“这种鸟在朝鲜天天晚上叫！你以为你主子在叫你？”

“俘虏”叹了口气说：“那是他们的联络信号，我在东京特训学校学过的。”小丁一听，哈哈笑道：“你是黄埔23期，又是东京特训学校，那不成了杂……”没等他说下去，五班长忽然伸手拦住他，凝神听了一会，说：“这鸟叫确实古怪。”

小丁抓起枪就要往外跑，“俘虏”说：“别出去！他们十分钟后发起攻击。”看着小丁疑惑的眼神，“俘虏”苦笑着说“那阵鸟叫是通知我，要我十分钟后卧倒。你要不信，可以先关上灯，往外看看，如果我估计不错，你安排的岗哨应该已经没了。”

小丁关了灯，掀起帐篷一角往外一看，果然，原本哨兵站的地方，现在已空无一人。“俘虏”接着说：“美军的狙击手已经就位，突击手开始渗透，十分钟后往帐篷里扔催泪弹。然后，出去一个，消灭一个，这是美国陆军特种兵分队的通用战术。”

五班长诧异地说：“什么特种兵分队？”

“俘虏”点点头，说：“一个指挥官，十二名队员，善于突袭作战。每个队员熟识各种兵器，射击准确率在百分之九十五以上。他们会驾驶坦克、飞机、轮船，具备海陆空三栖作战能力。有点类似于我们的侦察连，却比侦察连更可怕。”

小丁听了，倒吸了一口凉气，焦急地说：“我去通知其他帐篷的同志，做好战斗准备。”“俘虏”说：“从帐篷侧面爬过去，告诉他们，熄灯，准备好湿毛巾，不要走出帐篷，不要开枪，用手榴弹。”他刚说完，一直倚着帐篷的五班长说了声：“我去。”说罢，掀起帐篷的侧角，爬了出去。

几分钟过后，周围帐篷的灯陆续熄灭了，喧哗声也静了下来，静得吓人。“俘虏”低声嘱咐小丁：“他们会匍匐着过来，注意观察屋外的地面。”过了一会儿，从外面扔进来几个黑乎乎的催泪弹，帐篷里顿时浓烟一片。小丁急忙抓起湿毛巾捂住口鼻，然后看准位置，抬手将手榴弹扔了出去。接着，爆炸声枪声响作一团。

战斗结束得很快，几分钟后，伴随着一阵尖锐的鸟叫声，周围便慢慢安静下来。帐篷里“俘虏”被呛得眼泪鼻涕直流，一边咳嗽一边说：“咳咳……他们撤了，快把……咳咳……这东西扔出去。”小丁闭着眼睛向地上仍在冒烟的催泪弹摸去，忽觉得后脑一疼，昏了过去。

3. 俘虏的故事

小丁醒过来才知道，刚才是“俘虏”用脚踢昏了自己，然后钻出帐篷想要逃跑，被闻讯追来的两名战士捉住了。小丁气得扑上去给了“俘虏”两记老拳，打得他嘴角冒血。

“俘虏”冷冷地说：“不是我，你们早都死了，你就这样对待你的救命恩人？”

小丁喘着粗气说：“那你为什么逃跑？”“俘虏”说：“他们还会回来的，到时候就是死路一条，我为什么要陪着你们莫名其妙死在这儿？”

小丁愤怒地说：“这次我们没有防备，敌人如果再来，就是他们的死期。”“俘虏”哈哈大笑，道：“他们身上有世界上最先进的武器设备，每个人都是身经百战的神枪手，还有侦察飞机的支持。你们有什么？就凭这几条破枪？一群伤员、通讯员、护士和厨子？”

小丁刚要说话，五班长递给他一支带有夜视瞄准镜的狙击步枪，这是他从刚才击毙的一个狙击手身上缴获的。这场战斗，我军一共牺牲了四个战士三个伤员。除了岗哨，一个伤员死于窒息，其他都是冲出帐篷或者忍不住开枪暴露了目标，被狙击手射杀的。美军只死了三个人，有两个居然是被小丁的手榴弹炸死的，还有一个狙击手，是被五班长开枪打死的。

小丁接过狙击步枪，看着那夜视瞄准镜，越看越惊讶。有这样一支步枪，岂不是人人都是神枪手？而且不分白天黑夜，都可以一枪命中。特战分队——这是怎样一支可怕的部队？

五班长指着“俘虏”，说：“他说的没错，敌人的飞机投弹不是不准，而是想要阻拦我们，我们的一举一动都在敌人的掌握中。他们想要我们走多少公里，我们就只能走多少公里；想要我们在哪儿宿营，我们就得在哪儿宿营。”

说完，五班长转头看着“俘虏”，一字一句地说：“现在，我想知道，你究竟是什么人？为什么美国人费这么大力气来救你？”

“俘虏”自嘲地笑笑，说：“我是什么人？又要我说我是什么人？”他忽然激动起来，脸色涨得通红，大吼起来，“可我说了你们就是不信！还要我说！”

小丁坐下来，和蔼地说：“别激动，你说吧！我们现在相信你。”

“俘虏”平静了一下，说：“我叫张文荣，是黄埔23级生、志愿军180

师报务员。”接着他说：

1949年12月，黄埔学员起义，张文荣参加了解放军。朝鲜战争爆发，他被编入志愿军某师，参加了抗美援朝。一次战役中，全师中了埋伏，张文荣被俘。美军得知张文荣是黄埔生，就从台湾调来国民党特务，对他进行拉拢。

战俘营地下党抓住这一机会，动员张文荣假投降，寻机出逃。于是，张文荣被送往东京特训学校，接受美方的特训。一天夜里，美方发给张文荣发报机、地图、指南针、步枪、手雷等东西，把他带上一架飞机，要将他空投到我军后方收集情报，搞破坏。

到了目的地，飞机舱门打开，在跳机前的瞬间，张文荣掏出手雷，向机舱深处投去。机上美军都惊呆了，等他们明白过来，怪叫着拔枪射击时，张文荣已经跳离了机舱。飞机爆炸了，张文荣落在了马头岭，戏剧性地又被直属后勤营俘虏了。

听完“战俘”的讲述，小丁琢磨了半天，才说“就这样？那你怎么解释美军派出特战分队费尽心思地营救你？按道理，他们更应该是来杀你的才对。”

这个自称张文荣的俘虏说：“是，他们应该是来杀我的，为什么会这样我也不清楚。是不是他们弄错了？”小丁不屑地撇撇嘴，说“你蒙谁呢？别以为我们都是傻子！”

张文荣大声说“你看，我说你不信吧，你非让我说，结果我说了你还是不信。你到底想要我说什么？”说着，他的声音哽咽了，“我被敌人包围、被关进战俘营、又被送到东京，我受了多少苦，只有想着你们我才能活下来。可我历经生死回来了，你们怎么可以这样对我！快给我松绑！我宁可战斗着死去，也不愿被战友绑着、被敌人杀死。”

小丁冷笑一声，说：“演得还真像！”张文荣嚎啕大哭，五班长慢慢走过来，拍拍他的肩膀，说“别难过，会调查清楚的，总有水落石出的一天。告诉我，现在该怎么做？”

张文荣止住眼泪，摇头说：“没用！我们绝不是他们的对手。他们现在

肯定赶往我们下一个宿营地了。明晚，他们不会再客气，一强攻，我们全完了。”

五班长从怀中掏出一张地图，说：“这是从你身上缴获的，看来，我们得改变路线了。”

张文荣闭上眼睛，说：“问题是，我们躲得过他们的飞机吗？”

4.无名大峡谷

霍尔突袭失败，带着他的特战队员垂头丧气地来到营地。对骄傲的陆军特战队而言，这次可谓损失惨重。当场战死三人，一人重伤，死于途中。一个队员忍不住，站起来大声指责道：“这是一支非战斗人员和伤员混编的押送队吗？怎么会这样？谁提供的情报？这简直就是一个圈套！”

于是，队员们七嘴八舌地议论起这场古怪的战斗。他们发出信号后帐篷里灯光就先后熄灭，突击手扔进催泪弹，中国军人就立即进行反击，并且准确地击中狙击手。很明显，中国人熟知他们的联络信号，而且对他们的战术了如指掌，更可怕的是，他们至少有一个神枪手。

霍尔静静地听着，脑子里闪过一个个疑问，他摆手制止住大家，然后说：“现在，大家再熟悉一下地形，天亮开始休息，明晚强攻。”接着，霍尔通过电台呼叫，要求明天的飞机将中国军人阻拦在这一带宿营。

天亮了，霍尔收到侦察飞机的紧急呼叫：中国押送队把马车扔下了，从大路上消失了。霍尔一边要求飞机扩大侦察范围，一边把队员们叫到一起研究。

霍尔心事重重说“可以确信，我们碰上了一个非常了解我们的对手。现在我要你们看着地图想想，如果你是他，带着一群伤员，要避开我们的飞机、避开我们的追击，你们会选择去哪里？”

队员们看了一会地图，开始发表意见，有的说会往回走，有的说会投降。这时，有一个队员指着地图西面一处标记不清的无名峡谷说：“我会选择这里。”

霍尔看着那峡谷，淡淡地问：“为什么？”说着，他脸上露出了会心的笑容。

这名队员说：“这里地形地貌标记不清，说明地势险要，飞机无法侦察，当然就可以躲过飞机。另外，这里离他们的宿营地不远，以他们的速度夜间赶路的话，现在完全可以到达这里。”

霍尔当即拿起话机，呼叫侦察飞机对无名峡谷进行低空搜索。飞行员为难地说，对这里进行低空侦察难度太大。霍尔一听，暴跳如雷，厉声指责，飞行员只好飞进了无名峡谷，边飞边向霍尔进行汇报。不一会儿，听筒里突然传来一声清脆的枪响，飞行员就失去了联系。霍尔扔下话筒，冲队员们大声命令："快！无名峡谷，全速前进。"

而这时，位于无名峡谷的小丁正兴奋地举着狙击步枪，看着远处冒着焦烟坠落的飞机，笑哈哈地说："哈哈，我一颗手榴弹炸死了两个美国兵，现在又一枪打死一个飞行员，击落一架飞机。"

张文荣反剪着双手从石头后面站起来，说："别笑了，我们暴露了，快走。"于是，轻伤员互相搀扶，两名战士拖着担架上的重伤员，小丁押着张文荣艰难地向峡谷深处走去。

快到中午时，他们走到一片沼泽边。张文荣望地着一眼望不到边的沼泽地，又看看五班长，失望地长叹息一声，垂下了头。五班长说："敌人就要追来了，快走吧。"

小丁傻眼了，说"可是……这是片沼泽地，怎么走？"

五班长笑笑说："难道你没听说红军爬雪山过草地吗？"说着，他将背包打开，取出棉被缠在身上。又从旁边的大树上折下两根粗树枝，一根横着绑在两脚上，一根两手握着，说了句："都跟着我。"说完率匍匐着朝沼泽中爬去。

战士们依样画葫芦，一个个进入了沼泽。大树树枝很快被折光了，剩下小丁、张文荣和两个重伤员。重伤员互相看了一眼，说："我们不行了，留下来打阻击吧，担架你们拆了用木棍。"说着抱起枪，不顾小丁的劝阻从担架上滚了下来。

小丁眼含热泪拆了担架，递给张文荣，张文荣说："现在，可以给我解开绳索了吧？"

小丁看看张文荣，又看看无边的沼泽，无奈地解开了绳子，边解边说"你要是敢逃跑，我就一枪崩了你。别忘了，我有狙击步枪。"

张文荣苦笑着看看阴沉的天色，说："快走吧！但愿老天保佑，保佑我们能在下雨前爬出这片沼泽。"说着，向沼泽中爬去。小丁又回头看看两个重伤员，见他们平静地笑着向自己挥手。小丁别过头，含着泪跟上了张文荣。

5.血战沼泽地

到傍晚时，霍尔带领特战队赶到了沼泽地，经过一阵并不激烈的战斗，打死了两个重伤员。但队员们站在沼泽边，犯起愁了。一个队员指着沼泽中的爬痕，泄气地说："他们进了沼泽。"

霍尔低头仔细查看，又看看满地的散落物和沼泽边光秃秃的树干，心里明白了。他由衷地感叹道："我们的对手给我们上了一堂生动的沼泽课。都是一样的士兵，他们还有伤员，他们能爬，我们为什么不能！别忘了，我们是美国陆军特战队。"

说完，霍尔指挥队员把那棵大树炸断，锯成一截截的木块，给队员们绑在身上。霍尔目光炯炯的看着队员们，大声说："突击手在前，狙击手在后，顺着他们的爬痕前进。注意保持队形。"说完，带着队员进入了沼泽。

这阵枪声和爆炸声惊动了沼泽深处的中国军人，殿后的张文荣和小丁对望一眼，张文荣叹了口气，说："我们和他们的距离只差半天的时间。"

小丁忍不住问："难道他们也敢进沼泽？"张文荣点点头，说："莫忘了，他们是陆军特战队。"说完，把手伸向小丁说，"给我一颗手榴弹，现在，该是咱们给他们制造一点障碍的时候了。"

看着迟疑的小丁，张文荣自嘲地笑笑，说："好吧，算了，给我一把水壶。"说着，接过小丁递过的水壶，从身上扯下一根线系上，又绑上一块石头，埋入了沼泽中。

小丁奇怪地问："你这是干什么？"张文荣解释说，这是一枚假诡雷，探雷器检测到金属物，就会发出警报。小丁一听来了兴致，赶紧学着张文荣的样子，把一些铁件埋入了沼泽中。

小丁的好奇心越来越大，终于忍不住诱惑，向张文荣"为什么不设置一些真的诡雷？"张文荣无奈地笑道："你不给我手榴弹啊！没有炸药，怎么做真的？"

小丁想了想，说"给你解开绳子我已经犯了错误，手榴弹是决不能给你了。这样吧，你教我，我来弄。"张文荣点点头，就开始手把手教小丁各种诡雷的制作和各种布雷法。于是，两人分工，小丁做真雷，张文荣做假雷，一路爬一路埋，倒真是给后面的美国陆军特战队制造了不小的麻烦。

渐渐的有伤员爬不动了，主动要求留下来阻击，小丁又劝又鼓劲，伤员干脆扔掉手中的木棍，然后笑着对小丁说"真的爬不动了！"无奈的小丁只得红着眼睛离开了。

留下的伤员越来越多，身后不时传来阻击的枪声。从距离上，张文荣判断，双方始终保持着半天的路程。天亮的时候，这群泥人终于爬出了沼泽，站在了一片草地上。这时，除了五班长、小丁和张文荣，全队还剩下一个战士、五个伤员。

张文荣攥起双手向小丁摇了摇，小丁带着歉意掏出了绳子。看到张文荣手腕上的勒痕，小丁从怀中掏出一条手巾垫上，然后用绳子轻轻地捆了两圈，没有用五花大绑。

沼泽中又传来几声枪响，张文荣看看周围的环境，说："我们现在到了峡谷中央，天黑才能走到峡谷的尽头，那时敌人会追上我们。需要有人打阻击了，这里就是最佳地点了。"

正躺在地上休息的五班长说："我来吧！"小丁急忙说："不行，我留下。"五班长摇摇头，说："这是一场真正意义上的阻击，你枪法不行。"

小丁说："我有狙击步枪。"五班长说："这把枪要留给最后一个人，谁拿着它都是神枪手，不能留给敌人。"顿了顿，又说，"关键是，我走不动了。"他扯开身上的被子，只见腹部的伤口已经在爬行中扯开了，露出了肠子，鲜血混着泥水染湿了军衣。

小丁大喊一声："五班长！"眼泪像断了线的珠子滚滚而下，五班长决然地转过头，看着张文荣说："告诉我，这场阻击应该怎么打？"

张文荣的眼圈也红了，声音微微哽咽，说："你开枪时，狙击手会通过枪口的火光和烟气锁定你的位置，所以，只要在草地上燃起几团火堆，他们就不敢前进一步，如果能坚持到天黑，我们就赢了。还有，就是那句老话，打一枪换一个地方。"

五班长点点头，说"他们什么时候到？"张文荣算了算，说："应该在中午左右。"

五班长说："好，你们走吧，我会在之前把火点上。"

6.打个阻击吧

哭成泪人的小丁一步三回头地走了，五班长躺着休息了一会，挣扎着坐起来，把肠子塞回肚子里，又把棉被撕成布条，一道道紧紧缠住腹部，然后开始拔草。接近中午，五班长气喘吁吁地燃起一道火墙，他爬来爬去，把干草木棍棉衣一点点扔进火堆里，维持着火势。

这时霍尔和他的特战队已经接近沼泽边缘，看到远处的火墙，队员们长出了一口气，终于到了这该死的沼泽尽头了。霍尔摆摆手，说："有人阻击，突击手保持原位，狙击手寻找目标。"很快传来狙击手的报告，烟火太大，无法确定目标。

霍尔命令停止前进，静卧不动，等待天黑发动攻击。双方就在这沼泽内外，隔着一里地，隔着一道火墙，静静地对峙着。

"喀嚓"一声，一个惊雷闪过，开始下起了细雨，五班长无奈地看看天，咒骂了一声，加快了拔草的速度。他筋疲力尽地把最后一把草扔进火堆中，颤巍巍地伸手去拿枪。枪就在他的身边，可五班长没有拿到，他头一歪，倒在火堆旁，再也没有起来。大火烧着了他的头发，他的衣服，吞噬了他的身体。

雨势越来越大，火墙渐渐熄灭，浓烟四起。霍尔静静地趴着，用望远镜向前方搜索着。忽然一个队员大声叫起来："报告长官，我的身体正在往下沉！"

霍尔吃了一惊，身子微微一动，发现自己身边积水越来越多。这时候，他什么也顾不得了，大声命令道："狙击手保持原位，继续寻找目标，其他队员全速前进。"

等到霍尔满身泥水爬出沼泽，冲入仍在冒烟的火墙，只看到一具烧黑的尸体。他回过头，发现队员只上来三名。其他的，包括那两名殿后的狙击手，永远留在了沼泽中。霍尔和三名队员流着眼泪，举起手中的长枪，向天空"砰、砰、砰"连鸣了十二枪。

正在前进的小丁等人听到了这阵枪声，张文荣扭头朝五班长的方向望望，脸上也不知是雨还是泪，声音低沉地说："五班长撑不住了，可惜，时间不够了。"

最后一个战士一屁股坐在地上，不顾大家的劝阻，哭着说"我走不动了，留下来，打个阻击吧！"又走了一会，后面枪声又起，一个伤员停下来，看着小丁说"我来打个阻击吧。"

大家赶到峡谷尽头的时候，已接近傍晚，这时只剩下小丁、张文荣和两名伤员。要走出峡谷，还要翻过最后一座陡峭的山坡，这是张文荣没有想到的。

张文荣伤感道："怎么会这样？地图上没标啊！"他和小丁都知道，敌人很快就会追上来，那时他们恐怕刚刚爬到半山腰，在带有夜光瞄准镜的狙击步枪面前，他们简直就是最好的靶子。

张文荣看着小丁，苦笑道："让我留下来，打个阻击吧！不知道你相信我吗？"小丁看着他，点点头，又摇摇头说"我相信你，但这个阻击还是我来打吧！你要回到部队，找回你的清白！两名伤员我在这儿就交给你了！"说完，小丁松开了捆在张文荣身上的绳索，紧紧握了握张文荣的手，把狙击步枪递给他，自己抓起一杆三八大盖，转身向后跑去。

张文荣大声说："等一等！我在部队的时候，一个老八路教给我一种枪法不准也能杀敌的方法。"望着回过头来的小丁，张文荣又说，"战士听到枪声的第一反应就是就地隐蔽，所以你只要做几个蔽体，然后在蔽体里布下诡雷。敌人来了，听到枪声，就会无意识地进入你做的蔽体，自动引爆诡雷。"

小丁听了，兴奋地举了举手中的枪，大声说："这法子好！现在，我完全相信你是清白的了！"说完撒腿往回奔去。他那清脆的笑声在雨中的峡谷里久久回荡。

小丁跑出不多远，找了一块平坦的空地，从一旁边搬了几块大石头做好蔽体，又在蔽体中布置好诡雷，然后就离开，远远地等待着追兵。

不一会儿，霍尔和最后两名队员保持着三角队形，气喘吁吁地赶到了。看到他们进入攻击位置，小丁举枪朝空中放了一枪，不出所料，三个人全趴进了小丁设置的蔽体里。随着轰隆隆几声巨响，小丁兴奋地跳起来，哈哈大笑着说"我一颗手榴弹炸死俩，一枪打死一个外带一架飞机，三颗诡雷又炸死了仨……"

刚说完，就听"啪啪啪"三声枪响，小丁的胸口连中三弹。他难以置信地看着自己的伤口，抬头看了一眼蔽体后一支黑洞洞的枪口和霍尔的眼睛，纳闷地想："怎么这颗没炸？"接着，小丁倒了下去。

听到不远处的爆炸声，刚爬到半山腰的张文荣和两名伤员都停了下来，满怀期冀地扭头望着，倾听着。不久，随着三声狙击步枪的枪响，张文荣的眼泪刷地就流了下来。

7.回首忆往事

这时，霍尔趴在蔽体中一动不动，大声呼叫着两名队员的名字，却没人回应。他明白了，心中满怀悲伤，却又充满了对对手的敬佩。在蔽体里布诡雷，这是怎样的可怕对手！这是中国的智慧！此时霍尔的身下仍压着一颗诡雷，诡雷之所以没响，是因为他僵在那儿一动不动。

霍尔慢慢从背后摸出探雷器，小心地在身下搜索，终于确定诡雷压在自己的右腿边。霍尔用尽全身的力气，猛地向左边滚去。只听轰的一声，滚出老远的霍尔已浑身是血，他的右脚被炸断了。

霍尔爬起来，忍着剧痛从背包里掏出药用酒精纱布，简单地处理了伤口，又掏出一支吗啡针给自己注射上，然后拄着步枪爬起来，艰难地向前追去。

拐过一道弯，就到了峡谷的尽头，霍尔倚在一块大石头旁，举起狙击步枪，通过夜光瞄准镜，向眼前的山坡望去。很快，他看见了山坡上两个伤员的身影。霍尔激动地浑身发抖，他仔细地调节着瞄准镜的焦距，伤员的面容渐渐清晰可辨，不是他要找的人。

霍尔失望地喘着气，手指伸向了扳机，就在这时，他突然听到了一阵清脆的鸟叫声。这是特战队的联络信号！是哈里斯！霍尔赶紧放下枪，朝鸟鸣的方向望去。那里，是一个山洞。

“是你吗？哈里斯！”霍尔边问边警惕的换上一个新弹夹，蹒跚着挪进了黑漆漆的山洞。山洞里传出了一个充满惊奇却又略带生硬的英语口音：“霍尔教官？”

霍尔听出这口音绝不是哈里斯，他不假思索地向声音的方向开枪射击，对方闷哼了一声，接着开始还击。两个人在山洞中乒乒乓乓地打起来。打着打着，霍尔猛地扔出一个手雷，在震耳欲聋的爆炸声中，他单腿跳着冲了过去，麻利地用步枪顶在了对方的脑门上。

霍尔打开手电筒照去，看清了浑身是伤、正趴着换弹夹的张文荣。霍尔惊呼一声：“天呐！张？怎么是你！难道这一路来都是你？”张文荣扔下手中的枪，抬头看着霍尔说：“是我，教官，你数子弹的本领还是那么厉害！你们这一路追踪，是要来杀我的吗？”

霍尔说：“我为什么要来杀你？我们是战友啊！”张文荣摇摇头说：“不，教官，我们是敌人。”

“敌人？”霍尔大声说，“我是你的教官，你是我的学生！张，你不是朝鲜人！我也不是韩国人！我们为什么要跑到来这里来当敌人？”

看着默不作声的张文荣，霍尔恼恨地破口大骂：“这场该死的战争！”张文荣深呼了一口气，他想多拖延几分钟，好让伤员爬出峡谷，就故意问道：“史密斯教官和亨特教官他们还好吗？”

霍尔苦笑了一声，说“史密斯陷在沼泽里，亨特被你的诡雷炸死了，我的脚也被你给炸断了！天呐，这该死的战争！我的战友都死光了，我最好的学生居然变成了我的敌人！”说到这儿，霍尔不由唏嘘不已。接着，两个浑身是伤、既是师生又是敌人的人

面对面，席地而坐，聊起这一路的惊险经历，回忆起在东京特训营的往事。

天慢慢亮了，霍尔说：“张，你的伤员应该已经回去了，援兵马上会来救你的，我也该走了。”说着，他将狙击步枪的枪口顶在了自己下颚。

张文荣见了大惊失色，连声说：“教官，不要！不要！”霍尔微笑着说：“张，我受了伤，走不出这片峡谷了。我的任务已经失败，我的队员全部阵亡，难道你想看着我做他们的俘虏吗？”

张文荣无话可说，只是哀声惨叫着：“不要，教官，不要。”

霍尔最后看了一眼张文荣，说：“那架飞机上，你的同学哈里斯并没有死，他跳伞了。我们这次的任务就是来救他的，因为情报错误，把你当成了他。他的父亲是美国国会议员。张，找到哈里斯，结束这场见鬼的战争！”说完，枪“砰”的一声响了，霍尔倒下了。

张文荣抱住脑袋，泣不成声。不久后，援兵赶到，救下了张文荣。

根据张文荣的讲述和指认，军方历时半年，将匿名隐藏在朝军战俘中的哈里斯抓获。

1953年7月27日，迫于强大的反战压力，美国开始让步，并与朝中三方签署了《朝鲜停战协定》。至此，朝鲜战争结束。

（题图、插图：杨宏富）

在我国丰富的民间故事宝藏里，有一类专门表现女主人公聪慧的“巧女故事”。故事里的民间女性们，凭借自己机敏的言行，解决了日常生活中各种复杂纠葛，坚定地维护了家庭和自身的利益。她们的冷静、勇敢和聪慧，在民众质朴的口语表述中代代相传。

打赌

有两兄弟，老大好说“岂有此理”，老二好说“哪有这种事”，都被村里人讥笑。一天老大找到老二说“咱们不如改了这两句口头禅吧。”老二答应了。老大又说“为表决心，咱打赌如何？”老二问：“咋个赌法？”老大解释：“谁要说一句口头禅，输银十两。”老二说：“一言为定！”

第二天大清早，老大跑到老二房前，拍打着老二的门喊“老二快起！”老二披着衣服开了房门问：“啥事？”老大慌张地说：“咱后院的井被别人偷走了。”老二听罢一扭脸说：“哪有这种事！”老大马上高兴地说：“你输了，罚你银子十两。”老二一惊，明知自己受了大哥的骗，但有言在先，只能求大哥宽限，晚上来取银。

老二一天愁眉不展，后晌老二媳妇从娘家回来，问是咋回事，老二哭着诉说了前因后果。老二媳妇可聪明了，她想了个法子。晚饭后她让老二躺在床上，不许动，不许说话。一会儿，老大要钱来到屋里，见老二躺在床上，连喊：“老二，老二！”这时老二媳妇从里间出来，一本正经地说：“别喊，别喊，老二正在生孩子哩。”老大一听，大怒道：“岂有此理！”老二一听大喜，从床上一跃而起，大叫：“你输了，银子抵消了。”

过桥

秀才、和尚和一位村妇，同时来到一座小桥边，因桥太小，只能一人一过，但三个人都争着要第一个过，谁也不肯相让。那秀才自以为满腹经纶，就提议说：“我们就以眼前的桥和河，作一首诗，谁的诗最厉害，谁就先过，你们说好不好？”和尚听

了，点头说好。秀才问那村妇:“你呢?”村妇微笑道:“试试看。”

秀才随手朝河里一指，摇头晃脑地念道:“有水也是清，无水也是青。青字右边加个争，要识静。我清清静静把书念，常挂一只读书袋，有朝一日状元做，三班衙役两边站，你看我厉害不厉害?”说完就想过桥。

和尚一把拉住他，说:“慢，我比你还厉害!”说着，用手也朝河里一指，嘴里念念有道，“有水也是湖，无水也是胡，胡字左边加个米，要读糊。我糊里糊涂把经念，常挂一只念经袋，有朝一日罗汉做，八大金刚两边站，你看我厉害不厉害?”说完，也想过桥。

那村妇用手一拦，说:“慢，还有我哩!”秀才、和尚想，你一个村妇，只会纺纱织布，难道也会作诗?

只见那村妇不卑不亢，用手朝小木桥一指，说道:“有木也是桥，无木也是乔，乔字左边加个女，要识娇。娇娇滴滴人人爱，我常挂一只子孙袋，有朝一日母亲做，大的儿子做状元，小的儿子做罗汉，你看我厉害不厉害?”

那秀才、和尚听了，脸色涨得通红，只得让那村妇第一个过桥。

（张道余　搜集整理）

砻糠茶

有个小伙子，大热天赶路，口渴得慌。他走过一个村庄，见一老婆婆在井边洗衣，就过去讨水喝。那婆婆从井里打上水来，倒在碗里，然后，又从旁边的仓库里抓了一把砻糠，撒进碗里，这才拿给了小伙子。

小伙子见碗里浮着一层砻糠，心里很不痛快，想这位婆婆也太小气，只给碗水喝，也不愿让人喝个痛快。无奈，他实在太渴，顾不得多说就去喝水。因为碗里漂满砻糠，小伙子要喝水必须先吹一口糠。就这么一吹一喝，好半天才把水喝光，他一脸不高兴地把碗还给婆婆。

只听那婆婆乐呵呵地说:“怎么样，喝饱了吧?你别不高兴，大热天赶了路，猛喝凉水会伤着脾胃，我故意往碗里撒把糠，就是让你一口一口慢慢喝，这才不会喝坏了肚子呀。”

（**本栏插图**：安玉民　梁　丽）

大大

□王祥英

王刚出生农村，很小的时候母亲就因病去世了，是父亲千辛万苦把他拉扯大的。王刚大学毕业后，留在一座大城市的一家大公司工作，因为工作出色，每年都有进步，现在有了房子，配了车子。王刚感恩父亲，几次都想接父亲来城里享福，可父亲一直不答应。

这一次，机会来了，因为铁路规划，王刚家的老屋要拆迁，父亲暂时没有地方去，只得前来投奔儿子了。王刚得知消息，赶紧开着他的别克车去火车站接父亲。

一会儿，火车进站了，王刚看见父亲夹着大包小包走出了车站，他朝着父亲挥了挥手，刚想喊句什么，可随之他看了看周围熙熙攘攘的人群，再看看自己笔挺的西装，硬生生把刚要喊出的那句话憋回了肚子。

过了大约半分钟，王刚调整好情绪，高声喊道：“爸爸，我在这里！”

父亲显然怔了一下，随之，他也朝着儿子挥了挥手，并朝着儿子的方向走来，王刚接过了父亲手中的大包小包，又与父亲寒暄几句，然后带着他上了自己的车。

回到家，父亲喝了一口儿子递上来的茶水，然后缓缓地说：“毛蛋呀，刚才你一直用普通话喊俺爸爸，普通话俺不反对，国家鼓励嘛，但是你喊俺爸爸，俺就觉得很别扭了，俺觉得你是在喊别人，不是在喊俺，以后你还是喊俺大大吧！”原来，王刚的老家在鲁东南，那里喊父亲不是爸爸，而是大大，喊母亲也不是妈妈，而是娘。打会说话起，王刚就叫父亲大大，而且一直叫了三十几年。

王刚皱了皱眉头，说“咱现在是在城里，不是在乡下，所以一切都要入乡随俗，说话做事太土气，城里人会瞧不起咱的！”接着，王刚又叮嘱道，“还有，以后您也不要喊我毛蛋了，我现在好歹也是个总经理助理，大小是个官！”父亲问：“那俺该喊你啥？”王刚说：“我不是有大名吗，你就喊我王刚吧！”

父亲没有再与儿子争辩，他蹲下身，掏出随身携带的烟袋，烟包，压了一袋烟，狠狠地吧嗒了一口，接着说出一番没头没脑的话，像是自语，又像是说给王刚听：“……那一天天真热呀，塘里的鱼都快热死了，俺一口气割了一亩麦子，就在地头的小树下凉快。这时候，老婆带着毛蛋来送水了，那会儿，毛蛋刚学会说话，那一天他竟然清楚地喊了俺一声：‘大大’……俺这心里顿时就像喝了蜜一样，浑身又像是充满了力气，一点也不累了……”

其实，这段往事父亲好像很在意，不知给王刚讲了多少遍，王刚都快听腻了。他不再理会爸爸，就要出门买菜，走了几步，他又回来叮咛道：“爸爸，以后你也不要抽旱烟了，那味道太冲，也伤身子，家里云烟、大中华、红金龙有的是，随便您抽！”

以后的日子，父亲就不再喊王刚“毛蛋”了，也不抽旱烟了，也不勉强王刚喊自己大大了，但是他脸上的笑容也越来越少了。

有一次，王刚看见父亲一边小心地擦着母亲的遗像，一边说“大城市好呀，有高楼、汽车、超市……可它是儿子的家，却不是咱的家呀，真想回老家陪着你，陪着咱大大，陪着咱娘呀，可是……”一串泪珠涌出了父亲的眼角，掉在地板上，父亲愈加苍老了。

后来父亲病倒了，送到医院一检查，竟然是肝癌，还是晚期。医生对王刚说：“回去多给老人做一点好吃的，多带他出去玩玩，散散心，没有几个月了！”王刚听了如雷轰顶，失声痛哭。

编读往来：你的问题我来答

山西洪亮： 我是《故事会》的热心读者。最近心里痒痒，也想自己动笔写故事，给你们投过去。我在杂志里看到过好多电子邮箱，也看到过编辑部的地址，却不知到底通过什么方式投稿比较合适？

绿版编辑部： 您好，感谢您对我们杂志的热心支持。我们这边的投稿方式有几种，第一，通过电子邮箱来稿。您看到目录页的电子邮箱，是本期杂志责任编辑的邮箱，而补白处是绿版编辑部全体编辑的邮箱，您可以选择一个投稿，但建议不要一稿多投，因为每个编辑都是独立选稿，一稿多投会给审稿流程带来不必要的麻烦。另外，建议投稿时，在邮件的主题栏上规范格式，最好写上“原创故事——故事名——作者名”，这样方便编辑将原创稿件和推荐稿件、垃圾邮件区分，提高审稿速度，也方便您能早日得到回复。因为每个编辑会因审稿或发稿时段，看稿速度不一，也请您理解。但请您放心，凡是原创稿件，我们都会尽快看完回复。第二，通过邮局寄稿，可以将稿件直接邮寄到“上海绍兴路74号故事会编辑部收”，邮编：200020。第三，可以注册雪晴故事网及“故事中国”网站后，在投稿专区处给我们投稿。另外，特别征稿栏目，最好投递到我们给出的专门邮箱。最后，提醒大家，无论通过哪种方式来稿，建议您最好自留一份底稿，以避免投递过程中遗失稿件给您带来的损失。另外，大家最好也在稿件末尾处再留一次您的具体联系方式，如：姓名、地址、邮编、电话等，方便我们第一时间和您取得联系。感谢大家支持，期待您的来稿。

老人撑了几个月后，终于走到了生命的尽头。弥留之际，王刚衣不解带地守在父亲床前。长期病痛的折磨，老人连眼睛都没有力气睁开了，他紧闭双眼喃喃地自语着：“……那一天天真热呀，塘里的鱼都快热死了，俺一口气割了一亩麦子，就在地头的小树下凉快。这时候，老婆带着毛蛋来送水了，那会儿，毛蛋刚学会说话，那一天他竟然清楚地喊了俺一声：‘大大’……俺这心里顿时就像喝了蜜，浑身又像是充满了力气，一点也不累了……”正说着，父亲的眼睛忽然一下子睁开了，他看见了王刚，嘴颤动了几下，看起来想对他说点什么，王刚赶紧上前攥着他的手，说：“爸爸，您要有什么愿望就说吧，我一定满足您！”只听父亲小声地说：“毛……不，王刚，俺想……俺想最后听你叫俺一声——大大！”

王刚扑通一声就跪倒在地，痛哭流涕地喊道：“大大，毛蛋不孝，毛蛋让您老受委屈了……”

老人的双眼慢慢地合上了，一滴泪珠顺着他的眼角流了出来。

（**题图、插图：** 安玉民　梁　丽）

·法律知识故事·

争遗产

□孝　友

王芳从农村来城里打工，几年下来，由于她漂亮能干，慢慢引起了老板的注意。再后来，两人接触越来越频繁，就住在了一起。

老板叫刘立，他倒是真爱王芳，但刘立的母亲知道后却极力反对这门婚姻，这事就这么拖着。

一天，王芳突然感觉身体不舒服，就一个人到医院去检查。没想到的是，医生告诉她怀孕了。这让王芳又惊又喜，她急忙打电话把这事告诉了刘立。刘立放下电话开车就赶到了医院，高兴地为将来的孩子办理了生育档案，在饭店里好好庆祝了一番。将王芳送回家后，刘立说他要趁此机会再次说服母亲，尽快与王芳领证。

王芳躺在床上尽情地想象着未来的美好日子，等待着刘立给她带回来好消息。然而，一直等到半夜还没有消息。忽然，她的手机响了，电话是交警队打来的，告诉她刘立在路上出了车祸，让她尽快赶到医院。当王芳见到刘立时，刘立已经去世了。

王芳的姐姐得到这一消息，从家里赶了过来。难过之余，她也为王芳以后的生活发起了愁，劝她还是把孩子打掉吧。没想到王芳却固执地一定要把孩子生下来。王芳姐姐问："那你怎么养活孩子呢？"一语提醒梦中人，王芳一下子也不言语了。忽然，王芳说："刘立曾把这套房子交给我了，我把房子卖了，就有钱了。"

王芳姐姐不放心地问："房子你过户了吗？"王芳摇摇头，但她坚持认为孩子是刘立的亲生骨肉，应该得到父亲的财产。王芳姐姐听了还是忐忑不安，毕竟我们国家法律不保护"同居夫妻"。

几天后，刘立的葬礼结束了，也

没人通知王芳参加。而且那天下班后，王芳发现她的东西被扔出了房间，门锁也换掉了。王芳她急忙给刘立的母亲打电话，告诉她自己有了刘立的孩子，希望允许自己在这里住下去。没想到刘立的母亲一口回绝，说："刘立刚死，你就有了孩子，是不是想讹诈呀？要想分家产连门儿都没有！"

被逼无奈，王芳只好在外边租了房子居住，后来又艰难地把孩子生了下来。为了给孩子争得应有的名分和遗产，王芳咨询了律师后，上了法庭。

这桩案子并不复杂，法官告诉双方，此案的关键是确定这个孩子到底与刘立有没有血缘关系。于是律师拿出了王芳和刘立同居时的一些生活照片。被告律师看完这些，认为仅凭这些，还不能承认这个孩子和刘立存在血缘关系，他们建议做亲子鉴定。然而刘立已经火葬，无法提取DNA。此时，王芳想到一个关键细节，那就是刘立在医院为孩子填写的生育档案！

白纸黑字，最终让刘立母亲默认了这个孩子是刘立的亲生孩子。但是她还是不明白，儿子去世的时候，这个孩子还只是个胎儿，难道法律上胎儿也有分割财产的权利？法官很肯定地点头：继承法明确说了，对于胎儿，在遗产分割的时候，要保留适当的份额。将来胎儿出生以后，如果成活的话，他应该继承的份额都要给他；如果出生后死了，那么为他保留的份额，再作为遗产进行法定分割。

听了法官的解释，刘立母亲只好同意法院的调解，王芳为孩子争得了应得的遗产。

律师点评：《争遗产》主要涉及的法律内容，即未出生的胎儿是否有继承权问题。根据我国继承法规定：遗产分割时应当保留胎儿的继承份额，因此，本故事中王芳与刘立的同居，法律不保护，但她只要有证据证明，她所怀胎儿确与刘立有亲子关系，则这个胎儿就有继承刘立遗产的权利。

（**题图、插图**：安玉民　梁　丽）

印象太深刻

□冯海鹏

阿超不胖不瘦、中等个头。这天他来到家小饭馆，一个男服务员见了他先一愣，笑道："是您啊，快请进！"阿超便坐下点了碗炒粉条。那服务员应道："一碗炒粉条，微辣、不放蒜！"阿超一听这正对自己口味啊。他便问服务员："你认识我？"那服务员笑答："印象深刻呢！去年夏天你也来过一回，吃的就是炒粉条。"

阿超听了叹道："都隔一年了你居然还记得！"那服务员笑道："三年前你是啥样我都记得！黑夹克灰裤子，戴着鸭舌帽坐过21路公交。"说着就娓娓道来，"我那时是21路的司机。那天你上车，一刷公交卡，'嘀'的一声，竟是学生卡！"阿超一听，脸腾地红了，自己的确用过儿子的公交卡贪小便宜。正尴尬，那服务员端来了炒粉条，说"我还知道你屁股上有一大颗痣！"阿超差点把粉条一口喷出来。服务员一摆手道："那年正好我转行去了新华浴池给人搓澡，刚好也给你搓了一次。"阿超说："你怎么记住的？"服务员说"那次一个老头丢了38号搓澡卡，花钱又补了一张，而我给你搓完澡，看你掏出来的正是38号卡！"

阿超听了，赶紧吃完要走人，却被那服务员一把拉住，说"我还没说完。那两次都不算啥，关键印象啊，是第三次！"怎么还有第三次啊？只听那服务员乐呵呵地回忆道："一年前，我就在这打工，那天中午你来，坐在一个盲老头对面。见人家点了碗大份炒粉条，你也点了一碗小的。我刚给你们端上来，你就趁人家盲老头不注意，把粉条给换了！"

阿超自知理亏，却还扯着脖子辩解说："不就是碗炒粉条吗？你至于这么奚落我吗？关你啥事？那老头又不是你爹！"

只听那服务员冷冷一笑，说"还真让你说对了！告诉你吧，那盲老头就是我爹！"

这个司机不简单

□江永年

有个自助旅游团包车旅行，到了吃中饭时间，大家问开车的司机李大鹏："师傅，你们县城哪家饭店的菜最有特色？"李大鹏一听，哈哈一笑道："问对人了，我可是吃遍了全城各大饭店，我带你们去！"

于是，李大鹏一边开车一边介绍："在我们县城，'梦云山庄'的'红烧狮子头'最有名，做这道菜的厨师老王头今年60多岁了，他这道菜的材料可有讲究了，豆腐是在城西'老陈豆腐店'做的水磨盐卤豆腐；猪肉来自乡下农民家，不含瘦肉精；所用的佐料是祖传秘方……"

见游客们一个个垂涎欲滴，李大鹏陡然来了精神，又向大家介绍了另外几家饭店的招牌菜，直说得这帮游客佩服不已。

李大鹏正吹得云天雾里，有个游客忽然感叹道："师傅你这么厉害，在小小的旅游公司当司机岂不是太屈才了？"李大鹏脸上露出了尴尬，一时不知说什么好。幸好"梦云山庄"到了，游客们欢笑着拥进酒店。

李大鹏熟门熟路地把游客们带到餐厅，又对领班吩咐了几句，一切就搞定了。游客们便争先恐后地吃喝起来。李大鹏夹起一个"狮子头"塞进嘴里，刚咀嚼了一下，忽然，邻桌一个光头摇摇晃晃地走过来，说"李局长，您什么时候出来的？"

李大鹏抬头一看，认得：熟人包工头马大虎。见游客们都瞧着自己，他赶紧要让马大虎住口，但嘴里东西太多，说不出话。

马大虎喝高了，借酒撒疯起来，指着对方的鼻子大声叫嚷道："你小子收了我的钱不办事，当个旅游局长，就只知道挥霍公款，天天在大饭店海吃海喝，人称李大嘴！活该进去！"

游客们这才明白，原来这李师傅以前是旅游局长，犯事被双规，开除公职，出来后，最近刚刚找到这份旅游公司司机的工作呢……

理发

□潘李君

一个小伙子走进家理发店理发。

发型师冲着他打量一番，说："剪个贝克汉姆的发型吧！肯定帅！"小伙子一听连声叫好。

发型师立刻摆开阵势，左右开弓，洗吹剪挠，折腾了很久。时间一长，小伙子打起瞌睡，脑袋朝前一冲，发型师正好一剪刀。好嘛，脑袋正中给剪出个大缺口。

小伙子惊醒了，正要发火，只听那发型师道："其实最近流行小平头。"小伙子便答应改剪个平头。

发型师又摆开阵势，左右开弓，眼看快好了，忽然，小伙子一声喷嚏，发型师手一抖，那平头中间又露出了个缺口！小伙儿惊叫一声："妈呀，这出去怎么见人啊？"

发型师无奈道："现在只有一个办法了——剃光头！"小伙子苦笑："只好如此了。"这回发型师手脚利落，拿起推子，三下五除二就搞定了。小伙子摸着自己的光脑袋正沮丧，发型师却赞道："先生，这是我见过最完美的头型了！本店还有一项贵宾服务，最适合您现在的发型了！"

小伙子一听又来劲了，问："说来听听？"只听发型师娓娓道来："就是头皮按摩。首先，可以刺激头皮上的神经末梢，增强大脑皮质的思维功能；其次，刺激头皮上的毛细血管……"

小伙子听得心直痒痒，躺在椅上说："那快给我来一个！"发型师会心一笑，喊来一个漂亮姑娘，在小伙子的头上又抓又挠，又折腾了半个钟头。最后，小伙子起身照了照镜子，感觉良好，大摇大摆来到收银台，道："埋单！"

可等接过收银条，小伙子愣住了，一共888元！小伙子怒道："你们

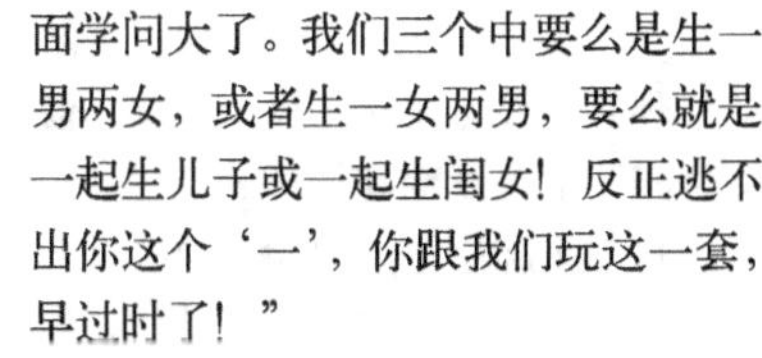

天机新解

□张学兵

传闻天桥下有个双目失明的老者算命很灵，三位要好的姐妹慕名前往。找到那算命老者后，大姐开门见山说道：“大爷，我们三个都怀孕了，你给算算，谁怀的是儿子，哪个将来生闺女？”

算命老者屏住呼吸，皱着眉头好半天，最后有些故弄玄虚地伸出一个手指。

二姐忙问：“这是什么意思啊？”

老者神秘地笑笑，言道“此乃天机不可泄露！”

三妹不乐意了，指着老者嘲笑道：“都什么年代了，还跟我们玩这套！多老的故事啊。你这一根手指里面学问大了。我们三个中要么是生一男两女，或者生一女两男，要么就是一起生儿子或一起生闺女！反正逃不出你这个‘一’，你跟我们玩这一套，早过时了！”

老者听罢，镇定自若地摇摇头，回道“非也！我这一根指头，我以身家性命担保，绝对不是像你所说的那样，而是另有天机！”

三姐妹闻言，来了兴趣，催着老者快说，可老者不再开口。无奈三个姐妹每人掏出了十块钱。

算命老者接过钱，道了谢，把钱揣好，清清嗓子，庄严而神圣地说：“我这一根手指，表示的意思是：现在已经是新社会了，生儿子生闺女都‘一’样！”

这不是打劫吗？”这时，发型师笑道：“没错啊！您先是个贝克汉姆头，又剃了个平头，最后是个光头，三个发型呢！还有，光是贵宾服务头皮按摩就要500元！”小伙子吼道：“这贵宾服务也太坑人了！”可发型师仍是一脸笑容道：“那是因为您没办我们的贵宾卡！您要办一张我们立刻给您打对折。不贵，一张卡就1500元！这就还省下了400呢。”

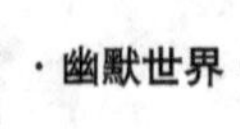

局长在此

□阿 伟

阿亮在卧室卫生间的马桶盖上贴了一张局长的照片。这样，他每次方便前，一翻起马桶盖，就会看到局长那张胖乎乎的笑脸。他冲着局长方便，觉得过瘾得很。在单位，他受局长的气，回到家，他便能通过这种方式解恨。

有一天，副科长到阿亮家打牌。平时，副科长在局长面前就像个太监似的，是个出名的马屁精。打完了牌，副科长又说肚子饿了，叫阿亮弄点酒菜吃。几杯酒下去，副科长竟骂了句：“局长真他妈不是东西！”

阿亮一怔，以为自己听错了。副科长又“咕嘟咕嘟”喝了几口，然后把酒杯重重一放，说“阿亮呀，你别看我平常在他面前笑得欢，那叫人在屋檐下，不得不低头。回到家，老子恨不得揍他一顿。有几回做梦，我还把他打得满地找牙，可真痛快啊……”

阿亮一下子高兴起来，仿佛找到了知音，想不到副科长也这么恨局长！两人找到了共同话题，酒越喝越多，心越来越近，把局长的祖宗八代全骂了个遍！

喝着喝着，两人都有了八分酒意，这时副科长伸着大舌头说：“兄弟，等、等等……哥去放、放个小便，回来咱接着骂……”说着，站起来摇摇晃晃地向客厅卫生间走去。

阿亮突然一拍大腿，追上去把副科长拉住，他说：“兄弟，到我房间的卫生间来，我有好东西让你享受享受。”说完，阿亮硬把副科长拉进自己的卧室，他推开卫生间门，兴奋地上前一步，把马桶盖一揭，得意洋洋地回头看着副科长。

只见副科长直直地盯着马桶盖上的局长看了五秒钟，然后他便挺直了身子，堆起了笑脸，毕恭毕敬地朝着马桶盖说：“局长，没想到您也在这儿呀！您先请！”

（**本栏插图**：包丰一 顾子易）